여기 살아 있는 것들을 위하여

Barry Lopez

여기
살아 있는 것들을
위하여

숲과 평원과 사막을 걸으며
고통에서 치유로 향해 간
55년의 여정

배리 로페즈 지음

리베카 솔닛 서문
이승민 옮김

북하우스

일러두기

1. 이 책은 다음의 책을 저본으로 삼았다. Barry Lopez, *Embrace Fearlessly the Burning World* (New York, NY: Random House, 2022)
2. 책에 실린 주석은 모두 옮긴이 주다.
3. 원서에서 이탤릭체로 강조한 부분은 고딕체로 표기했다.

벗들이여, 이만큼이 내가 원하는 것.

거의 없기도 하고 거의 전부이기도 하지.

—파블로 네루다, 「나는 침묵을 청하네」

차례

서문

성배를 찾는 여정 | 리베카 솔닛 9

하늘

캘리포니아를 그리며 25
거룩하신 어머니 33
무섭도록 풍부한 물 45
하늘 한 조각 89

대화

육천 가지 가르침 121
지리적 친밀감 125
위기의 시대가 닥친 지금, 우리는 140
윌리스 스테그너를 추모하며 147
서부에서 152
진정한 자연주의자 180
샤먼의 정경 185
초대 192
후기 199

문턱

경계에서 213

힘의 열네 가지 양상 226

공포시대의 사랑 243

남반구 항해 256

냉철하게 바라본 우리 연약한 행성 283

로케이션 305

두 번 다시는! 329

마음가짐: 문턱 338

강

가까운 숲 345

강의 가르침 349

강 357

거주한다는 것 361

퇴화에 대하여 368

감사의 말 385

서문

성배를 찾는 여정

주의를 기울이는 것만큼 희소하고 순수한 형태의 포용은 없다. 지극히 순도 높은 주의 기울이기는 기도와 같다.

시몬 베유

'에세이'라는 단어는 '시도하다'를 뜻하는 프랑스어 '에세예 essayer'에서 유래한다. 배리 로페즈가 장편 길이의 논픽션과 단편소설도 쓰기는 했지만 어찌 보면 그는 자연 세계에 대한 인식, 그리고 우리가 자연 세계와 맺는 관계에 대한 인식을 향해 다가선 한결같은 에세이스트였다. 시도하기란 나의 바깥 세계는 물론이고 내 능력의 경계 너머를 탐색하는 일이고, 그의 많은 글이 이 둘의 조합에서 동력을 얻는다. 한 편 한 편의 에세이는 작가가 애써 시도한 것의 기록이면서 독자들에게 저마다의 탐험에 나설 것을 청하는 초대장이다.

아울러 이 에세이 모음집 곳곳에는 회고록의 파편들이 뿌려져 있는데, 회고록은 탐색의 자취이므로 또 다른 형식의 시도하기다. 글을 쓸 때 배리의 시선은 안보다 바깥을 향할 때가 더 많지만, 그의 글에서 이 두 방향은 결코 완전히 분리되지 않는다. 우리는 우리와 닮은 것, 우리와 다른 것 모두로부터 배운다. 우리는 비인간 존재로부터 인간다움에 대해 배운다. 설령 비인간에 대해 배우는 목적이 비인간 자체를 알기 위해서 또는 우리와 세계의 관계를 깊게 하고 이해를 확장하는 즐거움을 얻기 위해서라 할지라도 말이다. 그의 에세이는 나를 내 바깥으로 데려가는 창이면서 다시 나 자신을 비추는 거울이며, 그렇기에 비행은 떠남인 동시에 귀환이다.

이 책에 실린 회고의 구절들은 그의 작업과 열망에 대한 안내서다. 그 구절들을 따라가다 보면 배리 로페즈가 누구였는지, 그가 그토록 장소와 여행과 비인간 세계에 열정적이었던 이유가 무엇이었는지 실질적인 이해를 얻을 수 있다. 그는 아동기에 가족의 지인에게 장기간 성적 학대를 당했는데, 이 책에는 그때의 시련을 진술한 두 편의 글 「무섭도록 풍부한 물」과 「하늘 한 조각」이 실려 있다. 앞엣글에서 그는 안식처도 기댈 곳도 없는 절망적인 처지였을 때 자연 세계—자전거로 내달릴 공간, 텀블러피전•의 비행과 매일의 귀환, 그가 살았던 로스앤젤레스 북

• 공중에서 하강할 때 공중제비 돌듯 역회전하는 관상용 비둘기 종.

부 샌퍼낸도밸리의 빛과 공간과 물—만이 자신의 안식처이자 기댈 곳이 되어주었다고 밝힌다.

2002년 발표된 이 에세이는 나에게 지대한 영향을 미쳤다. 그는 자기 시련이 이례적이지 않음을 인정하고, 그로부터 타인의 고통에 대하여 그리고 우리를 둘러싼 구원과 아름다움에 대하여 더 넓은 인식을 직조해냈다. 그런 관대함은 회고록이 어떤 글이 될 수 있는지, 어떻게 사적 세계와 외부 세계가 한 호흡으로 이야기될 수 있는지 어느 장편 회고록보다 더 많은 것을 내게 시사했다.

이런 상황에서 관심의 초점을 넓히는 건 자기 삶을 도외시하는 게 아니라 타인의 삶과 연결되는 길을 모색하는 것이므로 그 자체로 관대한 행위다. 가해자의 학대와 가족의 부인否認과 아이의 말 못 할 고통을 용인하는 파괴가 단절이라면, 연결은 그 자체로 치유적이다. 그의 글은 우리에게 깊어져야 하지만 넓어지기도 해야 한다고 말해주는 듯 그 둘 모두를 실행해 보였다. 학대를 진술한 두 에세이의—물과 하늘을 언급한—제목에서 이미 배리의 시선은 저 너머를 향한다. 이는 회피가 아니라 물에 빠진 사람이 파도의 표류물이라도 부여잡듯 손을 뻗는 행위다.

「무섭도록 풍부한 물」에서 어린 배리는 아직 농경지나 미개발지가 대부분이었던 샌퍼낸도밸리의 막힘없는 공간을 내달린다. 그의 행동은 무언가로부터 도망치는 것이면서 무언가를 향해 나아가는 것이었다. 그 무언가에 이르는 여정이 남은 생애 내내 그가 해나간 일이다—서른 권 가까운 책을 펴내고 반백 년 넘게 글쓰기를 하면서 한결같이 자신이 사랑하는 것을 찾아간 것.

장소를 사랑하는 마음이 목숨을 부지해줄 수도 있다. 그런데 우리는 흔히 그것을 보답 없는 일방적인 사랑인 것처럼 말한다. 이 에세이들은 그 말이 왜 틀렸는지 보여준다. 장소는 우리가 안정을 찾도록 지탱해주고 우리에게 가르침을 주며 우리를 보호하고 안내하고 먹이는 방식으로 우리를 사랑해준다. 대지의 어머니라는 오래된 이미지 자체가 우리가 생물권의 대가 없는 풍요에 기대 사는 처지임을 환기한다. 그러니 어떤 측면에서 우리는 대지를, 그 안의 특정 장소를 사랑하는 법을 배우면서 우리를 줄곧 사랑해준 것에게 사랑을 돌려주는 법을 배우는 것이다. 탐구하고 이해해서 이 장소들을 사랑하는 법을 배우는 것이 그가 평생 숙제로 삼은 일 중 하나였다.

자연 세계에 관해 글을 쓰는 우리 같은 사람들은 장소와 그 안의 생물들로부터 영양과 돌봄과 보호를 받은 기억, 신체적 윤리적 정서적 창의적 정신적 측면에서 중요한 비인간 세계와 교감했던 기억을 간직하고 있다. 그런 까닭에 우리는 그 세계가 객관적으로—기후 재앙과 멸종과 착취로—위협받는 동시에 인간의 서식지가 도심의 실내로 옮겨갈수록 우리 의식에서 사라져가는 상황을 자주 이야기해왔고, 그 일이 과연 무엇의 상실인지도 이야기하려고 노력해왔다.

말하자면 우리는 자연 세계와 연결된 감각을 독자들에게 제시하려고 노력해왔다. 우리는 우리의 경험담을 통로 삼아 독자들이 이 감각에 접근할 수 있기를, 더 나아가 독자들 스스로 경험을 만들어가고 각자의 경험을 새로운 각도에서 비춰볼 용기를 얻기를 바란다. 또한 이런 바람도 품고 있다. 자연 세계에 주의를 기울이고 그 안에서 가치를 발견하도록 독자들의 마음을 움직여간다면, 우리의 생존은 물론 우리의 정신과 상상력에, 정의와 희망에 자연 세계가 얼마나 무궁무진한 중요성을 가지는지 독자들이 인식하게 되지 않을까 하는. 그래서 이른바 자연 에세이로 불리는 글은 동물 자체나 동물과의 만남을 다루기도 하지만 땅이나 장소 자체, 궁극적으로는 지구 자체를 다루는 경우도 많다.

E. M. 포스터의 1910년 작품 『하워즈 엔드』는 작품의 중심에 놓인 시골 저택의 이름을 제목으로 내건 소설이다. 작품 속에서 이 고풍스러운 시골집은 중심인물들의 안식처이고, 그 공간 안에서 인물들은 자기 본연의 모습을 지키면서 전원의 풍경과 이웃과 연결된 삶을 살아간다.

> 런던은 인간 본성을 극심하게 변화시키고 인간관계에 유례없이 강한 압박을 안겨주는 이 유목 문명의 예고편에 지나지 않았다. 코즈모폴리터니즘이 도래한다면, 우리는 대지로부터 아무런 도움도 못 얻을 것이다. 나무와 목초지와 산은 구경거리에 불과해지고, 이들이 사람의 품성에 행사하던 구속력은 오직 사랑에 위임될 수밖에 없겠지. 부디 사랑이 그 임무를 감당할 수 있기를!

포스터는 인간 사이의 감정을 "사랑"이라고 표현하는 동시에 우리에게 그것 이상이 필요하다고 주장하며 그 이상이 무엇을 뜻하는지 친절하면서도 위력적으로 묘사하고 있다. "대지로부터의 도움"은 장소가 우리에게 돌려주는 사랑이지만, 그러자면 먼저 우리가 장소와 연결되어야 한다. 이 책에 실린 에세이 「공포시대의 사랑」에서 배리는 "무엇을 사랑하느냐는 질문을 받을 때마다 나는 그해 여름 그 장소에서 맺은 관계 전체를 떠올린다"라고 적는다. 말하자면, 흔히 자연 에세이로 불리는 글의 주제는 마땅히 자연이면서 동시에 사랑이기도 하며, 사랑은 작법 교수들이 그 명칭 안에 몰아넣으려던 것과는 다른 의미를 띠곤 한다. 해서 사랑은 지리학이나 사회학, 역사학, 인류학일 수도 있지만, 때로는 가치나 욕망, 감정 및 우리를 인간답게 만들어 주는 성향이기도 하고, 그런 점에서 꽤 자주 신학이 되기도 한다.

나는 배리가 청중 앞에서 강연할 때 의도적으로 성직자 같은 태도를 취하는 것을 더러 느꼈다. 그런 태도는 공식 석상에서 내보이게 되는 일종의 격식이겠지만, 한편으로 회중을 어떤 초월성이나 내재성으로 인도하는 사제처럼 우리를 인도하려는 듯한 느낌도 들었다. 배리는 윤리적 입장을 견지하며 원칙을 언명하기를 서슴지 않았고, 허다한 미국 백인 작가들을 미혹했던 중립성이라는 허상에 시간을 허비하지 않았다. 이런 독실한 태도는 그의 글에서도 나타난다. 어머니의 재혼으로 뉴욕으로 이주해 학대범에게서 벗어나게 된 시기에 예수회 사립학교에 다니게 된 배리에게는 예수회의 분위기랄지 사제의 느낌이 짙게 남아 있었다. 청년 시절에는 수도자나 사제의 길을 진지하게 고민하기도 했다. 글에서 서술하다시피 결국 그 길을 가진 않았고, 복사단 활동을 하던 소년은 꼬박꼬박 참석하던 가톨릭교회에서 차츰 멀어졌다.

그럼에도 그는 이렇게 말한다.

> 가톨릭의 관습과 멀어진 지 오래지만 여행자로 살면서도 나는 여하튼 기도하는 삶이라는 중심축에 계속 의지했다. 신의 존재 앞에 부단히 경건하게 임하는 것을 나는 넓은 의미의 기도로 받아들였다. 그 정수 안에 깃들고자 매일 노력하는 것이 기도였다.

그의 글은 사후에 가는 천국이 아니라 현세의 여러 장소와 현상에서 신의 존재를 발견할 수 있음을 기쁘게 선포한다. 어떤 의미에서 이 에세이는 사막에서 남극에 이르는 풍요로움에 대한 예찬이자 그것의 훼손에 대한 경고다.

그는 주로 자연의 질서가 온전히 유지되어 있는 외딴 야생의 장소들에서 신의 존재를 발견하고, 구체적인 목격과 특정한 조우의 순간으로서 신의 존재를 발견한다. 장소는 생명 활동의 수동적인 무대가 아니라, 그 자체로 자신 안에 존재하는 모든 생물과 비생물, 동물과 식물과 날씨와 지질과 물의 순환과 지형과 인간, 그리고 이 모든 것들의 상호작용과 매한가지인 생명이다. 때로 그는 그 장소에 존재하는 의례와 규율, 그리고 그곳의 안내자가 되어주는 다른 사람들에 대해서도 자세히 기술한다.

어찌 보면 배리의 삶은 평생 성배를 찾아다니는 여정이었으며 찾는 일 자체가 성배인 삶이었다고도 말할 수 있다. 그에게는 무언가를 찾아 길을 나서는 여행이 곧 성배이고, 그 무언가는 자신의 바깥에 놓인 어떤 것이다. 그것은 눈보라 속의 사향소, 남극 빙하 밑에서 물결치는 해조류, 또는 백인이 발 들이기 훨씬 이전에 사막에 그려진 종마의 형상이거나 그의 집 앞 매켄지 강변으로 매해 가을 산란하러 오는 연어일 수도 있다. 그러나 그의 글과 이 우주론 안에서 성배를 찾아 나서는 여정이란 이런 장소로의 여행일 뿐 아니라 도착 이후의 정적과 인내이기도 하다.

성배 찾기는 또한 이런 것들에 주의를 기울이는 행위이며, 집중하고 몰입함으로써 통찰과 환희와 교감에 마음을 연 상태이기도 하다. 말하자면 성배 찾기는 오로지 하나에 굳게 몰두하는 경건한 태도로, 추구해나갈 능력을 구하는 것이다. 당신이 한 장소에 도착해 의식에 다다르고 다시 어떤 이해로 나아가면, 거기서부터 세상이 당신에게 열리고 당신은 세상에게 열린다. 아마도 그렇게, 마침내 당신은 관계에 이를 것이다.

여기서 거듭 등장하는 단어는 바로 '주의attention'다. 이 단어는 참석, 수행, 시중을 뜻하는 '어텐던스attendance'와 뿌리가 같고, '기다리다'를 뜻하는 프랑스어 '아탕드르attendre'에 뿌리를 두고 있다. 기다리기, 참석하기, 주의 집중하기는 어떤 의미에서 보면 똑같은 행위다. 이해하기를 기다리기, 알아가기를 기다리기, 연결이 형성될 때까지 머무르기, 알아차림으로 시작되는 마음 내주기. 어쩌면 이 모든 걸 아우르는 말은 "신의 존재 앞에 부단히 경건하게 임하는 것"일지도 모른다. 주의는 배리가 타인들을 대하며 탄복하는 능력이고 독자들에게 강권하는 실천이며 스스로 체현해 보이는 소통의 방식이다.

그의 글이 보여주는 특징 중의 하나는 서두르지 않는, 옛 방식의 느릿한 속도를 간직한 순전한 유유함이다. 동물이 나타나기를 몇 시간씩 기다릴 때나 한 장소를 여러 상황에서 알고자 되풀이해 찾아갈 때나, 이 느림은 무언가를 알아가는 데 드는 품이다. 그런 의미에서 이것은 채근하고 몰아치며 산란한 우리 시대를 거스르는 저항의 행위다. 알래스카 작가이자 인류학자인 그의 친구 리처드 넬슨에 관한 에세이에서 그는 말한다. "너 자신이 아닌 세계에 인내심 있게 주의를 기울이는 것이야말로 초심자가 자아 외부의 더 큰 세계, 지혜 자체가 깃든 경관을 발견하는 첫 번째 걸음이다." 또 이렇게 말한다. "내 기억으로는 집 밖에서 주의를 기울인 날 중 어느 하루도 내가 모르는 무엇, 새로운 무엇이 내 앞에 번쩍 나타나지 않은 적이 없다."

'주의'라는 단어는 '주의를 기울이다'라는 구로 쓰일 때가 많고, 이때 기울인다는 건 '준다'는 의미로 볼 수 있다. 당신은 주의를 내어주고, 그 과정에서 기쁨과 앎으로 돌려받는다. 배리는 배움을 경건하고 가슴 떨리는 사명으로 묘사했다. 어쩌면 주의는 우리가 먼저 서로에게 그리고 세상에 빚졌던 것인지 모른다.

그래서 이 작가는 세계를 돌아다니며 아낌없이 스스로 값을 치르고, 자기가 배운 것들을 기록해나갔다. 그가 타인들에게도 주의를 기울이라고 강권한 이유는 우리를 둘러싼 거대하고 복잡한 생명의 그물망에 빚진 처지인 우리가 이 빚을 갚아야 하기 때문은 아니었다. 그보다는 주의를 기울일 때 돌아오는 각성과 방향감과 유대감과 통찰 때문이었다. 때로 그는 자신이 세밀히 주의를 기울이고 싶은 장소를 찾아다녔고, 때로는 이미 그렇게 행한 사람들을 찾아다녔다. 그렇기에 그의 저술에서는 과학자들과 선주민 부족이 서로 다르지만 대립하지 않는 두 인식론의 행위자로서 큰 비중을 차지한다.•

이 책에서 그는 이런 신조를 밝힌다. "아마도 모든 노력의 첫 번째 수칙은 주의 기울이기, 두 번째 수칙은 인내하기일 것이다. 그리고 세 번째는 몸이 아는 것을 귀담아듣기가 아닐까." 주의를 온전히 집중하는 행위는 기도이면서 또한 기도의 응답인 교감이다. 그는 그것을 거듭 간구하고 거듭 발견했으며, 그것을 염원하고 예찬했고, 우리 모두에게도 똑같이 하기를 거듭 촉구했다. 그의 회중인 우리에게 이 글들은 그의 강론이며, 그 안에

• 미국 문단 주류가 좀처럼 현대 선주민 부족을 언급하지 않던 시기에 배리의 글은 이들의 이야기를 정중하고 폭넓게 다뤘다는 점을 짚어두는 게 좋겠다. 1990년대까지도 이주민 후손 작가들 대부분이 선주민 부족의 존재를 무시하거나, 마치 이들이 더는 대화 당사자가 아닌 것처럼, 그리고 이전에도 아니었던 것처럼 과거형으로 이들에 대해 이야기했다. 혹시 배리의 시각이 군데군데 요즘과 맞지 않아 보인다면, 그건 지금의 접근 형태를 갖추는 데 그의 도움이 있긴 했지만 여기 실린 다수의 글이 쓰일 당시만 해도 아직 지금 같은 여건이 채 생성되지 않았기 때문에 그럴 것이다.—원주

서 고독은 연결로 바뀌고 깨져나간 조각은 다시 하나로 붙는다. 그는 마치 신에게 다가가는 사제처럼 사라져가는 이 진귀하고 머나먼 현상과 접촉하고 그것을 나누고자 노력했으며, 이 현상들과 나눈 교감을 작가로서 우리를 위한 교감이자 우리와 나누는 교감으로 옮기고자 했다.

배리는 대체로 진지한 인상을 풍기지만, 만나보면 짓궂은 유머 감각도 있고 즐거움도 누릴 줄 아는 사람이었다. 내가 그를 처음 만난 것은 세기가 바뀔 즈음의 어느 여름, 뉴멕시코 갈리스테오에 머물고 있을 때였다. 우리 둘을 아는 한 편집자가 마침 같은 지역에 와 있는 배리와 나를 이메일로 서로에게 소개해주었다. 그를 만난 자리에서 나는 저 너머 구릉지에 숨어 있는 실물 크기 곰 암각화를 꼭 보러 가시라고 말했다. 거의 하루도 빠짐없이 오후면 뇌우가 쏟아지는 곳이고 둘 다 그 사실을 알았지만 그는 오전 나절은 글을 써야 한다고 고집했다. 그 바람에 우리가 출발할 무렵 이미 하늘에는 흰 구름들이 집결해 큰왜가리의 활짝 펼친 날개 빛깔로 짙어지기 시작했다.

우리는 이야기하며 걸었다. 도중에 그는 식물이나 돌멩이를 살피느라 자주 걸음을 멈췄고, 곰 암각화에 탄복했고, 번갯불처럼 갈지자를 그리는 큰 뱀 두 마리를 비롯한 다른 문양들을 감탄하며 바라보았다. 그때 진짜 번개가 번쩍하더니 천둥이 치고 폭우가 쏟아졌고, 순식간에 우리 둘 다 흠뻑 젖었다. 비가 억수같이 퍼붓는 동안 바위 턱 아래 웅크리고 있었지만 비를 피하기에는 역부족이었고, 다른 때였으면 풍경이 건조했을 푸근한 오후였기에 우리는 된소나기를 만난—"물세례를 받았다"는 표현이 떠오른다—즐거움에 쉽게 투항했다. 갈 때는 모래흙을 밟으며 걸었는데, 돌아올 때는 진창을 걷느라 부츠가 진흙투성이가 됐다.

나중에 나는 그 암각화 근처에서 있었던 일에 대해 이렇게 써두었다.

> 밑을 내려다보니 그가 남긴 온전한 발자국이 보였고, 그 자국 안에 붉은색과 검은색 줄무늬가 그려진 작은 질그릇 유물 조각이 드러나 있었다. 생긴 지 1분도 되지 않은 발자국과 500년 동안 그 자리에 있었을 파편에 두 종류의 과거가 압축되면서 눈부신 조우가 생겨난 것이다. "누군가의 발자취를 따라 걷는다"라는 말이 일순 글자 그대로 진실이었던 것은, 오래전 내가 감히 무엇을 목표로 글을 쓸 수 있을지 고민하고 있었을 때 나에게 넌지시 일러준 것이 바로 이 작가의 글이었던 까닭이다.

내게는 이제 나의 길이 있지만, 그가 그 길을 찾도록 도와주었다. 우리가 글에서 기대하는 것이 늘 그런 역할이니, 어쩌면 나는 그가 그걸 해주었다는 말을 하려고 이 글을 쓰는가 보다.

이 에세이들은 여러 방향으로 난 발자국들이고, 하나하나에 발자국보다 더 오래된 물질이 깊이 파묻혀 있다. 이 발자국이 닿는 데까지만 따라가기를 원하는 이들도 있겠으나, 이 발자국을 길잡이 삼아 스스로 땅과 언어의 관계를 더듬고 의미를 탐색해가는, 그렇게 자신의 길을 찾아나가는 이들도 있을 것이다.

2021년 11월

리베카 솔닛

하늘

캘리포니아를 그리며

35년 전 나는 유타주의 그린강을 유람하는 친구의 보트 여행에 합류했다. 또 다른 일행도 있었는데 캘리포니아 중부에서 묘목장을 운영하는 이였다. 그는 하루 일과를 맺을 때 혼자 강둑을 따라 산책하면서 소형 녹음기에 대고 뭔가를 구술했다. 그날의 감상을 기록하는 것이냐고 어느 날인가 내가 물어보았다. 그는 두 살배기 딸이 나중에 아빠가 아이를 매일같이 얼마나 생각하고 보고 싶어 했는지 알 수 있도록 녹음을 남겨두고 있다고 대답했다.

보트 여행을 주선한 내 친구도 캘리포니아 출신이었다. 우리 셋은 그 여드레의 여행 동안 돈독한 친구가 되었다. 당시 나는 오리건에 살고 있었지만, 남부 캘리포니아의 샌퍼낸도밸리에서 유년기를 보냈다. 이런 공통점이 우리의 동지애를 한층 단단하게 만들었다.

딸에게 들려줄 여행기를 녹음하던 데이브는 중부 해안가의 아로요그란데에서 캘리포니아 자생식물을 전문으로 취급하는 제법 큰 규모의 묘목장을 운영하고 있었다. 보트 주인인 코트는 샌프란시스코 이스트베이에서 자라고 버클리에서 법학을 공부한 뒤 아이다호 보이시에서 살고 있었다. 데이브의 묘목장은 데이브와 그의 동업자 두 사람 다 캘리포니아 토박이라는 점에 창안해 네이티브 선스Native Sons로 이름을 정했단다. 어느 날 저녁 나는 묘목장 주인이 되는 게 어릴 때 꿈이었다는 말을 꺼냈다. 어머니가 두 번째 이혼 이후 몇 년간 사귀던 아저씨와 친해지면서 이런 포부가 생겨났다고 말이다.

아저씨가 일하던 화분 창고에 놀러가면 아저씨는 경탄을 담아 식물에 대해 조곤조곤 이야기해주었다. 그의 말투와 식물을 다루던 그의 손길에는 온화함이 있었다. 식물을 존중하는 태도와 우아한 동작에 이끌려 나는 그와 가까워졌다.

아저씨가 일하던 곳이 어디였는지 데이브가 물었다. 나는 샌타바버라 식물원이었다고 대답했다. "그 사람 이름이 혹시 데어라 에머리였어?"

그렇다고 대답하자 데이브는 오래전 자신이 묘목장 개업을 준비할 때 멘토링해준 인물이 바로 데어라였다고 했다. 식물을 키우고 싶다는 욕망에 집중하도록 도와준 사람도 그였다고.

역시 그해 여름 여행의 어느 저녁, 노를 젓고 있던 코트가 나를 보트로 되불렀다. 그는 잉여 군수품처럼 보이는 탄약 상자를 열고는 헝겊으로 꼼꼼하게 싸놓은 무언가를 꺼냈다. 퀼릭스•, 그리스 유적지에서 발굴한 양쪽에 손잡이가 달린 도자기 술잔이었다. 2500년 정도 된 유물이었다. 코트가 잔에 레드 와인을 조금 따랐고 우리는 번갈아 홀짝였다. 데이브와도 좋은 친구가 되리란 예감이 들었다. 우리 옆으로 그린강이 부연 달빛을 받으며 흘렀고, 뱃전에 출렁이며 부딪치는 강물 소리가 들렸다. 우리 앞에는 이 장대한 사막 협곡 지대를 함께 누빌 앞으로의 나날이 있었다.

두 친구는 당시 내 아내를 소개받고부터 아내를 아주 좋아했다. 그린강 여행을 계기로 나중에는 넷이서 매해 여름 보트로 강들을 유람하고 다녔다. 추수감사절을 같이 보냈고, 기회가 있을 때마다 자주 모였다. 그린강을 여행한 해로부터 10년 뒤 내가 이혼했을 때 이 친구들과의 관계도 금이 갈 만큼 타격을 입었다. 우리 셋의 관계가 다시 회복하기까지는 15년이라는 시간이 걸렸다.

그 세월 동안 나는 1970년부터 살았던 오리건 서부 급류천 기슭의 시골집에서 계속 살았다. 코트는 보이시에서 두 번 주소지를 옮겼다. 데이브는 아로요그란데를 떠나지 않았다. 내 전처는 아일랜드 서부로 이주해 집을 샀다.

1956년 어머니가 이혼하면서 우리 가족의 남부 캘리포니아 생활은—어머니와 남동생과 나의 생활은—무너졌다. 아버지

• 고대 그리스에서 주로 술을 따라 마시던 얕은 사발 모양의 질그릇.

는 홀연 플로리다로 가버리더니 거기서 실제로 이혼한 적이 없었던 부인과 아들과 재결합했다. 돌아보면, 어머니는 우리 세 식구를 위해 방해받지 않는 든든한 새 삶을 구축해냈다. 아버지가 떠나자 집 안에서 물리적 폭력이 사라졌다. 어머니는 세 가지 일을 병행했다. 내가 기억하기로 우리에게는 아무것도 부족하지 않았다. 이 평화로운 생활에 아동 성도착자가 끼어들었고, 이후 캘리포니아를 떠나기 전까지 4년 반 동안 내 삶은 힘겨웠다.

이혼 뒤 5년 만에 어머니가 재혼하면서 우리 가족은 뉴욕으로 이사했다. 나는 캘리포니아가—온화한 날씨, 맨발로 돌아다니던 일상, 며칠씩 모하비사막을 활보하던 날들, 손만 뻗으면 따먹을 수 있었던 신선한 과일나무들, 바닷가의 오후, 개조 차량을 몰고 달리던 폭주족까지—몹시 그리웠다. 끔찍한 날들도 있었지만 이래저래 좋았던 점들도 기억이 났다. 1964년, 8년 만에 처음으로 캘리포니아에 돌아갔다. 그해 여름 동생과 둘이 뉴욕에서부터 지그재그 코스로 차를 몰아 캘리포니아까지 달렸는데 도착한 순간 뭐랄까, 살갗을 파고들었던 갈망을 채워주듯 향수가 밀려들었고, 그것은 떠날 때—우리의 경우는 오리건으로—다시 우리 가슴을 저릿하게 만들었다.

이 감정을 해석해보려고 몇 년을 노력했다. 아동 성도착자에게 시달린 4년 반, 그리고 우리 세 식구에 대한 아버지의 폭력을 겪고도 어떻게 그런 식으로 캘리포니아를 그리워할 수 있는 것일까? 삶의 방향이 꺾이고 고통에 봉착할 때마다 나는 캘리포니아로 돌아갈 수만 있다면 다 괜찮아질 거라고 믿었다. 샌타 바버라가 내려다보이는 언덕 위의 수도원에 찾아가 수도자들의 묵언 수행을 따르며 몇 주씩 머물기도 했다. 작가 생활 초기에는 산불이나 로데오 카우보이, 새로운 국립공원을 취재하러 한두 해에 한 번씩은 캘리포니아를 방문했다. 그러던 참에 그린강에서 코트와 데이브를 만난 것이 나로서는 얼마나 행운이었는지 모른다. 나는 그들 같은 캘리포니아 토박이는 아니었지만, 이 친구들을 만나고 대화하면서 그들에게 자석처럼 이끌렸다. 어릴 적 친구들, 그때의 모험과 장난, 배를 잡고 웃어대던 일들이 생생하게 되살아났다.

동생과 캘리포니아를 다시 찾은 그해 여름, 네바다에서 모하비 북부까지 차를 몰고 가다가 두 번의 우연한 마주침이 있었다. 그 경험은 날아가는 새들을 보고 싶다는 욕망만큼 강렬하게 반세기가 넘도록 내 안에 간직되어 있다.

첫 번째는 고속도로 휴게소에 차를 세우다 언뜻 눈길이 가 닿은 한 장면이었다. 아버지와 아들이 캔버스 지붕이 없어진 낡은 1950년대식 지프차에서 내리고 있었다. 차량 뒤에는 방수포를 단단히 동여맨 작은 철제 트레일러가 연결되어 있었다. 캠핑 장비려니 짐작했다. 소년과 아버지는 한적한 도로를 달려 인적이 드문 산지와 마른 하천을 찾아다니고 있었다.

두 번째는 데스밸리에서 트로나로 가는 고속도로 노변 휴게소에서 쉬어갈 때 마주한 장면이다. 우리는 차에 기름도 넣고 차가운 음료를 마시려고 차를 세웠다. 우리 옆에서 나란히 기름을 넣는 사람이 있었다. 그이가 모는 차는 지붕에 대형 캠퍼를 장착한 사륜구동 닷지 파워 웨건이었는데, 커다란 타이어를 달아 지상 간격을 더 넓게 확보하고 있었다. 국토 횡단에 최적화된 차량이었다. 기름을 채운 뒤 우리는 주유기에서 비켜난 곳에 차를 세워놓고, 우리가 돌아다닌 지역 이야기며 시굴업자로 살아온 그의 이력에 관해 수다를 이어갔다.

그는 흔적을 거의 남기지 않는 자급자족의 삶을 꾸려가고 있었다. 국유지 시굴을 업으로 하는데, 사회보장번호도 없고 세금도 내지 않았다. 생활비는 발굴한 금과 은으로 충당했고, 샌디에이고의 귀금속 감정업자가 사업상 필요한 일처리를 대신해주고 그가 사용할 수 있도록 우편함과 전화번호도 제공해주었다.

나는 자유 그 자체처럼 보이는 그의 생활에 홀딱 반해버렸다. 그때는 이렇게 질문할 생각조차 들지 않았다. 가족은 없는지? 외로울 때는 어떻게 하는지? 어딘가에 소속감을 느끼기는 하는지? 실패하거나 병이 났을 때 돌아갈 수 있는 장소는 있는지? 당신이 속한 자리는 어딘지?

그의 삶에는 내가 원하는 무언가가 있었다. 익명성. 거리 두기. 책임으로부터의 자유. 그가 차를 몰고 떠날 때, 나는 그이처럼 되고 싶었다. 거의 그렇게 될 뻔했다.

이혼한 뒤로 코트와 소식이 끊겼다. 데이브와는 연락하고 지냈지만 피차 껄끄러웠다. 살얼음판을 걷듯 아슬아슬했다. 재혼한 아내가 내 일흔 살 생일을 맞아 성대한 파티를 계획할 무렵, 나는 데이브에게 전화를 걸어 파티에 올 의향이 있는지 물었다.

그가 그러마고 대답했다. 데이브는 내 일흔 살 생일 파티에서 처음으로 가족과 함께 있는 내 모습을 보았다. 재혼한 아내는 만난 적이 있었지만 네 명의 의붓딸과 두 손주를 만난 것은 처음이었다. 다다음 해, 그가 차에 코트를 태우고 우리 집 진입로로 들어섰다. 괜찮겠느냐고 미리 전화를 주었었다. 아무렴, 괜찮다마다.

요즈음 우리 세 사람은 그린강 여행 이후 1980년대 후반 때만큼이나 가깝게 지낸다. 강을 유람하고 데이브의 집이나 우리 집에서 추수감사절을 함께 보내고 헤어질 때 서로를 얼싸안는다. 이 화해에는 나이도 한몫했다. 다들 70대 중반이고, 과거에 대수롭지 않게 여겼던 격렬한 신체 활동은 더 이상 무리다. 정치적 입장은 처음 만났을 때부터 잘 맞았다. 지금은 딸 일곱에 손주 여섯을 향한 애정이 우리의 공통분모다.

캘리포니아에 살던 어린 시절에 나는 사람들이 캘리포니아에 오는 건 인생을 다시 시작하기 위해서라고 이해했다. 성공한 사람들도 있고 버텨내지 못한 사람들도 있었다. 내가 세 살 때 뉴욕의 웨스트체스터 카운티에서 이곳으로 이사했던 우리 부모님처럼.

캘리포니아 이주담이나 성장담을 다룬 수많은 소설과 영화를 보면, 빛과 그림자의 주제가 이야기의 기본 뼈대를 이루고 있다. 이 극적인 주제가 인간의 보편적 핵심을 파고든다. 끔찍한 경험—성적 학대의 트라우마, 폭력적인 결혼과 이혼, 부재하는 아버지에 대한 채워지지 않는 갈망—은 사람을 상처 입히고, 그것으로부터 헤쳐 나오기까지는 수십 년이 걸린다. 하지만 캘리포니아 보이로서 나에게는 무한히 용서하고 무한히 위로하는 빛이라는 중심축이 있었다. 유칼립투스 나뭇잎과 어도비 벽돌집의 옅은 벽면과 출렁이는 수면까지, 주위의 모든 것을 아름답게 적시는 빛이 내 존재를 지탱했다. 그 빛, 그리고 나를 하늘로, 나 자신의 바깥으로 끄집어내 높은 곳으로 끌어올리던 새들이 내 삶에 희망이라 부를 만한 것을 가져다주었다.

나는 유목형 인간이다. 그런데 이렇게 말하는 지금도 50년째 오리건 시골의 같은 집에 살고 있다. 다시 남부 캘리포니아에 가서 살지는 않았다. 내가 두고 떠나오기 싫었던 것은 그 장소 자체가 아니었다. 그보다 내가 애타게 그리워한 것은 내 유년기에 얽힌 1950년대의 분위기였다. 교외 주거 단지 끄트머리에서 맨발로 뛰어다니던 날들이 그리웠다.

그 때 묻지 않은 시절에 대한 갈망이 때로 걷잡을 수 없이 차오를지언정 다시 그때로 돌아갈 수는 없다. 그렇게 내가 가졌던 것, 혹은 가졌다고 생각했던 것보다 지금 나에게 있는 것을 더 사랑하는 법을 배워간다.

하기는, 일곱 살 생일에 나에게 텀블러피전 여덟 마리를 선물한 건 그 아동 성도착자였다. 마치 총에 맞은 것처럼 일부러 날기를 포기하고 곤두박질치던 비둘기들, 그러다 지면까지 불과 몇십 센티미터를 남겨두고 그 하강에서 벗어나 다시 날개에 힘을 주고 너른 하늘로 솟구치던 나의 비둘기들.

거룩하신 어머니

나는 열한 살 때 뉴욕시에 있는 한 예수회 사립학교에 들어갔고 나중에 [가톨릭계 학교인] 노터데임대학교에서 학사와 석사를 마쳤다. 뉴욕에서 살던 시절에는 평미사는 물론이고 부활절 미사 같은 주요 대례미사를 빠짐없이 드렸고 복사 봉사도 거르지 않았다. 부활 대축일에 예식에 맞춰 파스카 초를 밝히면, 불빛이 성 금요일과 성 토요일의 자줏빛 침묵을 걷어내고 성당의 동굴 같은 어둠을 밝히기 시작한다. 나는 미사를 드리는 행위에 아무런 의심도 냉소도 품지 않았다. 내 감정 상태가 어떻든 거대한 미스터리가 나에게 임재하고 있음을 머리로 이해하고 마음으로 믿었다.

노터데임에 입학한 첫 두 해 동안은 일주일에 서너 번씩 미사에 참석했다. 나는 당시 청춘의 성장통을 호되게 치르고 있었지만, 감정의 격통이나 가족의 불화에 휘말려 있을 때도 경건한 제례와 그 저변의 가톨릭 신학에서 위로와 지지를 구할 수 있었다. 그러나 날 때부터 가톨릭교도는 아니었다. 나는 로마가톨릭교도인 아버지와 남부 침례교인 어머니 사이에서 태어났고, 다섯 살 때 개신교 교회에서 세례를 받았다. 중혼자였던 내 아버지는 얼마 안 있어 우리 형제와 배우자를 버리고 예전 부인과 아들에게로 돌아갔다. 어머니는—돌이켜 생각해도 영문을 모르겠지만—고집스럽게도 우리 형제를 가톨릭 신자로 키웠는데, 정작 당신은 평생 개종하지 않았다. 교사로 일하며 우리를 부양했던 어머니가 나중에 나에게 말해주기로는 그 당시 샌퍼낸도밸리의 가톨릭계 학교들이 공립학교들보다 나았다고 했다. 어쩌면 어머니에게는 그 이유가 전부였을지도 모르겠다.

대학에 들어가서 보니 예수회는 가톨릭 전례에 대한 자구적 이해보다 은유적 해석을, 또한 기성 종교 전반에 대해 이지적이고 회의적인 태도를 키우도록 장려하고 있었다. 영성 생활 면에서도 예수회의 접근은 지성을 강조하기로 유명했지만, 그러면서도 전통적으로 신을 영접하는 경로로서 신비주의와도 불화하지 않았고, 나로서는 이 점이 중요했다. 사실 나는 열세 살 때 이미—이 시기 어머니는 두 번의 이혼 경력이 있는 로마가톨릭 신자와 재혼해서 우리를 데리고 캘리포니아에서 뉴욕으로 이주했다—가톨릭 신앙에서 영혼의 안식을 찾았다. 나에게는 가톨릭 성화와 제례가 탐닉의 대상이었다. 나는 종교적 가르침 안에서의 예수 그리스도와 역사적 인물로서 예수의 차이에 매료되었다. 아울러 중세 유럽 역사의 근간이었던 가톨릭 역사에 대한 공부도 게을리하지 않았다.(비록 십자군 원정의 추악한 이면이나 체사레 보르자 같은 추기경의 행실에 대해서는 무지했지만.)

고등학교 3학년 말에는 급우들과 같이 뉴욕주 콘월온허드슨 마을의 예수회 수련원에 찾아갔다. 그 무렵 나는 예수회 신부이자 고인류학자인 테야르 드 샤르뎅처럼 평생 세속과 신성의 신비를 탐구하고 하느님과 사람을 위해 봉사하는 삶을 살겠다는 목표에 집착하고 있었다. 우리는 대학 진학을 앞두고 저마다 옳은 걸음을 내딛고 있다는 확신을 얻기 위해 (예수회식 표현으로) 기도와 침묵과 묵상으로 사흘을 보냈다. 나는 내 앞날이 예수회 수도회와 함께하리라는 확신을 얻고 뉴욕으로 돌아가게 되기를 소망했지만, 뜻대로 되지 않았다. 어떤 부름도 받지 못했다. 그래서 대신에 항공 엔지니어링을 전공하겠다고 선언하고 노터데임대학교에 진학했다.

그러나 알고 보니 항공 엔지니어링도 나의 소명은 아니었다. 1학년 중반에 물리학 교수에게 예리한 지적을 받은 것을 계기로 내가 반한 것이 공학의 메커니즘이 아니라 비행이라는 메타포였음을 깨달았다. 아버지가 떠난 뒤 캘리포니아에서 키우던 텀블러피전의 공중제비와 이카로스의 대담성에 매료된 것이었다. 나는 전공을 인문학으로 바꾸고 글쓰기와 사진과 연극 과목을 수강했다. 1960년대 중반이던 그 무렵 인문학부 전공자는 철학 4년, 신학 4년 과정을 이수해야 했다. 수업을 통해 깊이 있는 토론과 독서 경험을 쌓으면서 아빌라의 성 테레사, 십자가의 성 요한 같은 신비주의자의 삶을 알아갔고, 아시시의 성 프란치스코, 성 마르티노 데 포레스 같은 성인들의 삶에 대해 호기심을 키워갔다.

노터데임에 다니는 동안 간혹 공공장소에서 기도하게 될 때면 캠퍼스의 두 호수 중간 경사지에 자연석으로 야트막하게 지어진 쉼터를 찾았다. 철제 울타리 안에 쌓아올린 기단 위로 성모상이 서 있었다. 그 옆과 앞쪽으로 검은 철제 스탠드가 놓여 있고, 스탠드 위에는 봉헌 양초가 암적색과 암청색 유리 받침에 담긴 채 타고 있었다. 그 수백 개의 촛불이 '그로토'•라 불리던 이 장소를 밤낮으로 밝혀주었다. 주기적으로 쓸고 지나가는 돌풍이나 눈비에도 잘 꺼지지 않도록 배치된 이 깜박이는 노란 빛은 내게 나와 같은 이들을 종교의 세계로 안내하는 어떤 영묘함의 표상이었다. 서구적 상상력으로는 이해할 수 없는, 이성적 사고 너머에 존재하는 신성의 영역으로 우리를 이끄는 그 영묘함을 상징하는 것 같았다. 혹한의 밤에 어둠을 막아주는 생생한 촛불의 일렁임 속에 혼자 무릎을 꿇고 앉아 있을 때면, 돌덩이들과 환한 빛과 날씨와 그림자 진 나무들이 하나로 수렴되는 듯했다. 내 기도를 들으시는 평온하고 자애로운 중보자 성모께서 이 모든 것을 주관하시는 듯했다.

• 작은 동굴.

학부 과정의 이후 2년 동안은 가톨릭교회와 소원해졌는데, 분노나 원망 때문은 아니었다. 대학에서 사귄 친구들 대부분이 학창 시절에 교회와 절연했지만, 나는 그들이 토로하는 배신감이나 분노를 경험하지는 않았다.(우리는 기숙사에서 밥 딜런을 듣고 1960년대 길거리를 휩쓴 나팔바지를 입고 베트남전쟁 반대 시위에 나가던 학내의 소수 그룹이었다.) 친구들은 자신들이 숨 막히도록 부조리한 종교라는 덫에 걸려서 삶을 충만하게 해줄 실증적인 경험 자체로부터 차단당했다고 생각하고 있었다. 그들이 보기엔 교회는 모든 게 정해진 판에 박힌 삶을 자신들에게 종용하고 있었다.

내가 소원해진 이유는 노터데임 안에서는 내가 추구하던 종교를 끝내 찾을 수 없었기 때문이다. 우리의 환경은 배타적인 남성 중심 공간이었을 뿐만 아니라 강의실에서 불가지론자나 유대교도는 물론이고 단 한 명의 개신교도조차 찾아보기 힘들었다. 서구 문화를 배태한 철학 외에 그 어떤 철학도 검토되지 않았다. 우리는 중산층 백인 청년들이었고, 우리의 종교적 경제적 가치를 전 세계에 영속화하는 교육을 받고 있었다. 그러면서도 우리는 대체로 세상일에 대해 너무도 순진무구했다. 그 점이 우리를 두렵게 만들었을 것이다.

졸업 이후 나는 뉴욕에 있는 출판사에 취직했지만 직업도 종교도 여전히 불안정했다. 회사에 다닌 지 몇 개월 만에 일주일 휴가를 내고 켄터키로 떠났다. 시인 토머스 머턴이 살았던 뉴호프 근처에 있는 트라피스트회 수도원인 겟세마네 수도원으로 피정을 갔다. 종교적 삶이 가능한지 한 번 더 묻고 싶었다. 예배와 육체노동으로—이곳은 일종의 협동 농장이다—일과가 꾸려지고, 프랑스 카르투시오회와 베네딕토회의 전통을 계승하는 시토회 공동체인 이곳이 나와 잘 맞을 듯했다. 그러나 그곳 수도사들의 삶에 마음이 끌리기는 했어도 여전히 긍정의 응답을 받지 못했다.

다른 데로 눈을 돌려보기로 했다. 그 뒤 수십 년 동안 나는 그린란드에서 티에라델푸에고까지, 타지키스탄에서 나미비아까지, 폴란드에서 타히티까지, 멀리 떠나는 행운을 자주 누렸다. 어릴 때 가톨릭교회에서 듣던 표현을 빌리자면, 내가 보게 될 것의 상당 부분은 이교도의 문화였다. 생각해보면 언제나 내 눈에는 이런 이방의 인식론과 형이상학이 오묘하고 심원해 보였다. 알래스카의 선주민들, 케냐의 캄바족 사람들, 오스트레일리아 노던준주의 왈피리족 사람들과 함께 떠난 길에서 신비주의와 접속 가능한 영성을 발견했다. 나는 신비주의가 인류에게 보편적이라고 믿고 있다. 다만 인간 사회 제반의 일상적인 실패로 인해 이런 신비한 방식의 유용함과 강점이 자주 감춰질 뿐이다. 나는 한 사회가 어떻게 자신의 고질적인 실패와 불의와 불경의 역사를 완벽에 대한 영적 갈망과 화해시키는지를 보여주는 것이 종교라고 생각한다.

가톨릭의 관습과 멀어진 지 오래지만 여행자로 살면서도 나는 여하튼 기도하는 삶이라는 중심축에 계속 의지했다. 신의 존재 앞에 부단히 경건하게 임하는 것을 나는 넓은 의미의 기도로 받아들였다. 그 정수 안에 깃들고자 매일 노력하는 것이 기도였다. 나는 여전히 성모의 임재를 의심하지 않았다. 나에게 그분은 연민과 자애의 표상이며 보살이었다.(엄격한 가톨릭 신자나 불교 신자를 모욕하려는 뜻은 전혀 없다.) 성모는 내 종교적 전통의 (여기에는 젊은 시절 내가 다닌 교회에서 철저히 배제되었던 흑인 성모의 전통도 포함된다) 근간인 동시에 종교를 초월하는 분이기도 했다. 골고다에서 십자가에 못 박힌 고난의 예수가 그러하듯, 그분의 존재를 믿게 만드는 종교는 필요치 않았다. 상상력이 있는 인간이라면 가톨릭교도나 배교도 앞에 신빙성의 증거로 내밀 로마 교황의 칙서 따위는 필요치 않았다.

성모의 임재를 느낀 것은 딱 두 번이었다. 1989년 5월의 어느 오후, 나는 갈라파고스군도 북부에서 산살바도르섬 북쪽을 막 지나고 있었다. 그때 1.5킬로미터쯤 떨어진 해안가 수면에 가벼운 술렁임이 보였다. 버커니어만 안쪽에서 오후 석양의 낮은 햇살이 물고기를 잡으러 수직 다이빙하는 푸른발부비새 같은 것들을 비추고 있었다. 그런데 첨벙이는 움직임이 오직 한 점에서만 반복적으로 일어나고 있었다. 10배율 망원경을 눈에 대고서야 걸그물에 걸린 한 무리의 바다사자들인 걸 알아차렸다.

우리는 멀리 헤노베사섬을 향하고 있었고, 선장이 우회하기를 원치 않으리란 것을 알았다. 나는 우리 가이드였던 올랜도 팰코를 불렀다. 내게 망원경을 건네받은 그는 단번에 내 짐작이 맞았음을 확인해주었다. 근방 어부들이 사체를 상어잡이 미끼로 쓰려고 불법으로 그물을 놓았는데, 거기에 걸린 바다사자들이었다. 그렇게 잡힌 상어는 지느러미를 잘린 뒤 다시 물에 내던져져 죽는다.(지난 며칠 새 우리는 지느러미가 잘린 상어 사체 너덧 구가 갈라파고스 해변에 떠밀려 온 광경을 목격했다.) 어부들은 아시아계 어류 가공선을 탄 구매자들에게 상어 지느러미를 팔았고—역시 불법으로—이들로부터 고가의 걸그물과 여타 장비를 은밀히 공급받고 있었다.

선장에게 고용된 처지인 올랜도는 갈등했다. 선장 입장에서는 불법이든 아니든 다른 주민들의 생계에 관한 판단이 걸린 일에 연루되기가 꺼림칙할 것이고 갈라파고스 국립공원의 정치에 휩쓸리는 것도 원치 않을 거라고 했다. 그래도 올랜도와 나는 선장에게 가서 우리 의견을 피력했다. 선장이 올랜도를 잠시 무섭게 노려보더니 항로를 변경했다.

비글Ⅲ호가 좁고 작은 만에 닻을 내리자마자 올랜도와 승조원 한 사람이 4미터 남짓한 소형 모터보트를 배에서 내리고 비글Ⅲ호에 타고 있던 다른 네 명의 승객을 태운 다음 바다사자가 있는 곳으로 접근했다. 몇 마리는 초록색 그물에 몸이 꽉 조인 나머지 눈알이 머리에서 튀어나온 지경이었다. 너덧 마리가 한데 뒤엉겨 있어서 한 마리가 잠깐 숨을 쉬려면 다른 녀석들이 물 밑으로 끌려 내려가고 그러다 또 다른 녀석이 숨을 쉬려고 발버둥 치면 결국 다 같이 물에 잠기고 말 것 같았다. 동물들이 연신 숨을 헐떡이며 내는 삑삑대는 고성과 우레 같은 울부짖음이 좁은 만의 대기를 갈기갈기 찢었다. 필사적인 몸부림과 큰 몸집들 때문에 소형보트로 접근하기는 위험했지만, 달리 선택의 여지가 없었다. 올랜도와 내가 서로에게 몸을 바짝 붙이고 좌현에서 덤벼보기로 했다. 보트가 균형을 잃지 않도록 다른 두 사람이 우현에서 몸을 한껏 젖혀 버텼다. 승조원이 노를 휘둘러 바다사자들의 성난 주둥이가 우리를 향하지 않도록 막아주는 사이 올랜도와 내가 칼을 들고 그물로 돌진했다.

나는 조임 그물 밑으로 손을 뻗어 그물을 몸 쪽으로 당겨 자르기 시작했다. 동물들이 보트로 기어오르려 몸부림쳤는데—매달릴 것을 잡으려고 좌현 뱃전을 미친 듯이 물어뜯었다—우리 둘을 배 밖으로 던져버릴 기세였다. 녀석들이 아직 살아 있는 것이 신기했다. 올랜도와 나는 엉덩이를 맞대고 서서 바다사자의 몸에 칼이 닿지 않도록 조심하며 노끈을 끊어냈다. 적도는 일몰이 빨라서 그새 날이 완전히 깜깜해졌다. 비글Ⅲ호에서 두 번째 보트에 손전등을 실어 보냈고, 이 배는 손전등만 건네주고 멀찍이 물러났다. 손전등 불빛이 사납게 밤을 가르며 걸그물의 촘촘한 그물코와 바다사자들의 분홍색 주둥이들, 흰 송곳니, 번들거리는 눈알의 결막을 비추었다. 올랜도와 나는 팔뚝과 양손 곳곳이 베이고 뱃전에 정강이를 셀 수 없이 찧어댔다.

정신없이 어지러운 와중에 뭔가가—바다사자의 물갈퀴였거나 그물이었거나—내 칼자루를 획 잡아챘고 순식간에 칼이 손에서 빠져나갔다. 암흑 속으로 사라진 것이다. 칼 없이는 더 이상 도울 수 없었다. 나는 순간적으로 몸이 굳어졌지만 곧 올랜도를 거들기 위해 재빨리 몸을 틀었다. 누군가가 내 발치에서 보트의 물을 퍼내고 있었다. 나는 줄타기 곡예사처럼 몸의 중심을 잡기 위해 팔을 뻗었다. 수면 위의 캄캄한 허공에서 빈손을 쥐는데, 손에 칼자루가 쥐여졌다. 내가 설 공간을 확보해주려고 자세를 바꾸던 올랜도가 내 손에 칼이 나타난 걸 보았다. 그가 무표정하게 나를 쳐다보다가 다시 작업에 뛰어들었다. 그때 올랜도와 나는 분명히 느꼈다. 우리 손에 동물의 몸이 닿을 때마다, 옆에서 다른 바다사자들이 괴성을 지르고 요동을 쳐도 녀석이 노끈과 제 살갗 사이로 들어오는 칼날을 느끼는 순간이면 녀석의 몸에서 힘이 빠져나가는 것을. 동물들이 이렇게 협조한 덕분에 우리의 작업 속도는 더 빨라질 수 있었다.

흐릿한 손전등 불빛 아래라서 확실히 알 수는 없었지만, 마침내 우리는 열다섯 마리가량의 동물을 풀어준 것 같았다. 한 마리를 제외하고 다들 유유히 헤엄쳐서 사라졌다. 그 자리를 떠나기 전에 올랜도와 나는 두 손으로 줄다리기를 해가며 부표까지 이어진 걸그물의 뜸줄을 모조리 따라가 그물코를 잘라놓았다.

비글Ⅲ호로 돌아왔을 때, 올랜도와 나를 제외하고 모두들 늦은 저녁을 먹기 위해 주 선실로 들어갔다. 우리 둘은 맨발에 옷이 흠뻑 젖은 채로 갑판 위에 말없이 앉아 있었다. 아르헨티나 젊은이였던 올랜도는 딱히 뭔가에 경외심을 품거나 하지 않았고, 신비주의적인 성향을 지닌 인물은 더더욱 아니었다. 갑판 조명 아래에서 보니 우리 둘의 정강이가 검푸르게 변해갔고 손과 팔의 상처가 짠 바닷물에 부어오르고 있었다.

내가 물었다. "아까 칼이 어떻게 됐는지 봤어요?"

"라 마드레 데 디오스."• 그가 밤하늘을 응시하며 말했다.

그날 밤 갑판 위에서 침낭을 펼치려는데, 그분의 수많은 호칭 중 단 하나가 머리에 맴돌았다. 모든 은총의 중재자이신 성모님.

또 한 번 성모를 가까이에서 느낀 적이 있었다. 이번은 다른 사람의 관찰이 일순 앞뒤가 맞아 대번에 나도 수긍하게 된 상황과는 달랐다. 두 번째 경험보다 36년 앞서 일어난 일이다. 나는 여덟 살이었고, 한 아동 성도착자의 침실에 붙잡혀 있었다. 여섯 살 때 처음 이 남자에게 강간을 당한 뒤로 이 일은 내가 열한 살이 될 때까지 계속되었다. 남자는 우리 지역 어른들에게 전폭적으로 신뢰를 받던 인물이었다. 의사로서 사회적인 존경을 받고 있었다. 나는 그가 자기 마음대로 짓밟는, 그의 침대에 던져진 헝겊 인형 같은 물건이었다. 그는 유년기에 내가 두려워한 많은 것—불안, 신체적 취약함, 옳은 일을 하고 싶은 욕구—들을 주도면밀하게 이용해 나를 우리 안에 가뒀다. 나는 어디에서도 출구를 찾을 수 없었다.

그날 오후 긴장증적 복종 상태에서 낡고 지저분한 침실을 응시하고 있을 때, 나는 성모님을, 방 안의 침체된 공기에 융해된 그분의 존재를 보았다. 흰옷을 입은 이가 맨발 채로 바닥에서 한 뼘쯤 둥실 떠 있었다. 머리에는 옅은 푸른색 베일을 쓰고 있

• 신의 어머니, 즉 성모마리아를 뜻하는 스페인어.

었다. 그가 내게 손을 뻗었다. 그리고 말했다. "너는 여기서 죽지 않을 거야." 눈앞의 이 순간 너머 뭔가 다른 것이 놓여 있다는 뜻인 것 같았다. 그렇게 이해했다. 이보다 더 최악인 상황이 닥치더라도 그분이 내 옆에 있다고 말해주는 것 같았다.

하늘의 모후님이다, 아마 그때 나는 그렇게 생각했던 것 같다. 지금이었어도 그렇게 말할 것이다.

무섭도록 풍부한 물

일본군의 진주만 공습이 있고 몇 시간 후, 앨라배마주 버밍엄의 한 아파트 문을 급히 두들기는 남자가 있었다. 1918년 프랑스령 알프스에서 독일 최고의 조종사에게 격추당했던 체코 전투 조종사였다. 멋진 용모의 젊은 여성이 문을 열어주었다. 리넨 양복을 맵시 있게 빼입은 남자가 들어서며 방 안에 있던 또 다른 여성에게 정중히 인사를 건네고는 곧장 본론으로 들어갔다. 방금 멀리 태평양에서 무슨 일이 일어났는지 아직 못 들었을 거라고, 더 정확히는, 장차 상황이 얼마나 급변할지 두 사람이 과연 이해할지 모르겠다고, 남자가 말했다.

격변의 예감을 초조하게 전하는 이 남자는 벽화와 초상화를 그리는 예술가이자 항공 엔지니어로, 그 무렵 한창 벡텔-매코니사의 B-24 폭격기 날개 디자인에 공을 들이고 있었다. 1차

대전 당시 항공기 추락으로 경추 수술을 받은 목, 프랑스식 교육을 받은 듯한 품새, 코즈모폴리턴다운 옷차림 등에서 언뜻 풍기는 귀족적인 분위기가 1941년 당시 미국 최남동부 동네에서는 다소 수상쩍은 인상으로 비치기도 했다. 문을 열어준 이는 그에게 미술을 배우는 학생들 중 한 명이었다. 짙은 흑발에 옷차림이 세련된 다른 한 사람은 〈버밍엄 포스트〉에 글을 기고하는 매력적인 작가였는데, 남자보다 열네 살 아래로 그의 전 부인이었다. 앨라배마 시골 태생의 이혼 여성들인 두 사람도—당시로서는—이 남자만큼이나 구설에 오를 만한 인물들이었다.

그로부터 몇 주 후, 저 흑발의 작가는 더 넓은 세상을 향한 동경을 품고 아직 이혼 절차를 마무리짓지 못한 한 사업가와 결혼해 뉴욕시 교외인 매머러넥으로 옮겨갈 것이다. 1945년 겨울, 히로시마와 나가사키에서 대참사가 발발하기 직전에 내가 그 여성의 아들로 태어날 것이고, 3년 뒤에는 아들이 하나 더 태어날 것이다. 그녀의 버밍엄 룸메이트이자 막역한 친구인 에스터 켈턴 역시 조만간 두 번째 남편을 만나 함께 남부 캘리포니아로 이사할 텐데, 거기서 남편은 해군에 자원해 태평양전쟁에 참전할 예정이었다. 예술가이면서 수많은 특허권의 보유자인 시드니 반셰크는 버밍엄에 남아 B-29 폭격기 제조 작업과 장차 최초의 인공위성 설계를 맡게 될 것이다. 1, 2년 쯤 뒤에는 자신에게 미술을 배운 다른 학생과 결혼할 것이다.

에스터가 밴나이스•에서 전쟁 신부로 독신 생활에 적응하는 동안, 내 어머니는 남편과 두 아들을 데리고 웨스트체스터 카운티의 아파트에 정착했다. 하지만 1941년의 그날 아침 시드니가 이들에 대해 상상했던 건 이런 새로운 전개와는 거의 무관했다. 그는 재즈 시대의 도래라든가 굴드 펌프사, 카네기 철강회사, 포드사의 생산 라인 가동과 함께 찾아올 경제적 변화 같은 것을 상상했을 것이다.

전쟁 기간 동안 남부 캘리포니아의 풍족한 생활을 상세히 묘사한 에스터의 편지들, 그리고 이후 종전이 가져온 취업의 기회들은 내 어머니와 시드니의 일신상에도 영향력을 발휘했다. 1940년대 말, 두 사람은 1년의 간격을 두고 각각 로스앤젤레스에 도착했다. 셋의 끈끈한 우정의 부활을 약속하는 에스터의 솔깃한 편지도 일조했겠지만 어머니와 시드니를 유혹한 다른 노래도 있었다. 그것은 당시 전쟁으로 지친 미국인들이 남부 캘리포니아에 투사한, 아직 완벽하게 이해되지는 않았으나 어떤 촉매제가 될 듯한 기분 좋은—온화한 약속의 땅에서 새로 출발하는 삶의—이미지였다. 각자의 개인사는 두꺼운 외투와 함께 문가에 벗어놓고 들어가면 그만이었다. 그곳에서는 마당 나무에서 딴 오렌지를 아침으로 먹을 수 있었다. 미국 역사상 전후 로스앤젤레스만큼 급성장한 지역은 그전에도 없었고 이후로도 없을 것이다.

1947년 시드니와 그레이스 부부는 퍼시픽펠리세이드에서 주택을 구입했다. 시드니는 휴스 항공사에 자리를 잡고 고속카메

• 로스앤젤레스 샌퍼낸도밸리의 한 지구.

라부터 스프루스구스•에 이르기까지 온갖 개발 프로젝트에 참여하며, 다방면에 능통한 설계 전문가로서 오랜 커리어를 쌓아나갔다. 에스터와 바비—후에 그녀는 자신의 남편을 '내 인생의 반쪽'이라 불렀다—부부는 반세크 부부가 도착했을 때 이미 스튜디오시티의 리퍼블릭픽처스 영화사 촬영장에서 2년째 일하고 있었다. 그러다가 샌퍼낸도밸리에 가구 수가 폭증하고 산업 시설이 확장되자 에스터는 그 시류를 타고 부동산 중개업에 뛰어들기로 했다. 우리 가족을 데리고 도착한 아버지는 레시다 지역에서 광고와 컨설팅 사업을 시작했다. 지역색이 분명한 협소하지만 탄탄한 경제체제—항공기 설계, 영화 제작, 부동산 개발, 기업 광고—가 이들 세 가정의 재정적 안녕에도 기반을 제공했다.

대공황기에도 불황의 여파를 피할 수 있었던 남부 캘리포니아 사람들 사이에서는 새로운 스타일의 미국적 여가 생활이 생겨났다. 종전 후 이들 엘리트 상류층의 삶—뒷마당 테라스에서의 바비큐 파티, 2인승 승용차로 퍼시픽코스트 고속도로를 달리는 드라이브, 주말 골프와 테니스에 어울리는 캐주얼한 패션, 스페인 양식의 수영장 딸린 주택—은 눈 깜짝할 새에 미국인들이 꿈꾸는 중산층 생활의 큰 부분으로 자리 잡았다.

우리 부모님, 메리 브레넌과 잭 브레넌 부부도 이런 쾌적한 삶을—후에 불릴 이름마따나 '밸리 생활의 컬트'를—열망했으

• 휴스 항공사에서 제작한 역대급 대형 수송 비행정.

나 속으로 곪아가던 이들의 결혼 생활은 얼마 못 가 파국으로 치달았다. 잭 브레넌은 자기 꿈을 각색하고 무대에서 퇴장하더니 플로리다로 떠나 이혼한 적 없었던 부인과 그 사이에서 태어난 어린 아들과 재결합했다.(그리고 나서 얼마 지나지 않아 우리 가족 몰래 그들을 데리고 로스앤젤레스로 돌아와서 다시 옥외광고 사업을 계속해나갔고 부동산 개발 쪽에서도 꽤 성공을 거뒀다.)

어머니는 에스터 부부와 시드니 부부의 도움을 받으며 절실한 마음가짐으로 가계를 꾸려나가기 시작했다. 어머니가 가진 기술 중에 당장 시장성이 있는 기술은 재봉 일과 요리, 그리고 1950년대식으로 말하자면 이른바 가사였다. 당시 샌퍼낸도밸리 지역 최초로 중학교가 들어섰다. 급속한 인구 증가에 직면한 밸리의 여타 학교들과 마찬가지로 이 학교도 강사 수급이 시급했다. 어머니는 상당한 수준의 기술과 우아한 성품 외에는 별다른 자격증이 없었지만 이 학교에 가정 과목 강사로 취직되었다.

어머니에게는 자기와 비슷하지 않은 사람들과도 스스럼없이 어울리는 재주가 있었다. 단지 남부 사람 특유의 친근감으로 갈등을 무마하는 능력 정도가 아니었다. 그것은 어머니의 세계를 이루는 소신이었다. 밸리 북동쪽 농장에서 일하는 멕시코 노동자들의 어린 딸들, 비슷하게 소외된 다른 노동자 가족의 소녀들이 어머니의 수업으로 모여들었다. 소녀들은 어머니의 열정과 모두를 평등하게 대하는 태도를 좋아했다. 내 생각에 어머니는 계급적 차이가 인종 못지않게 국민적 편견에 깊이 뿌리내린 특징임을 이해하는 사람이었고, 학생들이 그 점을 알아챈 것이 일정 정도 어머니의 인기 요인으로 작용했던 것 같다.

어머니는 피어스주니어 전문대학에서 주 2회 야간 수업도 하고, 집에서 여성복을 제작해 추가로 가계 수입을 올렸다. 가끔 토요일 아침이면 동생과 나를 데리고 LA 시내로 달려가 윌셔 지역의—아이매그닌, 불록스, 메이&Co 같은—고급 백화점을 순례했다. 어머니는 유명 디자이너의 옷을 서너 벌 들고 탈의실로 사라졌다 나와서는 직원에게 딱히 어울리는 옷이 없다고 말하곤 했다. 나중에 집에 돌아오면 손가방에서 꺼낸 연필 메모를 참조해 그것과 똑같은 의상을 재단하고 바느질해 본인도 입고 밸리의 다른 고객들에게도 입혔다.

후에 어머니의 친구들에게 듣기로 어머니는 양육비를 청구할 수 없어서 맨몸으로 눈앞의 냉혹한 경제적 현실에 뛰어들었다고 한다. 비슷한 처지에 놓였던 다른 여성들보다 어머니가 감당해야 했던 현실이 더 무거웠던 이유는 어머니가 내 집 장만의 꿈을 고집했기 때문이다. 이혼하고 나서 어머니는 레시다에 방 두 개짜리 작은 주택이 딸린 300평 대지를 구입했다. 약 스무 그루의 과실수를 심을 수 있을 만큼 넉넉한 땅이었다. 어머니는 다양한 남자들과 데이트했고(카노가파크에 사는 성공한 양계 농장 주인도 있었고, 레시다 지역 조경을 담당했던 묘목업자도 있었다), 근사한 음식들을 차려냈고, 우리에게도 자주 말했던 것처럼 당당하게 고개를 들고 다녔다.

제임스 M. 케인이 『밀드레드 피어스』에서 이혼 여성이 두 아이를 키우며 겪는 곤경을 극화할 때 염두에 두었던 진취적인 여성이 딱 이런 모습이 아니었을까. 샌퍼낸도밸리에서 인생을 자립적으로 개척해나가면서 주기적으로 재혼의 손익을 타진하던 그런 여성.

물, 똑똑 떨어지는 물, 물웅덩이, 흐르는 물줄기, 그 시절을 생각하면 나는 이런 꿈의 이미지가 자주 떠오른다. 아울러 밸리 지역의 비옥한 채소밭과 꽃밭, 유칼립투스나무들을 출렁이게 하던 거센 바닷바람, 레시다 서쪽과 노스리지 북쪽으로 형언할 수 없을 만큼 드넓게 펼쳐진 농지들이 떠오른다. 지금까지도 나는 미국의 아이들을 추동하는 그 신비한 명령의 위력이 이런 전원의 이미지에서 나온다고 생각한다. '길을 떠나라'라는 명령말이다. 자전거 핸들에 몸을 싣고 레시다와 캘러배사스 사이 포플러 방풍림 끝자락의 비포장길을 달리던 1953년, 멀리 채소농장과 호두나무 숲과 과수원과 관개 설비로 물을 대는 질푸른 자주개자리밭을 지나 샌타수재나 부채꼴 비탈면을 덮은 마른 덤불을 눈에 담으며 나는 내 행운이 있는 곳은 어디쯤일까 생각하곤 했다.

어린 시절 가장 가까이 지낸 물은—쉽게 짐작가다시피—로스앤젤레스강이었다. 캘버트 스트리트의 우리 집에서 캐벌레로 크리크까지는 걸어서 지척이었다. 강바닥은 대부분 말라 있었지만 그래도 샌타모니카산맥 북측에 닿아 있는 가장 확실한 물줄기였다. 캐벌레로 크리크가 빅토리 대로를 지나 린들리 애비뉴 근처에서 로스앤젤레스강으로 흘러드는 것이다. 1940년대 말에는 레시다 서쪽으로 수로가 지나갔는데, 아직 포장이 깔리지 않아서 즐겨 찾는 야외 놀이 코스였다. 푹신한 강바닥에 굴이 생겨나면서 각종 소리가 건너왔는데 붉은깃찌르레기, 멕시코양지니, 검은피비새, 아메리카솔새, 왜가리, 제비, 쇠오리 소리가 왁자지껄했다. 우리에게 로스앤젤레스강은 세풀베다댐 저편 동쪽까지 콘크리트 수로를 따라 흐르는 그 강과는 다른 물이었다.

밸리 지역을 이런 식으로—동쪽을 개발된 도회지, 서쪽을 야생적인 농지로—상상하는 습관은 삶의 많은 것들을 경계 지대의 연장으로 바라보는 시선으로 자리 잡았다. (당시 밸리 지역에서 가장 개발된 마을이었던) 엔치노에 있는 초등학교를 다닐 때 나처럼 서던퍼시픽 철로 북쪽 동네에서 온 애들은 들판에서 흙덩어리를 던지며 노는 애들이라는 뜻에서 '흙데기들'이라고 불렸다. 우리는 변두리 깡촌의 아이들이었다. 뒷마당 나무에 요새를 짓고 노는 대신 건초 더미가 쌓인 들판에서 뛰어 놀았다.

당시는 밸리 서부 촌 동네의 특성이 너무나 급속도로 변화하던 시기였다. 이런 개발 물결의 절정에 있었던 지역에서 그런 변화는 변두리의 어린아이한테나 점진적이거나 동떨어진 일로 기억될 것이다. 가령 1950년부터 1960년까지의 결정적 10년 사이에 그래나다힐스의 인구는 무려 1001퍼센트나 증가했다. 카노가파크에서는 576퍼센트, 채트워스에서는 361퍼센트가 증가했다. 동일한 10년 동안 밸리 지역 전체 인구는 40만 2538명에서 84만 531명으로 두 배 증가했고, 이것은 다른 로스앤젤레스 구역 증가율의 2.5배에 해당했다. 이런 인구밀도의 변화로 확연한 경계선이 그어졌다. 밸리 남동쪽 모서리에서 서쪽과 북쪽으로 인구가 급속도로 유입되었고, 엔치노·밴나이스·파코이마에서 캘러배사스·채트워스·그래나다힐스로 인구가 빠르게 이동했다.

1953년 레시다는 택지 개발과 소규모 관개 농업의 독특한 경계에 아슬아슬하게 걸쳐져 있었다.

1953년 당시 어린 내 눈에 밸리 지역의 북서쪽 모퉁이와 북동쪽 모퉁이에는 엄청나게 강력한 상징적 지형지물이 자리 잡고 있었다. 서쪽으로는 채트워스 위로 시미힐스산맥이 솟아 있었고, 동쪽으로는 로스앤젤레스 송수로의 계단 폭포가 실마 지역 근방까지 연결돼 있었다. 에스터와 바비 부부가 리퍼블릭 영화사에서 만들던 B급 서부극에 단골로 등장하는 야외 촬영지도 다수 포함돼 있었다.(미국 여느 지역 소년들처럼 나와 내 친구들도 이런 서부극의 열혈 시청자였다.) 동쪽의 송수로 계단 폭포는 오언스밸리에서부터 산자락을 따라 펌프로 물을 퍼올려 콸렁콸렁 쏟아냈고, 밤이면 은광이 액체로 녹아 흐르듯 눈부시게 반짝였다.

이렇게 특이한 긴장이 감도는 유년기를 보낸다는 건 이 특정한 시기의 남부 캘리포니아에서가 아니고는 상상이 되지 않는다. 자전거로 몇 분 거리 안에 목초지와 공공 수영장이 모두 있는 샌퍼낸도밸리에 살았던 소년의 순수한 마음은 그 둘의 중간쯤에 닻을 내리지 않았을까 싶다. 미국적 풍요의 (허위적인) 신화를 상징하는 동쪽과 진지하지만 거짓된 역사를 간직한 바위투성이 서쪽의 풍경, 특히나 아이젠하워 재임기에 국가적 혁신의 중심지였던 이곳에서 아마 소년은 저 둘의 중간쯤에서 자기 자리를 찾았을 것이다.

송수로 계단 폭포까지 걸어가 멀홀랜드•가 섰던 연단 앞에서 물처럼 차가운 공기를 온몸에 쏘이며 말없이 서 있었던 경험은 소년에게 영혼의 희열 같은 무엇을 안겨주었다. 그것은 위로였고 평온한 마법이었다. 반면에 샌타수재나패스를 자동차로 지날 때 멀리 보안관 무리가 소도둑들을 추격하는 광경이 보이거나 탕탕 총소리가 들려와도 조금도 별세계처럼 느껴지지 않았다. 이런 서부극은 우리 부모님—아니면 다른 집 부모님—이 날마다 녹화하는 장면이었다. 그렇게 만들어진 것은 나중에 영화관이나 텔레비전에서 보곤 했고. 그래도 아무튼 차 안에서 그런 장면을 구경하는 건 제법 이색적이었다. 카우보이 드라마에는 진지한 행동 강령이 담겨 있었다. 영웅이 악폐를 소탕한다는 것. 히틀러 같은 악당과 진주만 공습 같은 기만적인 공격이 위협하는 세상에서 용감한 영웅은 단연 믿어봄 직하다는 것.

다른 미국 소년들은 어땠는지 몰라도 그 무렵 남부 캘리포니아에 살던 우리는 2차 대전의 영향에서 크게 벗어나지 못했다.

• 로스앤젤레스 송수로 공사를 총지휘한 도시 토목 기사로, 개관식 때 기념 연설을 했다.

에드워드, 미라마 등지의 공군기지에서 이륙한 제트기들이 주기적으로 밸리 서부 상공을 전속력으로 비행했고, 가끔은 음속보다 빨리 날아 거실 유리창을 산산조각 내기도 했다. 공중 전투 기술에 만전을 기하고 카우보이 드라마를 만드는 것—그게 우리가 상상한 어른의 일이었다. 거기다가 경작지와 과수원에서 하는 일이나 밴나이스의 제너럴모터스 조립 공장의 생산직일 정도가 레시다 소년들이 아는 어른의 일이었다.

나에게 기간산업—영화 제작과 항공기 개발—의 존재감을 상징적으로나 실질적으로 체감하게 해준 사람은 에스터와 시드니였다. 에스터는 우리 형제에게 로이 로저스 스웨터나 호팰롱 캐시디• 같은 카우보이 영화 주인공들의 사인이 들어간 사진을 선물해주었다. 시드니는 우리를 만나러 올 때 자신이 설계한 B-36 폭격기 같은 새로운 항공기의 조립 모형을 가져다주곤 했다. 내가 제일 좋아한 건 전쟁 중 샌디에이고에서 제작된 군용기 PBY 캐털리나, 마틴 M-130기(차이나 클리퍼도 그중 하나였다), 보잉 B-314기(캘리포니아 클리퍼도 그중 하나였다) 같은 비행정 모형이었다.

레시다 서부 어디쯤 비포장도로의 포플러나무와 유칼립투스나무 아래에서 여러 번 상상했던 내 인생의 비전에는, 당연하게도, 카우보이 영화에서 배운 대로 불행한 사람을 구하고 정의를

• 로이 로저스는 서부극의 인기 주연배우였고, 호팰롱 캐시디는 1930년대부터 1950대까지 제작된 인기 코믹 서부극 시리즈의 주인공이다.

실현하겠다는 낭만적인 생각이 주입되어 있었다. 한편으로 나는 도망치고 싶은 갈망을 느꼈다. 차이나 클리퍼를 타고 태평양 저편으로 멀리멀리 날아가 다른 삶을 살고 싶은 갈망이 있었다. 하지만 더 깊이 들여다보면, 나의 비전을 좌우한 것은 1953년의 레시다가 보여준 그 독특한 경계 지대에 대한 인식이었다. 어쩌면 인간이 기대하는 좋은 인생이란 전적으로 자신이 바라본 방향에 달려 있는지도 모른다.

내가 캘버트 스트리트에서 살던 동안, 동쪽 에티완다 애비뉴에서 서쪽 레시다 대로까지, 북쪽 빅토리 대로에서 남쪽 서던퍼시픽 철도 통행로까지 닿아 있던 광활한 자주개자리밭이 갈아엎어지고 주택 부지로 바뀌었다. 도시 개발의 큰 파도가 밀려들었지만, 그것 때문에 풍경이 돌이킬 수 없을 만큼 달라졌다고는 할 수 없었다. 본래의 땅, 손에 잡히지 않으나 깊숙한 땅의 무언가는 그대로였다. 지금도 내 눈에는 그것이 보인다. 차 범퍼에 반사된 햇빛이 일깨우는 뇌우의 기억처럼.

레시다 서쪽 로스앤젤레스강 물길에 시멘트 포장이 덮였을 때 우리는 별다른 생각 없이 거기에 적응했다. 쐐기풀을 조심하며 부들풀을 헤치며 걷다가 누가 빨리 물뱀을 잡나 시합하는 대신 새로운 시합으로 우리 우정을 조율했다. 자갈을 붙여 갓 마감한 강둑 아래에서 누가 제일 멀리 자동차 타이어를 굴릴 수 있나 같은 게임이었다. 타이어가 얕은 물길로 빠져 중간쯤에서 방향을 틀어 멈춰 서게 하자면, 정확한 패턴으로 튀게 만들어야 했다. 자주개자리밭이 있던 자리에 분양 주택들이 들어

셨을 때, 그래서 우리가 더 이상 꼬물꼬물 기어 다니며 숨바꼭질 놀이를 할 수 없게 됐을 때, 우리는 두께 5센티에 너비 10센티짜리 각목에 롤러스케이트 바퀴를 달아 새로 깔린 보도에서 신나게 타는 법을 익혔다. 잔디 스프링클러에서 물이 뿜어져나와 도로변 배수로에 고여 있으면, 진흙과 나뭇잎을 모아 정교하게 사방댐을 세우고 사탕 막대로 뗏목을 만들어 물에 둥실둥실 띄워놓았다.

린들리 스트리트와 옥스너드 스트리트 교차로의 호박밭을 택지 구획 사업에 빼앗겼을 때는, 흙 던지기 시합의 마지막 보루를 잃은 건 물론이고 우리에게 요모조모 쓰임새가 많았던 땅콩호박마저 잃게 된 처지가 되었다.(한번은 캐벌레로 크리크 위로 지나는 서던퍼시픽 철로의 철교 아래에 무더기로 버려진 빈 판지 상자들을 발견했다. 우리는 그 안에 호박을 가득 채워 철로 위에 바리케이드를 쌓았다. 카고나파크에서 동쪽으로 오후 열차를 몰고 오던 기관사가 우리의 바리케이드를 정면으로 돌파했고, 그 바람에 부서진 껍질 조각들이며 섬유질을 주렁주렁 매단 호박씨들이 마른 강바닥으로 날아가고 기관차 옆구리에 되튀어 다닥다닥 붙었다. 덤불 뒤에 숨어 있던 우리를 향해 기관사 아저씨가 휙 던져준 손 인사에 우리는 기뻐서 자지러졌다. 썩은 멜론 말고는 사방으로 튀는 땅콩호박 파편의 매력을 대체할 만한 것이 없었다. 우리는 호박이 아예 사라진 게 아니라 어딘가 다른 곳에서 자라고 있을 거라고 믿었다.)

그래나다힐스의 넓은 오렌지밭이 1950년대 초에 파헤쳐지는 걸 보면서도 나는 걱정이 되거나 아까운 생각이 들지 않았다. 그건 변화였다. 혹시 변화가 잘 굴러가지 않으면 우리가 적응에 실패한 것이니 우리 잘못일지도 모른다는 생각이 들었다. 그 무렵 스토시라는 어머니의 폴란드 조각가 친구를 만나러 간 일이 기억난다. 그는 레시다 외곽 실번 마을에 있는 옛 양계장 건물에 다 쓰러져가는 작업실을 차려놓고 일했다. 내가 그를 만나러 자주개자리밭 대신 주택 부지를 걸어 지나가야 한다고 해서 그가 망치와 끌로 대리석을 깎아 토르소를 만드는 작업의 마력이 반감되지는 않았다. 풍경이 달라졌다고 해서 우리의 열망이 축소되거나 경이를 수용하는 우리의 능력이 위축되는 일도 일어나지 않았다. 벨기에령 콩고나 티에라델푸에고에서 성장하는 소년들과 비교하면 우리에게는 아직도 어마어마하게 큰 세상이 우리에게 발견되기를 기다리고 있었다.

돌이켜보면 그때 실마의 산기슭에서부터 구불구불 연결된 그 반짝이는 수로를 맞아들이는 우리의 태도에는 충분한 경외감과 필요한 만큼의 불신이 실려 있지 않았던 것 같다. 혹시 어른들이 그 일에 담긴 심오한 메시지를 이해했다 하더라도, 송수로가 실어온 물이 밸리 지역에 초래할 막대한 변화의 숨은 의미를 알고 있었더라도, 그들은 발설하지 않았다.

어른들은 그걸 두려워하지 않았다.

내가 아는 경계 지대로서 1950년대 초반의 레시다를 압축적으로 보여주는 소년기의 경험이 두 가지 있다. 하나는 집비둘기에 몰두했던 취미이고, 다른 하나는 존 포드가 세운 필드포토 기념 농장에 얽힌 추억이다. 동네에 있던 이 농장은 내가 캘리포니아를 떠난 직후 분할 매각되었다.

집비둘기와 (이들이 야생화한) 양비둘기는 지중해 절벽에 서식하는 비둘기 종의 후손이다. 대부분 교각이나 건물 틈에서 산다. 역사적으로 샌퍼낸도밸리처럼 나무 없이 휑한 평원에 정착할 유형은 아니었을 것이다. 밸리 지역에 인공적 환경이 조성되면서 이 비둘기들이 살기에 적합한 환경이 되었을 것이고, 비둘기들은 그곳에 들어와 살기 시작했다.

1952년 1월 내 일곱 살 생일 때 비둘기 여덟 마리가 생겼다. 비둘기들, 특히 텀블러피전을 볼 때마다 이루 말할 수 없는 기쁨이 샘솟았다. 새들이 하늘로 솟구쳤다 집으로 돌아오는 것이 나에게 어떤 의미인지 누구한테도 제대로 전달하기 어려웠다. 새들은 생명으로 약동하는 것 같았고, 매일 오후 내가 지어준 작은 우리로 돌아올 때 느껴지는 안도감은 무엇에도 비할 수 없었다. 나는 몇 시간씩 새들과 같이 보냈고, 때로는 밸리 저 멀리 날아가는 새들을 자전거로 뒤따라갔다. 어린 마음에 새들과 내가 도시—자로 잰 듯한 마당과 티끌 하나 없는 자가용들이 세워진 밸리 동쪽의 개발된 동네들—와 코요테가 어슬렁대는 비포장도로와 선인장이 울타리를 대신하는 시골 사이에서 변해가는 지역을 함께 탐험하는 것 같았다.

새들은 상공에서 밸리를 조망했고, 나는 지상의 전망을 눈에 담았다. 우리는 마치 접합이 뜯긴 종이 상자가 와스스 풀어 헤쳐지듯 멈출 수 없는 확실한 움직임이 대지를 쓸고 지나가는 것을 지켜보고 있었다.

내 기억 속의 존 포드 농장은 엄청나게 넓은 곳이었는데, 실제로는 1만 평이 채 못 되는 크기에 린들리까지 가지도 않고 캘버트 스트리트에서 끝났다. 이곳은 2차 대전 당시 최전선에서 전투 영상을 기록하다 사망한 자신의 필드포토부대 부대원 열세 명을 기리기 위해 포드가 1946년에 양로원 겸 휴양 공간으로 세운 곳이다.(이 부대에서 촬영한 영상이 1942년 아카데미 단편 다큐멘터리상과 1943년 장편 다큐멘터리상을 수상했다.) 우리는 필드포토 농장 안에 있는 방목장과 수영장의 유혹에 걸려들었다. 이 사유지에 몰래 숨어 들어가 야간 수영을 하기도 했고 낮에는 두 친구들의 도움을 받아 말갈기를 움켜쥐고 안장도 없이 말 등에 올라타보기도 했다. 서부영화에 나오는 화려한 마구가 선반에 놓여 있고 신선한 건초와 곡물 사료 냄새가 나던 큰 헛간에서는 사람들이 일하고 있었지만, 우리한테는 거의 신경 쓰지 않았다.

농장 정문에 걸려 있던 "여성 출입 금지"라는 표지판도 우리에게 강렬한 인상을 심어주었다.

해마다 메모리얼데이• 주말에는 (여성들의 출입도 허용되었고) 농장에서 기념행사가 열렸다. 농장에 있는 작은 전쟁 추모 예배당에서 예배를 드리는 것으로 시작해서 연병장의 승마 쇼

• 미국의 전몰장병 추모일. 5월 마지막 월요일로 지킨다.

를 거쳐 수영장 주변 피크닉 테이블에서 횃불 아래 저녁 식사를 하는 것으로 마무리되었다. 얼음을 채운 맥주 상자가 (무료였다) 실린 알루미늄 카누가 등장했고, 카우보이 복장을 한 밴드가 밤이 깊도록 술꾼들의 흥을 돋웠다. 친구들 중에는 잠옷을 입은 채로 집에서 몰래 빠져나온 애들도 있었다. 우리는 협죽도 덤불 뒤에 숨어서 누구 하나 수영장에 빠지지 않을까 기대하며 마지막까지 파티에서 눈을 떼지 않았다.

주말의 행사는 마차 타기, 모닥불 피우기, 플라멩코 공연, 100년 전 스페인 귀족들의 세력이 기울어가던 시기에 밸리의 농장에서 펼쳐졌을 법한 이벤트 등으로 채워졌다. 1950년대 밸리 주민들의 축제는 주로 영화 세트 같은 포드의 농장이나 노스리지의 말 사육장 같은 장소에서 열렸는데, 계급과 인종과 성별의 엄격한 구분, 승마술을 과시하는 행사, 오직 소고기로만 하는 바비큐, 육체노동을 기피하는 분위기까지 사실상 스페인 귀족들이 향유하던 삶을 연상시킬 때가 많았다.

초등학교에서는—나는 와이트오크 스트리트와 벤추라 대로 사이에 있던 '엔치노 레이디오브그레이스 학교'에 다녔다—아이보리 비누로 세라 후니페로•가 캘리포니아에 세운 "묵주" 선교회의 각기 다른 예배당 스물한 채의 외관을 본떠 조각상을 만들었다. 하지만 밸리 지역 선주민이었던 가브리엘리노 부족에

• 18세기 캘리포니아에서 활동한 스페인 출신 로마가톨릭교회 선교사.

관해서는 전혀 배우지 않았다. 시미, 파코이마, 카웨잉가 같은 이름에 그들의 언어가 어려 있음을 의심해보지도 않았다. 땅을 파헤치는 인디언으로 알려진 가브리엘리노 부족은 1769년 8월 5일 가스파르 데 포르톨라 원정대가 로스앤젤레스 강변의 부족민 마을을 찾아왔을 때 이미 상당한 수준의 발전된 문화를 보유하고 있었다. 강변 저지대의 떡갈나무 군락을 보고 스페인인들이 이 마을에 떡갈나무 농장을 뜻하는 '란초 로스 엔치노스'라는 이름을 붙였다. 당시 남부 캘리포니아에서 가장 인구가 많고 융성했다고 추정되는 이 부족은 1900년쯤에는 이미 타 문화와 구별되는 독자적인 집단으로서 존재하지 못하고 스러졌다.

포르톨라 원정대가 거쳐간 지 두어 해 뒤에 '엘 발레 데 산타 카탈리나 데 보노냐 데 로스 엔치노스'• 땅은 두 명의 스페인인 임차인들에게 느슨하게 나눠 배분되었다. 1797년 임대 기간이 만료됨과 동시에 6만 3000헥타르의 밸리 지역 토지의 실질적 관리권이 '샌페르난도 레이 데 에스파냐 선교회'에게 위임되었다. 1811년에는 멕시코 공화정이 스페인 봉건주의를 밀어냈고, 다시 1834년의 세속화 정책으로 선교회가 토지 사용권을 관리하던 체제에서 농업과 목축업 농장이 정식 임차권을 갖는 체제로 바뀌었다. 그러다가 잇단 대가뭄으로 가축들과 양들이 떼죽음을 당하고서 1870년대부터는 기존 농장들이 건조지 밀 농원

• 지금의 샌퍼낸도밸리 지역.

으로 대체되었다.

토지 구획이 정리된 최초의 타운이 밸리 동쪽에 등장한 것은 1875년 즈음이었고, 1905년을 전후해서 시에라네바다 동부 지역에서 조만간 풍부한 수자원을 끌어올 거라는 소문이 도는 가운데 맹렬한 토지 개발 붐이 일기 시작했다.(이른바 행정구역 용수권 원칙에 따라, 로스앤젤레스시는 로스앤젤레스강의 모든 하천수에 대한 사용권을 주장했는데, 강의 수원지인 샌퍼낸도 밸리의 엄청난 지하수도 예외는 아니었다.)

1911년 농기계와 농기구의 대대적인 공매가 이뤄지며 40년간 밸리 지역을 석권했던 밀 농사가 막을 내렸다. 4년 뒤 윌리엄 멀홀랜드의 철제 파이프 연결망으로 엄청난 물이 밀려들어오면서 급격하고 빠른 변화가 밸리 지역을 휩쓸었다. 끝없이 펼쳐져 있던 건지 농장이 하루아침에 푸르른 전원 풍경으로 바뀌었다. 소규모의 상업용 채소밭과 원예작물밭, 자주개자리밭, 호두나무 숲과 아보카도밭, 감귤류와 살구와 복숭아 과수원들이 생겨났다.(로스앤젤레스의 오언스밸리 하천수를 이용하는 조건으로 밸리 지역 주민들은 토지 합병을 수용해야 했고, 합병 정책은 대부분의 땅에 대해 1915년 5월 4일을 기점으로 발효되었다.)

관개 체계가 완전히 자리 잡은 1917년쯤이면 밸리는 농촌 타운들—메리언(조만간 레시다로 명칭이 변경된다), 오언스마우스(카노가파크), 젤자(노스리지), 지러드(우드랜드힐스)—을 중심으로 약 1헥타르의 시골 땅들이 넓게 분포된 형태를 갖게 되는데, 다소 규모가 큰 외곽의 농장들은 롬바르디 포플러나 이탈리안 사이프러스 방풍림 혹은 좁은 농로에 유칼립투스 가로수를 줄지어 심어 만든 '유칼립투스 골목'으로 경계를 표시했다.

장차 레시다라고 불리게 될 땅은 최초의 '란초 로스 엔치노스'의 일부로 근대사에 (1787년) 등장했다. 이후 1846년 세속화 정책으로 율로지오 데 셀리스가 멕시코 정부로부터 무상 불하받은 5만 헥타르의 땅에 속해 '란초 엑스미션 샌페르난도' 농장으로 명칭이 바뀌었다. 1869년 셀리스와 그의 동업자였던 피코 형제가 오늘날 로스코 대로 남쪽의 밸리 땅 대부분을 한 샌프란시스코 투자 그룹에 매각했다. 아이작 랜커심과 그의 사위 아이작 뉴턴 밴나이스를 주축으로 한 투자단은 2만 4000헥타르의 부동산을 각종 이름을 붙인 사업에 운용했는데, 그중 마지막 사업이 로스앤젤레스팜앤드밀링컴퍼니LAF&M가 운영한 여섯 개의 농원이었다.(이중 패턴 농원 부지가 미래 레시다 땅에 가장 근접했다.) 조만간 풍부한 하천수가 유입되리라는 예상하에 1910년 LAF&M이 '로스앤젤레스서버번홈스사'에 토지를 매각했고, 회사는 곧바로 택지 분할에 돌입했다. 밸리 북쪽으로도 유사한 분할이 진행되면서, 그해 거의 4만 헥타르에 달하는—밸리 지역 전체의 3분의 2에 해당하는—땅이 부동산 개발에 휩싸였다.

시에라 하천수를 담은 송수관이 개통했을 무렵, 이미 레시다는 30년째 도시 개발이 진행 중인 부지였다. 밴나이스와 나란히 양계업의 중심지로 자리 잡았고, 외곽의 토지는 주로 사탕무를 비롯한 농작물—리마콩, 양상추, 시금치, 멜론, 땅콩호박, 당근 등—과 젖소와 닭 사료로 재배되는 자주개자리밭으로 쓰였다.

우리 가족이 이주했을 때 레시다는 아직 농업 위주로 돌아가고 있었지만, 1948년쯤엔 이 시기도 빠르게 막을 내렸다. 1930년 레시다의 인구는 1805명이었다. 1940년에는 4147명, 1950년에는 1만 6000명을 웃돌았다—그래도 벤추라 고속도로가 놓이기까지는 아직 10년이 남아 있었고, 레시다의 다른 주민들처럼 우리 가족도 아직까지 벤추라 대로에 늘어선 가판대에서 신선한 달걀과 우유와 꿀과 채소를 구입했다. 애초에 '레시다'라는 이름은 밸리 남쪽으로 갈라져 들어온 서던퍼시픽 철도의 측선 구간에 붙여진 이름이었다. 1919년에 에드거 라이스 버로스•가 레시다와 벤추라 대로의 교차 지점 근방 200헥타르를 사들여 (자기 소설의 유명한 주인공 이름을 본떠) '타자나'라고 명명하고부터 레시다는 더 북쪽 지역을 직접적으로 지칭하는 이름으로 쓰였다. 1920년경 셔먼웨이를 지나는 퍼시픽일렉트릭 도시 간 전차 정거장의 명칭이 '메리언'에서 '레시다'로 변경된 것이다.(메리언은 〈로스앤젤레스 타임스〉의 발행인이자 '로스앤젤레스 교외 주택 건설 재단' 대표였던 해리슨 그레이 오티스의 딸 이름이었다.)

어머니가 나와 동생을 태우고 시드니, 그레이스 부부와 저

• 소설 『타잔』의 작가.

녁 식사를 하러 퍼시픽펠리세이드로 차를 몰고 갔던 1952년의 어느 저녁이 기억난다. 나는 시드니의 작업장에서 모형 철교에 붙일 알루미늄 지주를 만드는 작업을 구경하며 시간을 보냈다.(나중에 이 철교는 아저씨가 나를 위해 만들고 채색까지 해준 커다란 기차 세트의 구성품으로 완성되어 우리 집 크리스마스트리 아래에 등장했다.) 그날 밤 우리가 1932년형 포드 쿠페를 타고 산등성이를 넘어올 때, 나는 손전등으로 갓길을 비춰 길을 안내하는 임무를 맡았다. 어머니는 헤드라이트를 교체할 돈이 없었다. 우리 차의 등은 꺼지고 맞은편에서 산자락을 올라오는 차량도 거의 없으니 밸리의 격자판 불빛, 그리고 아직 작은 농가식 주택들이 드문드문 남아 있던 캄캄한 북쪽 구역—옛날 밸리의 생활 모습이 남아 있는 마지막 자투리 농지—이 시야에 뚜렷이 들어왔다.

1950년에 로스앤젤레스 카운티는 미국에서 가장 농업이 발달한 카운티였다. 그러나 1955년쯤엔 농업은 퇴화의 흔적으로만 남았다. 미국 근대 역사상 가장 놀라운 도시 개발 시기를 맞아 샌퍼낸도밸리의 상업형 농업은 1915년부터 1960년까지 45년 사이에 흥했다가 사라졌다. 밸리의 전체 토지 6만 3000헥타르 가운데 관개수를 대는 땅이 1915년 약 1200헥타르에서 1920년의 한 추산에 따르면 2만 헥타르까지 증가했었다. 관개농원의 숫자는 1937년에 정점을 찍은 뒤로 하락하기 시작하는데, 통합으로 인한 수적 감소가 아니라 농원의 해체가 원인이었다. 1940년부터 1958년까지 연간 평균 1000헥타르의 토지에서 농산물 생산이 중단되었다.

물이 풍부해지면서 사람도 풍부해졌다. 관개시설, 농업, 토지 합병과 나란히 도시형 토지 구획과 산업 발전이 밸리 지역에서 거의 동시에 진행되었다. 1911년 당시 관개가 되지 않은 밸리 지역, 즉 밴나이스, 노스할리우드, 버뱅크, 파코이마, 샌퍼낸도 너머 땅에 거주하는 주민 수는 불과 2000명으로 추산되었다. 1950년에는 같은 땅에 40만 2538명이 살고 있었고, 이것은 2만 퍼센트라는 불가사의한 증가율이었다. 도시형 토지 구획에 수반된 고속도로, 슈퍼마켓, 공동주택 단지의 건설이 이 신생 농촌의 풍광을 압도했다. 농작물을 키우는 데 쓰이던 물은 이제 수영장을 채우고 (이 부문의 1인당 생활 편의 시설 비율은 밸리 지역이 미국 내에서 선두를 달렸다) 골프장 잔디 관리에 사용되었다. 이 물로 수만 가구에 상수도가 공급되었고, 바빌론을 연상시키는 화려한 교외의 정원이 조성되었다.

물이 밸리 지역에 불러일으킨 변화를 온전히 가늠하기란 쉽지 않다. 1769년 포르톨라 원정대가 세풀베다패스를 건넌 때로부터 100년이 지났을 때 밸리의 강바닥에는 영어를 거의 쓰지 않는 소수의 이주민들만이 살고 있었다. 여전히 토지의 경계가 느슨하고 울타리 없는 건조한 초원의 풍경에 약간의 융기한 구릉이 단조로움을 덜어주는 평평한 땅이었다. 1876년경 밸리를 지나던 어느 여행자의 기록에 따르면, “작열하는 태양 아래 명멸하는 풍경” 속에 “수확을 기다리는 곡식이” “첩첩이 출렁이는” 약 125제곱킬로미터의 밀밭이 펼쳐져 있었다. 그로부터

100년 뒤, 관개 농업이라는 철새가 훑고 지나간 밸리의 인구는 100만 명을 넘어섰다. 왕성한 경제적 확장의 에너지원은 전적으로 방송과 영화 제작, 자동차 생산, 항공 우주 산업과 전자 기술 산업 분야의 신기술 발전이었다.

한때 스타인벡의 소설 속 공간처럼 위엄과 암류와 순수가 흐르던 밸리라는 고장의 장엄한 아름다움이 그날 밤 우리가 산등성이를 건너 돌아올 즈음에는 거의 사라지고 없었다고 말하고 싶을 수도 있으나, 진실은 그와 다르다. 아무리 물길이 이리저리 막히고 방해를 받아도 여전히 강물이 그 어둠 속에서 흐르고 있었고, 한 필지씩 드문드문 흩어진 밭에서는 이 땅 고유의 햇살과 바람과 비를 맞으며 농작물이 익어가고 있었고, 내 비옥한 상상력의 공중을 채워주던 나의 비둘기들은 여전히 밸리에 마지막 남은 전원지대—플랫 랜치, 포터 랜치, 섀도 랜치—를 빙빙 돌다가 집으로 돌아오고 있었다.

1952년 7월, 나는 지진의 진동을 느끼고 집 밖으로 뛰쳐나왔다. 땅의 흔들림이 어딘지 의식적이고 고의적으로 느껴졌다. 1953년의 어느 겨울밤에는 캐벌레로 크리크가 캘버트 스트리트를 역류해 우리 집 현관의 석조 타일을 철썩철썩 두들겼다. 그때 느낀 물과의 원초적인 교감, 송수로의 계단 폭포 앞에서 나를 완전히 침묵하게 만들던 본능적인 술렁임은 나에게 이렇게 이야기하고 있었다. 무언가 본질적인 것, 가브리엘리노 부족보다 오래되고 경제적 능력보다 인간의 삶에 더 필수적인 어떤 것이 내 앞과 내 주위에 있다고. 샌타애나 하늘에 흰 동전처럼 떠 있던 8월의 태양, 지층이 끊어져 갈라진 땅, 엘니뇨의 기후는 포장으로 덮일 수 없었다. 그건 결코 사라질 수도, 파괴될 수도 없었다.

어린아이로 내가 할 수 있었던 만큼, 나는 거기에 믿음을 걸었다.

지금 내가 사는 곳의 풍광은 좀 다르다. 오리건주 캐스케이드 레인지 서쪽 비탈의 온대 강우림. 거주민이 많지 않고 가로등도 도로 경계석도 인도도 없는 곳이다. 가장 가까운 도로 신호등까지의 거리가 45킬로미터이고, 시내로 통하는 길은 하나뿐이다. 어찌 보면 나는 여전히 어린 시절 레시다의 경계 지대에 살고 있는지도 모른다. 유진 지역으로 차를 몰고 가다가 노변 가판대가 보이면 신선한 채소와 꿀, 베리, 달걀을 사려고 들른다. 헤이즐넛나무들이 자라는 널찍한 강변 저지대에서는 예전 밴나이스에서 봤던 호두나무 군락을 사진에 담기도 하고, 날이 더울 때는 사탕무밭에서 올라오는 달큼한 공기 내음을 맡을 수도 있다.

다들 그렇겠지만, 이런 유년기의 기억과 중년기 사이에 내가 지나온 경로는 간단히 평가하기가 어렵다. 그간 나는 서른다섯 개 나라를 여행했고 30년간 이어오던 결혼 생활을 끝냈고 열네 권의 책을 펴냈다. 작가 말고 과수원 주인이 될 수도 있었겠다고 생각한다. 나는 그저 어릴 때 사물이 자라는 것을 지켜보며 경작과 수확에 참여하고 싶다고 느낀 열정을 다른 형태로 찾아냈을 뿐이다.

그때와 지금의 내 이웃들이 그렇듯이 나도 때로는 성인기의 절망에 혼자서나 남들 앞에서 흐느껴 울기도 하고, 때로는 신성의 영역을 접했다고 여길 만큼 지극히 평온하고 고양되는 일의 기쁨을 마주하기도 한다. 나는 이런 극단적인 감정들을 모든 인간의 삶을 이루는 한 부분으로 여기게 됐다. 어머니가 가르쳤던 멕시코 출신 소녀들의 농장 노동자 아버지들도, 레이디오브그레이스 초등학교 급우들의 영화배우 아버지들도 그런 감정을 겪었을 것이다.

그래서 나는 이런 대등함을 명확히 밝히는 것을 작가의 사회적 의무 중의 하나로 여기게 됐다. 미국식 민주주의 같은 제도하에서 특히 작가는 '자격'이라는 개념, 피부색이나 교육, 젠더, 인정, 소위 재능, 재산을 기준으로 우리 중 누구는 더 많이 누려 마땅하다는 전제가 존재함을 폭로할 소명이 있다. 나처럼 백인 남성의 울타리 안에서 백인으로 자란 작가일수록 그 울타리를 만들어낸 사회적 경제적 관습, 토지의 계약 조항, 법적 특혜, 윤리적 망각까지 반드시 되짚어봐야 한다.

물론 어디까지나 나의 의견이지만, 오늘날 미국 작가들에게는 인종차별주의와 계급 구조와 미국 사회의 폭력 이면에 놓인 것을 적시해야 할 각별한 임무가 있다. 그러자면 먼저 이런 결함의 실체를 인정하고, 개개인의 삶에서 학대와 고통이 덜어지도록 실효성 있는 해결 방안을 찾는 일에 힘을 보태야 한다.

어린 시절 샌퍼낸도밸리의 풍요로운 농경을 떠올릴 때면 몇번의 결정적인 시기마다 내가 성장한 고장을 소생시킨 불평등

한 계략들이 기억에 소환된다. 초기 정착민들은 가브리엘리노 족을 회반죽과 모르타르처럼 소진했다. 처음에는 샌퍼낸도에 선교회를 짓게 하고 선교회의 재정을 마련하는 데 이용했고, 다음에는 농장을 경작해 십수 명의 인간들의 재산 증식에 이용했다. 중국 노동자들을 데려다 샌퍼낸도패스 철도를 건설하고는 1882년에 그들에게 '중국인 배제 법령'을 내밀었다. 세기가 바뀐 뒤, 밸리의 운명을 손아귀에 쥐고 있던 이들은 영리 목적으로 물을 수입해오는 시스템을 강요했다. 과일과 채소, 재스민과 부겐빌리아의 에덴동산을 만들어 판매 시장에 상품으로 내놓았다. 냉정한 눈으로 보면, 그들은 스스로의 위대함에 도취된 것 같았다. 1913년 11월 5일 멀홀랜드는 송수로 계단 폭포 앞에서서 마치 신이라도 된 것처럼 말했다. "여기 있으니, 마음껏 취하십시오."

물론 가브리엘리노 부족의 문화를 말살한 학대 정책과 마음대로 사고팔 대상에 대한 멀홀랜드의 억견 사이에는 큰 차이가 있다. 그러나 둘의 뿌리는 같다. 생명의 존엄함과 복잡성에 대한 철저한 무관심. 밸리 지역을 보금자리로 선택한 것은 가브리엘리노 부족이었지만, 그에 못지않게 밸리의 환경 자체도 부족민들이 땅에 적응하도록 그들의 생활과 문화에 압력을 행사했다. 한데 멀홀랜드는 물을 상품이자 수단으로 이해했을 뿐 생명 있는 존재로 여기지 않았다.

인간이 일상적으로 맞닥뜨리는 실존의 난관에 효과적으로 대응하려면, 각각의 세대마다 삶의 불확실성 앞에서 허물어지지 않을 땅, 선조들의 꿈을 지속시킬 땅을 다시 찾아내고 보호하지 않으면 안 된다. 요즘 미국 작가라면 나라 어디에서나 강력하게 부상하는 문화적 혼종성을 보지 않으려야 않을 수 없다. 그런데도 많은 미국인들이 여전히 특정 인종의 통치에 대한 기대를 은근히 고집하고, 물과 목재와 석탄과 석유와 기타 문화의 연료가 한없이 나오는 화수분 같은 대지의 신화를 버리지 않고 있다. 덤불숲을 삼키는 산불, 왓츠 시위•, 순차적 정전 같은 경고성 사건이 일어날 때마다 새로운 기술과 기반 시설로 대응하지만, 괴상한 미봉책에 그칠 때가 많다.

지금은 근본적인 문화적 인식 변화가 필요한 때인 것 같다. 대지의 경제적 가치를 따질 때 그 땅에서 나오되 돈으로 살 수 없는 것까지를 셈에 넣어야 더 정확한 평가가 가능하지 않을까.

샌퍼낸도밸리를 여행하던 18세기 여행가의 일기를 읽다 보면 그들이 매료된 것과 어린 내가 매료되었던 것이 같다는 걸 알게 된다. 이 본질은 어떤 종류의 개발로도 소거되지 않는다고 나는 생각한다. 캘리포니아 현대 시인 로버트 바스케스의 시구처럼, 에틸알코올처럼 투명하던 빛이 어느덧 "알루미늄처럼 풍화"될지언정. 봄바람이 강을 따라 호두나무, 떡갈나무 숲으로 몰아칠 때 그 우아하게 얽힌 가지들이 세차게 출렁이듯이. 적당

• 1965년 LA 왓츠 인근에서 흑인 운전자에 대한 경찰의 폭력을 계기로 촉발된 엿새간의 폭력적 시위와 경찰 진압.

함을 모르는 하천들—어느 날은 미주리강 상류처럼 퀄퀄 흐르고 또 어느 날은 한낮의 바하다처럼 나른하게 고여 있는 터헝가워시•—은 또 어떤가.

나는 문화의 토대를 이루는 이런 자연의 요소들에 이끌린다. 이들이 내 어린 목숨을 구했기 때문이다. 내가 이들에게 느끼는 것은 향수가 아니라 공경의 마음이다.

1955년 12월 23일, 어머니는 우리에게 경제적 안정과 사회적 신분 상승과 사립학교 교육을 제공해줄 뉴욕 출신 사업가를 세 번째 남편으로 맞았다. 최소한 이 결혼은 어머니가 수년간 밸리에서 추구하던 것들—안정되고 이왕이면 풍족한 자금 사정, 더 고급스러운 살림살이, 일정 수준의 사회적 특권—의 실현을 의미했다. 하지만 이제부터 우리에게 이 삶이 펼쳐질 장소는 레시다의 노동자 계급 거주지가 아니라 맨해튼이었다.

캘리포니아를 떠난다는 소식에 내가 느낀 안도감은 비정한 주인에게 사흘이 멀다 하고 의식을 잃을 때까지 전기 고문을 당하던 동물이 어느 날 아침 일어나 보니 주인이 죽고 우리 문이 열린 것을 발견했을 때 느낄 법한 그런 안도감이었다. 당시 다른 세 명의 소년들처럼(긴 세월이 지난 뒤에 LA 경찰서에서 근무한 두 형사에게 전해 들었을 뿐 내가 이들을 직접 만난 적은

• 바하다는 산록의 급경사면이 서로 합쳐져 넓은 완사면을 이루는 경관이고, 터헝가워시는 로스앤젤레스강의 지류다.

없다) 나는 1950년대 중반 노스할리우드 리버사이드 드라이브에서 알코올의존증 치료소를 운영하던 성인 남자에게 반복적으로 성폭행을 당하고 있었다. 지금 와서 추측해보면, 친구나 친척의 치료차 찾아온 싱글맘의 아들을 주로 노렸던 것 같다. 남자는 인정 많은 의사인 척했지만, 둘 다 사실이 아니었다. 소시오패스, 병적 자아도취자가 보여주는 전형적인 행태대로, 때맞춰 생일 선물을 하고 식료품이나 교복을 살 현금을 보태주고 저녁 시간 보모 노릇을 자원하며 가족의 환심을 샀다.

형사들에 따르면, 해리 시어는 1959년 대배심 기소를 앞두고 LA에서 도망쳤고, 초범도 아니었다. 캐나다와 콜로라도에서도 기소를 피해 도망친 전력이 있었다.

성적으로 유린당한 수만 명의 아동 피해자들처럼 나도 조용히 복종하며 살았다. 어떻게든 거기서 벗어나 그 치료소 옥상의 좁고 더러운 숙소에서 그의 학대를 견디지 않아도 되는 날이 오기를 참을성 있게 기다렸다. 하지만 꿈에 그리던 탈출이 마침내 현실이 되어 그에게서 벗어났을 때, 나는 상실의 슬픔을 겪듯 캘리포니아가 그리웠다. 동틀 녘 구슬피 우는 산비둘기 소리, 인적 없는 토팡가협곡과 로렐협곡, 그 사이를 뛰어다니는 산토끼들, 주마와 레오카릴로의 긴 해변들, 그 해변에서 하얗게 부서지던 파도—내 눈에는 세상에서 제일 거대했던 파도—가. 이 소리들과 장소들이 저 황폐한 방의 위협으로부터 도망칠 나의 피난처였다. 이들이 없었다면, 주삿바늘처럼 날카롭게 (또 다른 날에는) 연기처럼 자욱하게 밸리에 쏟아지던 햇살이 없었다면, 갓 맺힌 단추 모양 유칼립투스 꼬투리의 톡 쏘던 내음과 내 손가락에 달라붙던 후추나무 이파리들이 없었다면, 이것들이 없었다면, 아마 나는 소멸되었을 것이다. 짐승의 침대에 축축한 헝겊 인형처럼 팽개쳐져 있다가 다른 문을 통과해버렸을지도.

남부 캘리포니아를 동서로 가르는 산맥 지대의 건조한 단층지괴 분지는 오래전 가브리엘리노 사람들이 예순 가지 식물과 백 종의 씨앗을 주식으로 먹으며 부족함 없이 살았던 땅이다. 그러다 이곳에 다른 인간 집단이 관개가 잘되는 농지를 일구었다. 비록 물을 자기들 소유처럼 여기긴 했지만 자기들 손으로 건조한 땅에 꽃을 피워냈다. 그래서 나는 어린 마음에 나에게도 그런 일이 일어날 수 있을 거라고 이해했다. 내 안에서 점점 커지는 광막한 사막을, 나를 위협하는 그 무엇을 나도 어떻게든 해볼 수 있을 거라고. 물을 찾기만 하면 될 거라고.

알고 보니 나의 물은 보통의 삶이었다. 날마다 밭에서 땀 흘리던 멕시코 노동자들, 자전거를 타고 지나가는 어린 백인 꼬마에게 신기하게도 뭔가를 아는 듯 고개를 끄덕여주던 그들이 물이었다. 자기 삶 깊숙이 무언가를 간직하려는 보통 사람들의 일상적인 결심이 물이었다. 그것은 한눈팔기를 멀리하는 태도였다. 그랬기에 많은 멕시코 노동자들이 향수에 젖어들거나 밸리 생활에서 기대할 것을 찾아 〈선셋〉 같은 잡지를 뒤적거리지 않을 수 있었으리라.

내 비둘기들, 그 모든 비상과 낙하로 상공의 경전을 전하는 이 새들이 물이었다.(간혹 인생의 신호랄지 기묘한 미늘처럼 아이러니한 반전이 튀어나올 때가 있듯, 이 새들은 해리 시어가 준 생일 선물이었다.) 아침이면 우리 지붕마루에 나란히 앉아 공기가 따뜻해지기를 기다리던 새들을 보며 나는 이해했다. 이들은 빛이 있어 행복하구나. 새들에게는 날개 밑으로 보이는 땅바닥이 밤새 달라졌다고 낙심한 채 집으로 돌아오는 일이 없을 것 같았다. 무엇을 마주치든 그것이 그들의 비행에서 활기와 아름다움을 앗아가지는 못했을 것이다.

2, 3년에 한 번씩 밸리에 갈 때마다 나는 같은 장소들을 순례하며 경의를 표한다. 지금도 레시다 윌버 애비뉴에 남아 있는 우리가 처음 살았던 단층 주택으로 차를 몬다. 1948년에는 작은 소년이 상상할 수 있는 걸음으로는 사방이 자주개자리밭과 보리밭뿐인 외딴집이었다. 지금은 다른 주택들에 둘러싸여 있고, 한때 6미터쯤 너비로 앞마당이 하나 더 있던 자리에 느티나무들을 나란히 심어 도로로부터 아늑하게 보호해주고 있다. 뒤편으로는 내 인생 최초의 계절 하천이었던 알리소 크리크가 좁은 콘크리트 수로에 갇혀 있다. 1940년대 후반에 윌버 애비뉴는 겨울 호우로 불어난 물을 남쪽의 강으로 흘려보내는 좁은 계곡 같은 포장길이었다. 하천이 범람하는 시기에는 차를 셔먼웨이에 세우고 집까지 걸어왔다. 여름에는 여름대로 역시 이 길을 통과해 목초지까지 이동하는 양들의 물결 사이로 조심조심 차를 몰아야 했다.

지금의 월버는 알리소 크리크만큼이나 얌전한 도로가 돼 있다.

우리가 두 번째로 잠깐 살았던 월버 애비뉴의 집은 타자나에 있었다. 이 집은 1988년에 완전히 허물어졌는데 그전에도 도로 확장으로 앞마당의 대부분이 사라져 있었다. 나는 마침 그해 불도저와 로더 작업 마지막 날 그 앞을 지나가게 되었다. 부지를 깨끗이 밀어낸 자리에 깃발 말뚝으로 구획이 나뉘어 있었다. 집, 차고, 닭장, 외양간—모든 게 치워지고 없었고, 호두나무, 살구나무, 자봉나무도 전부 사라졌다. 나는 우연히 발견한 살구씨 하나를 주머니에 넣었다.

내가 가장 오랫동안 살았던 캘버트 스트리트의 집은 내 소유이기만 하다면 지금 들어가 살기에도 무리가 없다. 지금 주인들이 친절하게도 지나는 길에 들른 나를 기꺼이 맞아준다. 부지가 절반 크기로 작아지고 건물 안팎을 리모델링하고 부속 건물이 하나 늘었지만, 예전 밸리 주택의 위상이 웬만큼 보존되어 있다.

얼마 전 캘버트 스트리트의 집을 방문할 때 친구 데이브를 데려갔다. 그는 1950년대에 레이크우드에서 성장기를 보냈고, 지금은 아로요그란데에서 묘목장을 운영하고 있다. 앞마당에서 내가 알아볼 수 있었던 과거의 자취라고는 어머니가 1954년에 심은 동백나무 두 그루뿐이었는데, 지금도 이따금 꽃을 피운다. 데이브는 한눈에 집 주위에서 자라는 열일곱 종의 화초와 나무를 식별하며 게티미술관 정원에 견줄 만한 조경이라고 말했다. “모하비사막에서 온 것이고, 알프스산맥에서 온 것이고, 인도에서 온 것이고, 보츠와나 강가에서 온 것이네.”

"이렇게나 다양한 식물을 서로 붙여 심다니, 원예 규칙에는 어긋나는데 유지가 되는군." 그가 말했다. "LA와 닮았어."

그길로 나는 데이브에게 밸리 지역을 가로질러 채트워스까지 느긋이 돌아보자고 제안했다. 내가 어릴 때는 없었던, 그 일대 숲에 빽빽하게 자라고 있는 식물의 이름을 그의 지식을 빌려 확인해보고 싶었다. 우리는 LA 외곽에서 보낸 소년 시절의 감각들을 기억해냈다. 자카란다나무에 피는 꽃이 학기 끝을 알리는 신호였던 기억, 마당 잔디밭에서 바랭이와 사투를 벌이다가 잔디 대신 아욱메풀을 깔자고 부모님을 꾀어보려 했던 일. 뒤뜰 소각로까지 쓰레기를 끌고 가던 것, 양말에 들어 있던 여우꼬리풀, 포아풀 씨 껍질의 질긴 생명력.

샌타수재나패스를 건너 샌타클라라밸리로 넘어갈 때, 1953년도의 밸리의 모습과 비슷하다는 생각이 우리 둘에게 동시에 들었다. 우리는 샌퍼낸도패스를 거슬러 올라가 거기서부터 롱비치까지 강을 따라갔다. 베니스비치의 해변 산책로를 걸으며 하늘의 빛이 흩어져 보랏빛 저녁이 바다 위로 떠오르는 모습을 바라보았다.

전날 저녁, 우리는 LA 동부의 라세레나타 레스토랑에서 작가이자 역사가인 D. J. 월디와 그의 친구와 함께 저녁을 먹었다. 어쩌다 보니 우리 네 사람 다 어린 시절 로스앤젤레스강이 각자의 삶에 중요한 정신적 역할을 했다는 사실을 알게 되었다. 그러나 강에 대한 우리의 애정이나 언젠가 저 강의 기슭막이가 제거되면 좋겠다던 우리의 바람은 도시의 회랑에 야성이 되살아

나거나 경치가 회복되기를 염원한 것이 아니었다. 우리의 심정은 압박대를 치워버리고 싶은 욕망에 가까웠다. 졸졸 흐르다가 범람하는 본래의 인격 그대로, 엘니뇨의 본질 그대로, 강은 우리 안에 생동하는 무언가를 형성시켰고, 우리는 마치 사고로 잘린 손가락을 그리워하듯 그것을 그리워하고 있었다.

이튿날 데이브와 채트워스까지 긴 지그재그 드라이브를 하던 중에 나는 내 유년기의 밸리가 사라진 것이 아니라 잠들어 있을 뿐임을 다시금 직감했다. 가브리엘리노 부족이 그렇듯 더 이상 분명한 물리적 힘으로 존재하지 않으나 여전히 그림자 선 안에서 진동하고 있다. 얼핏 보면 밸리가 철저히 붕괴되었다고—돈을 좇는 타락한 욕망에 쪼개지고 시들어 자동차가 지배하는 땅이 되었다고—생각해버리기 쉽다. 그러나 밸리의 영혼은 무사히 살아 있다. 와해됐다는 건 착각이다. 차를 타고 레시다와 위니카의 뒷골목을 지나가면, 그만그만한 재화로 매일매일 씨름하는 보통 사람들이 자기 집 앞마당에서 얼룩무늬 전투복 차림의 보초병 같은 유칼립투스나무를 쳐다보다 화려한 외래종 화초가 뒤섞인 화단에 물을 주는 광경이 보이곤 한다. 말끔히 손질되어 강렬한 향기로 진동하는 그 혼종의 마당에 그들이 세워놓은 건 지긋지긋한 괴롭힘과 모욕이 들어오지 못하게 막아주는 장벽이다. 멈춰서 말을 걸다가, 여태 이들이 우리 시대의 중심을 보존하고 있다는 것을 발견한다. 닭 몇 마리, 과일나무 몇 그루, 열매 덤불, 꿀벌이 와글대는 벌통 하나와 텃밭이 있는 뒤뜰 농장. 내가 있는 곳이 어디이며 그곳을 어떻게 꾸려나갈지를 아는 이들 개개인의 감각은 밸리에 가해진 모든 변화를 초월한다. 가브리엘리노 부족이 설명해주는 삶의 이야기를 아마 이들은 이해했을 것이다.

어릴 때 갔던 벤투라 대로의 식당이 아직 운영 중인지, 유년기에 살았던 세 집 중의 두 곳이 아직 건재한지, 유소년 야구 시합을 했던 운동장은 여전히 사용되고 있는지, 이런 것을 확인하는 일은 주기적인 밸리 여행에서 부수적으로 보는 용무일 뿐이다. 감사와 온유와 경탄의 깊은 감정이 밀려오는 건 캘버트 스트리트 주택들 지붕에 앉아 있는 양비둘기들 눈을 가만히 쳐다볼 때다.(내가 키운 비둘기들이 이 새들의 조상이 아니었을까?) 또 샌타모니카 해변을 걷다가 그 풍광을 묘사한 찰스 라이트의 문장과—난데없이—마주치는 때다. "이런저런 꿈결에 이따금 옆구리가 오르락내리락 씰룩씰룩하는 잠든 강아지 같은 바다." 레이디오브그레이스 초등학교의 음수대에 허리를 수그리고 물 한 모금을 넘길 때, 물이 세상에서 제일 맛있다고 생각했던 유년기 때 그대로인 수도꼭지를 돌릴 때, 깊숙한 감정이 밀려온다.

밸리의 땅이 지닌 중요한 속성은 가뭄과 홍수, 정지된 공기와 바람, 어느 한쪽으로 쏠리곤 하던 독특한 빛과 물의 진동에서 나온다. 문명이 활개를 휘저으며 곳곳의 풍경을 바꿔놓는 동안, 거주민들은 저런 빛과 물의 큰 진폭을 조절할 수만 있으면—더 규칙적인 스케줄로 물을 들여오고 땅의 건성을 완전히 해소하고 마음을 위로하는 아름다운 정원을 조성하고 먼지 날리는 흙길을 포장하고 밤 시간을 최대한 없애 세상을 밝게 만들 수 있으면—이곳이 낙원에 더 가까워지리라 생각했다.

열 살 소년일 때 나는 밸리에서 투명한 달밤을 보았다. 그런 밤이면 채트워스와 레시다 중간에 드넓게 펼쳐진 경작지의 어둠 속을 자전거로 몇 킬로씩 달리곤 했다. 내 눈은 분지 주위로 희부옇게 빛나던 높은 벽들, 성 아우구스티누스의 어머니 성 모니카의 이름을 딴 아래쪽 산맥과 3세기의 순교자 성 수사나의 이름을 받은 산줄기로 향하곤 했다. 야간 스프링클러가 들판에 뿜어내는 수증기의 장막 너머로, 마른 산자락으로부터 촉촉하고 울창한 낙원으로 풀을 뜯으러 내려오는 사슴의 머리가 보였다. 왜 그날 밤 그곳이 낙원이 되었는지 사슴이 궁금해했을 리는 없고, 다만 황홀해하지 않았을까.

대형 스프링클러가 느릿하게 쏴, 쏴, 쏴 돌아가고 형형한 달빛이 비치던 들판은 신비롭고 평온했다. 나에게 아무런 위협도 가하지 않았다. 시내 레스토랑 창문에 붙여 있던 "세 시르베 솔리멘테 아 라사 블랑코"•처럼 저열한 경고문도 내밀지 않았다. 단순히 스프링클러라는 마술 지팡이 밑에서 제 할 일을 하고 있는 축축한 흙일 뿐이었다. 그것이 멀리 다른 데서 온 물이고 이 흙이 늘 이런 모습은 아니었다는 건 알고 있었다. 그러나 찌는 듯한 7월 오후 폭염의 아지랑이 속에서나 이렇게 선선한 달밤

• '백인 손님만 받음'을 뜻하는 스페인어.

에 바라본 개간과 관개로 일군 대지의 경관은 인간이 침범한 어느 자리보다 더 강하고 더 끈기 있어 보였다. 때로 어떤 침범의 잔유물은 내 몸에 얼룩처럼 달라붙어 있는 것 같기도 하다.

내가 밸리에 몇 번이고 다시 돌아가는 이유는 이런 이해의 물리적 토대를 다시 마주하기 위해서다.

이번 방문의 마지막 날, 나는 동이 트기 전에 조용히 친구 집을 나와 토팡가캐니언 스트리트를 건너 카노가파크로 진입해 다시 우측으로 방향을 꺾어 셔먼웨이로 들어섰다. 해가 아직 샌가브리엘산 위로 올라오기 전인데도, 하늘을 희부연 푸른색으로 가득 채우고 멕시코 야자수 가로수 꼭대기에 역광을 비추고 있었다. 이 길을 따라 저 아래 밴나이스 공항까지 한눈에 들어올 것 같았다. 나는 줄곧 이 길이 멕시코시티의 레포르마 대로를 본떠 만들어졌다고 생각했다.

24시간 영업하는 상점에서 커피를 사는 사람들이 보였다. 밸리 서부에서 아침 일찍 돌아다니는 사람들 대부분은 더 이상 실외 육체노동자들이 아니고, 내가 어렸을 때처럼 단순한 인종 구성—백인, 멕시코인, 소수의 일본인—도 아니었다. 오늘은 베트남인, 중국인, 서아프리카인 들이 보인다. 북유럽인, 동인도인, 오스트레일리아 선주민으로 짐작되는 얼굴들도 보인다. 내가 살던 시절과는 엄청나게 달라져 있었고, 이런 변화는 밸리 지역에 들어온 세계 각지의 전통 식당들의 놀라운 구성에서도 거듭 확인되었다.

어릴 때 나는 나무야말로 모든 생명체 가운데 가장 오래 견디고 가장 품위 있는 존재라고 생각했다. 과거에는 로스앤젤레스강가 어귀에 간헐적으로 형성된 회랑형 숲에 프레몽미루나무, 캘리포니아검은호두나무, 팽나무, 캘리포니아단풍(알리소 크리크에 '알리소'라는 이름을 준 오리나무), 해안가 참나무 및 각종 버드나무가 자랐다. 나무를 오로지 강이나 큰 지류—터헝가워시, 파코이마워시—와 연결하는 사고는 1950년대쯤에는 이미 사라진 지 오래였다. 강에서 한참 북쪽으로 올라온 샌타수재나 충적선상지나 서쪽의 시미힐스에서도 나무가 자랐다. 지배 수종들 중에는 오스트레일리아의 유칼립투스, 이탈리아의 롬바르디포플러, 페루 안데스산맥의 후추나무(종종 캘리포니아 후추나무로 오해를 산다), 지중해에서 온 각종 소나무 등도 포함되었다.

주민들은 샌퍼낸도밸리가 온화한 기후와 비옥한 토양의 축복을 받았지만(둘 다 사실이다) 물이 부족하기에 농경 지대가 될 수 없을 거라고 일찌감치 체념했다.(물론 이곳에 부족한 건 지표수였다.) 오언스밸리의 물을 끌어오자 예전에 나무가 자라지 않던 평원 저편까지 나무를 심고 유지하는 것이 가능해졌다. 이 나무들, 특히 30미터 이상까지 자라는 블루유칼립투스로 인해 밸리 서쪽에 최초로 수직의 문양이 새겨졌다. 또한 나무를 심어 방풍림을 조성한 자리에는 최초로 3차원 공간의 경계 표시가 생겨났다.

어릴 때 나는 나무에 이끌렸다. 나무 아래서 잠이 들었다. 다른 아이들이 조부모를 따라다니듯 나는 나무가 있는 곳을 찾아다녔다. 지금도 나는 외출할 때면 잔가지를 몇 가닥 잘라 집에 가져온다.

가브리엘리노 사람들처럼 로스앤젤레스강도 제 본성을 바꾸지 않고는 밸리의 일부로 포섭될 수 없었다. 감금이 연상될 정도로 답답하게 갇힌 채 맹렬한 문명화에 무릎이 꿇리고도 여전히 강은 지배 집단을 향해 주먹을 치켜든다. 강가 야외 전시장의 그래피티에는 이 도시의 인종적 계급적 분열이 적시되어 있고 소외와 주변화의 정도가 기록되어 있다. 이렇게 휘갈긴, 그러면서도 때로는 놀랍도록 정교한 긍지와 자기의 표출에서 강 자체의 목소리를 상상해볼 수 있다. 강은 또 얼마나 오랫동안 운신의 자유를 누리지 못했나. 그러나 강은 다르다. 이 다름은 강의 어마어마한 성숙함에서 나온다. 강은 먼저 왔고, 더 오래 남을 것이다. 강이 원하는 건 젊은이가 노리는 복수가 아니라 놓여남이다.

요즘 로스앤젤레스 사람들 중에는 이 도시의 환경이 괴상하고 얄팍하고 과장되어 있다고 느끼는 이들이 많을 것이다. 하지만 나는 그렇게 느낀 적이 없다. 내가 함께 자란 이들도 그렇게 느끼지 않는다는 것을 그날 아침 모퉁이를 돌아 셔먼웨이로 들어설 때 알았다. 밸리의 초월적인 정수, 이곳이 표출하는 생명의 기운에 인종보다 깊고 돈보다 깊고 교리보다 깊은 영속성이 있다는 감각은 한번 발견하면 놓치려야 놓쳐지지 않는다. 한번 발견된 이 감각은 겁에 질린 사람도 보호해줄 수 있다. 일상적인 악의 침입으로부터, 도착자로 인해 덮쳐오는 반복적인 공포로부터, 우리로 하여금 몰랐던 일이라고 한사코 우기게 만드는 그 공포로부터.

내 어머니 메리 브레넌은 1976년 뉴욕에서 암으로 돌아가셨다. 친구들의 말을 듣고 혼자 힘으로 삶을 개척하기 위해 서부의 밸리로 온 뒤 30년이 채 되지 않았을 때였다. 어머니는 고향 앨라배마 시골의 공동묘지에 안장되었다. 시드니 반셰크는 1991년에 세상을 떠났고, 휴스 항공사의 상징적인 인물로 기록되었다. 그의 유지에 따라 에스터가 그의 유해를 태평양에 뿌렸다. 에스터는 현재 아흔한 살이다. 두 번째 남편 바비를 1951년에 심장마비로 먼저 보냈다. 재혼했지만 다시 사별하고 지금은 선시티에 살고 있다. LA에 갈 때마다 나는 에스터를 만나 같이 식사한다. 세 사람이 각자 LA에서 진짜로 무엇을 찾고 싶었는지 나는 잘 모른다. 이제 와서 주제넘게 에스터에게 물어보지도 못할 것이다. 우리는 우리가 원하는 게 무엇인지 말하려 애쓰느라, 때로는 우리가 가진 전부를 부정해가며 평생을 보낸다. 다른 어느 도시보다 이런 증상을 상징하는 도시가 LA일 것이다. 그런 사색이 강박이 될 만큼 한가한 환경을 유난히 강조하는 도시인 것도 같다.

나는 이번 방문의 마지막 날을 레시다 대로와 빅토리 대로의 교차로에 있는 레시다파크에서 보냈다. 콘크리트 피크닉 테이블에 앉아 블레이크 굼프렉트의 훌륭한 역사서 『로스앤젤레스강: 삶, 죽음, 부활』을 읽었고, 간간이 석양볕을 피해 눈을 가리고 책 속의 사건을 음미했다. 월디의 자서전 『성스러운 땅』이나 로버트 애덤스의 사진집 『로스앤젤레스 스프링』처럼 굼프렉트의 책을 읽을 때도 내가 결코 오래 떠나 있고 싶지 않은 풍경이 손에 잡힐 듯 생생하게 느껴졌다. 책을 읽으려고 앉기 전에는 한 시간 동안 공원을 산책하며 나무들의 옆구리를 손바닥으로 쓸어보았다. 그 이질적인 조합의—지중해에서 건너온 우산소나무와 사철가시나무와 코르크참나무, 붉은삼나무, 중국에서 온 가죽나무, 대서양 서쪽에서 온 카나리아 소나무의—감촉을 내 손이 기억하는지 알고 싶었다.

진지하게 카드 게임에 몰두한 나이 지긋한 고문관들을 지나쳤고, 어둑한 연못가에서 엄마들이 조마조마해하며 지켜보는 가운데 동물들에게(상당수 발톱과 꼬리가 손상되었다) 먹이를 주는 어린아이들을 지나쳤다. 자전거를 탄 노점상에게서 차가운 음료를 한 잔 샀고, 격정적으로 몸의 대화를 나누고 있는 젊은 남녀를 슬쩍 훔쳐보았고, 스페인어 라디오방송에서 흘러나오는 열띤 토론과 테니스 시합의 펑, 펑, 스트로크 소리와 줄넘기하는 소녀들의 즐거운 비명을 귀에 담았고, 보수적인 옷차림으로 산책 중이던 중동 출신 일가족이 무심함 뒤로 감추지 못하고 짓고 만 경악스러운 표정을 포착했다.

아마 이 늦은 오후 광경에서 가장 이국적인 요소는 연못을 헤엄치는 근사한 수컷 원앙새였을 것이다.(화려한 깃털을 가진

이 아시아 새들이 요즘 캘리포니아에서 야생으로 돌아다니고 있다.) 하지만 그 시간 공원에서 가장 눈에 띄었던 건 이 사람들의 꾸밈없는 애정이었고 함께 어울려 누리는 즐거움이었다. 여기 (짐작건대) 다른 집 자식들에게 별로 고차원적일 것 없는 야구의 주루 플레이 기본을 가르치느라 몇 시간째 상냥한 격려를 아끼지 않는 아버지들이 있었다. 책이나 음악이 없어도 그저 아이들이 노는 모습을 지켜보는 일이 즐거워 눈을 떼지 못하는 엄마들이 있었다. 주사위 게임판 맞은편에 앉은 상대 노인 덕분에 어떤 암울한 감정의 우악스러운 손아귀에서 잠시 놓여난 노인들이 있었다. 머리를 맞대고 앉아 필시 어떤 정치 현안에 관해 단호하게 토론 중인 청년들이 있었다.

물론 이런 광경에 실제보다 더 크게 의미를 부여할 위험성이 도사리고 있다는 건 나도 충분히 인지하고 있다. 그럼에도 어릴 때 멕시코 노동자들의 태도에서 처음 보았던 무언가를 나는 이곳에서도 발견할 수 있었다. 그런 사람들 등에 기대서라면 무엇이든 세울 수 있을 것이다. 스스로 존속할 수 있는 사회를 원한다면, 휴대폰을 귀에 걸치고 에어컨 바람이 시원한 매끈한 허머 자동차를 몰고 공원 앞을 지나가는 젊은 명품족보다 이들을 더 인정해야 한다.

여기서 멀지 않은 곳에 낡은 철조망이 둘러진 강이 있다. 밝은 초록색 수초를 빙글빙글 돌리며 저수로를 따라 졸졸 흐르는 물줄기는 하수 처리수가 아니라 빗물 배수관에서 흘러넘친 물이다. 어릴 때 보았던 아로요잉어, 큰가시고기, 가재는 완전히 사라졌을 테지만, 이 물에서 향수나 절망은 보이지 않는다. 고요한 바다와 함께 연상되는 무한한 인내가 보인다. 그리고 이 강둑 뒤에서 밀려오고 밀려가는 다양한 인간들, 앞에 놓인 것이 비열한 위협이든 야생의 아름다움이든 피하지 않고 적응해가는 그런 사람들이 보인다.

이 시대는 절망에 믿음을 걸라고 우리를 강하게 유혹한다. 밸리로 돌아올 때마다 언제나 그러했듯, 이번에도 나는 이곳에서 그 강력한 유혹을 물리칠 근거를 발견한다.

하늘 한 조각

1938년 가을, 해리 시어는 토론토 어느 병원의 수술실에 들어가 사춘기 이전 연령 소년의 맹장 수술을 집도했다. 그는 숙련된 외과 의사가 아니었다. 수술을 거의 망쳤고, 분노한 소년의 부모로부터 항의를 받았다. 수술실 간호사들 사이에서는 벌써 시어의 의사 자격증에 관한 의혹의 소리가 돌았고, 병원은 시어가 집도한 어린 소년들의 생식기 부위 수술과 관련해 다른 불만들이 있음을 인지하고 정식으로 조사에 착수했다. 유럽 대학에서 받았다는 의학 학위와 유럽에서 받은 추천서들이 모두 날조됐다는 병원 이사회의 확인이 나왔을 때, 해리 시어는 이미 미국으로 사라진 뒤였다.

두어 해 뒤, 승용차 앞좌석에서 소년을 성폭행하던 시어를 덴버의 경찰관이 체포했다. 시어는 1년간 복역하고 콜로라도에서 몰래 빠져나갔다. 1940년대 후반, 캘리포니아의 노스할리우드에 나타났을 때 시어는 알코올의존자들의 재활 치료를 주로 관리하는 치료소의 소장이 되어 있었다. 1952년 여름, 일곱 살이었던 나는 어머니와 같이 치료소에 방문했다가 처음 시어에게 소개되었다.

당시 나는 레시다에서 어머니와 남동생과 살고 있었다. 얼마 전 부모님이 이혼하고 아버지는 짐을 싸 나라 반대편으로 가버렸다. 세 식구를 부양하기 위해 어머니는 낮에는 샌퍼낸도 시내의 중학교에서 가정 과목 강사로 일했고, 밸리 지역 서쪽 끄트머리에 위치한 우드랜드힐스의 피어스 전문대학에서 주 2회 재봉 일을 가르치는 야간 강사 자리도 구했다.

그해 초여름, 어머니의 사촌 에벌린 캐러더스가 우리 집에 묵게 해달라고 부탁했고 어머니는 마지못해 승낙했다. 어머니와 연배가 같았던 에벌린은 한 시간 거리의 롱비치에 살았는데, 음주 문제를 고쳐보려고 발버둥치고 있었다. 에벌린의 결혼 생활도 위기였다. 침실이 하나뿐인 우리 집에 에벌린이 오래 묵기는 힘들어서 어머니는 다른 방법이 있는지 주변을 수소문하기 시작했다. 사람들은 어머니에게 '알코올의존자 갱생회AA'에 문의해보라고 조언했고, 로스앤젤레스 AA 지부의 누군가가 '노스할리우드 요양 치료소'에 연락해보기를 권했다.

어느 날 아침, 어머니가 우리를 모두 태우고 리버사이드 드라이브 12003번지의 치료 시설을 찾아갔다. 나중에 알게 된 바로, 그때 밸리 일대에서는 이곳이 "시어의 세탁소"로 불렸다. 당시 시어는 알코올의존증을 '치료'할 수 있는 사람으로 통했다. 알코올의존자의 가족에게 연민과 공감을 전달하는 일에도 능숙했다. 치료소에 도착해서 어머니가 네 살배기 동생과 나를 시어 "박사님"에게 소개했다. 그는 우리와 악수하고 치료소의 주방으로 우리 형제를 데려가 환자용으로 쟁반에 진열된 갓 구운 각종 도넛—색색의 가루 장식을 뿌린 것, 설탕을 뿌린 것, 시럽을 입힌 것 등—을 하나씩 고르게 해주었다. 좋은 아저씨였다. 그날 아침 건물 복도에서 소독약과는 다른 무슨 독한 냄새가 코를 찌르던 것을 기억한다. 파라알데히드 냄새라는 건 나중에 알았다. 시어가 환자들에게 진정제로 듬뿍 사용하고 있던 약물이었다.

충분히 회복되었다는 시어의 판단하에 에벌린이 롱비치로 돌아간 직후부터—에벌린의 음주는 다시 시작되었고 이듬해 다시 치료소로 들어갔다—시어는 레시다의 우리 집에 들르기 시작했다. 에벌린을 통해 어머니의 이혼과 재정 형편에 대해 들었는지, 방문 초기에 어머니를 염려하는 듯 이야기했다. 어머니가 능력에 합당한 보수를 못 받는 것 같다며, 자기가 힘을 써볼 수 있을 거라고 했다.(이혼 조정 결과 아버지가 어머니에게 매달 10달러의 양육비를 지급하도록 판결이 났는데, 아버지가 이 의무를 거의 이행하지 않았다는 건 나중에 읽은 편지로 알게 되었다.) 시어의 예전 환자 중에 어머니의 교사적 가치를 재고해달라고 학교 이사회에 건의할 위치에 있는 사람이 있다고 말했다. 보아하니 이 요청이 전달되었는지, 얼마 후에 어머니의 월급이 소액 인상되었다.

어머니는 고마워했고, 시어는 도울 수 있어 기쁘다고 했다. 그는 어머니와 진지한 교제를 마음에 둔 사람처럼 행동했다. 어머니는 서른아홉 살에 매력적인 여성이었고, 그는 탈모가 시작된 땅딸막한 쉰여섯 살의 남자치고는 지나치게 자신만만했다. 그는 혼자 힘으로 두 아이를 단정하고 예의 바르게 키우는 어머니의 양육 방식을 칭찬했다. 어머니의 몸매에도 찬사를 보냈다. 이따금 어머니의 손을 잡거나 어머니의 어깨를 슬쩍 어루만지기도 했다. 얼마 뒤부터는 동생과 내가 막 잠옷으로 갈아입고 있을 저녁 시간대에 집에 들르기 시작했다. 통에 든 아이스크림을 들고 와서 넷이 함께 후식으로 먹곤 했다. 그러던 어느 날 저녁 그가 아이스크림 없이 찾아왔다. 깜박 잊었다 했다. 나에게 자기와 식료품점에 같이 가지 않겠느냐고, 가서 내 손으로 식구들에게 줄 각각 다른 디저트를 골라 올 수 있을 거라고 했다.

집에서 나오고 몇 분 뒤, 그는 린들리 애비뉴에서 주택가로 빠지는 불빛 없는 도로의 높은 산울타리 옆에 차를 세웠다. 그가 내 몸을 옆으로 돌려 자동차 좌석에 엎어놓고 내 잠옷 바지를 벗기고 내 항문에 발기한 성기를 밀어 넣었다. 자기 흥분이 고조되어갈 때, 그가 침착하지만 강한 어조로 말했다. 자기는 의사이고 나는 치료를 받아야 한다고, 우리가 내 문제를 어머니에게 말해서 어머니의 걱정거리를 늘리는 일은 없어야 할 거라고.

시어는 동일한 패턴으로 4년간 나를 성폭행했다. 한 달에 몇 번씩 집에 찾아왔고, 자기 꿍꿍이대로 번번이 어머니의 주의를 돌려놓는 데 성공했다. 무슨 일이 벌어지고 있는지 아무도 의심하지 않았다니, 지금에 와서는 상상이 되지 않는다. 어떻게 피해자가 저항하지 못하는 이런 식의 성폭력이 두 인간 사이에서 수년간 지속될 수 있는 것인지, 심리 치료사들조차 설명하기 어려워하는 문제다. 왜 이런 상황에서 아동이 저항한 증거가 그렇게 미약해 보이는지 사람들은 의아해한다. 내 생각에 그건 아동이 순진하기에 효과적인 대응을 꾀할 수 없기 때문이고, 또한 처음부터 혼란스러운 '의리'의 미궁에 내몰리기 때문이다. 나는 스스로 던진 질문들에 대답할 수가 없었다. 이 상황이 실제로 내가 보호받아야 할 상황인가? 정확히 무엇으로부터? 무슨 일이 벌어지고 있는지 갈피를 잡을 수 없었다. 내가 하는 행동을 어머니에게 어떻게 설명할 수 있었을까? 당연히 대부분의 아동에게 신체적 저항은 사실상 불가능한 일이다. 내가 이해한 바로는, 아동에게 가능한 반응은 인내와 회피 — 그리고 누군가의 개입을 불러올 방법을 어림해보는 것 — 정도가 최선이다.

내 혼란을 가중시킨 또 다른 원인은 내가 해리 시어라는 존경받는 의사이자 유명한 시설의 원장에게 선택받은 특별한 환자라는 믿음이었다. 그런 사람이 나에게 관심을 보인다는 것, 어머니에게 알리지 못할 만큼 심각하거나 특이한 이름 모를 질환에 걸렸다는 것, 이 두 가지에 수반되는 기묘한 특권 의식이 있었다. 게다가 아버지 없는 중하류층 가정의 맏아들로서 나는 가족을 위해 막중한 책임을 짊어지고 있다는 느낌이 들었다. 아니면 내가 그렇게 느끼도록 그가 부추겼거나.

나는 내가 우리 가족에게 보탬이 되고 있다고 이해했고, 그는 나의 그런 성숙함을 칭찬했다.

우리 집에 오면 시어는 어머니에게 나를 데리고 아이스크림을 사러 간다고, 토요일 오후라면 이른 영화 관람을 하고 스튜디오시티의 벤추라 대로에 있는 스포츠맨스롯지호텔로 저녁을 먹으러 갈 거라고 말하곤 했다. 어머니에게 인사하고 나와서 차를 세워둔 곳까지 나를 데리고 가 차에 태우고 출발했다. 날이 어두우면 곧 으슥한 구석에 차를 대고 앞좌석에서 나를 강간했고, 다른 날에는 영화관에 가서 자기 다리 사이에 내 머리를 힘으로 밀어 넣고 바지 위로 계속 눌러댔고, 또 어느 때는 작은 수조에서 우리가 낚은 송어로 주방장이 요리해주는 식당에서 저녁을 먹은 다음 차를 타고 치료소로 갔다. 그는 단층 건물 뒤편에 차를 세운 뒤 나를 데리고 외부 계단을 올라가 썩어가는 건널판을 딛고 평평한 치료소 옥상으로 건너갔고, 잠겨 있는 옥상 숙소의 바깥 출입문 앞에 나를 세워두었다. 그러고서 그는 정문을 통해 치료소 건물로 들어가 환자들을 점검하고 간호사들에게 밤 인사를 한 뒤 자신의 옥상 원룸까지 연결된 내부 계단을 올라왔다. 숙소 내부에 불이 들어오는 게 보였다. 곧이어 그가 옥상으로 통하는 문을 열고 나를 안으로 잡아끌었다.

어느 날 밤 그 방에서 나에게 할 짓을 끝낸 그가 선반에서 의학 서적을 뽑아들었다. 침대 모서리에 앉아 나를 옆에 앉히더니

매독에 걸려 엉망이 된 남자들 성기 흑백사진을 보여주었다. 여자들과 신체를 밀접 접촉해서 이렇게 된 거라고 그가 말했다.

그와 침대에 있을 때, 나는 몸을 조심조심 움직여 창에 내려진 블라인드 끝단과 반쯤 열린 창문의 흰 창턱 사이로 가느다랗게 보이는 하늘 한 조각에 정신을 집중하려고 애쓰곤 했다. 하늘 위로 구름, 새, 별들이 지나갔다.

이따금, 주로 집에 돌아가는 차 안에서 시어는 나에게 상기시켰다. 만에 하나 내가 누구한테 말을 한다면, 그렇게 치료가 중단되는 날에는, 자기가 나를 시설에 수용할 수밖에 없을 거라고. 그래서 만약에 내가 더 이상 가족들과 같이 살 수 없게 된다면… 가끔 내 앞에서 그가 접힌 지폐 몇 장을 어머니에게 슬쩍 건네는 걸 보았다. 나는 그의 말대로 내가 계속 용감한 소년으로 남는 게 제일 낫겠다고 생각했다.

나중에 이 일에 관해 처음 스스로에게 던진 질문들은 그리 똑똑한 질문은 아니었다. 예컨대, 어째서 시어가 내 동생에게까지 손을 뻗치지 않았을까? 동생은 1952년에 불과 네 살이었으니 너무 어렸을 거라는 게 우선적인 짐작이었고, 조금 지나서는 형제 중 하나를 손에 쥐고 다른 하나까지 노리는 건 너무 위험성이 크다고 여겼을 거라고 생각했다.(어른이 되고서, 동생이 1950년대 중반에 시어로부터 몇 차례 성추행당했다는 말을 해주었을 때, 나는 비통함에 망연자실했다. 시어에게 유린당한 4년의 시간이 끝난 뒤, 나에게 아직 일말의 자부심이 남아 있었던 건 비록 나 자신은 시어에게 더러운 일을 당했을지라도 최소한 내 동생은 지켜냈다는—또한 심각한 경제적 어려움으로부터 우리 가족을 지켜냈을 거라는—확신이 있었기 때문이다. 우리 살림이 그렇게 심각하게 위태롭지 않았고 어머니의 벌이로도 필요한 생활비를 충당할 수 있었다는 사실을 나중에 알게 됐을 때는 더한 수치심이 덮쳐왔다.)

1956년, 어머니가 재혼했다. 우리는 새아버지가 사는 뉴욕시로 이사했고, 나는 캘버트 스트리트 우리 집 앞에서 멈추는 녹색과 크림색이 섞인 폰티악 치프턴 자동차를 다시는 보지 않게 되었다. 새아버지의 아파트에서 살면서부터 엄청난 해방감이 밀려들었다. 이제 해리 시어와는 아득하게 멀어졌다. 새 학교, 새 동네, 새 친구들이 있었다. 나는 다른 바다의 수면으로 올라와 있었다. 하지만 이렇게 마주한 새로운 기회가 뚜렷한 희열로 바뀌는 경험을 종종 했음에도 여전히 나는 이 경험이 미덥지 않았다. 그것에 단단히 매달려 있을 수가 없었다. 그러다 동부로 옮겨온 지 두 해 뒤 내가 열세 살이 됐을 때, 해리 시어가 뉴욕으로 찾아왔고 나의 안전감은 무너졌다. 1958년의 여름날 저녁, 그가 새아버지와 함께 뉴저지 해변의 우리 별장에 나타났다. 부모님의 주말 손님으로 온 것이다. 소년들을 놀래줄 깜짝 방문으로.

기쁘지 않니? 라며.

토요일이었던 다음 날 아침, 부모님이 주방에서 아침 식사를 준비하는 사이 시어가 내 다락방 문을 조심히 열고 들어와 조용히 문을 닫았다. 입술을 오므린 특유의 표정으로 시선을 내 눈에 고정하고 아무 말 없이 내 침대로 걸어왔다. 시트 안으로 그가 손을 집어넣은 순간 나는 그를 걷어차고 침대에서 벌떡 일어나 침대 머리맡에 세워져 있던 야구 배트를 움켜쥐었다. 벌거벗은 채 욕을 하며 배트를 휘둘러 그를 방 밖으로 몰아내고 문을 쾅 닫았다.

내가 옷을 입는 사이 그는 아래층에서 부모님과 대화를 시작했다.

주방 입구 복도에서 어른들의 말을 엿듣자니, 시어가 나를 시설에 입원시켜야 한다고 말하고 있었다. 엄숙한 어조로—마치 신탁을 전하듯 목소리에 무게를 실어—내가 얼마나 망상에 쉽게 빠지고 폭력성이 잠재된 위험한 남자애인가 설명하고 있었다. 환란이 예견됐다. 나는 문의 경첩 틈새로 식탁에 시어와 같이 앉아 있는 어머니와 새아버지를 살폈다. 부모님의 손이 식탁보 위에 반듯하게 포개져 있었다. 두 분은 시어의 신중하고 전문적인 묘사를 충격과 실망으로 수용하고 있었다. 그 순간에 나는 부모님 앞에 나서서 그가 했던 짓을 설명할 수 없었다. 그 폭로가 우리 생활에 가져올 변화를 생각하니 눈앞이 캄캄했고, 당장 내 상황이 너무나 위태롭게 느껴졌다. 생각지 못하게 갑자기 헌신적인 아버지와 가족의 안전한 울타리가 생겼는데, 이제 졸지에 그걸 잃게 될지도 몰랐다.

나는 서둘러 집을 나와서 친구들과 야구를 하러 갔다. 오후에는 혼자 자전거를 타고 이웃 소도시에 갔다. 저녁에 집에 돌아와 보니, 시어는 그날 아침 곧장 아이들와일드 공항에서 서부로 가는 비행기를 탈 수 있도록 새아버지에게 운전을 부탁한 모양이었다. 어머니는 내가 박사님을 모욕하고 가족을 난처하게 만들었다고 말했다. 시어에게 들은 내 행동의 분석 내용도 제시했다. 내가 항변하려고 하자 어머니는 이렇게 맞받았다. "하지만 그분은 의사잖니!"

로스앤젤레스에 나를 수용할 시설이 있는지 부모님과 시어가 2, 3일 내에 전화로 상의할 거라고 어머니는 말했다.

결과적으로 나는 캘리포니아로 보내지지 않았다. 그러나 이렇게 결정한 이유는 듣지 못했다. 설혹 부모님이 시어에게 어떤 의구심을 품었더라도, 그것도 나는 듣지 못했다. 나는 열심히 공부하고 늦지 않게 귀가하고 내 몫의 집안일을 했다. 양친 중 어느 한쪽이라도 선뜻 포기하지 않을 순종적인 아들답게 계속 착하게 행동했다.

하지만 트라우마가 늘 내 안에 있었고 열일곱 살이던 1962년 봄, 우울증에 빠져들었다. 나는 성 정체성의 혼란을 겪고 있었고, 내가 저지른 짓 때문에 남자로서 가치를 상실했다는 느낌, 몸이 오염되었다는 감각에 시달렸다.

시어가 쳐놓은 교묘한 욕구의 그물망에 걸려 자기가 빠져나가려고 꾸며댄 술책에 꼼짝없이 당한 나는 그가 상대한 소년이 나 하나뿐이었다고 짐작했었다. 뒤따라올 처참한 치욕을 무릅쓰고 침묵을 깨지 않을 수 없었던 건 어쩌면 다른 아이들이 있었을—필시 그랬을—거라는, 지금도 그가 캘리포니아에서 소년들을 강간하고 있을지 모른다는 갑작스러운 자각 때문이었다. 나는 새아버지의 회사로 전화를 걸었다. 내 요청대로 센트럴파크사우스에 있는 뉴욕애슬레틱클럽 로비에서 새아버지를 만나기로 했다. 새아버지에게 그곳이 편할 거라고 생각했다.

그날 오후 조급한 걸음으로 클럽에 들어온 새아버지는 로비의 커다란 가죽 의자에 나와 마주 앉았다. 바쁜 분이었지만 내 이야기를 들을 준비가 되어 있었다. 나는 시어의 행동과 내가 그에게 당한 일을 간략하게 설명하고, 두 가지를 부탁했다. 첫째, 무슨 일이 있었는지 절대 아무에게도 말하지 않을 것, 혹시라도 어머니에게 반드시 알려야 한다는 생각이 든다면 내가 직접 어머니에게 말하도록 해줄 것. 둘째, 시어를 막도록 나를 도와줄 것. 새아버지는 점점 진지하게, 분노가 치미는 표정으로 듣고 있었다. 몇 해 전 여름 뉴저지에서 시어에게 농락당했다는 생각이 특히 그를 분노하게 만들었다는 걸 나는 나중에 깨달았다.

이튿날 아침 일찍 새아버지가 로스앤젤레스행 비행기에 올랐고, 그날 오후 늦게 LA 경찰서 소속 형사 둘을 만났다. 사흘 뒤 뉴욕으로 돌아온 새아버지는 당신이 만나고 온 형사들이 모든 것—노스할리우드 요양 치료소, 시어의 전과 기록과 인간관계—을 샅샅이 수사할 거라고 말했다. 그들이 모든 증거를 수집할 것이다, 나는 인내심을 가지고 기다리기만 하면 된다, 형사들에게서 연락이 올 것이다, 라고.

한 주일이 다음 주일로 이어졌다. 새아버지는 나의 초조한 의문을 일축했다. 당신이 형사들과 연락하고 있다고 말했다. 그들이 지금 조사 중이라고 했다. 끝내 내가 물러서지 않으니, 그는 형사들과 상의한 결과 그런 교활한 변태에 맞서서 재판 과정의 대질심문을 견디는 것이 나에게 너무나 고역일 것이라고 판단했다고 인정했다. 그래서 고소를 진행하지 않을 작정이라고 했다. 게다가 수사가 진행 중인 낌새를 채자마자 시어가 달아나버렸다고 했다.

일주일쯤 뒤, 새아버지는 조금 전 LA 경찰서 형사들로부터 해리 시어가—애리조나에서 교통사고로—사망했다는 연락을 받았다고 했다. 지금 생각하면 이것은 상황을 종결하려는 새아버지의 선제적 노력이었던 것 같다.

2003년, 나는 LA 경찰서에 전화를 걸었다. 새아버지와 대화를 나눈 때로부터 41년이 흘렀고, 이 사건이 나에게 미친 심리적 영향을 이해하고자 스스로 노력한 지 몇 년 만이었다. 중간급 경찰 간부가 1962년에 시어 사건의 수사에 착수했던, 오래전 은퇴한 두 형사 중 한 명의 소재지를 파악해주었다. 형사는 나와 직접 면담을 하는 것은 원치 않았지만, 경찰 간부에게 중재자 역할을 위임해 자신의 기억을 전달해주었다.(최소 두 단계를 거쳐 전달된 정보이니 시어의 전과 기록을 둘러싼 정황이나 날짜를 확신하기는 어렵다. 내 새아버지와의 대화를 기록한 형사들의 메모를 포함해서 경찰의 공식 사건 기록은 물론이고 당시의 기타 참고 자료까지 이미 폐기된 뒤였다.) 경찰 간부는 토론토 병원의 수술 실패 사례와 콜로라도의 동성애 행위 기소건에 관한 정보와 대략적인 날짜를 알려주고, 시어가 다른 주로 도주했기 때문에 수사가 시작되자마자 종결되었음을 확인해주었다. 형사 말로는, 시어가 캘리포니아에서 도망친 직후에 아마 남아메리카에서 사망한 것 같다는 기억도 어렴풋이 남아 있지만, 정확하게 기억나지는 않는다고 했다.

LA 경찰서 경찰과 이런 이야기가 오가기 몇 해 전인 1989년, 나는 에벌린 캐러더스의 스튜디오시티 자택에서 시어와 함께한 경험을 주제로 그녀를 인터뷰했다. 시어가 "자상하게 배려하는 허울 뒤에" "비열한 인간성"을 숨기고 있었다고 에벌린은 말했다. 양아치 같은 인간. 에벌린은 한순간도 그를 좋게 생각하지 않았지만, 1950년대 로스앤젤레스 일대에서 그가 알코올의존 치료 분야에서 꽤 성공을 거두고 있었고, 자신도 여러 해에 걸쳐 상당수의 사람들에게 그를 추천했다고 했다. 인터뷰할 당시 에벌린은 이미 오랫동안 금주를 유지해온, 남부 캘리포니아 AA 모임의 유명 인사였다. 그녀는 시어가 아동 성도착자라는 내 폭로에 속상해하는 듯했지만, 시어를 알 만한 다른 사람의 이름을 내게 알려주기는 꺼려했다. 시어가 어떻게 됐는지 전혀 아는 바가 없지만, 분명히 죽었을 거라고 장담했다. 심지어 에벌린은 시어를 두둔하기까지 했다. 사생활에서 무슨 잘못을 저질렀든, 지역사회에서는 대단히 가치 있는 인물이었다고 말이다.

그때도 지금도 나는 에벌린이 생각하는 더 큰 가치라는 걸 도저히 납득할 수 없다. 그렇지만 존경받는 인물의 성범죄 증거가 제시될 때 사람들은 흔히 에벌린 같은 입장을 취한다.(비중 있는 사회적 역할과 관대한 제스처로 쌓아올린 신망은 아동 성도착자들이 만들어낸 보호막일 때가 많다.)

나이가 들면서 나는 조금 더 자명한 질문을 품게 됐다. 어떻게 어머니가 전혀 모를 수 있었을까? 어쩌면 어머니는 알았을지 모른다. 돌아가시기 몇 해 전에 캘리포니아에서 있었던 일을 전해 듣고도 어머니는 본인의 심정을 말하고 싶어 하지 않았다. 나는 어머니의 이런 태도와는 어느 정도 화해했다. 개개의 인간이 감정적으로나 경제적으로나 육체적으로 심각한 위협에 처해 있다고 느낄 때는 세상의 나침반으로 삼던 지평선의 불빛이 쉽사리 꺼져버릴 수 있다. 그러면서 두려움에 쫓긴 결정과 강박적인 자기방어 행동의 연쇄에 인생이 끌려갈 수 있다. 사람들은 삶의 고뇌로부터 스스로 '선善'이라 여기는 것을 분리하기 시작한다. 흔히 하는 비유로, 사건들을 제각각 떼어내 큰 호텔처럼 방방에 따로 보관한다. 이 방들은 복도를 공유하지만 직접적인 상호 소통은 오가지 않는다.

자식들의 세심한 보호자로서의 어머니와 집요한 아동 성도착자의 감언이설에 눈먼 순진한 개인으로서의 어머니가 나로서는 지금 와서 합쳐지지 않는다. 그러나 이유가 어떻든, 그때 현관 앞에서 배웅하던 어머니는 자동차 유리창 위로 채 머리가 보이지도 않았을 아들을 차에 태우고 사라지는 시어를 보면서 그 이후의 시간 동안 무슨 일이 일어날 수 있는지 곰곰이 생각해보지 못했다.

1970년 6월, 내가 처음 입을 열었던 8년 전 그날 나와 한 약속을 저버리고 새아버지는 나에게 알리지 않은 채 어머니에게 어머니의 친구인 해리 시어의 행각을 불완전하고 왜곡된 형태로 언급했다. 맨해튼 도심지 레스토랑에서 함께 점심을 먹던 중이었고, 어머니는 히스테리를 일으켜 구급차로 병원에 실려갔다. 그날 저녁 나에게 전화했을 때, 어머니가 체념한 패배자의 어조로 나에게 할 수 있는 말은 이게 전부였다. "무슨 일이 있었는지 엄마가 안다. 너한테 무슨 일이 있었는지 엄마도 알아."

그 후 어머니는 다시는 그 일을 입에 올리지 않았다.

6년 뒤인 1976년 7월, 어머니가 폐암으로 위중했다. 나는 캘리포니아 시절에 관해 나에게 하고 싶은 말이 없는지 어머니에게 물었다. 맨해튼 레녹스힐병원의 1인실 침상에 누운 어머니의 고개가 메트로놈처럼 천천히 앞뒤로 흔들리고 있었다. 어머니가 얼굴을 돌리고 조용히 흐느끼는 동안 나는 침상 옆 의자에 묵묵히 앉아 있었다. 어머니는 내 손을 잡으려 하지 않았다.

인간을 기함하게 하는 성 이력의 어떤 경로들은 그저 영영 밝혀지지 않을 운명인가 보다.

극악무도한 학대 관계가 인간들 사이에 존속하는 이유는 난기류의 수학 이론만큼이나 복잡한 문제인 것 같다. 내가 수년간 얼마쯤은 나 자신의 연루 혐의를 회피하려고 스스로에게 제시한 해명은 우리 가족을 무사히 안전하게 지키기 위해 했던 행동이라는 것이었다. 아버지가 우리를 떠난 뒤에 어머니는 나에게 이제부터 네가 집안의 가장이 되어야 한다고 말했다. 나는 어머니의 말을 액면 그대로 받아들였다. 밤마다 한 번 더 문단속을 했다. 마당 잔디를 깎고 잡초를 뽑았고, 뒤뜰 소각로로 쓰레기를 끌고 나가 태웠다. 길가 우체통에서 그날의 우편물을 가져왔다. 시어가 현관에 나타날 때마다 나는 나를 다잡았다. 시어와 볼일을 해치우기만 하면 된다, 곱씹었다. 혹시 어머니가 교제하는 다른 남자, 좀 더 호감 가는 사람이 우리랑 같이 살게 될지도 모른다. 아마 그 사람은 우리를 두고 가버리지 않을 것이다. 시어의 더러운 숙소 샤워기 밑에 서서 다리에 묻은 피와 정액을 씻어내며 나는 머릿속에 이 생각을 망치로 두들겨 박았다. 그만둘 수 없다는 생각.

나는 분노를 묻었다. 핏자국을 감췄다. 한사코 다른 것에 신경을 집중했다.

1962년 캘리포니아를 방문했을 때 새아버지가 정말로 한 일이 무엇이며 시어의 범죄 행위를 형사들에게 어떻게 전달했는지 내가 알아낼 길은 없다. 당시 에벌린을 만난 것은 알지만 무슨 이야기가 오갔는지는 모른다. 돌아가시기 전까지 수년간 그때 뭘 하셨느냐고 내가 물을 때마다 새아버지는 얼버무렸다. 진심 어린 모습을 보이기 위해 간혹 형사들과의 대화에서 얻었던, 잊고 있던 단편적인 사실을 기억해내기도 했다. 때로는 이렇게 추가된 사실이 새로운 의문을 불러오면서 기존에 들었던 자세한 이야기에 대한 나의 기본 이해가 달라지기도 했다. 다른 경우에는 연민을 증명해 보이려고 난데없이 어떤 기억을 소환하기도 했는데, 나를 위로하려던 것이겠지만 전혀 말이 되지 않았다. 이를테면 한번은 새아버지가 이런 이야기를 꺼냈다. 1962년에 새아버지가 찾아갔을 때 에벌린이 글렌데일의 포레스트론 추모 공원에 있는 시어의 묘소에 데려갔다는 것이다. 시어의 사망일로 추정되는 다른 주에서의 교통사고 날짜보다 몇 주나 앞선 시기에 말이다.

새아버지는 알코올의존증에서 벗어나기 위해 재활 중이었고, 1960년대 말에는 에벌린처럼 그 지역 AA 모임의 저명인사가 되었다. 형사들이 수사에 착수한 초반 몇 주 동안 수사에 어떤 진척이 있느냐고 내가 물어볼 때마다 새아버지는 시어에게 도움받은 수많은 알코올의존자들에 대한 언급을 빠뜨리지 않았다. 알코올의존증은 "고약한 병"이라며 아동 성도착증보다 더 만연한 심각한 문제라고 나를 이해시키고 싶어했다. 이 문제를 조금 다른 관점에서 보는 편이 너에게도 유익할 것이다, 시어가 끔찍한 인간인 것은 맞다, 그러나 좋은 일도 많이 한 사람이었다, 이런 일보다는 네가 얼마나 잘 살고 있는지를 생각해야 한다, 라며. 열일곱 살에 나는 예수회 사립고등학교의 총학생회장이었다. 3학년 전체에서 가장 우수한 성적을 받았고, 두 가지 운동 종목에서 학교 대표로 뛰고 있었고, 플라자호텔, 셰리네덜란드호텔, 피에르호텔에서 열리는 무도회에서 사교계 데뷔 여학생들의 에스코트를 도맡았다. 캘리포니아에서 무슨 일이 있었든, 결국은 모든 일이 잘 풀리지 않았느냐고 새아버지는 말했다. 그 일은 그만 잊어야 한다, 라고 말했다.

30년간 내가 택한 길이 정확히 그것이었다. 침묵. 나는 시어의 잔인한 학대에도 불구하고 내가 안정되고 생산적인 인생을 펼쳐나갈 수 있으리라고, 나에게 일어난 그 모든 일에서 간단히 벗어날 수 있으리라고 믿었다.

새아버지가 시어를 기소하지 않기로 결정한 데 대해 내가 최종적으로 도달한 결론은 재판으로 가족이 난처해지는 걸 원치 않았기 때문이라는 것이다. 새아버지는 법정 대질심문에 응하느냐 마느냐가 본인의 결정 사항이 아님을 이해하지 못했다. 공개 석상에 나가 시어가 보는 앞에서 그가 저지른 짓과 그가 나에게 강요한 짓을 상술할 기회가 나에게는 어떤 식의 사법적 정의 못지않게 중요하다는 걸 그는 인식하지 못했다. 발언할 기회가 허용되지 않는 것, 더 나쁘게는 내가 아닌 다른 사람이 내 이야기를 대신 전하고 종결하게 하는 것은 애초의 그 분한 무력감을 연장하는 것이고, 힘없는 자의 치욕을 더 짙게 만드는 것이다. 나는 내 도움 요청을 결국 거부한 새아버지의 행동이 섬뜩했다. 아동 성폭력 피해자들이 주변에 대해 자주 하는 생각을 증명하고 있었기 때문이다. 네가 말을 해도 그들은 네 말을 믿으려 하지 않는다. 너를 믿는다는 건 너무 많은 혼란이 따라오는 일이니까.

수년간 연쇄 아동 성폭력범 추문과 관련한 신문과 잡지 기사를 읽고 종합한 바로는, 사람들은 피해자들이 가장 욕망하는 응징의 방식이 돈과 정의이며 거기에도 순번이 있다고 생각하는 듯하다. 내 짐작을 말하자면, 피해자들이 가장 원하는 건 그런 게 아니다. 그들은 사람들이 믿어주기를 바란다. 존엄의 감각을 다시 일으킬 수 있는 토대를 원한다. 자기 존중의 회복이 돈보다 중요하다. 복수보다 중요하다.

피해자들이 원하는 건 타인의 공분이 아니다. 분개한 변호사나 논설위원이나 정치인이 자신들의 분노를 대신 발화해주기를 원하는 게 아니다. 요즘 대배심의 기소로 아동 성범죄자가 공개될 때 대중의 분노라는 "시민" 정서에서 우러난 반응이 내 눈에는 덧없어 보인다. 미국에서 지속적으로 학대당하는 아동들의 숫자를—대략 남아 일곱 명당 한 명, 여아 세 명당 한 명—생각하면, 그들의 비난 소리는 순진하게 들린다. 더욱 진지한 경계의 노력이 뒤따르지 않는 사회적 분노는 또 다른 약속 파기의 양상으로 이어진다.

에벌린과 인터뷰를 결심한 1980년대 말 이전까지 나는 캘리포니아의 일에 관해 새아버지의 시각을 거의 수용한 상태였다. 물론 이것은 내 나름의 부인否認이었다. 과거에 무슨 일이 있었든 결국 모든 게 잘 풀렸다는 믿음을 고수했다. 마흔 살쯤에는 작가로서 미국 내에서 약간의 성공도 거뒀다. 각지에 흩어져 있는 많은 이들과 교분을 쌓았다. 결혼 20년째인 아내와 오리건 서부의 시골 숲속에서 행복하게 살고 있었다. 특히 1970년 이

산속으로 이사한 이후로 내가 집에 느끼는 정서적 애착이야말로 나의 지속적인 행복감에 필수적 요소였다. 거의 일상이 된 야생동물과의 접촉, 이웃집들과의 물리적 거리, 우리 숲을 지나 흐르는 너른 강의 급류, 근방 수 킬로미터까지 펼쳐진 길들지 않은 땅, 날것 그대로인 뒷문 밖의 날씨—이 모든 것이 안전감을 채워주었다.

연쇄 성폭력을 일컫는 심리학 용어를 쓰자면 "외상성 성적 학대"를 당하던 기간 동안 유일하게 내게 가장 깊은 안도감이 찾아온 때는 내 주변의 근원적인 자연의 힘을 마주하는 순간들이었다. 모하비사막에서 서쪽 샌퍼낸도밸리로 불어오는 뜨거운 샌타애나 국지풍, 주마와 말리부 서쪽 해안에 밀려드는 태평양 태풍의 큰 파도, 로스앤젤레스강으로 흘러가는 캐벌레로 크리크가 범람해 동네가 침수되던 겨울철 홍수. 이런 것 앞에서 나는 온전히 살아 있다는 어렴풋한 감각을 느꼈다. 무리 지어 집으로 돌아오는 내 머리 위의 새들을 올려다볼 때, 흔들바람에 마른 유칼립투스 이파리들이 소용돌이 칠 때, 인적 드문 샌타모니카 산자락 어디쯤에 혼자 앉아 코요테나 브러시토끼가 나타나길 기다릴 때, 나는 가슴이 벅차올랐다. 기운이 솟았다.

하지만 마음속으로는 여전히 모든 게 엉망이란 걸 알았다.(요즘은 비교적 쉽게—그때는 그렇지 못했다—아동기의 성적 트라우마와 관련된 정확한 정보를 구할 수 있다. 그 정보를 어떻게 해석하고 어떻게 활용할 것인가라는 위험한 다음 단계가 남아 있긴 하지만.) 이를테면 내가 더 일찍 행동하지 않은 만큼,

내가 캘리포니아를 떠난 뒤에 다른 소년들이 겪은 일에는 어쨌든 내 책임도 있다는 생각을 오래도록 떨쳐낼 수 없었다. 새아버지는 사건을 수사하던 형사 중 한 사람으로부터 1956년에 그곳을 떠날 수 있었던 내가 운이 좋았다는 말을 들었다고 했다. 시어가 사라진 뒤로 수사를 이어가던 형사들이 다른 소년 세 명을 찾아냈는데, "괜찮은 아이가 없었다"고 했다. 형사들은 시어가 노스할리우드에서 어린 소년들에게 저질렀던 일에 대해 새아버지도 나도 더 이상 깊이 캐지 않는 게 좋겠다고 새아버지에게 충고했다.

1989년부터 내 과거의 진상을 추적하기 시작했을 때, 나는 스스로 살 속에 포탄 파편이 박힌 채 돌아다니는 사람이라고 생각했다. 나는 그 파편을 꺼내고 싶었다. 수년간 구석에 밀쳐뒀던 의심들과 이미지들이 곪아 터지기 시작했다. 날마다 내 안의 무참한 결핍과 대치하느라 끊임없이 뱃멀미가 나는 것 같았다. 나는 내 안에 황폐한 텅 빈 갱도가 뚫렸다고 상상했다. 그것은 배우자의 애정으로도 친구들의 우정으로도 직업의 성공으로도 없앨 수 없었다. 하지만 과감한 한 걸음, 과거와의 정면 승부를 시도한다면 이런 사고의 틀에 균열을 내 변화를 가져올 수 있을지 모른다는 생각이 나를 움직이기 시작했다. 이 방법이라면 나 자신을 극적으로 치유할 수 있을 것이다. 그렇게 생각했다.

나는 포레스트론 추모 공원에 전화를 걸었다. 그렇지만 그곳 추모 공원에는 해리 시어라는 사람의 묘소가 없었다. 남부 캘리포니아 지역신문 어디에서도 해리 시어의 부고 기사를 찾을 수 없었다. 나는 에벌린에게 연락해 내가 캘리포니아로 갈 테니 인터뷰에 응해줄 수 있는지 물었다. 해리 시어를 잘 알았던 사람과의 대화가 나의 치유, 세정식의 시작이 되리라고 생각했다. 그리고 그 방문에 맞춰 렌터카로 노스할리우드의 리버사이드 드라이브 12003번지에 가보리라 마음먹었다. 혹시 치료소가 그대로 남아 있다면, 정문으로 들어가보리라.

시어의 옥상 숙소는 노퍽섬 상록수 가지 뒤에 거의 가려져 있지만 보도에서 정확히 보였다. 나는 벤 스트리트의 후추나무 그늘에 차를 세워놓고 흰색 치장 벽토 건물 정문으로 걸어 들어갔다. 현재는 유대교계 사립중학교 건물로 사용되고 있었다. 로비에 서 있는 나에게 신경 쓰는 사람은 아무도 없었다. 혹시 누군가 와서 용무를 물으면, 30년 전 이곳이 병원이었을 때 환자였다고 대답할 작정이었다. 하지만 아무에게도 내 모습이 보이지 않는 것 같았다.

나는 중앙 복도를 걸어 들어갔다. 예전에 환자들이 병상에 누워 있던 흐릿한 어둠 속 복도 우측 방들이 지금은 눈부시게 환했다. 학생들이 책상에 앉아 수업에 집중하며 열심히 필기를 하고 있었다. 복도 교차로에 발길이 닿았고, 나도 모르게 불현듯 내부 층계 발치를 노려보았다. 층계로 통하는 살짝 벌어진 문으로 위쪽으로 올라가다가 왼편으로 휘어진 계단이 보였다. 주먹이 목구멍을 틀어막은 것처럼 목이 조였다.

나는 가까스로 몸을 돌리자마자 건물을 빠져나왔다. 리버사이드 드라이브를 달음질쳐 건너 울타리가 쳐진 야외 묘목장 안으로 들어갔다. 콩자갈이 갈린 오솔길을 따라 동백나무와 협죽도가 심긴 화분들을 지나 한창 꽃을 피운 앵초와 철쭉을 지나 계속 걸었다. 몇 분쯤 뒤 호흡이 다시 편안해지고 등근육의 경직이 풀리자 차를 세워둔 곳으로 돌아가 그곳을 벗어났다.

그날 오후 로스앤젤레스 시내 웨스트 5번가의 중앙 도서관에서 나는 1950년대 샌퍼낸도밸리의 전화번호부를 모아놓고, 추적의 실마리가 될 만한 기억이 튀어나오길 바라며 어머니 친구들의 이름을 떠올려 철자—에머리, 팰로티코, 링, 머리—를 추측해보았다. 오른손 검지가 시어의 이름을 발견하고, 그 선명한 활자체 밑에 그대로 멈췄다. 바지에 분비물이 쏟아졌다.

남자 화장실에서 속옷을 휴지통에 버리고 개수대에서 물 얼룩이 커지지 않도록 조심하며 바지를 빨았다. 양말만 신은 채 바지를 다시 입으려는데 경비원이 불쑥 들어오다가 문가에 서서 경계와 의심의 시선을 보냈다. 곧 도서관 폐장 시간이라고 그가 알렸다. 금방 나가겠다고 그를 안심시켰다.

몇 분 뒤 서류 가방으로 바지의 젖은 엉덩이를 가리고서 인근에 있는 친구와의 저녁 약속 장소에 갔다. 실내와 야외 중 어디를 원하느냐는 웨이터의 질문에 내가 실내에 앉겠다고 말했다. 종일 어디에 있었는지는 친구에게 말하지 않았다.

오랜 세월 나는 극히 소수의 사람들—동생, 진지하게 사귄 애인, 아내, 가까운 친구 두엇—에게만 시어에 대해 이야기했다. 내 이야기를 털어놓을 필요성을 느끼지 않았고, 나 자신이

옛날 어느 악랄한 범죄 행위의 무고한 피해자 이상도 이하도 아닌 이로 여겨질 가능성이 클 것 같았다. 동정은 내가 생각하기에 맞는 진행 방향이 아니었다. 내가 지금 알고 싶은 건, 나에게 무슨 일이 있었는가? 하는 것이다.

리버사이드의 그 건물에 다녀온 뒤 몇 개월간, 나는 캘리포니아 주 정부 및 지역구의 관련 부서에 간간이 전화로 문의해 내 이야기의 형태가 잡힐 만한 세부 사항들을 찾아보려 했다. 이 과정에서 나에게 특정 사건들에 대한 기억이 남아 있지 않다는 의심이 들기 시작했다. 나는 밸리에서 보낸 어린 시절의 많은 장면들을 기억해낼 수 있었고, 일부 기억은 상당히 생생하기까지 했다. 그런데 그 시기 가운데 전혀 아무것도 떠오르지 않는 공백들도 있다는 걸 깨달았다.

1996년 가을, 처음으로 심리 치료사를 찾아갔다. 대학에 다닐 때 잠깐 정신과 의사의 진료를 받기는 했지만 별다른 진척을 보지 못했다. 당시 나에게는 내 몫의 과제를 수행할 능력이 없었기 때문임을 나중에서야 이해하게 되었다. 나는 그저 의사가 어떻게든 나를 고쳐줄 거라고, 내 불안과 수치심을 극복하게 해주겠거니 기대했을 뿐이다.

내가 심리 치료를 선택한 것은 과거를 규명하려는 내 노력이 말짱 헛수고인 것 같았기 때문이고, 또다시 나에게 문제가 있다는 생각에 빠져들었기 때문이다. 나는 차츰 내 행동의 패턴을 인지하기 시작했다. 예컨대 내가 누군가에게 조종당하거나

무시당한다는 느낌이 들면, 당장에 터무니없을 정도로 격분했다. 그리고 간혹 심각한 위협에 직면하는 경우 어떤 식으로든 해결해가는 방향으로 차분히 행동하지 못하고 얼어붙어버리곤 했다. 이런 습성이 아동기의 경험에 뿌리를 두고 있지 않나 하는—대단한 통찰은 아니다—의심이 들었다.

또한 이때쯤에는 불안으로 인한 어깨 근육 경직이 심각해져서 이미 경추 디스크가 파열된 상태였다. 스테로이드 치료 요법으로는 통증 완화에 한계가 있어 의사가 수술을 권유했다. 또 다른 의사에게서도 수술밖에 답이 없다는 말을 듣고 마지못해 동의했다—종이에 적힌 수술 절차를 받아들기 전까지는. 이 안내문에 따르면, 나는 의식이 없는 채로 수술대 위에 엎드려 눕혀질 것이다. 목 뒤를 약 2.5센티미터로 수직 절개해 벌릴 것이다. 나는 하지 않겠다고, 절대 할 수 없다고 말했다. 통증을 감수하며 살기로 했다.

심리 치료사는 처음부터 내가 되살릴 수 있는 기억을 내 페이스대로 헤매고 다니도록, 이 사건들을 하나의 패턴에 맞추려는 충동에 저항하도록 나를 격려했다. 초기의 상담 시간에 새아버지의 배신과 같이 감정적으로 복잡한 상황에서 스스로를 방어하지 못한 나의 분명한 무능에 관해 다룰 때 나에게 "자기방어라는 개념이 무슨 의미인지조차 이해 못 하고 있다"고 치료사가 말한 것을 기억한다. 나는 그 진단이 억울했다. 내가 한심하다는 느낌이 들었다. 하지만 그것이 출발점이 될 것도 같았다.

우리는 4년간 상담을 해나갔다. 나는 심리 치료사에게 학대를 구체적으로 세세하게 묘사했다. 저녁이라 까칠하게 자란 시어의 수염이 사포처럼 내 살갗에 쓸려 화끈거리던 느낌, 숙소 바닥에 배변하고 우리가 있던 침대 위를 뛰어다니던 그의 괴상한 치와와, 내 입안에 밀고 들어오던 시어의 혀. 어머니와 동생이 없을 때 우리 집에서 그가 강압적으로 구강성교를 시키던 그날 일도 서술했다. 시어가 어머니의 침대 겸용 소파에 제집처럼 편안히 누워 내 머리통을 멜론처럼 한 손에 쥐고 흥분에 취해 있던 모습. 나는 시어와의 관계를 끊어낼 수 없었던 나의 무능에 대해, 모르는 척하는 것이 분명했던 어머니의 의도에 대해 심리 치료사에게 이야기했다.

심리 치료를 시작할 때 나는 그 시간들이 주는 진정한 공포는 실제 자행된 학대 행위로 입증되리라고 짐작했다. 그의 정액에 숨이 막히던 순간, 내 소리를 막으려고 얼굴을 짓누르던 수건, 직장 출혈 같은 일들로. 한참 뒤에야 이런 기억들보다 더 교묘한 공포가 있다는 것, 단지 배신과 부정과 시어의 침대에서 헝겊 인형처럼 내동댕이쳐지는 것에 그치지 않았다는 것을 이해하기 시작했다. 더 끈질긴 공포는 내가 이런 잔혹 행위에 적응하는 법을 배웠다는 사실이었다. 내 경험의 이런 측면은 시어의 숙소에서 마지막으로 걸어 나온 뒤로도 내 안에 오래도록 남아 있었다.

누군가의 정신병에 붙잡혀 매번 밟히면서 나는 오로지 생존 하나에 집중했다. 나는 생존하기 위해 상대를 달래야 했다. 그때 이후로 감정적 대립이 일어날 때마다 내 반응이 대부분 묵

종이나 과잉 분노, 둘 중 하나이고 중간이 없음을 자각하게 되었다. 심리 치료는 내가 트라우마를 견뎌냈다고 믿고 싶지만 실제로 그러지 못했음을 깨닫도록 안내했다. 나는 결국 무릎 꿇은 것이고, 견디려 시도했으나 내 시도의 결과를 나 외에 다른 이들이 겪어야 했다. 이제야 더 잘해볼 기회, 더 적게 화내는 사람으로 달라질 기회가 내 앞에 놓여 있었다.

처음에는 주 2회씩 심리 치료를 받았고, 때때로 상담 시간이 두 배로 길어지기도 했다. 그러다 주 1회나 그 미만으로 빈도가 줄어들다 마침내 우리는 휴식기를 가져도 되겠다는 판단에 이르렀다. 마지막 상담에서 나는 캘리포니아에서 보낸 유년기 이야기의 퍼즐을 다르게, 심리 치료사들이 흔히들 하는 말로 "또 다른 서사"로 창조해 신체적 감정적 손상을 더 넓은 맥락에서 맞춰나갔다. 그 시간 이후로, 장기간의 성적 학대가 더 이상 내 삶의 의미를 구성하지 않게 되었다. 거기서 간단히 벗어났다고 믿고 지낸 이전 세월과는 달라졌다.

1998년의 어느 날 밤, 심리 치료를 받으러 갔던 시내에서 65킬로미터 상류의 집까지 차를 몰고 돌아오던 길에 나는 돌연 가슴 벅찬 안도감을 느꼈다. 그 느낌이 너무나 강렬해서 차를 세우고 밖으로 나왔다. 울타리 없는 경작지로 보였던 토지 경계까지 걸어갔다. 처음에는 등과 어깨의 마지막 경직 부위가 풀어지면서 신체적 안도감을 느끼는 것이라고 생각했다. 수개월의 물리치료를 받고 굳이 수술이 필요치 않은 상태가 되었으니까. 그런데 그런 것과는 느낌이 달랐다. 거의 평생 나를 두려움에 떨게 하던 차갑고 고압적인 존재가 사라진 것이다. 나는 이 폭압의 갑작스러운 증발을, 이 유예를 음미하며 도로변의 어둠 속에 한참 서 있었다. 심리 치료를 받던 시기에 꾼 꿈이 떠올랐다. 육중한 지하 저장실 문을 부수고 뛰어 들어갔다가 유아의 몸에서 내장을 꺼내 집어삼키고 있는 식인 거인과 그의 손에 붙들린 채 무표정하게 살아 있는 아이를 발견하는 꿈이었다. 내가 문을 부쉈다는 것이 의미심장해 보였다. 어딘가로 들어가는 문이었든 나오는 문이었든 그것은 중요하지 않았다.

나에게 심리 치료의 성과는 단지 나라는 아이가 학대를 견디는 법을 학습했다는 깨달음을 얻은 것이었다기보다 타인의 악몽에 공감할 수 있는, 보다 큰 포용력을 내 안에서 발견한 것이었다. 이전에 나를 옥죄던 해결되지 않은 공포와 분노가 이제는 연민으로 바뀌었다. 나는 모든 인간이 인생의 어느 시점에 어느 수준으로든 역경을 맞닥뜨린다는 걸 이해하게 되었다.

미국 남자들의 심리에는 트라우마를 혼자 치유해야 훌륭하다는 통념이 깊이 박혀 있다. 그러나 근년에 나는 이런 선택이 때로는 더 극심한 고립과 고통을 낳는 길이며 특히 상처 입은 이의 가족과 친구들에게는 더욱 그렇다는 점을 깨달았다. 나도 내 삶을 재정비하겠다는 다짐을 하며 누구도 성가시게 하지 않으려고 정확히 그런 경로를 택했다. 내 사연을 자세히 모르는 타인의 포용을 이해하고 수용하는 법을 배우는 것이 트라우마 회복에서 가장 결정적인 요소임을 알게 되기까지 나는 아주 오래

걸렸다.

우리에게는 우리를 삶의 예의로 다시 데려다줄 타인이 필요하다. 이것이 내가 최종적으로 얻은 교훈이었던 것 같다. 타인의 포용을 용서나 우호적인 판단이 아니라 인정으로 받아들여 환영하는 것. 누구나 때때로 남들이 모르는 각자의 삶에서 잔혹한 역경을 맞기도 하며, 어떤 식으로든 공동체를 이루는 서로가 없다면 이 악몽은 언제든 되살아날 기회를 노리며 도사리고 있다고 인정하는 것.

나는 더 이상 해리 시어의 사망을 세세히 추적하는 일에, 혹은 그 리버사이드 드라이브의 건물이 그대로 남아 있다면 과연 내가 그 건물 옥상에 있는 그의 숙소에 다시 들어가 귀퉁이 창문 틈으로 하늘을 바라볼 수 있을지 여부에 관심이 없다. 그럼에도 성인 남자가 누군가의 어린 아들의 안녕에 비상한 관심을 비치기 시작하는 순간에는 대개 악의 없는 경우일지라도 경계심이 든다. 특히 그 아이가 내 손주라면 더더욱. 아홉 살인 이 아이는 지금도 위험한 길을 건널 때 내 손을 잡는다.

대화

육천 가지 가르침

어릴 때 나는 세상을 보고 싶었다. 그 바람은 조금씩 이루어졌다. 내가 세 살이던 1948년, 어머니와 나는 뉴욕시 북쪽에 인접한 매머러넥의 집을 떠나 다른 삶이 기다리는 로스앤젤레스 외곽 샌퍼낸도밸리로 날아갔다. 나는 그랜드캐니언에서 성장기 여름을 보냈고 태평양에서 헤엄을 쳤다. 시간이 흘러 어머니의 재혼으로 우리는 다시 맨해튼 머레이힐로 이주했다. 거기는 또 다른 캐니언이었다. 열일곱 살 때는 버스로 유럽을 횡단했다. 멕시코에도 갔다. 나미비아에 있는 사막과 남극에서 20킬로미터 떨어진 극지 고원에서 야영도 했다. 방콕과 벨렝, 나이로비와 퍼스에 가봤고 그 목적지 너머의 땅으로도 길을 떠났다.

그러는 동안 익숙지 않은 음식도 많이 먹어보았고, 파슈토어, 아프리칸스어, 플라망어, 크리어로 옥신각신하는 거리의 말싸

움도 주워들었다. 내 종교가 아닌 다른 종교의 예배당에서 기도를 올리고, 레바논의 난민 캠프를 걷고, 실크로드의 험난한 산길을 가로질렀다. 내가 얻고자 한 것은 어떤 성취가 아니라 목격이었다. 처음부터 나는 풍경의 자락과 자락이, 도로와 도로가, 문화적 열망과 열망이 서로 얼마나 다른지 이해하고 싶었다. 인간의 인식론이라는, 신의 존재를 알고 말하는 육천 가지 방식은 고지대에서 저지대로 흘러내리는 강의 육천 가지 물줄기와 같으며, 아타카마사막과 타나미사막과 고비사막과 소노라사막에서 터오는 육천 번의 여명과 같다.

그렇게 많은 것을 본 사람은 세심한 주의를 기울이지 않으면 자칫 한 장소가 다른 장소와 사실상 몹시 닮아 있다는 역설적인 믿음에 굴복해 당신이 있는 곳을 안다고 가정해버릴 수도 있다. 그러나 이것은 사실과 다르다. 모든 장소는 유일무이하며 다른 어디에서도 되풀이되지 않는다. 놓치는 순간 사라져버린다.

집요한 여행자라면 육천 가지의 값진 가르침을 얻을 수 있을지도 모르겠다. 그중 한 가지를 소개해볼까. 여러 해에 걸쳐 선주민들—알래스카의 유픽족과 이누피아트족, 캐나다의 이누이트족—과 대화하며 나는 그들이 서구인들과 달리 집합명사로 생물 종을 지칭하기를 꺼린다는 걸 알게 되었다. '카리부'의 행동에 대한 질문에 그들은 대답하지 않는다. 그 대신 어떤 카리부 한 마리가 언젠가 어떤 특정한 상황에서—어느 장소에서, 1년 중 어느 시기에, 어떤 날씨에, 주위에 이러저러한 다른 동물들 사이에서—무엇을 하더라는 말로 답을 대신하곤 한다. 외견

상의 조건이 비슷하더라도 상황이 다르면 그 동물의 행동이 달라질 수 있음을 이해하는 것이 중요하다고 그들은 말한다. 생김새가 닮았을지라도 모든 카리부는 제각각 다르며, 그래서 예단할 수 없다는 것이다.

중국 고고학자들이 시안에서 병마용•을 발굴한 지 얼마 지나지 않아 관람객들에게 용갱 현장 관람이 허용되었을 때 나도 망원경으로 몇백 점을 살펴보았다. 병사들은 물론 말들 하나하나까지 저마다 다른 얼굴을 하고 있었다. 아프리카 사바나에서 사자를 피해 무리 지어 달아나던 임팔라를 관찰하기도 했고, 해질 녘 호주 서부 그레이트샌디사막의 유칼립투스 잡목림에서 홰치기하던 흰앵무새 떼를 관찰한 적도 있다. 그런 순간에도 인내심을 가지고 배우기만 하면 낱낱의 개체를 식별할 수 있다고 믿어 의심치 않았다.

오늘날 텔레비전이라는 모종의 문화적 신경가스가 어떻게 세계의 육천 가지 인식론을 훼손해 "우리 모두가 아는 것"과 "우리 모두가 믿는 것"으로 뭉뚱그려놓았는지 생각하면 나는 겁이 난다. 어떻게 "더 쉬운 삶을 위해" 만다린어나 영어가 만인의 공통어가 되기를 염원하는 이들이 있는지, 어떻게 은난초 한 송이의 화려한 사진 한 장을 현존하는 은난초 전체에 대한 상징으로 둔갑시킬 수 있는지, 어떻게 오스트리아 빈 여행이 어떤 이들에게는 프라하 방문과 진배없는 것이 될 수 있는지 모르겠다.

• 진시황이 자신의 무덤을 보호하기 위해 만든 대형 토용 군대.

시간에 쫓긴다는 이유로 하나가 다른 하나의 자리를 당당히 대신할 수 있다는 것, 이런 것을 생각하면 나는 두려워진다.

여행을 다닌 세월 동안 다양성에 대한 나의 이해는 진화해왔다. 처음에는 내가 듣고 믿었던 것보다 이 세계의 장소와 장소가, 문화와 문화가 서로 훨씬 다르다는 직관으로 출발했다. 그러다 차츰 이런 차이를 무시하는 것이 무감각한 행위일뿐더러 부당하고 위험하다는 사실을 깨달았다. 차이를 무시하면 상황은 개선되지 않는다. 소외와 고통과 분노와 절망을 낳을 뿐이다. 거기서 나는 더 깊은 통찰을 얻었다. 모든 사회적 생명체들의 사회조직이 건강하게 장기적으로 유지되느냐 아니냐는 공동체를 온전히 유지하는 동시에 개체들에게 자율성을 부여하느냐 마느냐에 달려 있구나 하는 통찰을 말이다. 한 사회를 아름답게 만드는 것은 자율성과 존중의 결합이고 그것이 갈등을 최소화해왔으니 말이다.

한때는 다양성이 생명의 특징이라고 생각했으나 지금은 그렇지 않다는 것을 안다. 다양성은 생명을 위한 필요조건이다. 다양성을 말소하는 것은 탄소를 제거해놓고 생명이 지속되기를 기대하는 것과 다를 바 없다. 멸종 위기에 놓인 언어, 생물 종, 문화를 얼핏 지나치기만 해도 그토록 불안해지고 그토록 슬픔이 차오르는 건 그런 까닭일 것이다. 우리의 발걸음이 닿는 곳이 어디든 거기서 마주치는 차이가 적어질수록 죽음이 세력을 확장한 것임을 우리 몸의 세포들이 알아차리는 것이다.

지리적 친밀감

밤이었다. 그러나 당신이 기대할 법한 그런 하늘빛은 아니었다. 태양이 지평선에서 몇 손가락 위쯤 북쪽에 떠 있고, 공기 자체의 빛은 한층 더 황금색이던 오후 나절보다 더 파랬다. 그런 6월의 "저녁", 친구와 나는 알래스카 북부 브룩스산맥의 야트막한 산마루에 앉아 있었다. 우리는 5킬로미터쯤 떨어진 아낙투북강의 나무 한 그루 없는 U자형 계곡을 훑어 수백 마리의 불모지 카리부 떼를 찾아 삼각대 망원경을 맞춰두었다. 광활한 공간에 카리부 무리가 고요히 부유하고 있었다.

계곡 바닥보다 수십 미터 높은 위치에 걸터앉은 우리는 대기가 투명하디투명해 저 아래 계곡에서 145킬로미터 떨어진 아낙투북강과 콜빌강의 합류 지점까지도 보일 정도라고 우스갯말을 했다. 먼지 한 점 없는 대기가 얼마나 빛을 옅게 흩뜨리던지 지표면의 만곡만 아니라면 러시아 북극권의 프란츠요제프란트 성들까지 너끈히 보이겠다는 농에도 장단을 맞췄다. 나는 몸의 무게중심을 옮길 때 시선이 흔들리지 않도록 엉덩이 옆 동토에 박힌 자갈을 왼손 손가락들로 단단히 짚었다. 암석에 낀 주황색 이끼가 절단용 토치처럼 쏘아대는 빛을 눈에 담고 다시 삼각대 망원경과 멀리 카리부 떼에게로 시선을 돌렸다.

여러 해 뒤, 이번에는 지구 정반대편에서 독일 생태 관광 선박에 올라 포클랜드제도에서 사우스조지아섬까지 가는 여정을 나섰다. 드레이크해협을 건널 때였다. 보퍼트 풍력 등급 11단계, 그러니까 허리케인에 한 등급 못 미치는 왕바람 속에서 깊은 바다를 항해하느라 배가 심하게 뒤놀았다. 나는 우비를 입고 상갑판에 나가 동료와 나란히 바람 그늘 쪽 난간을 붙들고 서 있었다. 눈앞에 펼쳐진 잿빛 해수면은 어느 한군데도 잠잠하지 않았고 물의 투명함이라곤 찾아볼 수도 없었다. 폭풍에 찢긴 물의 장막이 허공에 부풀고, 불가사의한 비행을 위태롭게 강행 중인 앨버트로스 떼의 울음소리가 선루 갑판에 출렁대는 바람의 포효를 갈랐다. 그림자 없는 그 아침 여명 아래, 난간을 움켜쥔 내 장갑 너머, 바람에 구겨지는 우리 외투 모자의 여밈 너머, 해수면은 또 다른 광대무변의 세계였고, 브룩스 산지의 지표면보다 더 팽팽하고 조금 더 소란스러웠다.

1988년 4월, 작가들 몇몇과 함께 중국 횡단 여행을 떠났다. 우리는 쓰촨성 충칭에서 우산 봉우리들 사이로 흐르는 양쯔강

지류를 따라 이창 상류의 유명한 싼샤댐을 지나는 경로를 택했다. 당시는 싼샤댐이 완공되기 한참 전이어서 양쯔강이 여전히 이 협곡 바닥을 유유히 흐르고 있었고, 충칭과 이창 사이의 협간은 약 160미터까지 좁아지기도 했다.

간간이 급류 구간이 나타났지만 그런 것은 아랑곳없이 협곡의 수로에서는 활발한 상업의 현장이 펼쳐져 있었다. 웃통 벗은 남자들이 좁은 통나무배를 저어 양쯔강을 종횡무진 오가고, 우리 배를 비롯한 큼직한 여객선들이 수면을 가르며 지나가는 옆으로는 짐을 가득 실은 바지선과 우편 수송선들이 힘들게 물살을 거스르고 있었다. 상한 생선, 신선한 채소, 분뇨 냄새가 공기에 가득했다. 나는 상투적인 제3세계 사진 같은 이 장면 자체에는 그렇게 사로잡히지 않았다. 불현듯, 오른편 강기슭의 깎아지른 듯한 수직 비탈면이 시야에 잡히기 전까지는. 형형색색의 경작지가 파란 하늘을 향해 대략 270여 미터 높이까지 치솟아 있었다. 놀이터 미끄럼틀만큼 가파른 계단식 비탈에는 타래진 밭들과 길게 가로지르는 논들, 그 사이사이 헛간들과 가옥들이 서 있었다. 아마 배가 맨 절벽과 절벽 사이를 지나던 고작 30초 사이에 포착된 이미지였겠지만, 문화적 지리와 물리적 지형이 접합된 장관이었다. 위험을 무릅쓴 농작의 대담함에 심장이 고동쳤다. 그 묵연하고 인상적인 협곡에서 나는 나를 매료하는 다른 유형의 광대무변한 세계를 발견한 것이다. 그 촘촘한 패턴의 틈새에서 눈길을 끄는 세부 내용을 시간을 들여 속속들이 찾아내고 싶었다. 그러나 배는 계속 나아갔다. 나는 사위를 에워싼 축축한 인간 삶의 향내를 힘껏 들이마시며 뱃머리의 탁한 물살에 산산이 부서지는 빛의 알갱이를 대신 눈에 담았다.

꾸준한 여행자들이 그렇듯 나 역시 고공비행하는 항공기에서 지표면을 내려다볼 일이 많다. 그러나 이 무형의 광막함에서는 양쯔강 정경에서 밀려오는 세밀한 생동감은 고사하고 예전 그 저녁 아낙투북강 골짜기의 정적이나 이후 더 시야를 조여오던 요동치는 남빙양에서 마주했던 것과 같은 정서적 충격이 별로 전해지지 않는다. 고공비행하는 항공기에서 보이는 전망에는 장소의 직접적 감각이 누락되어 있다. 그곳의 소리와 냄새, 시각에 수반되는 살갗에 닿는 식은 공기의 압력이 말이다. 그것은 눈에 보이지 않는 풍경의 고결함이며 대지의 권위라 부를 수 있는 무엇이다. 그 저녁 멀리 아낙투북 계곡에 대한 인상은 내 손 가까이 놓여 있던 이끼 덮인 암석의 눈부심을 보았기에, 그래서 일순 먼 것과 가까운 것을 연결할 수 있었기 때문에 더 강렬하게 각인되었다. 항공기에서 내려다본 전망과 다르게 지상의 전망에는 전경과 중경이 함께 담겨 있다. 여객선 난간을 움켜쥔 내 노란 장갑, 배와 수평선 사이를 날아가던 앨버트로스처럼. 혹은 강기슭부터 협곡 꼭대기까지 쌓아올려진 채마밭처럼.

항공기에서 대지와 친밀한 접속을 형성하기가 아예 불가능하다는 말은 아니다. 고도를 낮추고 속도를 늦출 때, 그럴 때라면 가능해 보인다. 오래전 북극에 관한 책을 쓰려고 자료 조사를 할 때 나는 꼬박꼬박 덩컨 그랜트라는 캐나다 조종사가 모는 비행기를 타고 이동했다. 덩컨은 12인승 여객용 트윈 오터 비행기로 북아메리카대륙 북쪽인 캐나다 퀸엘리자베스제도 곳곳을 주기적으로 운항하며 과학자들과 연구 장비들을 외딴 여름 야영지까지 날랐다. 이 지역 조종사들은 대부분 900미터 고도에서 특정 지점 사이의 직선거리 비행을 고수했다. 그런데 덩컨은 항상 90미터 정도 고도에서 마치 먹잇감을 찾는 북극여우마냥 지그재그로 날았다. 덩컨의 비행기에 오른 승객은 땅과 접촉이 끊어지는 법이 없었다. 덩컨은 혹여 일각고래를 볼 수 있을까 기대하며 여름 유빙의 꽁무니를 습관적으로 쫓곤 했다. 흰기러기 떼가 보이면 그 옆을 더 느긋이 지나가려고 시동을 꺼뜨릴락 말락 비행 속도를 늦추기도 했다.

하늘을 날 때마다 다양하게 생동하는 이 행성의 표면과 밀접한 시각적 접촉을 유지하던 덩컨에게서 나는 생텍쥐페리와 앤모로 린드버그와 그 밖의 글쟁이 조종사들이 말했던 이른바 '비행의 낭만'이 무엇을 의미하는지 배웠다. 그들이 갈망한 것은 땅으로부터의 자유라기보다 거리의 폭압에서 해방되는 것이었다. 그렇게 해서 그들은 지상의 장소들과 전혀 다른 종류의 친밀감을 나누었다. 이미 익숙한 장소만이 아니라 난생처음 보는 장소와 나눈 이런 친밀감이야말로 그들이 탐험에서 얻어낸 진정 새로운 발견이었다.

생텍쥐페리의 『인간의 대지』, 베릴 마크햄의 『이 밤과 서쪽으로』 같은 책이 나를 사로잡은 이유는 이 조종사들이 지구라는 물리적 세계에 신의를 지키기 때문이었다. 대기에 흔적이 남지 않는 비행경로를 선택하고 이를 지켜내는 것도 이 신의의 한 형태였다. 장소와의 복잡한 관계를 더 깊숙이 들춰낸 그들의 묘사는 인간이 지형에 느끼는 감흥의 순도를 증명하는 표식이다. 그들은 흐리터분한 추상에 독특함을 입혔다. 보라색 평원과 반짝이는 강물과 벼 이삭의 황금물결로 그 안에 생동감과 인간다움을 불어넣었다.

대지와의 친밀감을 유지하느라 애쓴 나의 경험을 생각해보면, 험준한 지형에서 고생한 기억이나 네 발로 엉금엉금 기었던 각고의 시간이 아니라 알타미라 구석기 동굴 유적지가 가장 먼저 떠오른다. 1991년 봄, 지역 박물관 관장 덕분에 스페인 북부 칸타브리아에 있는 이 초기 인류의 지하 예술 갤러리에서 개인 투어를 할 기회를 얻었다. 가이드가 동행했지만 시간의 제약은 없어서, 내 느림을 참아주는 가이드에게 감사해하며 내 속도대로 여러 구역을 둘러볼 수 있었다. 나는 시선의 각도를 신중하게 바꿔가며 동물 그림을 한 점 한 점 관찰하면서도, 축축한 벽의 밀폐감과 몰려드는 어둠을 줄곧 의식했다. 여느 관람객처럼 눈앞에 보이는 것의 의미를 사색하기도 했으나 이런 지적 활동은 그 안에서 하등 중요하지 않았다. 그림의 명징성을 가중하는 눅눅한 침묵 속에서, 인간의 상상이 만들어낸 생생하고 강렬한 증거에 둘러싸인 그때, 나는 그림의 창조자들에게 어렴풋한 동질감을 느꼈다. 어떤 의미로 이들은 나의 크로마뇽인 선조들이었다. 밀 재배, 함무라비 법전, 중국 왕조의 출현 같은 완신세의 특징 따위는 하나도 머리에 들어오지 않았다. 내 눈에 보이는 건 오직 마들렌기• 사냥꾼들이 남긴 이 빛나는 증거, 그리고 그 앞에서 눈을 부릅뜨고 천천히 숨을 고르며 서 있는 그들의 먼 동족인 나 자신이었다.

동굴 밖으로 나왔다. 가파른 언덕 위에서 저 아래 몬드리안의 조각보 같은 채마밭과 목장의 가축들과 산티야나델마르 마을 언저리의 소박한 이층 가옥들을 바라보고 있자니, 온 인류를 향한 공감이 가슴에 차올랐다. 벽화를 창조한 인간과 눈앞의 경작지를 창조한 인간 사이에 불과 몇 세대의 거리밖에 놓이지 않은 것 같았다.

물리적 풍경에 대한 우리의 애착은 생물학적이고도 정서적이다. 물리적 대지와의 친밀성은 이 애착의 본성에 대한, 언어를 넘어서는 어떤 원초적인 앎을 우리 안에 일깨운다. 내가 자신을 들여다본 바로는, 이런 원초적인 연결성을 경험할 때 우리는 종종 전신으로 퍼지는 형언할 수 없는 쾌감에 빠지기도 하고 어떤 특정한 갈망이 완화되는 느낌에 젖기도 한다.

딕슨해협의 어느 이름 없는 해저산으로 다이빙한 일이 떠오른다. 그 근방은 브리티시컬럼비아 연안 프린스오브웨일스섬의 남단으로 일종의 물속 경관이 형성되어 있다. 나는 일대의 저서생물을 조사하는 생태학 연구팀과 함께 일하고 있었다. 다

• 구석기 말기. 골각기와 예술성의 발달로 유명하다.

이빙은 고도로 긴장된 인간의 탐사 행위다. 많은 다이버들이 물에 뛰어드는 순간 지구와의 강렬하고 관능적인 접촉을 새롭게 감각한다. 휴대 산소량이 한정되어 있다는 조건은 이곳에서 당신에게 주어진 시간이 그리 길지 않다는 사실을 인지시킨다. 물의 저항은 당신이 그리 멀리 가지 못하리라고 말해준다. 그리고 당신이 쓴, 수도승의 두건과도 같은 마스크의 돌출된 형태는 그만큼 당신이 알아차리지 못하고 지나치는 것들이 많을 것임을 암시한다. 하지만 최소한 중력은, "당신 뜻대로 움직이기 힘든" 이곳에서 사물을 조사하고자 하는 당신의 욕망을 저지하지 않을 것이다. 당신은 30미터 절벽 직면을 오르내리며 헤엄칠 수 있고, 만약 중성 부력을 능숙하게 맞출 줄 안다면 벽에서 10여 센티미터 거리에 멈춘 자세로, 먹이를 먹는 작은 생물체의 일거수일투족을 계속해서 관찰할 수 있다.

딕슨해협에서 다이빙하던 그날, 나는 연결선 없이 우주선 외부로 나온 우주 비행사가 된 느낌이 들었다. 해저산은 수면 아래에서 약 18미터 높이까지 솟아 있었고 지름은 약 180미터 정도였으며 사면의 끝은 컴컴한 심해로 뻗어 있었다. 우리 모선인 미국해양대기청의 알파헬릭스호가 정위치를 유지하며 머리 위에 머물러 있는 동안 우리 여섯은 각자 흩어져 이 고립된 해저산의 복잡한 윤곽을 조사했다. 예측했던 대로 차가운 해수에 영양분이 풍부해서 해면, 히드라산호, 말미잘, 서관충, 삼천발이, 화려한 색색의 갯민숭이 따위가 해저산을 빽빽이 뒤덮고 있었다. 거의 모든 틈새에서 갑각류가 기어 나왔고, 문어를 보았다는 팀원도 있었다. 작은 물고기들은 재빨리, 큰 물고기들은 느릿느릿 지나쳐 갔다. 태평양 북서부 연안의 다른 찬물 다이빙 중 보았던 익숙한 광경과 대체로 다르지 않다고 생각하며 내 주먹만 한 구멍 앞을 지나치는 찰나, 1미터도 안 되는 거리의 그 구멍에서 뭉툭한 뱀장어 머리가 쑥 튀어나왔다. 민숭하고 원시적인 얼굴이 섬뜩해 보일 지경이었다. 늑대장어라는 걸 알아차리고 나는 급히 물러났다. 나중에 다른 늑대장어와 한 번 더 마주쳤다. 장어는 약 1미터 길이의 팔다리 없는 몸통을 으스스하게 흔들며 해저산 윗면을 가로질러 사라졌다. 다시 한번 내 포유류 소뇌에서 경고음이 불쑥 발동했지만, 해수면 물결의 그림자로 얼룩덜룩했던 연초록과 진갈색 암석 들판에 담황록색, 살구색, 암적색, 연보라색 반점들이 선명한 무늬를 더하면서 그곳을 지나는 장어조차 순수하고 취약한 존재로 비쳤고, 대양의 물속에 떠 있던 나는 그 생명체에게 동질감을 느꼈다.

그렇게 자주 물리적 세계를 직접 경험하고, 길게 머물며 관찰하며 질문하고, 지역 경관의 미묘한 특징을 설명하는 누군가의 말을 경청할 수 있었으니, 나는 참 운이 좋다 싶다. 아주 어릴 때부터 나는 지리학의 원재료와 그것의 현지식 해석에 이끌리곤 했다. 물론 이 글에 묘사된 장소들처럼 언제나 사람이 살지 않는 장소들에만 이끌리지는 않았다. 2007년 가을 카불을 방문했을 때 숙소 주인의 제안으로 파슈툰인 운전기사가 모는 낡은 자동차를 빌려 사람들의 이목을 피해 돌아다닐 수 있었다. 이틀 동안 운전기사와 나는 인파와 흙먼지와 투지가 넘쳐나는 폭격 현장을 구석구석 훑고 다녔다. 주인에게 말한 대로, 그 도시의 거리에서 실제로 무슨 일이 벌어지고 있는지 보고 싶었다. 정말로 이곳 사람들은 무엇을 하고 있었을까?

나는 남자들이 옥외 주물공장에서 고철 조각을 망치로 두들겨 자동차 부품으로 만들며 한없이 땀을 쏟는 걸 보았다. 파는 물건이라고는 작은 채반에 담긴 석류가 전부인 한 남자가 석류 한 알을 파는 장면을 보았다. 악취가 진동하는 길모퉁이 쓰레기 더미 사이로 염소 떼를 몰고 지나가는 몰이꾼들을 보았다. 그러면서 며칠 전 자국 경제의 존립과 성장 계획을 고민하던 어느 아프가니스탄 각료와 저녁 식사를 하면서 나눈 대화를 떠올렸다. 전반적인 큰 그림 안에서 이렇게 작고 세세한 단면들의 상호작용을 관찰하고, 구체적인 사실이 드러내는 것과 일반적인 조건 간의 긴장을 인식할 때, 그제야 비로소 우리가 신뢰할 수 있는 삶의 이야기가 형태를 갖춰간다. 나에게 이런 이야기는 특정 장소에서 벌어지는 휴먼 드라마 스토리일 때가 많다. 허먼 멜빌의 태평양, 윌리엄 포크너의 요크나파토파 카운티, 사이교 호시의 혼슈, 네이딘 고디머의 요하네스버그처럼.

지리가 우리 문화, 우리 언어, 우리 식생활, 우리 사회조직, 심지어 얼마간은 우리 정치의 발전에 절묘하지만 직접적인 영향을 미쳤다고 확신하는 학자들도 있다. 변방, 혹은 여전히 토착 부족이 주로 생활하는 지역을 여행할 때마다 나는 의식적으로 뭔가를 찾곤 한다. 알타미라에서 로마로, 테노치티틀란으로 가는 도중에 현대 인류가 잃어버렸을 어떤 것을. 특히 지리가 이른바 자신들의 운명에 핵심적이라는 이해 같은 것을. 한때 인간은 우리가 사는 장소의 심원을 드나들며 친밀감을 나눴을 것이고, 누구나 그 친밀한 관계에서 곧바로 생성된 본질적인 행복감을 품고 살았을 것이다. 그랬을 거라고 나는 쉬이 상상할 수 있다.

이따금 나는 여행가로서 어느 곳의 풍광을 가장 좋아하느냐는 질문을 받는다. 오스트레일리아 북부의 타나미사막인가요? 발리의 계단식 경작지인가요, 아니면 칠레 남부의 내륙수로인가요? 인터뷰 진행자가 묻는다. 내 대답은 언제나 같다. 아닙니다. 내가 가장 좋아하는 풍광은 오리건 서부의 내 집입니다. 1970년 여름부터 줄곧 살아온 곳이지요.

내 집은 매켄지강 북쪽 기슭의 오래된 잡목 자연림 안에 자리 잡고 있다. 경작을 하기에는 경사가 가파른 골짜기라 거주 인구가 많지 않다. 벌목 산업이 산비탈을 깎아내고 곳곳에 피해를 입혔다. 그렇지만 여전히 치누크연어가 내 집 앞에서 산란을 하고, 무심코 창밖으로 눈을 돌리면 보브캣과 밍크와 흑곰이 지나간다. 근처 숲에는 엘크와 퓨마가 살고, 코요테와 비버, 수달, 검은꼬리사슴도 산다. 나는 이들의 발자국을 자주 마주친다. 강에서는 물수리와 뿔호반새의 울음이, 나무에서는 큰까마귀와 도가머리딱따구리와 다른 많은—휘파람새, 풍금조, 개똥지빠귀를 비롯한—새들의 울음이 규칙적으로 들려온다.

미송, 삼나무, 솔송나무, 큰잎단풍나무가 집을 빽빽이 에워싸 지평선을 가린다. 이따금 나무 우듬지가 바람에 출렁일 때는 내가 다시마숲 밑동에 살고 있는 기분이 든다. 광막한 태평양처럼 광활하게 느껴지는 이 산림의 공간을 배경으로, 나는 이곳의 세세한 생명 활동을 하나하나 열거해본다. 이를테면, 심야에 회색여우가 내는 겁먹은 아이의 통곡 같은 울음이 있고, 흑곰이 부수어 해체해놓은 별채의 판자에 찍힌 발톱 자국이 있고, 어느 날 아침 주방 계단 옆에 똬리를 틀고 있던 버섯 기둥처럼 희끄무레한 고무보아뱀이 있고, 어느 저녁 숲에 벽돌 산책로를 깔다가 모종삽으로 파냈던 흑요석 창끝의 반짝이는 파편이 있다.

오랜 세월 나는 이 장소에서 놀라운 것들을 수없이 보고 듣고 맛보고 만지고 냄새 맡았다. 내 기억으로는 집 밖에서 주의를 기울인 날 중 어느 하루도 내가 모르는 무엇, 새로운 무엇이 내 앞에 번쩍 나타나지 않은 적이 없다. 하지만 산속 유원지나 강의 보트 입수 지점을 향해 가느라 내 집을 바쁘게 지나치는 주말 관광 차량의 꾸준한 행렬을 보면 이 장소에 대단한 것이 있다는 자부심을 내려놓게 된다. 대부분 사람들 눈에는 내 집의 풍광이 무해한 무색무취로 보이겠거니 짐작할 밖에.

그렇더라도 이 무덤덤하고 한갓진 장소에 있는 것이 행복하다. 이 장소와 대화하면서 나는 다시금 내가 누구인지를 알아간다. 이 장소가 가진 본성은 내가 온전히 알아내기에 너무나 복잡해서, 나는 끊임없이 밀려드는 미스터리에 허우적댄다. 이 장소와의 친밀감, 통합과 수용이 주는 위로를 원한다면, 내가 가야 할 길은 오직 참여—참여함으로써 그것으로부터 배우는 것—뿐이다. 이곳에서 내게 주어진 선택지와 마들렌기 동굴벽화 창조자들에게 당시 주어졌던 선택지가 별반 다르지 않다고 생각한다. 여건이 허락하는 한 최대한 물리적 세계로 들어갈 것, 거리 두기의 편법을 택하지 않을 것.

가속화된 세계적 기후변화, 물리적 요소들이 소거된 지형은 지구의 생명망에 돌이키기 힘든 변형을 초래하고 있다. 기후변화로 인류의 장기적 생존 전략에 제동이 걸리고, 지구의 원양성 먹이 어류 저장고가 격감하고, 건조지 대수층이 말라버린 상황이니 우리가 장소와의 친밀성을 내버리고 우리 일상에 미치는 지리의 영향을 간과한 것이 근시안적 사고였다는 말에 아마 수긍이 갈 것이다. 아프리카와 아시아 사람들이 더 살 만한 땅을—혹은 더 나은 일자리를—찾아 살던 땅을 버리고 이동하는 오늘날, 이런 의심도 제기할 수 있다. 이 나라의 정책을 대내외적으로 결정하는 과정에서 지리적 의식을 중요하게 고려하지 않은 것이 우리의 치명적인 실수는 아니었을까.

웨스트오스트레일리아주 잭힐스는 퍼스에서 북북동 방향으로 약 640킬로미터 거리에 위치한다. 1980년대 그곳에서 과학자들이 당시 가장 오래된 지각 조각으로 알려진 지르콘 결정의 광맥을 발견했다. 극강의 경도와 내구성을 가진 이 광물의 결정 중에서 오래된 것은 42억 7000만 년 된 것으로 추정되며, 이는 이 광물이 지구가 생성되고 약 2억 5000만 년 뒤에 생겨났다는 이야기다. 〈네이처〉에서 이 소식을 읽고 나니 잭힐스에 가보지 않을 수 없었다. 몰래 표본을 들고 사라지고 싶었던 건 아니다. 그저 할 수 있다면 잠시라도 그 장소에서 흐르는 시간의 일부가 되고 싶었다.

미카타라 지역 공항에서 사륜구동 차량을 빌려 육로로 약 200킬로미터를 이동해 발굴 현장 근처의 양 목장에 도착했다. 이튿날 아침 목장 관리인이 내가 가려는 잭힐스 지역을 경비행기로 천천히 둘러보게 해주겠다고 했다. 도로가 없는 땅에서 헤매지 않도록 도와주려는 뜻이었다. 그렇게 파악한 대략적인 조망과 발굴단에 참여했던 지질학자에게서 직접 얻은 손 그림 지도를 들고, 오전 중반쯤에는 결정이 최초로 발견된 마른 강바닥의 위치를 찾을 수 있었다. 나는 유칼립투스 잡목림 사이에 차를 세워놓고, 땅바닥을 자세히 살펴보면서 천천히 오르막을 걸어 올라갔다. 아득한 시생대 신화라 할 만한 사건들이 뇌리를 스치는 사이, 머리 위에서 밝은 노랑과 초록 빛깔의 작은 사랑앵무 무리가 휭 하고 날아갔다. 멀리 나무에서는 갈라유황앵무와 황관앵무의 소리가 들렸다. 나는 한동안 마른 수로 가장자리에 앉아 망원경으로 한 번씩 완만하게 펼쳐진 개활지를 살펴보았다. 아무런 움직임도 없었다. 양도 야생 고양이도 염소도 보이지 않았고, 바싹 마른 땅의 건조한 윤곽만 보일 뿐이었다. 흙이 거의 없는 땅 위에 내가 읽을 수 있을 만큼 또렷한 발자국은 거의 남아 있지 않았다.

이른 오후쯤 광물 결정이 처음 발견된 정확한 지점을 확인하고 나자 만족스러웠다. 지층이 분명하게 노출되어 있었다. 거기서 한 시간을 머물며 눈에 보이는 모든 것을 내가 딛고 선 암반층의 반짝이는 결정에 비추어 생각했다.

트럭을 세워둔 곳으로 돌아가다가 잠시 걸음을 멈췄다. 저편에서 회색 분홍 몸통에 흰 볏을 올린 앵무—갈라유황앵무—무리를 망원경으로 포착했다. 늦은 오후 햇살에 새들의 분홍색 가슴이 이글이글 타올랐다. 이제 나는 눈이 붉은 암컷 갈라와 눈이 갈색인 수컷 갈라를 쉽게 분간할 수 있었다. 차를 세워둔 유칼립투스나무 윗가지에서 새들이 걸걸한 울음을 터뜨리며 달궈진 공기에 부산한 진동을 일으켰다. 내 눈길은 그 진동의 상단으로부터 잡목림의 우듬지를 따라가다 그 너머의 평원으로, 거대한 연청색 하늘 아래 햇볕이 내리쬐는 광막한 초원으로 이어졌다. 평원은 아득히 멀어 거기에 어떤 새가 있는지 소리로 포착해내기가 어려웠다. 그러나 아마도 바로 그 순간 내가 모르는 새들이 그 광막한 공간의 어디쯤에서 제 존재를 알리고 있었을 것이다.

위기의 시대가 닥친 지금, 우리는

수 세대에 걸쳐 미국에서 살아오며 우리는 눈앞에 창창한 내일이 기다릴 것이라고 여겨왔다. 세계대전과 잇따른 전쟁에도 불구하고, (어떤 이들에게는) 등골 빠지는 경기후퇴와 불황에도 불구하고, 노예제와 집단 학살과 주기적으로 재발하는 정부의 부정부패에 오염된 역사에도 불구하고, 대기와 수중을 위협적으로 떠다니는 엄청난 양의 오염물질에도 불구하고, 우리는 구제될 것이라는 믿음을 버리지 않는다. 우리는 자유주의의 가치가 궁극적으로 승리할 것이라 믿는다. 공정한 법안의 통과와 실행을, 상호 존중이 있는 일상을, 비용 부담이 크지 않는 교육을, 정치인들의 정직성을 믿는다. 과연 이 믿음대로 실현된다면 뿌리 깊은 편협성과 불평등도 마침내 치워버릴 수 있을 것이다.

이렇게 쓰면서도 나는 그런 구원의 조짐이 보이지 않는다고 말할 수밖에 없다. 미국이—빈부 격차, 환경의 광범위한 질적 저하, 제도화된 기업 비리, 악화되는 기후 요건과 관련된 수많은 생물학적 경제적 문제, 이른바 남성의 특권이 빚어낸 사회적 불평등 등등을 고려하더라도—전혀 가망 없는 상태라는 뜻은 아니다. 다만 이 모든 것을 뒤집을 확실한 길이 우리 코앞에 있다고 착각해왔다는 뜻이다. 우리 자녀들과 손주들은 세계적 기후 재난에 대해 그리고 그 밖의 상상 가능한 일들—가령 도이체방크 같은 국제 금융기관의 도산 위기나 당장 치료제가 없는 세계적 감염병—에 대한 우리의 대응이 얼마나 임시방편적이었는지 알아차리고 벌써 이의를 제기하고 있다. 어째서 대비하지 않았나? 왜 아직 기회가 있을 때 그토록 흥청망청한 것인가? 당신들의 지혜는 어디로 사라졌나?

2021년에 출간된 『미국의 지리: 사진으로 본 1840년부터 현재까지의 토지 사용』에는 인간이라는 생물 종의 생존에 대해 질문하는 사진들이 많이 실려 있다. 작금의 상황에 대한 우리의 비감을 투영한 사진들, 사진가의 경탄과 당혹감이 함께 전해지는 사진들도 있다. 보는 사람에 따라서는 이런 사진들로 인해 분노와 비난의 감정이 일기도 할 것이다. 이 프로젝트 전체를 큰 피륙이라고 상상하면, 더 큰 물음이 담겨 있다고 생각할 수도 있다. 우리가 무슨 짓을 저질렀는가?

50년 전 작가이자 사진가로 일을 시작한 사람—나—의 눈으로 보자면, 『미국의 지리』가 취하는 입장은 정면충돌에 가깝다. 이 책은 예전의 원시적인 풍경에 대한 향수와 감상주의를 배제

할뿐더러 아름다운 풍경의 아이콘이 된 사진들도 싣지 않았다. 수록된 사진들 다수가 19세기부터 20세기 초반의 것임에도 이 프로젝트는 우리의 과거를 다루기보다 우리의 미래를 더 많이 다룬다. 『미국의 지리』는 "진보의 결실"이라는 (혹은 그 결실의 부재라는) 가치, 그리고 이른바 북아메리카대륙 개발이 미국의 '명백한 운명'•이라는 주장의 윤리적 토대에 집요하게 의문을 제기한다. 이 사진들은 이런 식으로 가다가는—계속해서 타인의 희생 위에 막대한 사적 재산을 축적하려는 행동에 갈채를 보내고 남들보다 유리한 사회적 정치적 지위를 점하려는 치기 어린 욕망을 부추기다가는—자멸에 이를 것이라고 암시한다.

큐레이터 샌드라 S. 필립스가 처음 이 프로젝트를 구상하고 논의하는 자리에 나를 불러주었을 때, 나는 그가 이미 확보한 문화적 수탈을 포착한 사진들—바꿔 말하면 식민주의 침략자의 발자국들—과 나란히, 그 밖에 생물학적 지질학적 식물학적으로 아메리카의 풍경이 보존된 것을 보여주는 더 반가운 사진들을 싣는 것도 고려해보기를 적극 권유했다. 아직 모두베기 벌채, 유독성 침전지, 송전탑, 비행운, 노천 채광, 교통 체증, 제멋대로 확장하는 가축 사육장, 기타 사회 기반 시설 등으로 손상되지 않은 풍경들 말이다. 내가 생각하기에는 이런 조작되지 않은 대지의 풍경이 서부 대이동을 추동한 경제적 곤궁 및 마구잡

• 미국이 북아메리카를 개발할 운명을 지녔다고 주장하는 이론. 1840년대 중반 이후 팽창주의자들의 영토 확장 명분으로 쓰였다.

이식 약탈 장면들과 선명하게 대비될 듯했다. 그러면 사진에 기록된 윤리적 붕괴가 더 명확히 가시화될 것 같았다.

그러나 나는 결국 샌드라의 관점에 동의하게 됐다. 막말로 우리는 더 이상 점잖은 반추와 무효한 저항이 장기화된 시대에 끌려 갈 여유가 없다. 위기의 시대가 닥쳐오고 있다. 당장 우리 자신의 생존을 보장하기 위해 석유, 담수, 천연가스, 산림, 금속, 어류에 대한 산업적 추출의 최종국면을 준비해야 하고, 당연히 그 뒤에 벌어질 사태를 고민해야 한다. 다수의 꽃가루받이 매개자들이 사라지고 짐작건대 언젠가는 인류의 다수가 사라질 6차 대멸종의 미래를 직시해야 한다. 비유적으로 말하자면, 하룻밤 새에 다른 종류의 문명을 고안해내야 한다. 한계를 더 잘 인식하고 탐욕 대신 연민이 풍부하고 편견 대신 포용에 강하고 더 착취를 삼가는 그런 문명 말이다.

역량 있는 작가들은 벌써 수십 년 전부터 우리가 그토록 오래 서구식 진보의 정상 질서로 간주해온 자연재해와 문화적 재난이 품고 있는 어떤 잠재성을 인지하고 그것을 이미지의 병치로 담아냈다. 그런 작가들을 『미국의 지리』에 실린 초기 사진들을 통해 접하는 경험은 사뭇 놀랍다.

내가 보기에 이 용감한 프로젝트에는 혼란한 미래를 결연히 적시하려는 의지, 지금 우리에게 무엇이 유익하고 우리가 무엇을 폐기해야 하며 무엇을 반드시 지켜내야 하는지 재고를 촉구하겠다는 다짐이 깔려 있다. 요즈음 국제적으로나 미국 내에서나 현대 예술의 추세를 보면, 자기만족에 빠진 엔터테인먼트 사업에 대한 반대가 눈에 띈다. 우리를 농락하거나 우리의 비탄을 착취하지 않는 예술, 유의미한 예술을 창조하려는 욕망의 급증이 눈에 띈다. 우리가 처한 곤경을 알리고 조명하거나 그 원인을 고발하려는 욕망보다 더 요즘 예술에서 두드러지는 것이 그것을 탐색하려는 욕망, 이제껏 놓친 대처 방법을 찾으려는 욕망, 해답의 가능성을 은유적으로 열어놓으려는 욕망이다. 이렇게 지향점이 달라지면 비로소 산업혁명의 어두운 급소를 직시하는 것이 가능해진다. 산업 생산의 엄청난 규모와 그에 따른 급격한 사회 구성의 변화가 지금 우리에게 이 모든 변화에 대한 의료비를, 중피종과 탄진폐증과 오염 물질로 인한 종양과 여타 질병에 대한 치료비를 청구하고 있다는 걸 비로소 이해하게 된다. 꿀벌과 야생마에게도 나름의 고결함이 있고 어쩌면 나름의 열망도 있을 테니, 더는 그들을 오직 인간의 욕구를 채울 세상의 건립에 기꺼이 소모될 대상으로 취급할 수 없다는 숙고가 가능해진다.

내가 아는 많은 예술가들이 이어온 평생의 작업들은 단순하지만 심오한 하나의 선언을 중심에 품고 있다. "나는 반대한다." 나는 우리가 이 행성에 저지른 행태를 공부했고 그것에 반대한다. 나는 인간 노동에 대한 착취와 노동에 대한 존중의 결여에 반대한다. 나는 무수한 일상 영역의 광기 어린 상업화에 반대한다. 나는 아름다움에 대한 훼손을, 부패에 대한 예찬을, 지배자를 편드는 조력자들의 윤리적 둔감함을 반대한다. 나는 사회의 안일함에 반대한다.

부디 당신이 절망의 유혹에 굴복하지 않기를, 냉소주의로 후퇴하거나 불신에 안주하기 않기를, 오히려 이 사진들에서 회복력과 결의를 읽어내기를, 사진들에 담긴 인간의 숙명에 대한 우려를 알아봐주기를 부탁하고 싶다. 더 나아가 이런 '앙상블' 작업이 이 프로젝트에 얼마나 필수적인 발상인지 숙고해보기를 부탁하고 싶다. 여기 실린 많은 작품이 개개인의 천재성으로 뒷받침되고 있지만, 전체적으로 이 프로젝트에서 두드러지는 것은 압도적인 개인 정서의 부재와 예술가들의 공동체이기 때문이다.

예술이 진실을 말하는—과학이 인류의 미래를 구상하기 위해 부단한 노력으로 생성해온 데이터 집합 못지않게 우리가 중요하게 고려해야 할—확실하고 지속적인 형식으로서 제 위상을 잃기 시작한 것은 과학혁명 시기부터였다. 그때 이후로 우리는 과학의 소리를 결정적인 것으로 간주해왔다. 이제 일각에서는 우리가 다른 종류의 지향으로 이행하는 변곡점에 있으며, 예술의 권위가 복원될 것이라는 이야기가 들려온다. 우리는 사진, 작곡, 문학, 무용과 연극, 설치미술과 행위 예술, 회화에서 고루 이런 경향을 목도한다. 예술가들은 우리의 실존적 곤경을 더욱 가시화하고 우리에게 급진적 사회 변화의 방향을 제시하고 있다. 그런데 우려스럽게도 우리는 이런 변화를 맞을 실질적인 준비가 되어 있지 못하다.

『미국의 지리』에 담긴 사진들은 인간 중심 산업에 대한 고발장이 아니다. 산업화에 대한 비판이나 인류의 실패에 대한 고고

한 평가서도 아니다. 굳이 말하자면, 이 사진들은 피사체와 자신의 연관성을 감지한 예술가들의 자각, 그리고 일정 정도 관객과 공유하는 비탄의 감정을 드러낸다. 『미국의 지리』는 누구 하나를 겨냥해 비난하지 않는다. 오히려 이 프로젝트는 우리의 미래를 다시 상상해보자고, 기술혁신의 선구자들이 제시하는 길이나 전 지구적 기후변화가 우리에게 들이미는 길 외에 다른 길을 찾아보자고 정중히 요청한다.

이 길이 우리를 생존으로 이끌 것이다.

윌리스 스테그너•를 추모하며

윌리스 스테그너를 잘 알진 못했다. 몇 차례 만나고 서신을 교환한 적은 있지만, 그를 흠모하고 그와 가까웠던 뭇 독자보다 내가 그를 더 잘 안다고 말한다면 어폐가 있을 것이다.

우리가 처음 만난 곳은 로스앨토스힐스에 있는 그의 자택이었다. 그날의 만남에서 유독 내 기억에 새겨진 것은 그가 보여준 겸손과 지혜의 조화였다. 신인 작가였던 나로서는 그에게 경의를 표하지 않을 수 없었는데, 그는 내 말을 자르거나 자신의 가치를 부정하려 하지 않고—그랬다면 내가 마음에도 없는 말을 하고 있다는 면박을 주는 것이나 다름없었을 테니—내 도리

• '서부 작가들의 사제'로 불렸던 20세기 미국 자연주의 작가. 퓰리처상과 미국도서상을 수상했다.

를 다하게 해주었다. 바로 그런 구체적인 태도에서 나는 글 쓰는 사람의 처신에 관해 배운 바가 있었다. 세월이 흐를수록 나는 그의 품성과 작가로서의 행보를 깊이 존경하게 되었다. 요즘처럼 유명세를 앞세우는 시대에 그는 아랑곳하지 않았다. 시대가 자기 홍보를 요구하든 어떻든 담담히 자기 길을 갔다. 사사로운 목표에 집착하는 시대임에도 공동체를 도울 방법을 알아내기를 갈구했다.

내 생각에 스테그너는 작가들이 인류 공동체의 일원으로서—정치적 표현으로 귀결되든 아니든—책임과 의무가 따르는 하나의 연속체를 이룬다고 보았던 것 같다. 스토리텔링에 대한 열정과 어느 정도의 직업의식과 동료 의식으로 느슨하게 엮인 작가라는 사람들의 독자적인 연속체가 있다고 말이다. 아마 그날 오후 로스앨토스힐스의 자택 테라스에서 내 얘기를 끝까지 들어준 것도 그런 맥락에서였을 것이다.

내가 내 글에 관해 설명을 마쳤을 때, 그는 몇 가지 친절한 논평을 해주며 내 어깨에 손을 얹었다. 마치 우리가 어깨를 나란히 하고 있다는 느낌을 전하려는 듯이. 물론 그런 뜻이 담긴 것은 아니었고 그보다는 친절과 포용에서 나온 행동이었는데, 그가 나눔의 시범을 보여준 것이니 건설적인 행동이라고도 할 수 있었을 것이다.

여러 해 뒤 작가 웬들 베리와 켄터키에 있는 그의 집 주방에 앉아 있을 때였다. 이런저런 대화 끝에 스테그너가 화제에 올랐고, 나는 월리스가 내 글에 대해 편지로 해준 이야기를 웬들에게 일부 들려주었다. 그리고 우리는 같은 결론을 내렸다. 웬들이나 내가 아는 사람 중에서 칭찬을 듣는 사람으로 하여금 칭찬해준 상대방의 은근한 기대에 부응하기 위해서라도 계속해야겠다고, 어쩌면 더 잘해야겠다고 느끼게끔 칭찬할 줄 아는 유일한 인물이 월리스였다고 말이다.

그러면서 웬들과 나는 스테그너의 놀라운 점 한 가지를 새삼 되뇌었다. 그는 사람들을 찾아내고 그들에게 자기 시간을 내주었다. 사람들을 격려하고 지원했다. 내가 보기에 그는 사람들이 각자가 가진 것을 아량 있게 베풀 줄 알면—이를테면 자기의 비전이나 자기가 전적으로 인정하는 비전보다 더 큰 비전에 자기 시간을 내어준다면—세상이, 아니면 적어도 미국 서부가 더 좋아질 수 있다고 진심으로 믿었던 것 같다. 어떤 면에서 이것은 서부에서 이어져온 불화의 전통에 역행하는 태도였다. 100여 년 전 정착민과 목장주 간의 방목지 전쟁이 그렇고, 현재 벌목업이며 광업에서 이익을 추구하는 이들과 환경 운동가들 간의 갈등이 그렇다. 우리 이웃을 신뢰하고 그들에게 투자할 방법을 찾아야 한다는 것이 월리스의 메시지였다.

순진무구하게, 아니면 누군가의 사망 이후 쉬이 번지는 예찬의 감정으로, 스테그너가 흠결 없는 인물이었다고 말하려는 게 아니다. 인간인 이상 우리 모두가 그렇듯 분명 그도 발을 헛딛고 넘어지기도 했을 것이다. 그런 일들을 시시콜콜히 알아내고 싶은 마음은 조금도 없다. 내가 알고 싶고 작가로서 찾고자 하는 것은 한 사람이 얼마만큼의 쓸모를 감당했는지, 그 사람의 주변에 얼마나 사랑이 풍성했는지, 그의 행동이 어떻게 도움이 되었는지 하는 것이다.

가르마를 잘못 탔네, 일상에서 경솔한 짓을 저질렀네 하는 뉴스는 뉴스라고 할 수 없다. 어떻게 사랑을 행한 사람인가, 이런 걸 말하는 게 뉴스다. 그게 우리가 듣고 싶은 뉴스이고, 우리가 알고 싶은 사실이다.

그러니 내가 아주 조금이나마 알았던 그 사람 이야기를 하자면, 그는 첫 만남에서 당신을 사랑한다는 말을 어떻게든 진실하게 전할 줄 알았던 사람이다. 그리고 그 말이 어떤 효력을 가질는지 알고 그 효력이 발휘되기를 의도했던 사람이다. 감탄하지 않을 수 없다. 미국의 작가로서 나는 스테그너를, 가령 역사에 대한 그의 세심한 관심을 본받아야 할 책임이 있다고 느낀다. 또한 그날 그의 집 테라스에서 그가 보여준 것처럼 나 역시 최대한 친절하고 포용력 있게 처신해야 한다는 의무감도 느낀다.

우리는 모두 언젠가 죽는다. 죽음은 우리가 각자의 삶을 충실히 살아내도록, 사랑하고 사랑받을 기회를 남김없이 활용하도록 일깨운다. 그리고 스테그너처럼 이렇게 큰 사람—훌륭한 소설가이자 에세이스트, 모범적인 역사가, 시민의식을 진지하게 실천한 인물—의 죽음은 우리가 서로 사랑하려 하면서도 변변히 행하지 못할 때가 얼마나 많은가를 일깨운다.

과연 월리스 스테그너가 정확히 이런 가르침을 주려 했는지는 나도 모르겠다. 다만 인생길에서는 의식하지 않아도 삶으로 본을 보이는 가르침이 가장 잘 전달되기 마련이다. 나는 그를 떠올릴 때 언제나 이 점, 그가 무엇을 격려했는가를 기억할 것이다. 서로를 사랑하고 지구를 사랑하자는 건 참 좋은 생각이다. 그래야 우리가 아이를 만들 수 있다. 그래야 우리가 살 곳을 가질 수 있다. 그리고 이 두 가지가 우리 자신을 영존하게 한다. 인간의 운명이 어찌 될는지 아무도 모르지만, 분명한 것은 그 운명이 뭔가 좋은 쪽이기를, 우리가 신이라 칭하는 존재에 다가가는 것이기를 우리가 소망한다는 점이다. 그리고 사랑과 사랑에 담긴 모든 것—열정, 경외, 신의, 희열, 존경, 이타심—이 우리를 그 방향으로 데려간다는 걸 우리는 안다.

만약 생을 거듭 발견하고 격려하고 보호하고 생에 경탄하고 기여하는 것이 사랑이라면, 그 가르침은 아넘랜드와 칸타브리아의 암벽에 새겨져 있고, 아람어와 쇼나어로, 게일어와 만다린어와 치누크어로 전승되어왔다. 그리고 그 가르침은 이제 다시 『울프 윌로』의 기억과 『100번째 자오선 너머』 속 찬탄의 문장과 『안전지대로』의 미덕에 실려 우리에게 당도한다. 우리가 서로에게 해줄 수 있는 최선은 그 가르침을 기억하고 다시 읊는 것이다. 그리고 이 점에서 윌리스 스테그너가 보여준 최선은 충분하고 또 충분하였다.

서부에서

I. 대학살

1970년대 초, 나는 오리건 지역에 뿌리내리고 살던 사합틴어족•이 1877년 여름 정치적 피난처를 찾아 캐나다로 이동했던 이른바 네즈퍼스족 퇴각 사건에 관심을 가지기 시작했다. 미국 기병 부대의 추격을 받으며 몇 차례 접전을 치르고 몬태나 중북부에 있는 베어스포산 북쪽 구릉지대까지 쫓겨갔을 때, 네즈퍼스족은—조상 대대로 살던 왈로와산의 터전을 떠나온 지 석 달 만에—감정적으로나 정신적으로나 탈진한 상태가 되어 꼼짝없

• 미국 북서부에 거주하는 선주민들의 언어인 사합틴어를 쓰는 어족. 네즈퍼스족, 왈라왈라족, 야카마족 등이 있다.

이 궁지에 몰렸다. 이런 주제를 조사할 때 번번이 그러듯이, 나는 현지답사를 해야 한다는 생각이 강렬해졌다. 경험상 아무리 세심하게 역사를 기술한들 그런 조사는 책상머리 연구에 그치기 쉬웠다. 어째서 무슨 이유로 일이 일어났는가는 실제로 그 땅, 현실의 장소가 우리 삶의 일부가 될 때 더 명확해진다.(아울러 덜 조작된다.)

하여 1973년 6월 17일 나는 네즈퍼스족이 퇴각하던 중 최초로 사상자가 발생한 충돌의 현장, 아이다호 서부 화이트버드캐니언으로 첫 답사를 떠났다.(평화롭게 미국 땅을 떠나는 것이 네즈퍼스족의 의향이었음에도 역사가들은 보통 그 사건을 네즈퍼스전쟁이라고 칭한다.) 태양년을 기준으로 살육이 발생했던 것과 동일한 시각에 이 장소를 비롯한 이후 충돌의 현장에서 야영을 하겠다는 것이 나의 계획이었다. 화이트버드캐니언을 시작점으로 몇 년에 걸쳐 아이다호의 카마스초원과 클리어워터, 몬태나의 빅홀 등지를 다녀온 다음 1977년 10월 4일, 최후의 살육 끝에 네즈퍼스족이 항복한 날의 100주년 기념일 전야에 베어스포 현장을 방문할 작정이었다.

19세기 북미 선주민 역사를 접한 독자라면 이 서사가 네즈퍼스족, 다른 말로 니미푸족의 시점으로 제시된 개략적 내용이며 복잡다단한 모순을 간과하고 있다는 타당한 문제의식이 생길 것이다. 그러나 여기서 내 관심은 역사 자체보다 역사를 기술하는 사람들에게 쏠려 있다. 우리의 정치적 정신적 삶이 그들이 쓴 역사에 의존하는 경우가 비일비재해서다.(이런 사건을 규명하는 학자들이 통상적으로 북미 선주민의 견해를 "비정통적"이라고 묵살한다는 비판에 대해 요즘도 발끈하는 역사가들이 많다.) 더 나아가 내 관심은—그리고 이후 수십 년간 미국의 다른 격전지들을 방문하도록 이끈 동력은—이 역사에서 땅 자체가 수행한 역할이다. 단지 투쟁 양상이나 기상 조건, 특정한 날 태양의 위치와 각도 같은 문제만을 말하는 것이 아니다. 고향 땅과의 분리를 강요당한 부족, 굳이 존중할 마음이 없으면 21세기 미국인들 상당수에게는 기이하게 비칠 이른바 장소와의 합일을 포기하도록 강요당한 부족으로부터 우리가 배울 수 있었으되 배우지 못한 것에 나는 시선이 간다.

답사 내내 뇌리를 떠나지 않았던 또 한 가지는 기억이라는 풀기 어려운 문제였다. 전투가 벌어졌던 수년간 무슨 일이 일어났는지 이제 와 기억을 소환하는 이들은 누구인가? 망각은 국가적 운명이라는 환상에 어떻게 일조하는가?

얼마 전 독일에 다녀왔다. 베를린에 묵은 일주일간 나는 피터 아이젠만이 설계한 유럽 유대인 학살 추모관을 세 차례 방문했다. 도시 한 블록 전체를 흡사 단테의 원형 지옥처럼 바꿔놓은 이 건축물에서 바르샤바 게토와 시체 안치소와 조지 오웰의 『1984』가 동시에 연상되었다. 강렬한 3차원 작업들이 자주 그러하듯 이 추모 건축물도 환원적이라 할 만큼 단순하다. 하지만 이 작업이 아주 강력하게 끌어오는 제4의 차원은 시간, 다시 말해 우리가 역사라 일컫는 다면적인 선행 사건이며, 그렇기에 사실상 기억의 도움 없이는 작업의 깊이를 완전히 헤아릴 수 없다. 읽어온 글, 세상을 다니며 보았을 집단 학살의 도해들과 도구들, 박물관에서 접한 광기와 잔학의 이미지들—프란시스코 호세 데 고야, 케테 콜비츠, 리언 골러브—이 모두 소환된다. 그럼에도 그 기념비는 천재적인 작업물이기에 이미 그 기념비의 선, 부피, 질감, 색채의 부재에서 전해지는 것이 있고, 기억은 어디까지나 내 머릿속에서 그 감각과 감정을 참기 힘든 강도로 증폭시킬 따름이다.

나는 몇 주 동안 아이젠만의 작업에 대해, 그것이 카타르시스적인 방법을 통해 독일 국민에게 어떤 작용을 하고 있는지 생각했다. 물론 미국에는 북미 선주민에게 일어난 일을 추모하는 그런 공공 프로젝트가 없다. 워싱턴 DC에 홀로코스트 박물관을 지으면서도, 미국의 과거 행위에 대한 책임을 인정하는 기념비는 세워지지 않았다. 이 과거의 행위를 집단 학살이라 칭하면 여전히 많은 미국 시민들이 괴로움이나 격분으로 반응할 것이다.

미국 시민 다수에게 북미 선주민은 증발된 존재다. 20세기식으로 완곡하게 표현하자면, 아메리칸인디언은 사회적으로 동화되었다. 이 발상에 눈살을 찌푸릴 소수의 사람들이 2006년 현재 오라이비, 허슬리아, 트세일, 오논다가에 남아 있는데 말이다. 이 나라는 선주민 부족이 이미 사라졌으니 이런 과거지사를 돌아볼 필요가 없다는 확고한 믿음으로 예나 지금이나 오로지 '전진'에만 골몰하고 있다.

나는 메트로폴리탄미술관, 뉴욕현대미술관, 프릭컬렉션, 클

로이스터스를 비롯한 뉴욕의 미술관에 관람객의 교양과 감상을 목적으로 전시된 예술 작품들의 세례를 받으며 성장했다. 그곳은 성소, 의미로 채워진 사원, 역사로 통하는 문이었다. 이 장소들을 처음 방문할 때 지녔던, 그리고 매번 그곳을 나오며 품었던 청소년기의 열정은 그 후로도 사그라들지 않았다. 단지 지금은 더 세련된 추앙이 되었기를 바란다.(여행하는 나라마다 유명한 곳부터 이름 없는 곳까지 그 문화가 담긴 미술관을 방문하고 전시 작품 복제 엽서—사람들이 아름답거나 감격적인 것으로 보존해온 이미지—를 챙겨오는 습관은 여전하다.) 물론 세월이 흐르면서 미국의 미술 전시와 대중적인 스타일에도 변화가 생겼다. 모더니즘에 이어 포스트모더니즘이 제시한 명제의 영향으로 내가 예술에서 신뢰하던 요소들—예컨대 장소성, 오직 한곳에 존재하고 있다는 그 불가해하고 심오한 지각 같은 것—이 냉대받았다. 나 역시 짧으나마 공부와 독서를 통해 절대성과 범주적 주장을 경계할 만큼 양자역학을 접했지만, 현대 예술에서 경험론의 비중이 축소된 점은 안타까웠다. 내가 이해한 바로 포스트모더니즘은 감각보다 상상력을 선호하고, 모더니즘에 내재된 과거에 대한 불신과 서구 전통에 대한 논박에서 한 걸음 더 나아가 결국 '자아'의 전통 하나만을 믿게 된 듯하다.

모더니즘의 평가와 영향에 대한 내 개인적인 의혹이야 보잘것없다. 모더니즘을 논박할 정교한 이론이나 사회사를 재평가할 지식을 갖춘 것도 아니다. 그러나 내 생각 중 두 가지는 이 글의 목적과도 관련이 있다. 만약 장소의 특수성이 중요시되지 않는다면, 경험적 목격이 상상의 나래만큼도 신뢰받지 못한다면, 이런 인식을 가진 사람들 사이에서는 과연 어떤 형태의 통치 기구가 생겨날 수 있을까?

몬태나주 베어스포 북쪽 네즈퍼스 접전지에서 야영한 그 10월의 밤 이후 나는 수십 년에 걸쳐 기회가 닿을 때마다 북미 선주민 전쟁의 서부 교전지와 학살 현장 곳곳을 방문했다.(이를테면 "푸에니전쟁" 같은 부당한 사건도 위협을 "정당하게" 격파했다는 뜻에서 전쟁이라고 불린다.) 교전지—비처아일랜드(1868년), 라바베즈(1873년), 리틀빅혼(1876년)—보다 학살 현장의 숫자가 더 많았다. 베어강(1863년), 샌드크리크(1864년), 와시타(1868년), 툴리협곡(1874년), 운디드니(1890년)를 꼽을 수 있다. 레널드 매켄지 대령은 텍사스주 툴리협곡에서 수백 명의 남부 샤이엔족, 카이오와족, 그리고 인근 팔로듀로캐니언에서 겨울나기 중이던 코만치족의 살림집과 겨울 식량과 의복을 불태운 뒤 부족들의 말과 노새 1100마리를 포획해 협곡에 몰아놓고 발포를 명령했다. 한데 엉겨 있던 동물들 일부는 수일간 숨이 붙어 있었다. 동물들은 그 9월의 아침 쓰러진 자리에 62년째 그대로 누워 있었다. 콜로라도주 샌드크리크에서도 감리교 목사였던 존 시빙턴 대령이 방심하던 선주민들을 상대로 새벽 기습을 감행했다. 남부 샤이엔족이 대부분이던 이 무리는 서른다섯 개의 별이 그려진 미국 국기와 휴전의 뜻이 담긴 백기를 게양하고 야영 중이었다. 1863년 1월 29일, 아이다

호주 베어강에서 벌어진 일은 서부 대학살 사건들 중에서도 잘 알려져 있지 않으나 사망자의 규모로는 가장 큰 사건이다. 남북전쟁에 참전하려다 좌절된 일군의 캘리포니아 자원 용병들이 북부 쇼숀족의 겨울철 마을을 공격해 300명이 넘는 무고한 부족민을 살해했다. 이들의 수장인 패트릭 에드워드 코너 대령의 공식 보고서에는 자기네 생활 방식을 고수하는 저런 무리는 반드시 "응징할" 필요가 있다고 적혀 있었다.

이런 행동과 줄곧 지속된 긴 침묵을 상대하도록 우리를 도와주어야 할 예술은 어디에 있는가? 주로 북미 선주민인 작가들이 제시한 예술은 지나치게 치우쳐서, 국가의 자의식에 지나치게 거슬려서, 선민의식의 신화에 비하면 지나치게 빈약해서 수용할 수 없는 것인가? 멕시코 소설가 카를로스 푸엔테스는 어느 글에선가 자신의 조국과 미국 사이에는 생산적인 대화가 불가능하다고 적었다. 멕시코는 과거에 눌려 미래를 상상하기가 쉽지 않고, 미국은 미래를 상상하는 일에 열중한 나머지 그 미래에 걸맞게 과거를 다시 쓰는 일도 서슴지 않는다고 말이다.

그럼 현재는? 운명의 에덴동산에 속해 있지만 그 토대에 대한 의심을 거두기 힘든 사람들을 위한 현대 예술은 어디에 있는가?

학살 현장을 방문해 그 땅을 딛고 서 있거나 걸을 때면—이런 장소에서 다른 인간과 마주치는 일은 놀랍도록 드물다—그곳에서 일어난 일의 공포를 딛고 결단으로 도약하기가 사뭇 힘들었다. 평생토록 내가 속해온 문화의 결함을 두고 낙담과 비관에 얽매이지 않으려고 과거의 시인들과 우리 세대 시인들의 시를 읽고 바흐의 미사곡 B단조와 첼로 모음곡을 듣고 프릭컬렉션에 걸린 베르메르의 작품을 보았음에도, 툴리협곡이며 베어강과 바흐의 라이프치히나 자가예프스키의 파리 사이에는 너무나 심원한 거리가 놓여 있다.

서부 시골의 오랜 거주민으로서 짐작건대 이렇게 오래 곪은 상처를 들쑤시는 건 물론이고 선주민 살상에 관심을 가지는 것이 국지적인 염려로, 또는 부적절한 고민으로까지 비칠지도 모르겠다. 그러나 '발견 부대'의 서부 원정을 기념하는 해를 맞으며 '명백한 운명'이라는 유령 같은 폭력의 역사를 대면하지 않을 도리가 없다. 인종적 문화적 우월성과 소유권을 정당화한 저 19세기의 주장이 있었기에 코너 대령 같은 인물이 아무런 가책 없이 선주민에 대한 '응징' 행위를 자랑스럽게 내세운 것이다. 1803년부터 1806년까지 진행된 이 원정 탐험에 그림자처럼 드리운 인물이 하나 있으니 메리웨더 루이스다. 몇 번이고 그의 존재—책임감에 짓눌린 조울증 성향의 술꾼—를 지워내도 그에 대한 기억은 국가적 양심에서 완전히 삭제되지 않는다. 1809년 10월 11일 테네시주 내슈빌로부터 80킬로미터쯤 떨어진 나체즈트레이스의 외딴 여관방에서 발생한 그의 죽음은 타살일 수도 자살일 수도 있었다. 타살로 추측하는 것은 그가 서류를 지참하고 워싱턴으로 이동 중이었기 때문이다. 서류에는 루이지애나 구입지•라는 약 215만 제곱킬로미터의 서부 노다

• 1803년 프랑스로부터 사들인 미국 중부의 광대한 황야.

지 땅덩어리를 앞다퉈 노리던 연방 정부 관료들에게 위협이 될 내용이 담겨 있었다. 반대로 자살로 추측하는 것은 아무리 술을 들이부어도 토머스 제퍼슨식 민주주의의 모순을 망각할 지경에 이르지 못했기 때문이다.(제퍼슨의 참모로 18개월간 그를 보필한 루이스는 계몽주의적 이상에 대한 제퍼슨의 해석에 사로잡혀 있었다.)

후자의 주장을 지지하는 입장이라면, 루이스가 받았을 충격을 짐작해볼 수 있다. 선주민들이 살던 풍경만큼이나 인식론적으로 다양한 부족들을 만났던 루이스로서는 제퍼슨의 민주주의가 그 부족들을 수용하지 못한다는 사실, 다시 말해 맨던족, 어시니보인족, 네즈퍼스족, 카이유스족, 치누크족이 이미 앞서간 야마시족, 모히칸족, 낸티코크족, 포와탄족과 마찬가지로 이 땅에서 일소되리라는 사실이 충격적이었을 것이다. 북루이지애나 주지사로 세인트루이스 주민들을 매일 접했던 그는 블랙힐스 산지에서 라코타족을, 플래트강 유역에서 파우니족을 밀어내고 싶어 했던 첫 이주민들의 속성을 익히 알고 있었다. 최근까지도 대다수의 북미 역사가들은 이들의 과거를 세탁하려고 애를 썼다. 그럼에도 결국 이 집단은 가족의 삶으로 순화되지도 않았던 존재, 거추장스러운 법 따위 아랑곳없이 돈이라면 물불을 가리지 않던 무법의 정복자들로 우리에게 기억된다.

태평양 원정에서 돌아온 시기부터 그 여관방의 10월 밤까지 3년 동안 루이스는 공화국의 이상에 대한 신념을 잃었을 것이고, 제퍼슨 역시 그때쯤에는 루이스의 항의를 들을 여력이 없었거나 듣기를 원치 않았을 것이다.

2005년 어느 늦은 봄날, 나는 샤이엔족 학살 현장인 오클라호마 서부 와시타 강가를 걸었다. 1868년 11월 27일 아침, 조지 암스트롱 커스터 중령이 기병 대대 넷을 이끌고 와시타Washita(촉토어로 '크다'를 뜻하는 '와owa'와 '사냥'을 뜻하는 '시토chito'가 합쳐진 이름으로 '와시타Ouachita'로 표기하기도 한다) 강가의 남부 샤이엔족 겨울 야영지를 급습했다. 약 쉰 개의 오두막으로 이뤄진 이 외딴 마을은 멀찍이 강 하류에 정착해 있던 약 4000명에서 6000명 규모의 샤이엔, 아라파호, 키오와, 코만치, 평원 아파치 마을 중에서도 가장 서쪽 변방에 위치해 있었다. 커스터 부대는 그날 아침 샤이엔 추장 블랙케틀을 죽이고 (4년 전 샌드크리크에서 백기가 내걸린 곳이 바로 블랙케틀의 오두막 기둥이었다) 남자 열두 명, 여자 열여섯 명, 어린아이 아홉 명을 살해했다. 강 하류의 부족 캠프에서 알아차리기 전에 사라지기 위해 800명의 병력을 이끌고 황급히 현장을 떠나는 와중에도 커스터는 적군의 기동력 박탈이라는 당시 군대의 목표에 따라 샤이엔족의 말과 노새를 도살했다. 커스터 부대가 퇴각하며 총과 창으로 도살한 동물은 875마리에 달한다.

그날 오후 그곳을 걸으며—강은 어린아이가 돌멩이를 던지면 건너편 강둑에 닿을 너비이고, 어른 남자는 상반신이 젖지 않고도 걸어 건널 수 있는 깊이였다—나는 역사적 배상을 상상하거나 책망을 떠올리지 않았다. 나는 그 장소의 직접성에, 그

묘지 같은 평화로움에 압도되었다. 이런 사건을 상세히 이해하는 것이 국가적 정체성에 얼마나 중요한지는 나중에 가서야 자각했고, 초반에는 나 역시 호기심과 열의만 있을 뿐 와시타에 대해, 정확한 위치조차도 제대로 알지 못했다.

수변을 걷다가 오소리 굴과 코요테 똥을 발견했고, 노랑 삼잎국화 덤불과 산들바람에 흔들리는 유카풀의 흰 꽃차례도 한참 바라보았다. 머리 위로 미시시피솔개 두 마리가 구애를 주고받았다. 멀리 북쪽 언덕에서는 검정 들소들이 풀을 뜯고 있었다. 연청색 하늘에는 맑은 구름 몇 조각이 둥실 떠 있었다. 수컷 메추라기 울음소리가 나무 우거진 저지대의 따뜻한 공기를 갈랐다.

혹시 누군가 지금 모습대로 이 장소를 화폭에 담거나 이 장소에서 일어난 그날 아침의 일을 그림으로 그린다면, 자신이 느끼는 예리한 감각들을 해석해낸다면, 저기 피어 있는 삼잎국화, 새로 발견한 블랙케틀의 운명, 개흙이 쌓인 와시타강, 여태 햇빛 아래 맥없이 누워 있는 길 잃은 말의 뼛조각들, 이들과의 대화에서 생겨나는 자기 감정의 흐름을 표현해낸다면, 우리는 그 작업이 너무 재현적이고 너무 감상적이고 너무 서부극 같다고 외면할 것인가?

Ⅱ. 서부의 겨울

20대부터 30대까지 나는 주기적으로 차를 몰고 미 대륙 서부를 수천 킬로미터씩 횡단했다. 잠은 트럭에서 자거나 날씨가 좋을 때는 야영을 했다. 와이오밍의 티포트돔 같은 곳을 실제로 보고 캔자스의 짧은 풀 평원과 키 큰 풀 평원 사이에 자리 잡은 동서 간 중간 지대를 지나가보면 서부의 역사만이 아니라 서부의 문학도 더 잘 이해되리라고 생각했다.(캐스퍼에서 북으로 약 50킬로미터 거리에 위치한 티포트돔은 1922년 워런 하딩 정부의 부패한 내무장관 앨버트 폴이 역시 부패한 석유 사업자 해리 싱클레어에게 경쟁 입찰 없이 임대한 석유 매장지였다.) 당시 내가 생각한 문학 책들은 올레 뢸보그의 『지상의 거인들』, 프랭크 워터스의 『사슴 도살자』, 월리스 스테그너의 『안식각』, 윌라 캐더의 『나의 안토니아』, 켄 키지의 『때로는 위대한 관념』이다. 나는 이 책들을 일종의 도로 지도 묶음처럼 차에 싣고 다니며 역사 책이나 인류학 책과 나란히 두고 밤마다 읽었다.

1979년에 수정주의 서부사•의 기념비적 저서인 존 언루의 『평원 횡단: 육로 이민자와 미시시피강 서부 1840~1860년』이 출간되었다. 신의 가호를 입은 개척자들이 서부 이주 과정에서 탐욕스러운 선주민들에게 포위, 공격당했다는 식의 이야기를

• 여기서 수정주의란 미국 서부 신화에 대한 저항 운동으로, 1960년대 후반부터 1970년대까지 이어졌다.

서부에 덧씌운 것은 할리우드와 저속한 서부극 작가들이었다. 언루의 저서는 미국인들이 굳게 믿은 이 이야기의 토대를 신중하게 해체했고, 애넛 콜로드니(『땅의 형세』)부터 코맥 매카시(『핏빛 자오선』)에 이르는 다양한 작가들이 낭만주의와 인종차별주의와 식민주의를 어느 정도 탈피한 관점에서 서부 역사를 설명할 수 있도록 길을 터주었다. 그 시절 나는 반란의 시기를 통과하는 느낌이었다. 지리가 다시 역사와 합류하는 시대, 집단 학살과 얽힌 이 나라의 기원을 어떤 우려 없이 대화로 끌어낼 수 있는 시대가 느닷없이 닥친 것 같았다. 서부의 천연자원—목재, 물, 목초지, 광물—을 장악하려는 기업의 시도에 대해 경제적으로 또 윤리적으로 문제 제기를 할 수 있는 시대인 것 같았다. 소설가이자 역사가이며 스탠포드에서 유수의 작가들—웬들 베리, 래리 맥머트리, 로버트 스톤, 틸리 올슨, 켄 키지—을 지도한 월리스 스테그너를 주축으로 한 수정주의 운동은 다방면에 걸친 작가, 예술가, 인본주의자 들의 노력에 기반을 두고 있었다. 이들은 외지인들이 정의한 낡은 개념의 폐기를 주장하고 현지에 충실한 새로운 개념 정립을 제안했다.(시각예술 가운데 내가 유일하게 말을 보탤 수 있는 사진만 하더라도, 이런 감수성은 일찌감치 로버트 애덤스의 작품(〈집으로 돌아가기 위해〉)에서 포착되었고, 그 뒤로 리처드 미스락(〈브라보 20: 미서부 폭격〉)과 메리 펙(〈모든 것에서 벗어나기〉) 같은 작가들로 이어지고 있었다.)

얼마 전 휴스턴시립미술관의 전시 책임자 에밀리 밸루 네프로부터 〈근대 서부: 미국의 풍경, 1890~1950년〉 전시전을 준비하고 있다는 소식과 함께 전시에 관한 의견을 구하는 편지를 받았다. 나는 당장이라도 그의 기획을 보러 가고 싶었다. 그러면서도 한편으로는 적잖이 당황했다. 나는 (예술사는 고사하고) 서부사 연구자 직함도 없을뿐더러 조언할 전문 지식도 변변히 없는 사람이다. 내가 가진 것은 열정과 존중과 경탄, 그리고 로라 길핀, 메이너드 딕슨, 앤설 애덤스, 알렉산더 호그 같은 작가들의 작업에 긴 세월 기울여온 관심이었다. 평론가들이 서부의 리얼리즘을 두고 그것이 순수 미술로 간주되기에는 대체로 지나치게 삽화적이라며 홀대했기 때문에 더욱 관심이 간 것도 있다.(그런 점에서 딕슨과 호그는 록웰 켄트와 비슷한 운명이었던 것 같다.)

솔직히 나는 전시 기획자인 네프가 이 전시를 통해 말하려는 바가 무엇인지, 그가 생각하는 서부가 무엇인지 잘 몰랐다. 하지만 그가 모은 그림과 사진을 보았을 때 그 안에서 서부 예술에 대해 내가 품어온 고민들을 발견할 수 있었다. 특히 19세기 유럽적 상상력을 가진 눈에는 낯설게 보였을 광대한 공간을 선으로 나누려던 투쟁, 관습적인 인간 문화로는 연결되지 않는 아득한 원경과 친숙한 근경을 농경과 도로로 한데 묶으려던 개념적 기술적 시도에 대한 우려를 상당 부분 감지했다. 자신은 영원한 외부인이고 자신이 표현하는 공간의 거주자가 아니라는 예술가-관찰자의 깊은 자각이랄지, 장소의 지리학이 촉발하는 소속에 대한 불안의 일렁임도 눈에 들어왔다. 우리 대다수가 태생적으로 속한 신화 혹은 정신문화의 기틀이 이곳에 부합하지 않는다는 자각, 더 나아가 이곳에 부합하는 신화는 맹목적인 종교와 문화에 의해 거의 파괴되었다는 자각이 이런 식의 불안감을 더욱 강화했다. 나는 또한 네프가 선정한 작품들에서 서부의 파열된 대지를 보았다. 호그, 토머스 하트 벤턴, 도러시아 랭, 아서 로드스타인 등 이들의 작품은 모두 불편한 질문을 제기하고 있었다. 미국이 고유의 천재성과 강직함이라는 전통을 갖고 있다고 강박적으로 퍼뜨리는 정치가들은 기피할 질문, 다시 말해 이게 우리가 원하는 바인가, 하는 질문 말이다. 실패한 경작의 이미지보다 심오한 무언가가 랭과 호그의 작품에 담겨 있지 않은가?

이 전시의 결정적 이미지들 덕분에 한 가지 새로운 인식이 명확해졌다. 이 시기 서부 회화와 사진에서 서부 지형을 읽어내고, 불안정한 도시 생활에 대한 지리적 대안을 찾아내며, 요란한 광고와 상업을 벗어난 안식을 추구하고, 루소식의 이상적 세계를 발견하는 것은 그 자체로 가능하다. 그러나 이 이미지들 안에는 라이너 마리아 릴케의 『두이노의 비가』에 깔려 있는 비애와 비슷한 것이, 우리 스스로 바라는 이 나라의 모습과 우리가 아직 한참 동떨어져 있다는 탄식이 깔려 있었고, 이것을 읽어내는 것은 또 다른 차원이었다. 내가 보기에 이 전시는 다음과 같은 가정을 토대로 우리의 딜레마에 접근하고 있었다. 즉, 우리는 진보에 복무하기 위해서 대지를 지각 있는 존재로 여기는 북미 토착 문화의 주장을 적극적으로 부인해야 했다. 그런데

〈근대 서부〉의 예술가들은 서부 공간에 영적 차원이 있음을 인식했고, 작품을 통해 이것의 부인이 초래할 위험성을 우리에게 환기하고 있다. 장소에서 지리를 없애고 지리에서 영혼을 없애면, 이윤 추구의 파괴 행위가 날아들 것이다. 유령 도시들, 폐광석 더미들, 숲이 사라진 땅, 말라버린 호수, 탄혈彈穴, 피폐한 서부 노동자의 삶이 그것을 증언한다.

처음에 네프가 수집한 이미지들을 보고 나왔을 때만 해도 내 생각은 지금보다 훨씬 피상적이었다. 그때는 이해를 뛰어넘는 서부의 광막함이나 내가 아는 장소들이 담긴 몇몇 작품들의 의미가 뇌리에 크게 남았다. 그림들과 사진들을 보고 나니 다시 길을 떠나 수년 전 여행한 것처럼 서부를 가로질러 달리면서 다시 그곳과 친숙해지고 싶었다. 그 정도의 생각을 품고 떠나보기로 했다. 가고 싶은 구체적인 장소를 몇 군데 메모했다. 조지아 오키프가 〈화이트플레이스〉와 〈블랙플레이스〉로 남긴 장소, 엘모로 국립 천연기념물(전시작 중에서 가장 직설적인 이미지였던 티모시 오설리번의 인스크립션록), 네바다주의 카슨싱크, 그리고 콜로라도주 남동부와 오클라호마주 팬핸들과 텍사스주 팬핸들, 뉴멕시코 북동부까지 걸쳐진 코만치 국립초원과 리타블랑카 국립초원과 카이오와 국립초원이 만나는 접경지대.• 이 곳들은 한 번도 가보지 못한 장소들이었다. 거기에 더해 오랜

• 인스크립션록은 방문객들이 이름을 새겨놓은 바위벽이고, 카슨싱크는 카슨사막에 있는 오목한 진흙 들판으로 우기에는 얕은 호수가 되는 곳이다. 또 팬핸들은 다른 주로 넘어 뻗은 좁고 긴 핸들 모양의 땅을 가리킨다.

지리적 시금석이 돼준 장소들도 다시 찾아가보고 싶었다. 와이오밍주의 잭슨홀, 뉴멕시코주의 타오스, 캐니언드셰이('셰이chelly'가 캐니언, 즉 협곡을 뜻하는 나바호어 '트세기tsegi'의 프랑스어 변형이므로, '캐니언의 캐니언'이라는 뜻이 된다)까지.

나는 생각을 충전하려고 책을 몇 권 펼쳤다. 스티븐 파인의 『그랜드캐니언의 역사』는 콜로라도강의 저 협곡이 이런 이름으로 불리게 된 유래를 들려준다. 『나바호 세계관의 언어와 예술』에서 개리 위더스푼은 모든 나바호 예술의 목표는 '호조hózhó,' 즉 그가 '아름다움'이라 번역한 것의 창조와 보존과 복원이며, 나바호족에게 아름다움이란 보는 이의 시각적 인식이 아니라 예술가가 세계와 맺은 관계에서 비롯된 결과라고 말한다. 아름다움의 창조는 지적이고(질서의 창조, 보존, 복원이라는 뜻에서), 감성적이며(행복의 창조, 보존, 복원이라는 뜻에서), 도덕적이고(선의 창조, 보존, 복원이라는 뜻에서), 미학적이면서(균형과 조화의 창조, 보존, 복원이라는 뜻에서), 생물학적이다(건강의 창조, 보존, 복원이라는 뜻에서). 예술은 삶에 불가결한 요소이며, '호조'는 아리스토텔레스의 '미美'와는 확연히 다른 개념으로서 예술의—그리고 삶의—목표다. 위더스푼은 "다른 사람들이 어떤 의미의 기틀 안에서 움직이는지" 이해하는 일에 오래 공을 들였다. 서부 아파치족 중에 이와 비슷하게 탁월한 연구를 수행해온 또 한 사람의 인류학자로 키스 바소가 있다. 문화와 정신의 지리학을 설파한 그의 책 『지혜는 장소에 머문다』는 오래전부터 읽고 싶었던 책이다.

이런 복기와 공부 못지않게 중요했던 것은 여행 시기를 겨울로 정하는 것이었다. 나는 날씨 때문에 흐릿하게 가려진 대지를 보고 싶었다. 땅이 눈으로 덮이고 땅의 색이 숨죽이고 모서리의 날카로움이 다듬어지고 식물들이 휴지기에 접어든 광경을 보고 싶었다. 사랑하는 이가 잠든 모습을 지켜보는 여행이 되리라고 생각했다.

낯선 이들 외에 아무와도 이야기하지 않고 몇 주 동안 차를 몰았다. 전체적인 여행 경로를 잡아두긴 했지만 겨울 폭풍으로 변경이 불가피하리란 것을 알고 있었다. 나는 의미보다 경험을 원했다. 사람이 살지 않는 서부의 현실 안에서 마법을 탐지하고 싶었다. 차를 몰고 하루만 다녀도 공공 도로에서 사람보다 100배는 더 많은 야생동물과 마주치게 된다. 산토끼, 코요테, 상승기류를 타고 오르는 검독수리, 떼 지어 가는 가지뿔영양, 길가에서 달아나는 검은방울새며 다른 작은 새들, 다발풀을 질겅이는 야생마, 어슬렁거리는 호저까지.

매일 기록을 남겼는데, 무슨 특별한 목표가 있어서라기보다는 다른 사람들처럼 지나고 나면 경험의 세세한 부분을 잊어버리기 때문이었다. 남는 것은 대략적인 인상뿐이고 거기서 얻는 것은 전반적인 무장소성의 감각이며, 그것이 우리가 경험하는 현실의 속성인 것 같다. 그러다가 기억해낸다. 100대가 넘는 버려진 농기계를 보았고, 여전히 아무 표식도 없는 샌드크리크의 학살 현장을 걷다 물떼새와 코요테 울음소리를 들었고, 텍사스주 댈럼 카운티 296번 농업용 도로에서 빠져나와 짧은 풀 평원

1.5킬로미터를 가로질러 걸었고, 풀잎 다발에 부딪는 바람의 우레와 으르렁, 양철 지붕이 떼어져 떨어지는 것 같던 소리를 들었다는 것을. 그리고 네바다 남동부에서 노동자들이 최대한 직선으로 깔아놓은 2차선 고속도로가 나타났을 때 내가 있는 곳부터 산기슭의 상승 굽이에서 사라지는 지점까지 반듯한 길의 거리를 양각기로 측정해 24.5킬로미터임을 확인했던 일, 손에 쥔 연필심 만하게 보이던 그 길의 끄트머리를 기억해낸다.

겨울은 모든 풍경을 제압했다. 몬태나주 디어로지 근방과 이후 뉴멕시코주 케마도 동쪽에서는 눈보라 속에서 가까스로 운전을 강행하다 결국 포기하고 말았다. 그래도 겨울철치고 대체로 좋은 날씨였다. 맨 귀에 닿는 매서운 바람에 우울감이 더 뾰족해지던 곳들—화이트플레이스, 샌드크리크—도 있었다. 여름철이면 관광객으로 북적이는 지역이지만 지금은 차량이 거의 다니지 않았다. 대지는 고요하고 창백해서 해골 같았으나 죽어 있진 않았다. 비어 있지 않았다.

나는 뉴멕시코 카운슬러 카운티에 있는 550번 국도 한 구간에서 도로와 나란히 놓인 오키프의 (그리고 엘리엇 포터의) 블랙플레이스를 발견했다. 내가 무엇을 기대했는지 나도 잘 모르겠다. 어떤 식으로든 보존이 되어 있기를, 장소를 기리는 노력이 있기를 기대했는지도 모른다. 그러나 고스트랜치에서 몇 킬로미터 떨어진 화이트플레이스와 마찬가지로 이곳 역시 함부로 다뤄졌고, 소비 문화가 남긴 폐기물이 가득했다. 빈 맥주 캔, 비닐 아이스 백, 담배꽁초, 폐타이어, 사탕 껍질, 패스트푸드 포장

용기, 찢긴 약봉지, 부서진 소형 전자제품, 타다 만 성냥, 빈 물병.(포장도로에서 조금 떨어져 있는 화이트플레이스 주변으로는 방문객들의 사격으로 너덜너덜해진 갖가지 표적물, 불태운 가재도구의 잔해, 다 마신 위스키 병, 너절한 옷가지 따위가 널려 있었다.)

위치를 찾을 수는 있었으나, 1945년 포터가 사진으로 담고 그 이전 해 오키프가 화폭에 담았던 그 장소가 내 눈에는 보이지 않았다. 아무리 재현성이 강한 예술이라도 작품과 특정 장소를 짝 맞추는 일은 헛수고이기 십상이다. 서부 문화에서 예술의 목표는 감정과 사유의 상징을 창조하는 것이었으니 말이다. 이런 협소한 의미에서 모델의 죽음을 탄식할 수는 없다. 게다가 따지고 보면 〈근대 서부〉의 회화 작품 여러 점이—프레더릭 레밍턴의 〈샘을 위한 투쟁〉, N. C. 와이어스의 〈무빙 캠프〉를 비롯한 십수 편의 작품이—합성물이기도 하다. 그러나 장소와 예술의 이음선 어디쯤에서 실증적 권위—실제 세계—가 사라진 것을 확인하는 기분은 편치 않다. 장소와 (혹은 나중에 그곳의 기억과) 친근해진 예술가에게 작품의 창작을 강제한 힘은 거기서 나오지 않았겠나.

내 나름의 예비 답사를 떠나오기 전에 서부의 화력발전소에 관해 메모를 해두었다. 전시회 이미지들이 틔웠을 법한 공기 속 장소들을 찾아보다가 나는 그때처럼 "활짝 열린" 투명성을 더 이상 발견하기 어렵다는 걸 깨달았다. 그랜드캐니언은 주기적으로 로스앤젤레스의 혼탁한 공기에 가려지고, 포코너스 지역* 은 인근 화력발전 단지에서 뿜어내는 배기가스에 휩싸여 있다. 2004년에서 2005년으로 넘어가던 겨울, 서부 열한 개 주 가운데 아홉 개 주에서 총 32기의 신규 화력발전소 건립을 계획하고 있었다.(한 곳도 없는 두 개 주는 오리건과 워싱턴이었다. 노스다코타부터 텍사스에 인접한 동쪽 주까지 포함하면, 계획 중인 신규 발전소의 숫자는 총 48기로 늘어났다.)

매일 나는 이동하는 사이사이 차를 세워두고 하이킹을 하려고 노력했다. 마른 물길로 내려가거나 골짜기를 따라 걸었고, 언덕에 오르거나 플라야**를 건너거나 개울가 미루나무 군락과 새들이 은신한 숲에 들어갔다. 쌍안경을 지니고 다니며 바람을 피할 장소를 찾고 너른 대지를 샅샅이 살펴 움직임이 있는지 지켜보곤 했다. 작품 수준의 사진이나 회화를 완성하자면, 요즘의 일상에서는 보기 드문 일종의 집중이 요구된다. 이런 점을 생각하면 서부 문화에서 인간 생활의 긴 리듬이 얼마나 축소되었는지, 인간의 집중력의 기록인 예술이 어떻게 그런 리듬에 대한 각성을 회복시킬 수 있는지 새삼 깨닫는다. 내가 보기에 우리는 만성적으로 산만한 국민이 되어버렸다. 불안과 염려가 해소되기를 갈망하면서도 깊이 고민할 시간은 없다고 생각한다. 또 공장에서 생산된 제품들이 유익하다는 설명을 들으면서도 그것이

* 콜로라도 남서부, 유타 남동부, 애리조나 북동부, 뉴멕시코 북서부의 네 귀퉁이가 만나는 접경지대.
** 건조 지역에 있는 오목한 진흙 들판.

약속하는 위안을 의심한다. 우리는 기본적으로 우리 문화를 의심하게 되었다.

돌연 쌍안경에 움직임이 감지될 때, 파스텔 빛깔 세이지 초원이나 눈 덮인 현무암 자갈밭의 명암 사이로 생명의 기운이 뒤섞일 때, 동물처럼 피의 순환이 빨라지는 몸의 반응이 일어난다. 처음에는 보이지 않던 것도 집중하면 결국 모습을 드러낸다. 마치 집중하는 행위 자체가 잠재된 무언가를 끌어내는 것처럼. 혹은 너비처럼 시간도 하나의 차원이 된다면 그 자리에 내내 있었던 무언가를 끌어내는 것처럼.

겨울의 시골은 박물관의 가장 고요한 전시실에 걸린 그림처럼 예술가적 집중에 참여하도록 당신을 초대한다. 그 초대에 응함으로써 당신은 "의미의 프레임" 안으로 안전하게 깊숙이 들어갈 수 있다. 그 안에서 우리는 우리와 유산을 공유하고 문화적 정체성을 함께 추구하는 또 다른 사람을 만날 것이다.

간혹 외딴 경관을 열심히 관찰하고 그곳을 떠날 때면 내가 여전히 그 장소의 이방인이며 앞으로도 그럴 거라는 통렬한 자각이 들곤 했다. 그렇더라도 나는 그토록 신비한 사건을 경험하고 난 이방인의 열렬한 소망, 여행자의 고집스러운 간청을 품고 떠나온다—부디 나를 잊지 마시라.

III. 텍사스 휴스턴, 박물관 전시실에서

여행을 끝내고 싶지가 않았다. 그래서 여정의 마지막임을 알았던 날, 네바다주에서 남동으로 이동하는 눈보라 전선을 뚫고 북으로 차를 몰아 오리건주로 들어온 다음 맬히어분지를 건너 시프스헤드산의 북쪽 측면을 돌아 번스시티를 통과해 서쪽으로 몇 킬로를 달려 토지관리국의 야생마 목장이 있는 북쪽 도로로 방향을 꺾었다.

이때쯤 남쪽의 눈폭풍과는 멀어졌고, 눈이 내리지 않는 이곳 하늘은 마분지를 결대로 찢어 겹친 듯 옅고 짙은 잿빛 적란운이 층을 이루고 있었다. 1월의 어느 일요일 오전 나절이었다. 말을 암수로 나눠놓은 울타리들 중간 통로로 픽업트럭 한 대가 천천히 지나고, 카우보이 두 명이 트럭에 싣고 온 건초와 사료를 말들에게 던져주고 있었다. 사람을 태운 적 없는 온갖 유전적 배경의 야생마들이 섞여 있었고, 대부분은 밤색, 갈색, 회색, 황갈색 말들이었다. 그중 몇 마리는 스페인 무스탕 종의 특성이 확연했고, 승용마, 짐수레마, 순종마의 혈통도 보였다. 지면에는 60센티미터 넘게 눈이 쌓여 있었고, 울타리 안쪽으로는 눈이 힘껏 다져져 땅이 단단했다. 말들은 얼마 전 오리건 동부의 토지관리국 산하 연방목축관리 지역인 페이즐리사막, 스팅킹워터, 팔로미노초원, 머더러스크리크 등지의 방목지에서 들여왔다. 바둑판무늬 목장들 너머까지 더 잘 보고 싶어서 판자 울타리를 타고 올라가 촘촘한 가름대 위로 머리를 내밀었더니, 말들이 겁을 먹고 코를 벌름거리며 저만치 달아났다. 마장 마술까지는 요원해 보였다.

나는 당황해하는 150여 마리의 혼종 생명체들을 바라보았다. 날이 차가워 울타리에 앉아 있기가 괴로워지고 카우보이들이 돌아갈 채비를 할 때까지, 보라색 숫자 문신이 갓 새겨진 그들의 아랫입술, 더 이상 그들의 것이 아닌 미래, 더 이상 그들 스스로 정하지 못하는 의미를 바라보았다.

여정의 마지막 구간인 고지대 사막을 건너 집 쪽의 캐스케이드산맥을 향해 가는 동안 이런 생각이 들었다. 플리머스록과 제임스타운•에 상륙하던 시절부터 지금까지, 그사이 우리는 얼마나 많이 지리적 광활함의 감각을 잃었는지, 그 범접할 수 없는 고유함, 머나먼 거리의 감각을 잃었는지. 광활하던 공간이 지금은 신속한 이동 패턴으로 축소되고, 이 패턴이 일상을 깊이 파고들어오면서 길잡이와도 같던 대지의 특수성이 대부분 사라지고 말았다. 지금 우리가 분주히 이동하는 땅은 윌리엄 헨리 잭슨이 보고 마스든 하틀리와 D. H. 로런스가 글로 적은 그 땅과 아주 많이 다르다. 이 땅은 곰의 심장, 파일렌 하나위카, 훌리안 마르티네스, 라일리 선라이즈••가 알았던 땅과도 다르며, 그 차

• 플리머스록은 1620년 메이플라워호를 타고 온 청교도들이 처음 상륙한 매사추세츠주 플리머스의 바위이며, 제임스타운은 영국인이 아메리카대륙에 건설한 최초의 개척지 마을이다.

•• 윌리엄 헨리 잭슨은 19세기 후반 북미 선주민과 서부를 사진과 그림으로 기록한 화가이며, 마스든 하틀리는 모더니즘 화가로 미국과 유럽의 인상주의적 풍경화를 다수 남겼다. 곰의 심장은 감옥에서 장부 이면지에 샤이

이는 캐롤라이나주와 다코타주의 차이만큼이나 크다.

화가 알렉산더 호그의 작품 가운데 가장 유명한 것은 아마도 〈부식〉 연작일 것이다. 그중 〈부식 2: 맨몸으로 드러난 대지〉가 이번 전시에 포함되어 있다. 호그의 전기 『자연의 형식/자연의 힘: 알렉산더 호그의 작품 세계』를 집필한 리 로손 들롱에 따르면, 호그는 "농경 생활을 이상화하고 미국의 시골을 가장 훌륭한 미국적 가치의 보고로 여겼던 중서부 지역주의 작가들과 부당하게 동일시되어왔다." 나는 예전부터 호그의 이미지에서 강력한 무언가가 가교처럼 작용하고 있다고 생각했다. 그의 그림은 정밀한 기계장치에 익숙한—제도공의—눈을 가진 동시에 투시력이 있는 사람의 작업이었다. 그에게는 풍경의 정신적 차원이 또렷하게 보이는 것 같았다.

나는 〈부식 2〉 작업 스토리가 궁금해 오클라호마주 털사에 있는 필브룩박물관을 찾아갔다. 1938년 작품인 유화를 그리고 앞서 1926년, 1928년, 1930년에 작가가 목탄과 연필로 그린 스케치를 보고 싶었다. 이 스케치들 사이에는 진전이 있다. 그림 속 여성은 1926년 스케치에서는 유령 같은 존재였다가 점점 더 분명하게, 더 대담하고 선명한 모습으로 변해간다. 이 스케치들은 호그의 전기에 언급된 사실 두 가지를 생각나게 한다. 호그

엔족의 풍속화를 그린 샤이엔족 화가이며, 파일렌 하나위카는 주니푸에블로족 예술가다. 훌리안 마르티네스는 푸에블로족 예술가이며, 라일리 선라이즈는 호피족 출신으로 카이오와 문화에서 성장한 예술가다.

는 유년 시절부터 "어디에 가든 땅속에 위대한 여성이 존재한다"는 느낌을 강하게 받았으며, "자연에 대한 이해와 예술에 대한 이해의 밀접한 연관성을 믿었다"고 들롱은 말한다.

서부 경관에 대한 20세기식 몽상에 비춰보면, 그랜트 우드와 벤턴의 작품들처럼 호그의 그림도 버려진 기계와 소모적이고 부식성 강한 기술을 포착해 우리를 멈춰 세운다. 하지만 빅벤드• 연작 중 하나인 〈치소스산맥 풀리엄절벽〉에서는 프랙털 구조의 축적을 이용해 아슬아슬한 지리적 공간을 통합할 뿐만 아니라 여타의 서부 풍경화에 누락되어 있는 묵직한 중경을 창조해낸다. 그의 모든 초기작은 그런 의미에서 흔적 위에 덧쓰기를 한 것 같은 그림들이다. 그 작품들은 북미 선주민 전통을 고수하다가 만년에 서구의 양식으로 단련된 이들의 그림, 그리고 다른 방향에서 지리에 접근하는 사람들의 풍경화와 섬뜩한 유사성을 보인다. 이런 작품 속의 대지는 살아 있고 누구의 소유물도 아니다.

호그는 어린 시절을 보낸 황폐한 텍사스의 경관을 벗어나 그곳과는 완전히 다른 고장을 성년기의 서식지로 삼았다.

이번 전시를 위해 모은 작품들을 처음 컬러 복제본으로 보게 된 것은 휴스턴미술관의 어느 창 없는 방에서였다. 이미지들은 네프의 구성안에 따라 여섯 섹션으로 나뉘어 마주보는 두 벽면

• 미국 텍사스주에 있는 자연공원.

에 핀으로 고정되어 있었다. 방을 한 바퀴 둘러보니 도러시아 랭의 서부 교회 사진들부터 앤설 애덤스의 〈뉴멕시코 허낸데즈의 월출〉, 윌리엄 헨리 잭슨의 〈홀리크로스산〉과 모리스 그레이브스의 〈서부 폐탄광촌 공동묘지의 기념일 꽃다발〉에 이르기까지, 십자가가 중요한 정보를 전달하는 이미지들이 무척 많았다. 기독교 개종을 강요당한 북미 선주민들을 상상하면서 교회 권력의(이 경우 구리 전선을 불러들인) 상징물을 빼놓을 수는 없었을 것이다. 그 교회 권력이 바로 그들의 세계에 번개 같은 통신을 도입했고, 그럼으로써 구속되지 않은 삶을 살고자 했던 그들의 마지막 시도를 좌절시키고 더 나아가 산업 시설에 동력을 제공해, 결국 그들을 인도하고 지탱한 토착 신화의 근간이었던 공간을 훼손시키기에 이르렀다.

그날 그 방에서 나는 대지와 하늘 사이의 무시무시한 교감을 목격했다. 에드워드 웨스턴의 〈뉴멕시코 화이트샌드〉의 질주하는 구름과 정주하는 모래에서, 또 메이너드 딕슨의 〈갈 곳 없음〉 속 막다른 길에서 그것을 보았다. 그리고 추상적 표현주의 안에서 어떻게 장소성이 실종되는지를 보았다. 장소와 지리에 대한 문화적 이해가 무의식에 얼마나 깊이 퍼져 있는지, 그날 그 이미지들을 보며 생각했다. 그리고 서부의 공간이 얼마나 판연히, 불가피하리만큼, 수직선으로—폴 스트랜드의 〈뉴멕시코 블랙마운틴〉 속 이상한 장대, 헨리 파니의 〈말하는 전선의 노래〉 속 전신주, 로라 길핀의 〈대평원〉 속 여성처럼—쪼개져 있는지 생각했다.

이런 생각이 완결되지 않은 채 몇 주 동안 뇌리에 머물렀다. 그렇게 서부를 가로지르는 날들이 이어지다가 마침내, 성당 건축물의 발전이 유럽의 자의식에 얼마나 깊은 영향을 미쳤는지, 이 건축물이 내부 공간에 대한 유럽인의 이해를 얼마나 크게 변화시켰는지 하는 사실에 생각이 미쳤다. 그제야 이곳 서부가 외부 공간에 대한 묘사법을 두고 장기간 실험이 진행된 땅이며, 1860년대에 처음 서부를 밟은 측량 사진사들의 작업 이후로 깊이 헤아려지지 않고 에두르기만 했던 광활한 지리의 표현법을 예술가들이 계속 실험해왔다는 판단이 들었다. 장소에 시간의 층위를 입힘으로써 근대 풍경 예술 안에 새로운 지리가 명백하게 자리 잡았고, 이 새로운 지리는 최소한 새로운 미국 정치를 의미할 것이었다.

에밀리 밸루 네프의 전시 선정작들을 처음 대면했을 때, 그 작품들은 전체적으로 마치 번데기처럼 과도기적 단계에 있는 것처럼 보였다. 한때는 너무 광대해서 상상하거나 표현되지 않았던 것을 다르게 상상해볼 수 있다면, 그런 시도를 통해 이 땅의 사람들은 무엇을 얻게 될 것인가? 그날 그런 생각을 하면서 그 창 없는 방의 불을 끄고 나왔다.

진정한 자연주의자

나의 벗 리처드 넬슨에 대해 몇 마디로 이야기하자면 먼저 지금 내가 앉아 있는 이 평범한 의자에 얽힌 과거의 일로 거슬러 올라가는 게 좋겠다. 나는 이 의자를 오래전 오리건주 스프링필드의 중고품 가게에서 구입했다. 견고함을 유지하려고 이따금 손을 보아가며 사용해왔고, 낡은 방석 두 개를 겹쳐 얹으면 장시간 앉아 있기가 한결 수월하다. 나무살 등받이는 아래로 갈수록 좁아지는 모양새로 두 엄지기둥이 양쪽을 지탱하고 있다. 엄지기둥의 머리 부분은 수십 년간 인간의 손을 타서 번들번들해졌다.

나는 이 의자에 앉아서 열일곱 권의 책을 썼고, 몇 년 안에 두어 권 더 완성하기를 기대하고 있다. 1980년대 초 무렵 언젠가, 글을 쓸 때 리처드가 사냥해서 건조한 검은꼬리사슴 가죽에 등을 기대면 마음가짐이 더 공손해지고 생명을 대하는 관점을 올바르게 인도받을 수 있지 않을까 하는 생각이 들었다. 그래서 리처드에게 편지로 도움을 청했다. 우정의 뜻으로 검은꼬리사슴 가죽 두 장을 보내줄 수 있느냐고. 그 가죽은 생계형 사냥꾼•인 그가 집 근처 숲에서 받은(리처드는 동물들과의 관계를 이렇게 이해했다) 사슴에게서 얻은 것이었다. 내가 겪은 바로는 선주민 출신이 아닌 사냥꾼 중 리처드만큼 전형적인 살생 행위에 윤리적으로 정직하게 접근한 사람은 없었다. 그는 이누피아크족, 코유콘족, 그위친족 스승들에게 배운 사냥 방식대로, 그들이 보여준 야생동물들과의 교전 행위를 본받아—겸손하게, 감사히, 존중을 담아—가족을 먹이기 위해 사냥했다. 나는 우리 우정이 장차 우리 둘을 보살펴주게 되듯, 살면서 휘청거릴 때마다 이 가죽이 나를 살펴주리라는 느낌이 들었다.

그리하여 오늘 아침 이렇게 그 부드러운 가죽에 등을 기대고 내 오래된 타자기 앞에 앉아 있다. 이제 이 비범한 인물을 우리에게 소개한 행크 렌트퍼의 책에 관해 짧게 이야기하려 한다. 책에서 소개하는 사냥꾼의 이름은 리처드 K. 넬슨, 친구들 사이에서는 주로 넬스로 불렸다. 내가 전통 부족민의 가르침을 따르는 서구 인류학자들 중에서도 독보적인 인물로 그를 꼽는 데에는 이유가 있다. 청년 넬스는 일찍이 경험한 사람이 거의 없는

• 생계형 사냥꾼은 상업적 판매를 위해서가 아니라 북미 선주민들의 전통 방식대로 가족이 소비할 만큼만 제한적으로 사냥한다.

길에 뛰어들었고, 좌절스러운 상황에서도 뜻을 굽히지 않고 치열하게 50년이 넘도록 대단한 집중력을 발휘해 신중하게 그 여정을 계속해나갔다. 스승들의 가르침을 경청하고 자연주의자로서 그들의 경관에 몰두했고, 그러다 보니 어느덧 넬스 자신이 큰 스승이 되었다. 넬스가 본받은 것은 세계를 아는 하나의 방식이자 인식론으로, 이것은 우리 대부분이 부지불식중에 수용하고 따르는 그것과는 달랐다. 덕분에 그는 자기 삶에서 진보를 위한 진보나 극렬한 물질적 부의 축적 같은 인간 예외주의보다 무엇이 더 중한지에 대해 새롭게 고민할 수 있었다.

철저한 조사를 바탕으로 쓴 이 책에서 렌트퍼는 자기 과업—자기 배움—에 부단히 헌신한 한 인물을 그려낸다. 자기 배움을 통해 일종의 수도자가 된 인물이라는 렌트퍼의 표현은 독특하면서도 적절하다. 넬스는 다른 인간이나 물질세계와 유리된, 고독한 동굴 속의 삶을 추구한 것이 아니다. 그는 젊은 학생일 때 아는 바가 전혀 없었던 전통을 접하고 그 전통의 지혜를 옮기는 사람이 되었다. 이 전통이란 북아메리카 외딴 변방으로 밀려나 사라져가는 수렵 채집 문화의 지혜를 말한다. 수십 년간의 친교와 응용 연구와 실천을 통해 그는 한때 스스로도 무지했던 새로운 사고의 틀, 말하자면 야생동물의 존엄을 의식하는 것을 비롯해 불후의 인간적 가치관에 훨씬 단단히 뿌리내린 정신의 이치를 깨친다. 이런 관점을 담은 글을 여러 지면에 발표하고 다른 앎의 방식에 대해 공개적으로 발언하기 시작하면서 그에게서는 단조로운 현실 저편의 기운을 품은 인물, 그야말로 수도자의 오라가 생겨났다.

렌트퍼의 글을 이해해나가는 길에서 핵심은 리처드 넬슨이 다른 사람들과 어울릴 때 얼마나 자주 깨달음을 얻었는지를 가늠하는 것, 즉 그가 우리와 공유하려 한 지혜의 사회적 차원을 놓치지 않는 것이다. 시간이 흐를수록 넬스는 발언자로 나서기보다 차츰 듣는 일에 더 열중하는 사람이 되었다. 1960년대 이누피아크 사람들은 위스콘신에서 온 이 이방인이 자신들의 지식과 기술을 습득하기 위해 얼마나 주의 깊게 듣고 성실히 일할 의지가 있는지 알아봤다. 1970년대에 허슬리아와 휴스의 코유콘 사람들을 찾아갔을 때쯤에는 이미 문화인류학자로서가 아니라 철저히 듣는 사람으로 자신을 소개하는 태도가 몸에 배어 있었다. 그랬기에 그의 배움은 더욱 넓어지고 깊어졌다. 2016년 렌트퍼와 같이 글래이셔만에서 야영할 때는 한 덤불에서 두 여우참새가 내는 거의 똑같은 울음소리를 구분해낼 만큼 주위 세계의 소리에 세심하게 귀를 기울였다. 보호구역 안에서 귀신고래가 불안한 행동을 보이자 눈에 띄지 않지만 가까이에 범고래가 있다는 정보를 읽어내기도 했다. 그는 인류학자로서도 유능했지만 자신이 종사하는 일이 인류학의 범위를 벗어나 비인간계에 대한 세심한 관심으로 확장되었다고 이해했다. "동물 한 마리 한 마리가 너보다 훨씬 많은 것을 안다." 언젠가 휴스에서 코유콘족 스승 러빈 윌리엄스가 넌지시 건넨 이 가르침 안에 그의 이해가 담겨 있었다.

러빈의 말은 비유적으로도 사실적으로도 진실된 가르침이었다. 너 자신이 아닌 세계에 인내심 있게 주의를 기울이는 것이야말로 초심자가 자아 외부의 더 큰 세계, 지혜 자체가 깃든 경관을 발견하는 첫 번째 걸음이다. 이 세계에 무슨 일이 닥치든 거기서 생존하는 방법에 관해 다른 거주자들이 우리보다 더 잘 안다고 러빈은 일러준다. 그들은 진보가 아니라 안정에 투자한다. 넬스의 삶은 인간 생존에 관한 이 믿을 수 없도록 단순한 메시지를 전수하는 실천이었다. 그는 이 메시지를 삶으로 써나갔다.

샤먼의 정경

얼마 전 노스캐롤라이나의 블루리지산맥에 위치한 펜랜드 공예학교에 몇 주 머물렀다. 이곳에는 유리, 금속, 점토, 목공, 그 밖에 여러 재료를 바탕으로 자신의 예술적 비전을 작품으로 빚어내는 국내 최고 수준의 작가들과 장인들이 입주해 있다. 대부분 중견 작가들과 신진 작가들인데, 밤이고 낮이고 스튜디오에서—금속 용광로, 금속 세공 테이블, 이젤, 절단용 기계 앞에서—작업에 열중하고 있었다.

실비 로즌솔의 창작물을 처음 접한 곳도 이곳이었다. 당초 내 주의를 끈 작품은 커다란 검은색 목각 토끼상이었다. 앞쪽 4분의 1과 뒤쪽 4분의 1은 사실적인 조각으로 마무리하고 중간은 속이 빈 로지아•로 연결했는데 지붕 덮인 통로의 개방감이 지협을 연상시켰다.

로즌솔이 나에게 사진으로 보여준 다른 대형 작품들—수염고래, 기린—도 리얼리즘과 상상의 구조를 결합해 한편으로는 동물의 본성을 표현하고, 다른 한편으로는 많은 이들이 야생동물을 불투명한 대상으로밖에 취급하지 않는 세계에서 동물이 지닌 잠재력을 표현하고 있었다.

이 작품을 접하기 몇 해 전, 사진작가인 친구 루카스 펠츠만으로부터 일련의 이미지가 담긴 메일을 한 통 받았다. 그의 사진집 『갈매기 주물呪物』에서 선별한 이 이미지들은 북부 캘리포니아 해변에서 그가 발견한 바다갈매기 사체 내장에 있던 물건들로, 장난감 병정, 폐주사기, 탐폰, 골프 티에 이르기까지 놀랍도록 다종다양했다. 아마 갈매기들 대부분이 이 물체들을 먹잇감으로 착각해 삼켰다가 죽었을 것이다. 헝겊 위에 가지런히 배열된 오브제들은 인간의 무관심과 윤리적 복잡성을 시사하고 있었다.

이것만큼 충격적이지는 않았지만 같은 시기에 사진작가 웨인 러빈과 절친한 한 친구가 러빈의 사진을 한 세트 보내주었다. 러빈은 하와이섬의 바람 그늘 쪽 해변인 케알라케콰만에서 '아큘'이라 불리는 새가라지 떼를 물속에서 촬영해왔고, 그것은 사진집 『아큘』로 출간되었다. 책 뒷면 추천사에 나는 러빈의 사진이 아큘의 생태에 대한 진실한 감식안을 드러내며, "더 쉬이 부패하고 더 경박하고 더 진부한 부를 좇느라 인류의 다수가 진즉

• 한쪽 혹은 양 측면이 트여 있는 갤러리 형태의 구조물.

에 저버린 세계로 통하는 문을 다시 열었다"고 적었다. 우주의 성간가스를 연상시키는 이미지, 협력 가능한 공동체 안에서 다수의 공생을 촉구하는 염원이 전해져 내게는 그의 사진들이 더욱 위력적으로 다가왔다.

내가 10년이 넘도록 지켜본 또 한 사람의 작가가 있다. 인간과 비인간의 접경지대를 파고드는 위스콘신 출신 화가 톰 유텍이다. 근작 〈마마카드지드간〉(유화, 2.3×2.6미터)에서도 작가는 익숙한 주제를 계속 변주해냈다. 눈앞에 펼쳐진 북방림의 자투리땅에 막대기처럼 훌쭉하고 높다란 상록수들이 시름거리는 모양새로 서 있다. 도로 구획 평행선들이 교차하는 전경의 한가운데 쓰러진 통나무 위로 흑곰 한 마리가 보인다. 곰은 우리를 등지고 돌아앉아 있다. 하나 훼손과 사육을 암시하는 이 광경의 처연함은 공중에 흩어져 날아가는 10여 종의 새의 무리들로 인해 멋지게 완화—상쇄—된다. 새들은 이미 며칠 전, 아니 몇 달 전에 이곳을 지나쳐갔을지 모르지만, 유텍은 한순간 안에 이들을 모두 불러들인다.

동물의 본성과 동물에 대한 인간의 인식, 그리고 인간 자신의 동물적 본성을 탐색하는 여러 현대 작가들 중 한 명으로 남아프리카의 설치미술가 제인 알렉산더가 있다. 얼마 전 조지아의 서배너 예술대학 미술관에서 열린 전시에서 알렉산더는 〈보병대〉라는 작품을 선보였다. 아파르트헤이트 체제하에서 아프리카 사냥개의 머리를 단 남성 부대가 고개를 일제히 우로 꺾고 군홧발로 행군하는 장면은 히틀러 친위대의 열병식을 연상시켰다.

내가 보기에 이 작가들—로즌솔, 펠츠만, 러빈, 유텍, 알렉산더—은 동물, 동물에 대한 인간의 감각적 철학적 인식의 속성, 그들과 연결된 우리 존재를 대하는 현대미술의 새로운 감수성을 두루 대변하고 있다. 내가 동물을 바라보는 새로운 관점에 대해 사유하기 시작한 것은 1960년대 후반, 더 정확히는 1967년 〈라이프〉에 실린 존 도미니스의 아프리카 큰 고양잇과 동물 사진을 대면하고부터다. 1970년대 언젠가 일리아라는 작가가 찍은 동물원의 동물들 사진들을 받아보기도 했다. 애초 〈라이프〉의 의뢰로 진행된 작업이었으나 사진 속 동물들이 마치 정신병원에 갇힌 환자들처럼 강제로 감금된 인상을 준다는 이유로 게재되지 못했다. 내가 존 버거의 중요한 에세이 「왜 동물들을 구경하는가?」를 읽은 것도 그즈음이다.

1980년대에 프랜스 랜팅의 사진, 호시노 미치오의 작업, 그리고 1990년대 초반 수전 미들턴과 데이비드 리치웨거의 공동 작업을 차례로 알아가면서, 여섯 번째 대멸종이 닥친 오늘날 야생동물을 어떻게 상상할 것인가 하는 질문이 점점 명확해졌다. 내가 보기에 랜팅과 호시노의 사진은 다년간 야생동물 사진이 장식적이고 환원주의적인 상징이나 "가정 친화적" 이미지에 머물렀던 경향을 탈피해 야생동물에게 본래의 위엄과 미스터리를 되돌려준 작업이었다. 미들턴과 리치웨거는 복잡한 동물 형태학을 분석하고 동물의 취약성을 표현해냄으로써 동물들의 상이한 개성과 연약함에 대한 더 깊은 고찰을 유도했다.

로즌솔이나 유텍 같은 작가들의 진정한 의도를 짐작하는 건 내게 주어진 일도 아니고 내가 하고 싶은 일도 아니다. 그런 작가들을 어떤 '유파'에 한정시킨다거나 그들의 독특한 비전을 닮은꼴 의미로 뭉뚱그리는 형식적 분류에 가담할 생각도 없다. 그렇지만 이들의 작업 안에 정당한 통합적 맥락이 있다는 건 분명해 보인다. 다시 말해 이 작가들은 저마다 동물을 대상으로 보는 관념에 강력히 반대하고 있으며, 동물을 꿈꾸거나 동물을 전형화하려 하거나 동물의 행동을 불편하고 방해되는 것으로 묘사하려 하거나 육식을 거부하거나 할 때 우리 스스로 생각하는 것보다 사실 더 복잡하고 난감한 맥락이 있다고 우리에게 귀띔해주는 것이다.

요즈음 전시장을 방문한다든지, 월턴 포드 같은—무엇이 동물이고 무엇이 인간이며 무엇이 실재인지 하는 새로운 상상의 선두에 선—작가의 스튜디오를 견학해보면, 다종다양한 도발적 접근에 화들짝 놀랄 때가 많다. 예술비평가라면 이 모든 게 과학 환원주의에 대한, 자연의 탈정신화가 불러온 인간 상상력의 둔화에 대한 당대 작가들의 지속적인 저항이라고 말할 수도 있겠다. 그러나 더 간단히 이렇게만 이야기해도 충분하다. 예술가들 역시 멸종 위기 종 목록, 서식지 파괴, 텔레비전 해설자의 차진 표현대로 "금수 같은" 인간의 만행, 그리고 마술적 리얼리즘 문학의 토대라 할 수 있는 "실재"에 내재된 "경이로움" 같은 것에 고도로 민감하다고 말이다.

동물이 의미하는 것은 무엇인가, 동물에 대한 우리의 인식이 어떻게 우리와 그들의 관계를 형성하는가. 이 물음은 오래전부터, 최소한 쇼베동굴의 벽화가 그려진 시절부터 인간 예술의 근간에 놓여 있었다. 특히 북아메리카 선주민 예술가들은 이 유구한 전통을 이어왔는데, 현재 이 전통의 기본적 이미지들은 놀랍도록 다양한 현대적 표현으로 가시화되고 있다. 이 예술의 특징은 인간과 비인간의 본성이 혼융하는 수많은 교차점을 예리하게 의식하고 있다는 것이다. 내게는 현대 북미 선주민 예술이 예술가들에게 촉구하는 외침이 들린다. 비인간계를 더 깊이 탐구하라, 동물과 인간의 경계를 작업하라, 지금 이 샤먼의 정경에 어느 쪽 윤리를 적용할 것인지 담론화하라라는 외침이다. 이 접경지대를 개념화하는 작업으로 영감을 주는 북미 선주민 예술가들도 많다. 그중에서도 단박에 떠오르는 인물은 위요트족 화가이자 조각가인 릭 바토다. 그의 대형 조각 기둥 작품은 최근 워싱턴 DC에 있는 스미스소니언 북미 인디언 국립박물관 입구에 설치되었다.

일반적으로 예술 작품의 목적은 정치적 혹은 사회적 발언으로 쓰이는 게 아니라는 점을 강조해둬야 할 수도 있겠다. 그러나 많은 예술가들의 창작 활동은 사회적 정치적 현실에 대한 반응이기도 하며, 그래서 그들의 작품은 굳이 의도하지 않아도 우리에게 전하는 바가 있다. 펜랜드 창작 공동체 작가들과 인터뷰를 진행하며 나는 정치적이거나 사회적인 발언이 아닌 탁월한 예술성에 주안점을 두는 철저한 태도에 깊이 감복했다. 작품이 이후에 어떻게 해석될 것인지에 대해서는 누구도 크게 괘념하지 않는 것 같았다.

우리 모두에게 지지와 준수를 요구하는 사회경제 정책을 개발하는 이들은 정책을 고심한다면서 예술과의 접촉은 거의 하지 않는다. 인간의 딜레마를 해결한다는 면에서 비생산적일뿐더러 무지하기까지 한 일이 아닐 수 없다. 앨버타주의 오일샌드 마케팅 하나만 보더라도 그 배후에는 근해어업의 붕괴, 합성 호르몬으로 인한 지하수 오염, 금전적 이익을 위해서라면 물불 가리지 않는 집착 따위의 딜레마가 놓여 있다. 생존 가능한 미래를 이해하고 효과적으로 설계하려면 우리에게는 예술가들의 도발적 사고가 절실히 필요하다. 그것은 생의 의미나 현실의 구성요소에 관한 사고일 수도 있고, 전쟁의 무익함이나 물질적 부를 무절제하게 탐하는 것에 관한 사고일 수도 있다.

그러니 우리가 청중을 사로잡는 연설에 집중할 때처럼 예술가의 소리를 경청하는 법을 배운다면, 이 나라도 지금보다는 더 현명해질 수밖에 없지 않을까?

초대

젊은 시절 이제 막 선주민들과 함께 여행을 다니기 시작할 무렵, 나는 그들이 나보다 더 많이 보고 더 많이 듣는다고, 그들의 지각이 전반적으로 나보다 나을 거라고 상상했다. 과연 그들은 나보다 더 많이 지각하고, 더 많은 것을 보고 들었다. 다만 그들과 동행할 때마다 대화가 없었다는 사실에서 그들이 나보다 더 나은 이유를 알 수 있는 실마리를 얻었어야 하는데 한동안은 그러지 못했다. 그 이유란 이런 것이다. 관찰자가 자기 감각이 전해주는 바를 곧바로 언어화하지 않을 때, 다시 말해 경험을 규정하는 어휘와 구문으로 곧바로 전환하지 않으면, 처음에 사소해 보이던 자잘한 세부 사항들이 인상의 전경에 살아남아 후에 경험의 의미에 깊이가 더해질 가능성이 훨씬 더 커진다.

가령 동행인들과 내가 죽은 카리부로 배를 채우고 있는 회색곰과 마주친다면, 아마 내 신경은 오로지 그 곰에게 집중될 것이다. 그러나 내 동행인들은 그 순간 그 곰도 하나의 파편일 뿐인 세계의 부분에 주목한다. 여기서 곰은 제 주위의 모든 것을 밝히는 일종의 발광체로서 모닥불에 비유할 수 있겠다. 내 동행인들의 시선은 불빛이 닿는 바깥 테두리를 향했다가 불로 되돌아오고, 다시 밖을 향했다가 되돌아오기를 반복할 것이다. 그들은 더 큰 것 안에 작은 것을 놓아보고, 다시 작은 것에서 큰 것을 돌아보기를 되풀이한다. 그들은 공기 중에서 냄새의 흔적을 찾거나 새의 울음 혹은 스치듯 부딪는 소리를 찾아 귀를 기울이면서 사실상 곰과 조우한 순간을 시간의 앞뒤로 연장해갔다. 그들이 현상을 파악하는 사고의 틀을 나는 후에 "곰과의 조우"라는 말로 줄여 표현하게 됐는데, 이것은 나의 사고보다 훨씬 품이 크다. 사건에 대한 나의 시간적 경계는 보통 곰과 조우한 순간을 벗어나지 못하는 반면, 그들의 시간적 경계 안에는 우리가 도착하기 이전의 시간과 우리가 떠난 이후의 시간이 함께 들어 있었다. 나에게 곰은 명사, 즉 문장의 주어이고, 그들에게 곰은 동사, 즉 "곰이 하는 것"이라는 동명사였다.

선주민들과 들을 가로질러 여행하는 횟수가 쌓이면서 나는 야생동물과 조우하는 가운데 더욱 온전히 실재하는 법 두 가지를 습득했다. 첫째, 지금 펼쳐지고 있는 사건에 내가 들어서고 있음을 이해해야 했다. 사건은 내가 도착하기 이전에 시작되었고 내가 떠난 이후에도 계속 펼쳐질 것이다. 둘째, 단지 그 순간—한참 배를 채우는 회색곰을 방해하지 않고 그저 곰이 하는 행동을 알아차리고 그 자리를 벗어났다고 한다면—우리를 에워싼 물리적 지리를 언급하는 것만으로 사건 자체를 완벽히 규정하기란 불가능하다는 것을 알아야 했다. 예를 들어 곰을 마주치기 30분 전에 일행이 다 같이 본 무언가를, 가령 개울가 무른 흙바닥에 찍힌 카리부의 발굽 자국 같은 것을 나는 기억 못 할 수도 있지만, 내 동행들은 기억할 것이다. 그리고 곰과 마주치고 한참 뒤, 1킬로미터쯤 이동한 뒤에 그들은 무언가 다른 것—나무 껍질 틈새에 끼어 있는 회색곰의 보호 털 몇 가닥 같은 것—을 발견할 것이고, 이것을 곰을 지켜보면서 관찰했던 소소한 세부 사항과 연결 지을 것이다. 내가 이 사건을 "툰드라회색곰과의 조우"로 머리에 입력하고 있는 동안 그들은 사건이라는 강물에 첨벙 뛰어들어 그것을 경험하고 있었다. 물살을 느끼며 수온은 어떤지 뒤편의 소용돌이는 있는지 어디쯤에서 지류가 흘러드는지 의식하며 헤엄치고 있었다. 이와 전혀 다르게 나의 접근은 대개 장면 속의 대상—곰, 카리부, 툰드라의 초목—에 주목하는 방식이었다. 나는 이 일련의 점들을 일직선으로 연결해서 이해하려 했다. 나의 친애하는 동행들은 자신을 이 역동적인 사건 안에 놓고 바라보았다. 그리고 나와는 달리 곧바로 그걸 의미로 분해해야 할 필요를 느끼지 않았다. 그것이 계속 펼쳐지도록 놓아두는 것, 이게 그들의 접근 방식이었다. 모든 것을 알아차리되 그 안에 어떤 의미가 있든 제때 드러나도록 두고 기다렸다.

여기서 배운 교훈은 단지 사건을 깊이 이해하고 싶으면 내 주위에서 벌어지는 일에 더 세심하게 주의를 기울여야 한다는 것만은 아니었다. 중요한 교훈은 일어나는 모든 일을 관찰하되 지적 분석을 유보하는 상태에 머무르라는 것, 규정하거나 요약하려는 충동에 저항하라는 것이었다. 파악하려는 익숙한 충동과 거리를 유지하라는 것이었다. 더 나아가 나는 선주민들의 관찰 방식이 보여주는 핵심적 특성을 받아들여야 했다. 그들은 개별 대상보다 자신들이 마주치는 것의 패턴에 더 주의를 기울였다. 눈앞에 곰이 있을 때 그들은 그 즉시 "곰이 죽은 동물로 배를 채우고 있다"는, 그들 앞에 펼쳐지는 하나의 패턴을 찾기 시작했다. "곰이 배를 채운다"라는 것보다 더 큰 어떤 사건으로 나중에 조합될지 모르는 갖가지 조각들을 수집했다. 여행하는 동안 그들이 거둬들인, 채 합쳐지지 않은 조각들—특정한 물리적 경관에 스민 자연의 음향, 바람의 존재나 부재, 바람이 불어오거나 사라져버린 방향, 나무 아래 떨어져 있는 얼룩덜룩한 알껍데기 한 조각, 이파리가 사라지고 없는 어느 덤불 풀 줄기, 땅바닥에 새로 파인 구멍—은 낱개로 따지면 대수롭지 않았을 것이다. 그러나 그것들이 서서히 풀려나 패턴이 되도록 놓아두면 깨우쳐주는 바가 있었다. 땅을 더 명확히 비춰줄 수 있었다.

풍경을 더 깊이 들여다보는 첫 번째 방법이 부단히 주의를 기울이기, 사건 밖에 서 있으려는 충동을 누르고 사건 안에 머무르며 사건의 의미가 차차 풀려나오기를 기다리기라면, 내가 익힌 두 번째 방법은 내가 얼마나 자주 몸에게 정신의 명령을 따르라 요구하는지, 바깥 세계의 질감과 내음을 감각하고 빛깔과 색조를 분별하는 몸의 특별한 능력을 이성적 사고가 어떻게 묵살하는지 인식하기였다.

나는 내가 이동하는 물리적 세계 안에 내가 온전히 존재하고 있다고 굳게 믿었지만, 시간이 흐를수록 그것이 실은 나의 착각이었음을 깨달았다. 오히려 나는 내가 있는 장소를 그저 생각하고 있을 때가 더 많았다. 밤중 숲에서 회색여우의 새된 울음이 들릴 때나 큰 고래가 수면 위로 모습을 드러낼 때, 처음에는 경외심이 차오르다가도 곧장 분석으로 나아가기 일쑤였다. 때로는 내 생각과 폭포처럼 쏟아지는 관념에 지나치게 빠져든 나머지 내 몸이 아직 수집 중인 장소의 세세한 면면과 접촉이 사실상 끊어지기도 했다. 귀에 멧새 노랫소리가 들리고 조금 뒤에 노랫소리가 또 들리면, 두 번째가 다른 멧새의 노랫소리라는 걸 귀는 알았다. 하나 머리는 그 가락이 멧새의 노랫소리임을 알아맞혔다는 뿌듯함에 젖어 그런 간추린 사실에 정신이 팔린 나머지 귀가 아직 전달해주고 있는 것을 놓치고 있었다. 소리를 분별하는 몸의 능력을 머리가 활용하고 있지 않은 것이다. 그렇게 장소를 머리로 아는 앎은 피상적인 수준에 머물렀다.

자연 경관 속을 걸을 때 어떻게 선주민이 외부인보다 일반적으로 더 많은 정보를 수집하는지에 대해서 많은 이들이 전언하고 있다. 선주민이 사는 곳 바깥에서 온 외부인이 속한 문화에서는 더 이상 장소와의 신체적 친밀감에 높은 가치를 두지 않으며, 이런 감수성을 "원시적" 자질로 치부하고 "선진" 문화에서 온 사람은 이미 거기에서 탈피했다는 생각에 안도한다. 이렇게 오만한 태도가 결국 장소와의 신체적 친밀감이 제공하는 엄청난 무형의 가치를 묵살하고 있다는 것을 나는 이제 안다. 그래서 친밀감의 욕구를 무시하는 사람을 보면 무례함을 무릅쓰고서라도 말해주게 된다. 인간이 고독을 벗어던지기란 불가능하다고. 아울러 자연을 경시하는 문화에 속한 사람은 삶이 무의미하다는 생각을 쉬이 떨쳐낼 수 없으리라는 말도.

근대 문명의 특징인 실존적 고독과 인생의 무상함을 느끼는 것은 얼마쯤은 장소와의 관계에 치유적 차원이 있다는 믿음을 내버린 탓도 있다고 나는 생각한다. 자연 세계에는 인식 가능하며 그렇기에 관찰자를 포용하는 패턴들이 항상 존재한다. 끝없이 복잡한 이 패턴들을 부단히 새롭게 느끼는 감각은 세상에 혼자라거나 삶이 덧없다는 느낌을 약화시킨다. 결국 장소를 깊이 알고자 하는 노력은 어딘가에 어울리는 사람이 되고 싶은 인간의 소속 욕구를 표현하는 일이다.

내가 경험한 바로, 어떤 장소를 알아가려는 굳은 의지는 끊임없이 보상을 받는다. 나는 자연의 모든 장소가 '알려짐'에 열려 있다고 생각한다. 그리고 이 과정의 어디쯤에선가 인간은 자신들이 '알려지고' 있다고 인식하기 시작하고, 그렇기에 그들이 아는 장소에서 그들의 존재가 사라질 때 장소는 그들을 그리워한다. 서로가 알고 알려지는 이런 교감이야말로 내가 세상에 필요한 존재라는 의식을 강화한다.

아마도 모든 노력의 첫 번째 수칙은 주의 기울이기, 두 번째 수칙은 인내하기일 것이다. 그리고 세 번째는 몸이 아는 것을 귀담아듣기가 아닐까. 선주민 개개인이 나처럼 현대 문화에서 성장한 사람보다 반드시 더 많이 지각하는 것은 아니다.(당연히 선주민 문화에도 "선진" 문화의 개인 못지않게 부주의하고 게으르고 분별없는 개인들이 수두룩하다.) 그러나 그들은 장소와의 친밀감에 훨씬 더 가치를 두는 편이다. 그들과 여행해보면 그들의 방식과 내 방식의 근본적 차이를 절감한다. 그들은 더 주의 깊고 더 인내심 있으며, 아는 것을 말로 옮겨 미스터리를 언어로 와해하는 일에 덜 열성적이다.

젊을 때는 여행하며 거쳐가는 장소에 대해 동행인이 뭔가 굉장히 통찰력 있는 말을 하면 더러 부러운 마음이 들었다. 이 감정은 똑같은 깊이의 지식을 소유하고 싶은 욕망이라기보다 그 이처럼 특정 장소에 분명하게 소속되고 싶다는 욕망, 내가 서 있는 장소의 중요한 일부가 되고 싶다는 욕망에 가까웠다.

회색곰이 덤불숲에서 블랙베리 열매를 거덜내고 있을 때 그건 단지 곰 한 마리가 덤불숲에서 블랙베리 열매를 거덜내고 있는 것이 아니다. 그 장면은 한 세계로 통하는 진입점이다. 우리 대다수는 다른 곳에 가려고 그 세계로부터 등을 돌리면서, 덤불숲에서 블랙베리 열매를 거덜내고 있는 회색곰에 대해 그저 생각만 하는 편이 낫다고 믿어버릴 테지만.

이 순간은 초대다. 누구든 지나가는 사람에게 아무런 편견 없이 참여하라고 곰이 내미는 초대장이다.

후기

밥 스티븐슨을 기억하며

1975년 가을, 나도 모르게 앉음새를 바로 하게 만드는 과학 보고서를 한 편 읽었다. 보고서의 제목은 '에스키모 사냥꾼의 관점에서 본 늑대의 생태와 행동'이었고, 마이클 폭스가 엮은 전문 학술서 『야생 갯과 동물』에 실려 있었다. 당시 나는 한창 늑대에 관한 자료를 조사 중이어서 폭스의 책에 실린 논문들을 한 편 한 편 꼼꼼히 읽었다. 그중 분수령을 이룰 선언이라 여겨지는 글이 한 편 있었는데, 밥 스티븐슨과 밥 아국이라는 브룩스산맥 중부의 누나미우트족 사냥꾼이 공동 집필자였다.

1970년대 초반에는 선주민 부족들이 야생동물에 관한 유의미한 정보를 서구 과학에 제공한다든지 야생 연구 전반에서 중요한 역할을 한다는 생각 자체가 전문가들의 비웃음을 사거나 점잖게 외면당했다. 선주민들의 정보에 "엄밀함이 결여돼 있다"는 견해가 팽배했던 탓이다. 스티븐슨과 아국의 보고서는 이런 견해를 정면으로 받아치고 있었다. 당시만 해도 이 글의 혁명성을 알아본 이는 거의 없었지만, 나는 폭스의 논문집에서 늑대 행동에 관한 그들의 관찰이 단연코 가장 흥미로웠다.

신대륙 식민지화가 시작될 때부터 서구 과학계는 선주민 부족이 보유한 야생동물에 관한 지식, 수 세기 동안 야생동물과 같은 환경에서 살아오며 축적한 배움의 유효성에 대해 뿌리 깊은 문화적 편견을 보였다. 야생동물의 사회동학, 협동 사냥, 생태, 새끼의 행동, 먹이에 대한 선주민들의 관찰이 민간신앙에 "오염"되었다고, 혹은 대개 일화적 증거에만 의존한다고 여겼던 것이다.

스티븐슨과 아국의 논문을 읽자마자 나는 알래스카어류및야생동물관리국ADF&G 소속 늑대 연구자인 스티븐슨에게 편지를 보내 페어뱅크스로 만나러 가도 되는지 물었다. 늑대에 대한 기존 문헌에서 그의 견해를 접하지는 못했지만, 그가 늑대나 누나미우트족과의 소통을 주제로 해주는 이야기를 들어보고 싶었다. 내가 페어뱅크스에 도착했을 때는 1976년 3월, 알래스카 내륙의 늦겨울이었다. 밥이 공항으로 마중을 나왔고 도시 외곽 골드스트림밸리에 있는 그의 오두막에 묵게 해주었다. 사흘 뒤 나는 4인승 헬리콥터인 벨 206 제트레인저 뒷좌석에 그와 나란히 앉아 알래스카산맥 남쪽에 있는 서시트나강 하구의 넬치나분지를 건너고 있었다. 우리는 무선 송신기를 부착할 늑대를 찾고 있었다.

느닷없이 늑대 연구 일선에 참여하게 되다니 나로서는 믿기지 않았다. 나를 현장에 데려가주고 내가 조수 노릇을 할 수 있을 것이라고 믿어준 그가 이루 말할 수 없이 고마웠다. 이어진 며칠간 나는 늑대의 해부학적 구조, 형태론, 사회적 행동에 관한 밥의 박식함에 경탄을 금할 수 없었다.

그렇게 처음 만난 뒤, 『늑대와 인간에 대하여』 작업을 마치고 나서 나는 밥과 함께 알래스카 북부와 중부 각지를 여행했다. 카누로 유콘강을 거슬러 올라가 당시 유콘찰리강국립보호구역으로 새로 지정된 찰리강 일대를 답사했고, 바다코끼리 사냥철에 맞춰 베링해 북쪽 세인트로렌스섬으로 날아갔고, 브룩스산맥 중부 여기저기서 야영을 했다.(지금은 전부 게이츠오브더아크틱국립공원·보호구역으로 지정된 곳들이다.) 우리 여행의 목적은 대부분 그저 함께 동물을 보는 것이었다.

그로부터 수십 년이 지나고서야 그 시간들을 돌이켜보며 나는 밥과 함께한 여정이 내 집필의 주된 주제에 얼마나 깊은 영향을 주었는지 깨달았다. 동행을 허락하고 전문적 식견을 나눠준 것이며, 다른 야생동물 연구자들에게 소개해준 것이며, 찾아갈 때마다 환대를 베풀어준 것이며, 그에게 느끼는 고마움에는 한이 없다.

1979년 6월, 밥과 나는 아낙투북패스를—당시 전체 주민 수가 110명인 마을이었다—찾아갔고, 그곳에서 마침내 밥 아국과 저스투스 메키아나, 그리고 1970년대 초반 밥과 함께 일했던 다른 사냥꾼들을 만날 수 있었다. 우리 비행기가 착륙하던 날 오후 마을 여성들 거의 전원이 밥을 맞이하려고 활주로로 달려 나왔다. 몇 해 전 밥이 저스투스로부터 움집을 구입해 아낙투북을 오가며 살기 시작하고 얼마 안 되었을 때 독감이 마을을 휩쓸었다. 유행병이 도는 내내 밥이 마을의 옥외 변기통 비우는 일부터 침대보 교체와 세탁 및 식사 준비까지 도맡아 하며 주민 수십 명을 간호했다. 나이 지긋한 여성들은 특히 그의 호의와 신의를 결코 잊지 않았다.

아낙투북에 있는 동안 나는 마을 사냥꾼들과 밥의 근황 대화를 가만히 엿들었다. 그들이 밥을 높이 평가한다는 걸 단번에 알 수 있었다. 그 시절 ADF&G 직원들과 선주민 마을 사냥꾼들의 관계는 그리 우호적이지 않았다. 하지만 밥은 애초에 주민들에게 주 정부의 사냥 규정 준수를 설교하러 온 사람이 아니었다. 그는 지역 사냥꾼들의 이야기를 들으러 마을에 찾아왔다. 현지어로 '아마국'이라 불리는 늑대에 대해, 아직까지 전문 학술지에 소개되지 않은 그 늑대의 속성과 생활에 관해 진지하게 지역 사냥꾼들의 통찰을 구했다. 사냥꾼들은 그런 의도로 찾아온 그를 환영했음은 물론이고 늑대 굴을 찾아 나서는 초여름 여행에도 동행하게 해주었다.

그에게는 이해심 많은 성정, 인종적 편견이라고는 찾아볼 수 없는 태도, 자기와 전혀 다른 배경을 가진 부족에 대한 존중, 거기다 예리한 유머 감각까지 있었다. 언젠가 다 같이 둘러앉아 울버린에 얽힌 이야기들을 풀어놓을 때였다. 거들먹거리다가 결국 굴욕을 치르게 된 남자 이야기를 밥이 들려주는데, 결정적인 대목을 아주 제대로 살린 덕에 누나미우트 사람들이 폭소를 터뜨렸다. 어떤 이는 배꼽을 잡다가 의자에서 떨어졌다. 하마터면 의치가 입 밖으로 튀어나올 뻔한 이도 있었다.

밥은 서구 과학의 야생동물 연구에 기존 관행을 벗어난 새로운 움직임을 일으켰다. 동료 평가가 선행되는 관련 분야 출판물에 선주민 부족의 전통 지식을 게재한 것이다.(당시 페어뱅크스에는 선주민 부족의 지식을 수집해 서구 문화의 지식과 대등한 지위로 끌어올린 이들이 몇 사람 더 있었다. 먼저 떠오르는 인물로는 해양 포유류 연구자 존 번스와 버드 페이, 그리고 『북극을 꿈꾸다』를 준비할 때 같이 작업했던 캐시 프로스트와 로이드 로리가 있다. 그러나 알래스카에 문화적 상호 존중이 형성되기까지는 여전히 길고 험난한 과정이 기다리고 있었다.)

넬치나분지에서 늑대 목에 송신기를 부착하는 우리의 첫 탐사에서 나는 ADF&G의 연구 자금으로 항공 조사를 하는 대신 누나미우트 부족을 먼저 찾아갔던 선택으로 밥이 획득한 식견이 어떻게 발휘되는지 내 눈으로 직접 목격했다.(ADF&G는 밥에게 알리에스카 원유 파이프라인 건설이 늑대 생태에 미칠 영향을 파악하는 업무를 맡겼다. 그는 파이프라인 경로를 따라 현장 조사를 하기에 앞서 먼저 누나미우트 사냥꾼들과 동행해 그들에게 전반적인 늑대 행동에 대해 질문하면 훨씬 많은 것을 배울 수 있으리라고 판단했다.) 어느 날 우리는 넬치아분지에서 늑대의 발자국을 포착했다. 늑대 일곱 마리가 한 줄로 눈 덮인 얼음 호수를 건너간 흔적이었다. 이윽고 우리보다 1.6킬로미터 이상 앞선 지점에서 침엽수림 가장자리로 다가가는 늑대 무리를 발견했다. 헬리콥터 소리를 들은 늑대들이 놀라 달아나기 시작했다. 우리는 세 마리를 포획했다. 밥이 용케 두 마리를 맞혔는데, 그중 한 마리가 쓰러지기 전에 빽빽한 잡목림으로 뛰어들었다. 헬리콥터에서 내려 눈이 무릎까지 쌓인 땅을 디디며 밥이 말했다. "암컷이네. 예닐곱 살쯤." 어리바리했던 나는 농담으로 받았다. "에이, 설마. 이렇게 멀리서 어떻게 성별과 나이를 알아맞히나."

"글쎄." 그가 대꾸했다. "아무튼 그 사람들이 나한테 가르쳐줬거든."

발자국을 따라 숲으로 들어가 보니 늑대가 우측으로 모로 누워 있었다. 동공은 완전히 열린 채였다. 나는 늑대의 왼편 뒷다리를 들어올렸다. 암컷이었다. 늑대 입술을 위로 당겨 앞어금니와 왼쪽 송곳니도 드러나게 했다. 이가 뭉툭하게 닳은 정도로 보아 나이 든 늑대임을 짐작할 수 있었다. 헬리콥터로 운반할 준비를 하면서 나는 늑대의 견갑골이 맞닿은 부위의 털을 맨손으로 쓸어보았다. 두드러진 지방층이 손에 잡혔다. 늑대에 해박한 사람들이 늑대를 "사회적 동물"이라고 말하는 게 무슨 의미인지 일순 이해가 갔다. 분명 나이가 많아 효율적인 사냥이 어려울 텐데도, 보통 1년 중에서 늑대 몸이 가장 마를 때인 늦겨울치고도 여전히 몸 상태가 아주 좋았다.

우리는 늑대를 숲에서 안아 들고 나와 다른 한 마리가 얌전히 누워 있는 탁 트인 툰드라 대지에 눕혔다. 깨어났을 때 서로 가까이 있으면 충격을 덜 느낄 거라고 밥이 말했다. 그는 가문비나무 가지를 꺾어다 늑대를 누일 받침대를 만들어서 몸을 움직이지 못하는 동안 고개가 눈에 파묻히지 않도록 했다. 그리고 커다랗게 벌어진 눈을 밝은 태양빛으로부터 보호하기 위해 두 마리의 눈에 각각 헝겊을 덮어준 다음 검진을 시작했다. 우리는 늑대들의 무게를 재고 목에 무선 송신기를 부착했다.

여러 해 뒤, 늑대들이 간혹 두 골짜기의 교차 지점에서 어느 쪽으로 가야 먹이를 구하기 쉬울지 가늠하는 모습을 볼 수 있다는 저스투스의 이야기를 듣다가 나는 바로 이 순간이 떠올랐다. 그때 넬치나분지에서 내 발치에 누워 있던 암컷이 결정을 내리는 역할이었겠구나 싶었다. 나이가 많아 효율적인 사냥을 하는 건 힘들겠지만 아마 무리에 필요한 다른 것을 제공하지 않았을까. 모두의 겨울나기에 필요한 경험 같은 것. 두 골짜기 중에 어느 쪽의 조짐이 더 좋은지 그 늑대는 알았을 것이다.

1979년의 여행에서 밥과 나는 아낙투북패스 근방을 하이킹하고 주민들과 대화하며 며칠을 보낸 뒤, 브룩스산맥 북측 면을 따라 서쪽으로 날아가 유투콕강 야영지에 도착했다. 예닐곱 명의 생물학자들이 여름철 야생동물 조사 활동의 베이스캠프로 그곳을 이용하고 있었다. 여덟아홉 개 정도의 개인용 텐트들 사이 중앙에 세워진 대형 프레임 텐트가 식당이자 무전실이자 현장 실험실로 쓰였다. 강 가까이 오래된 자갈밭은 평평하게 다듬어 간이 활주로로 삼고 있었다.

우리를 그곳에 내려준 전세 비행기는 연구자 두 명과 그들의 장비를 싣고 부리나케 코체부를 향해 날아갔다. 우리가 묵을 텐트를 치고 짐 정리를 마친 뒤 밥은 그곳 사람들에게 나를 소개했다. 이들은 카리부, 툰드라회색곰, 북극여우, 울버린 연구자들이었고, 이제 밥이 왔으니 늑대 연구자까지 합류한 셈이었다. 활주로에는 제트레인저 헬리콥터 한 대, 2인승 슈퍼컵 경비행기 한 대, 헬리오쿠리어 항공기 한 대가 세워져 있었다. 헬리오쿠리어는 다른 비행기로는 시동을 꺼뜨리지 않고 유지할 수 없는 아주 느린 속도로 체공이 가능해서 카리부 떼 관측용으로 적합했다.

정해진 날짜가 되면 연구자들은 항공기로 브룩스산맥 서쪽 기슭이나 인접한 해안 평원으로 이동했다. 거기서 간이 캠프를 구축하고 일주일 남짓 일대 동물을 관찰하다가 베이스캠프로 돌아왔다. 어느 아침에는 슈퍼컵을 타고 곰 수색에 나서는 조종사를 따라 나섰다.(비용 소모가 훨씬 큰 헬리콥터로 수색하기보다 우선 소형 비행기로 곰을 찾아보고 곰을 발견하면 베이스캠프에 무전으로 좌표를 알리는 편이 더 경제적이다. 그러면 곰이 발견된 위치로 연구자가 곧장 날아올 수 있다.) 우리는 베이스캠프에서 남서쪽으로 16킬로미터 정도 떨어진 곳에서 대략 쉰 마리의 카리부 떼를 혼자 뒤쫓고 있는 어른 회색곰을 발견했다. 카리부 무리가 툰드라 비탈로 뛰어오르면서 곰을 등지고 사방으로 흩어지기 시작했다. 곰은 속도를 늦추기는커녕 가파른 길을 맹렬히 돌진해 카리부 대열이 만들어낸 반경을 가로질렀다. 곰이 도망치는 카리부 한 마리의 어깨를 들이받아 쓰러뜨렸다. 경사로를 달려 올라가는 곰의 속도가 어마어마했다.

베이스캠프 사람들과 이틀 정도 더 머문 뒤에 밥과 나는 헬리콥터를 타고 남쪽으로 이동해 들롱 산악 지대로 들어갔다. 우리는 일링노락 능선 측면 중간쯤, 유투콕강 범람원에서 수십 미터 높이에 위치한 평탄면에 캠프를 세웠다. 밥이 들은 정보로는, 우리 위치에서 서쪽으로 약 1.2킬로미터 떨어진 강가 절벽에 늑대 굴이 있다고 했다.

동물을 관찰하기에 모든 조건이 완벽했다. 우리는 텐트를 치고 식량과 장비를 정리한 뒤 40배율 탐지 망원경으로 늑대 관찰을 시작했다. 어른 늑대 셋, 한 살배기 둘, 팔팔한 새끼 넷을 일주일간 쉬지 않고 지켜봤다. 완만하게 구릉지고 나무 없는 광활한 자연이 우리를 에워싸고 있었고 대기는 기묘하리만치 투명했다. 하루는 지형도상 10킬로미터 정도 거리에 있는 카리부 떼를 관찰하기도 했다. 날은 맑고 여름 해는 지지 않았다. 고도상 우리 캠프에서는 늑대 굴 입구가 곧바로 내려다보였다.

졸릴 때 네댓 시간 눈 붙이기, 그리고 늑대와 다른 동물 관찰하기가 우리의 일과였다. 두 가지를 제외하면 끼니를 때우거나 다리를 펴느라 몇 분씩 쓰는 것이 전부였다. 둘이 같은 시간에 자러 갈 때는 렌즈 초점을 늑대 굴에 맞춰두고 망원경이 얹힌 삼각대를 텐트 입구에 세워두었다. 둘 중 누구라도 잠깐 잠이 깨면 망원경을 확인했다. 무슨 움직임이 보이면 자고 있는 사람도 깨웠다. 어느 날인가는 굴에서 90미터 남짓 떨어진 곳에서 늑대들이 매복해 있다 카리부 떼를 기습하는 장면을 보았다. 기습이 먹혀들었다. 늑대들은 건성으로 추격하다 그만두었다. "연습이로군." 밥이 말했다. 한번은 어른 늑대들과 한 살배기 한 마리가 사냥하러 나간 사이 새끼들이 있는 굴에 들어오려는 어른 회색곰을 또 다른 한 살배기 암컷 혼자서 물리치는 광경을 보았다. 이런 일도 있었다. 나는 텐트 가까이 앉아 늑대 굴 저편 언덕 경사로에 무슨 움직임이 있는지 지켜보고 있었고 밥은 잠들어 있었다. 왼편으로 기척이 느껴져 돌아봤더니 10미터쯤 되는 거리에서 한 살배기 늑대 한 마리가 웅크려 앉아 나를 바라보고 있었다. 한 살배기라는 건 아직 채 자라지 않은 몸집으로 알 수 있었다. 누나미우트 사람들이 밥에게 전수해준 늑대 성별과 연령 감별법을 나도 밥에게서 조금 주워들은 덕분이었다. 어린 늑대는 자리에서 일어나 서두르지 않고 중습성• 툰드라의 불룩한 풀 무덤 사이를 요리조리 돌아 저희 굴 쪽으로 총총 걸어갔다. 매코믹갈매기 두 마리가 늑대 머리를 향해 하강하며 시비를 걸

• 온도에 따른 토양의 분류 중 온도가 8~15℃가 되는 토양.

었다. 늑대가 그중 한 마리를 허공에서 잡아채려고 몇 번 껑충껑충 뛰었다. 어른 늑대라면 굳이 시간을 허비하지 않았을 행동이라는 것을 이제는 나도 이해했다.

2016년 10월 페어뱅크스 외곽의 오두막에서 밥 스티븐슨이 숨을 거뒀다. 늑대, 스라소니, 숲들소와 함께한 그의 연구는 실로 획기적이었다. 때로는 직접 제작한 초경량 항공기를 몰고 스라소니를 추적하는 등 현장 연구에서 전례를 찾아볼 수 없는 방식을 시도하기도 했다. 그는 표준을 벗어나 야생동물 생태를 탐사하는 자신의 방식을 우스갯말로 "특공대 생물학"이라 부르곤 했다. 해온 연구에 비해 자기 분야에서 밥의 이름이 크게 알려지지 않은 건, 자기 얘기를 늘어놓지도 않고 명성이나 평판을 좇지도 않고, 누나미우트족과의 교분을 팔아넘기지도 않고 저술을 많이 남기지도 않았기 때문이다. 그가 가장 깊이 관심을 쏟은 것은 자신이 연구하는 동물들의 운명이었다. 동물을 향한 편견을 거두지 않고 동물들의 생존에 필요한 보호책도 변변히 내놓지 못하는 세계에서, 그럼에도 그는 그의 동물들이 부디 안녕하기를 바랐다.

문턱

경계에서

1992년 남반구에서 머문 겨울밤, 나는 선장에게 배에서 내려 산책을 해도 되는지 물었다. 선체 94미터의 해양 조사 쇄빙선인 너새니얼 B. 파머호는 그날 밤 남극대륙 근처 웨델해의 큰 부빙 가장자리에 쐐기꼴 틈을 만들어 뱃머리를 대고 있었다.

쇄빙선 건조 설계법에는 두 가지가 있다. 이른바 러시아식 쇄빙선은 빙하가 무겁고 가시거리가 제한적이어도 속도를 늦추지 않고 빙판을 깨며 가차 없이 전진하는 원자력 추진선이다. 두 번째—파머호에 적용된—설계법으로 만든 쇄빙선은 더 가볍고 기동력 있는 선체로 에너지 소모를 줄이고 세심하게 전진하기에 더 친환경적인 항행이 가능하다. 후자의 방식으로 설계해도 선박의 출력이 떨어지진 않는다. 가령 파머호의 경우 90센티미터 두께 평탄빙을 3노트의 속도로 달려 연속 쇄빙하려면 할 수는 있다. 다만 이런 식의 전진에는 막대한 연료 소모가 따른다. 그날 밤 파머호가 위치한 남위 67도 집유빙 한복판, 이미 웨델해 깊숙이 들어와 있어 가장 가까운 연료 저장소인 아르헨티나 우수아이아까지 여러 날이 걸릴 상황에서 전진을 고집하는 건 에너지 낭비였을 것이다. 현명한 선택도 아닐 테고. 겨울철 그 정도 고위도에서는 해가 짧아 오후부터 일찌감치 아이스 마스터•의 시각적 내비게이션 능력이 떨어진다. 공략할 수 있을 만큼 취약한 얼음 덮개 지점이 어디인지 더 이상 육안으로 식별해내지 못한다. 그런 시간에는 선체가 유동하는 얼음 덩어리들의 압력을 조금이나마 덜 받도록 너른 부빙 가장자리로 배를 밀어 넣고 밤새 정지해 있는 편이 낫다. 여명이 찾아오면 아이스 마스터는 다시 개빙 구역에서 유리한 진입 지점을 찾아 고요한 빙면 어디쯤이 얇고 금이 갔는지 읽어낼 수 있을 것이다.

그런 저녁이면 나는 배에서 내려 단단한 바다 껍질 위를 걸었다. 말할 것도 없이, 육중한 선체 외에는 아무것도 보이지 않았다. 세계 최남단 선박 항로의 기점인 혼곶까지는 우리 위치에서 서북쪽으로 약 1280킬로미터 떨어져 있었다. 지구 이편 끝으로는 극지 횡단 항공로도 존재하지 않는다. 당시는 위성 궤도도 남극을 지나지 않았다. 그런데 파머호는 거기서부터 다시 약 160킬로미터 남쪽의 "이웃들"에게 향할 예정이라니 기분이 묘했다. 여름이 한창이던 몇 개월 전 러시아 쇄빙선을 타고 도착

• 빙하 해역 전문 항해사.

해 부빙 위 임시 기지에서 생활하고 있는 스물네 명의 러시아 및 미국 과학자들에게 동절기 보급품과 교체 대원을 내려놓는 일이 우리의 임무였다. 저 웨델극지관측소까지는 아직 며칠간의 험난한 여정이 놓여 있었다.

웨델해는 지중해 정도의 크기다. 그럼에도 지도에서 웨델해의 위치를 정확히 짚어내는 사람은 별로 없다. 지중해의 인류 역사와 비교하면 스토리와 위상이 변변치 않지만, 해양학자들에 따르면 세계 기후를 구동하는 기능 면에서는 지구상의 바다들 중에서 확실한 위상을 갖는다고 한다. 웨델해의 차가운 저층수는 북으로 흘러 남대서양으로 흘러들어가서 해류와 온도 기울기를 유지시키는데, 여기에 태양 복사열이 합쳐져 이상 난동暖冬, 안개, 강우, 맑은 날씨, 아프리카·유럽·카리브해 지역의 간헐적 허리케인을 발생시킨다. 그리고 이 모든 것이 세계 기후에 영향을 미친다.

남반구에서 보낸 1992년의 겨울, 선박 한 척 외에 인간이 만든 모든 것으로부터 멀리 떨어진 그곳에서 나는 외따로 고동치는 이 행성의 심장을, 그 얼어붙은 박막 위를 활보하고 싶어 매일 저녁 산책을 나섰다. 배가 정박한 밤이면 눈 위에 내 그림자가 읽힐 만큼 강한 별빛을 천장 삼아 심장의 표면을 거닐 기회가 찾아왔다.

안전을 염려한 선장의 당부에 따라 매번 승무원 두 명에게 동행을 부탁했다. 걷는 동안 우리는 거의 말이 없었다. 그 무언의 시간, 우리에게는 그곳 지리의 극명한 색감—사방으로 뻗은 백색 평원, 저 멀리 평평한 수평선, 거기서부터 솟아오른 검푸른 반구형 하늘, 점점이 찍힌 빛—에서 잠시나마 지구를 이탈한 듯한 느낌이 진하게 전해졌다. 아득한 은하계 어느 중간 기착지 빙벽에서 바람이 단단히 다져놓은 눈밭을 보드득보드득 걷고 있는 것만 같았다.

그 장소에 있는 우리는 지구상 인간의 중심지 어느 곳—델리, 뉴욕, 상파울루—과도 맞지 않았다. 우리를 태우고 온 선박은 애초 태어난 루이지애나 바이우라푸어셰의 모항에서 직선거리로 1만 2000킬로미터, 마지막 기항지였던 티에라델푸에고 동쪽 스태튼섬에서 직선거리로 1657킬로미터나 떨어져 있었다. 그런데도 나는 더 멀리 가보고 싶었다. 그래서 일주일 내내 해가 북쪽 수평선 아래로 일찌감치 사라지면 저녁 식사를 마친 뒤 동행 둘과 함께 가공할 추위를 견딜 수 있게 해줄 방한복을 입고 배에서 내렸다.

여행에 어떤 해석을 달 수 있다면, 작가가 된 이후 내 성인기의 여행은 대개 일상을 뒤로하고 문명사회의 보수적인 중심에서 벗어나려는 노력이었다. 매번 멀리 세계의 끄트머리에 다다를 의도는 아니었는데, 결국 그렇게 될 때가 많았다. 오스트레일리아 노던준주의 타나미사막이나 아프리카 남서부 해안의 나미브사막, 캐나다 북극권의 엘즈미어섬 북부에 서 있을 때, 나는 인간 문화에 대한 명료한 인식과 안도감이 가장 고양되고 타인을 향한 공감이 가장 깊어지는 걸 느낀다. 어쩌면 나의 게으르고 하찮은 생각들이 죄 빠져나간 그곳에서의 순간들이 떠올라 그렇게 느끼는 것일 수도 있다.

수년 전 그때도 나는 해빙海氷에서의 저녁 산책이 머리를 틔워줄지 모른다고 기대했다. 앞서 그런 상황을 찾아다니다 했던 경험으로 보건대 이곳에서도 가능할 것 같았다. 매일 밤 빙하를 하이킹하다 보면 다시 원기가 차올랐고—그러다 우리 셋의 불안이 동시에 고조되면서 배에서 너무 멀어졌다! 싶으면—우리는 작은 새 떼처럼 일제히 방향을 틀어 왔던 길을 되짚어 걸었다.

가까이 다가가며 바라보면 파머호는 밝은 성운이 펼쳐진 먼 우주 공간에 떠 있는 아주 작은 화물선처럼 보였다. 옥외 서치라이트, 항해등, 작업등까지 남김없이 불이 들어와—가는 기둥들과 둥근 전자장비들이 빼곡한—배의 상부구조 전체가 환한 구형으로 빛을 발했다. 공회전 중인 디젤엔진 네 대의 둥둥대는 울림이 자욱한 공기를 타고 묵직하게 퍼지며 우리 귀에 전해졌고, 환기창과 배기구에서는 차가운 대기 속으로 증기가 모락모락 피어올랐다.(기온은 영하 30도를 오르락내리락했지만 바람은—19세기 범선 선원들의 표현을 빌리자면—"곧 잦아들" 실바람만 일주일 내내 이어졌다. 설혹 보퍼트 풍력 등급 10단계의 전강풍이 불어왔다 해도, 이미 개빙 구역에서 멀찍이 떨어져 빙하 깊숙이 들어와 있던 우리에게 그 정도 소동은 무풍 상태의 평원을 휘도는 지상 눈보라에 지나지 않았을 것이다.)

기회가 된다면, 나는 내가 기록할 장소로 이런—외지고 원초적이고 혹독하며 풍경의 경험을 단 몇 사람과 공유하는—곳을 택한다. 생물학적으로나 문화적으로 복잡한 정글과 도시의 지형이 내게는 더 난해하다. 작가로서 여행에서 얻으려는 통찰—표면적 사건과 상황 너머의 예상치 못한 인식—이 어떤 것이든, 문화의 중심에서 웬만큼 떨어져 있을 때라야 내 눈에는 더 명확히 보인다. 나는 이런 장소를 주변부라 부른다. 그곳에 닿을 경로를 찾는 노력은 설령 실패한다고 해도 최소한 내가 납득할 수 있는 도전이다. 베네수엘라의 정글이나 시카고의 도심에 있으면 선택지가 너무나 많아 어찌할 바를 모르겠다. 그런 장소들은 내가 가진 것과는 다른 유의 안목, 감춰진 것을 다루는 다른 유의 끈기, 높은 밀집도를 견디는 더 큰 인내를 요한다.

이렇게 말하고 있지만 실제로 나는 로스앤젤레스 외곽에서 제법 행복한 유년기를 보냈고 청소년기 내내 맨해튼 머레이힐에서 살았다. 파리, 도쿄, 이스탄불, 산티아고에 즐거운 추억이 있고, 그 밖에도 소중한 추억을 간직한 인구 밀집 지역들이 열 곳은 넘는다. 그럼에도 내 안에는 오래전부터 유독 사막과 먼바다와 줄어들고 있는 툰드라 평원에만 이끌리는 뭔가가 있다. 이건 거의 생래적인 반응이라 복잡한 미로 같은 도시나 정글에 있으면 좀이 쑤신다.

사회사와 진화 생물학 전문가들이 아마 나보다 더 알아듣기 쉽게 이 욕구를 정의해줄 것이다. 개개인의 많은 동기 유발 요인들처럼 직업 생활의 추진 동력을 파악하려다가 자칫—진로에 대한 계시는 못 얻고—자의식 과잉으로 빠지기 쉬우니까. 내가 왜 고립된 장소를 찾아다니는지 별로 고민해보지 않다가 언젠가 이런 질문을 받고 한번 곰곰이 생각해보았다. "어째서 브룸•으로 여행을 갔습니까? 앨리스스프링스나 시드니에 갈 수도 있었을 텐데요. 진정한 오스트레일리아 시대정신을 찾으려면 브룸이 아니라 그런 곳에 가야죠!"

틀린 말은 아니다. 하지만 사회사와 진화 생물학 전문가들이 말하기로 시간이 흐르면 모든 것은 변화한다. 그리고 인간 사회의 구조적 변화는 문화적 경제적 정치적 권력의 중심에서 비롯되는 것이 아니라고 역사학자들은 전한다. 오히려 변화는 대개 한 사회의 변방에서 생겨난다. 생물 종의 가장 다양한 유전적 표현은 서식지의 중심이 아니라 주변부에서 발견된다는 생물학자들의 주장도 비슷한 맥락이다.

어째서 굳이 변방을 직업의 방위로 삼느냐는 질문이 당연히 나올 법하다. 일하는 삶의 초점을 주변부에 맞추면 문화의 중심지에서 벌어지는 것들을 죄다 놓칠지도 모른다. 새로운 예술, 문학, 패션, 대중문화의 등장도, 그것에 익숙해질 기회도 놓칠 것이다. 나는 어떤 이유에선지—아마도 맨해튼에서 중산층 10대로 성장한 특권을 누린 덕분인지—그런 시류를 따라잡는 것에 조급함을 느낀 적이 없었다. 나의 갈급함은 언제나 지평선 위에, 이제 막 시작하려는 무엇에, 어쩌면 내가 찾고 있는 경고에

• 웨스턴오스트레일리아주 에이티마일비치 북쪽 끝자락에 위치한 마을.

있다. 나는 사막의 고지대나 평원을 이글거리는 눈으로 노려볼 때가 많다. 간간이 망원경을 눈에 가져다대고 모래나 풀 사이에 어떤 이질적 요소나 뜻밖의 미세한 색조 변화가 눈에 띄면 렌즈의 초점을 고정한다. 망원경을 내리고 나서도 관찰은 계속된다. 대답이 보이지 않고 해결책이 없더라도 실망하지 않는다.

남부 캘리포니아에서 자랄 때는 말들 곁에서 시간을 많이 보냈다. 당시 텔레비전에 방영된 카우보이들—호팰롱 캐시디, 로이 로저스, 시스코 키드—의 모험극도 모두 섭렵했다. 내가 대여섯 살 무렵—심리학자들에 따르면 너무 어려서 자기 갈망을 자신에게 속이지 못하는 나이에—스크랩북에 모아놓은 이미지들을 지금 들여다보면, 가끔 내 성인기의 풍경이나 환경을 섬뜩할 정도로 정확하게 포착한 것들이 보인다. 이를테면 서부 소몰이 풍경 삽화 안에는 떠나거나 돌아오는 길잡이 카우보이들, 물을 찾으러 나서는 선발대 같은 인물들이 담겨 있다. 당시 나는 이런 인물들에게 강하게 이입했다. 내가 직업을 고른다면 그들이 하는 일을 하고 싶었다.

파머호로 돌아오는 밤 산책 길에 동행들과 나는 이따금 걸음을 멈추고 의식적으로 그 광경 전체를 머리에 담아보려 했다. 그 공간, 그 정적, 그 추위까지. 우리는 쉬는 시간이 지났는데도 교실로 돌아가고 싶어 하지 않는 10대들 같았다. 우리는 금이 간 얼음 위를 필요 이상으로 조심조심 걸으며 공연히 시간을 끌었다. 잠깐씩 배를 등지고 돌아서서 별빛 아래 단단한 눈 표면에 우리 발자국이 찍혀 있는지 확인하기도 했다. 그럴 때마다 나는 거기서 다시 길을 되돌려 더욱더 멀리 가고픈 충동을 느꼈다. 어느 밤인가는 일부러 일행들이 한참 앞서 걷게 두었다. 서리 맞은 바다를 걸어 배에 다가가는 웅크린 검은 형체 둘 뒤에 내가 남도록.

2004년 12월 26일 수마트라섬 북단 아체 지역을 쓰나미가 덮치고 간 지 몇 개월 뒤, 나는 반다아체에 있는 이슬람 사원 첨탑 꼭대기 회랑에 서 있었다. 그 정도 높이에 있으니 도시 남서부권역의 외곽 지대를 거의 다 조망할 수 있었다. 내가 선 자리부터 바다까지 약 1킬로미터의 땅은 한때 서 있었던 것들—과일나무, 연못, 텃밭, 염소 우리, 울타리, 모터바이크—이 거의 다 쓸려가버렸다. 남은 것이라고는 콘크리트 가옥의 부서진 패널 몇 장, 속옷 한 장, 밧줄에 묶인 개 목걸이 같은 버려진 잡동사니 몇 점뿐이었다. 반대쪽으로도 동쪽의 언덕 기슭까지 참사 현장이 이어졌다.

무너지지 않은 흰 이슬람 사원 건물은 초토화된 땅만큼이나 많은 것을 말해주고 있었다. 25미터 높이의 파도가 시속 100킬로미터로 덮쳐 건물 벽이 갈라지고 유리창과 문짝이 떨어져 나갔어도 사원 건물은 쓰러지지 않았다. 내가 방문한 그날 오후, 탤크 채석장 수직면처럼 햇살 아래 은은하게 빛나는 벽에 에워싸인 그곳은 고요한 언덕의 예배당 그대로였다. 마치 프랑스 외레루아르 관내의 모든 건물이 지진으로 무너지고 오직 샤르트

르대성당만 덩그러니 남아 있는 광경 같았다.

나는 첨탑에 한동안 남아 참사 현장을 자세히 살펴보았다. 쓰나미가 해안가의 진흙과 모래를 내륙 수백 미터까지 끌고 들어온 자리에 짙은 경계선이 뚜렷이 그어져 있었다. 도시의 복구를 알리는 표식—가벼운 미풍에 여기저기 펄럭이는 진청색 방수포 자락들—이 사방으로 눈에 띄었는데, 사원과 바다 사이의 구간만은 예외였다. 이 지대는 아마도 어부들을 제외한 주민 전원이 사망했을 것이다. 12월 26일 일요일 아침, 몇 미터 앞바다에 배를 타고 나가 있던 저 어부들은 쓰나미가 지나는 걸 감지했을까. 불과 30센티미터 남짓한 파도의 움직임이 너무나 빨라서 배 밑을 지나갔다는 게 믿기지 않았을 텐데. 같은 시각 첨탑 꼭대기에 서 있던 누군가는 인도양 해저지진의 충격파가 해안에 부딪쳐 별안간 거대한 파도가 어마어마한 높이로 솟구치는 것을 보았을지 모른다. 그러나 순식간에 그이도 무시무시한 수몰의 피해자가 됐을 것이고, 그가 외친 경고도 함께 묻히고 말았을 것이다.

나는 오래전부터 이런—다소 비유적인—생각을 해왔다. 이제 우리는 평범한 사고—공업용 파이프의 가스 누출(보팔 가스 참사), 선박의 좌초(엑손발데스호 원유 유출 사고), 아프리카의 바이러스(HIV) 발병—가 재난 수준으로 악화되는 일이 일상인 특수한 시대에 살고 있다고. 우리의 전방 경계를 담당하는 문학계와 과학계의 보초들 중에 이런 사태를 내다본 이는 보다시피 거의 없다. 그리고 나머지 사람들은 전방 관측소에서 전하는 무서운 소식들에 대체로 무관심해 보인다.

나는 내가 위험에 노출된 전방 관측자라고 생각하지 않는다. 낭만적인 영웅주의에 심취할 마음도 없다. 다만 변방에 내내 이끌려왔기에 요즘 이 이유를 이해해보려고 노력 중이다. 저널리스트라는 잉여인으로 파머호에 승선했던 그해 겨울 내 일기는 그렇게 긴—총 68일의—여정을 떠나는 동기에 대한 오랜 혼란을 내비친다. 메모를 훑어보면, 나는 그날그날 할 일에 집중하면서도 한편으로는 그 끈질긴 의혹—왜 이 여행을 하는가?—을 제기하고 있었다. 나는 배 위에서 용접을 배우고, 선수에서 보초를 섰다. 우리를 태우고 지표면을 가로지르는 3300마력 캐터필러 디젤엔진 선박의 도면을 탐독했다.

그날 반다아체의 첨탑 계단을 내려오며 모든 인간을 향해 깊은 연민을 느낀 것을 기억한다. 그토록 많은 사람이 파도에 쓸려 사망했다. 아무 예고도 없이. 더러는 이렇게도 말한다. 아무 이유도 없이.

일행들보다 뒤처져 걷던 그날 저녁 파머호에 가까워질 무렵, 걷기를 멈추고 북반구에서는 안 보이는 두 개의 근접한 성운, 마젤란운•에 망원경 초점을 맞췄다. 나는 한때 두 성운이 우리 은하의 일부인 줄 알았는데, 실은 제각기 따로 별들과 가스를

• 마젤란운은 대大마젤란은하와 소小마젤란은하로 나뉜다.

품은 독자적인 쌍둥이 은하다. 렌즈를 통해 보이는 두 은하는 성긴 권층운의 모습 같기도 했고, 깊은 대양을 표류하는 포르투갈 군함의 모습 같기도 했다.

배에 더 가까이 가자니 상갑판 선교를 지키고 서서 이 거대한 복합 시스템을 모니터링하는 2등 항해사의 모습이 보였다. 우리를 안전하게 부빙에 세워둔 디젤엔진의 규칙적인 드르렁 소리가 한층 강하게 방한복 후드를 뚫고 들어왔다.

파머호는 선미 갑판이 수면에 근접하도록 낮게 설계되어 있었다. 과학자들이 육중한 심해 조사 장비를 크레인에 매달아 배 밖으로 내릴 때 그 작업을 용이하게 할 목적에서다. 줄사다리 여덟 단을 오르니 다시 선상이었다.

혹한의 날씨인데도 연구원 한 사람이 선미 난간에서 휴식을 취하고 있었다. 연구대원으로 승선한 해양학자들, 해양생물학자들, 지질학자들의 노력에 찬탄이 우러나왔다. 이들은 배의 현 위치와 진행 경로에 관한 유익한 정보를 제공하기 위해 지표면을 조사하고 거기서 의미를 도출하는 작업을 수행하고 있었다. 승무원 중에도 선박 조종과 기계에 관한 해박한 지식으로 번번이 내 코를 납작하게 만드는 존경스러운 이들이 있었다. 해양관측선의 추진 장치나 위치 유지 프로펠러에 관한 건 물론이고 원양항해의 불가사의한 면면까지 풀어놓는 그들의 이야기를 듣는 시간이 날마다 기다려졌다.

다만 내 생각은 주로 내 안에만 담아두었고, 저녁 외출 이후 시간에는 특히 그랬다. 당시 나는 기후변화 하나만 가지고도 인류에게 닥친 미래에 관해 대화할 거리가 많았다. 다른 주제들도 마찬가지였다. 과거 인간 사회와 접촉 없이 존재하던 바이러스 생태계가 오늘날 한타 바이러스, 라사열 바이러스, 마르부르크 출혈열 바이러스를 전파하며 초래한 대혼란 같은 것들. 벌써 태평양과 인도양을 맴돌기 시작한, 생분해되지 않는 폐플라스틱 섬 이야기도 있다. 지금은 당연히 범지구적 차원에서 세운 더 신중하고 이타적인 계획이 절실히 필요하다. 누구라도 쉽게 이해할 수 있는 세심한 전략이 절실히 요구되는 상황이다. 그러나 그날 밤 그런 대화를 모색하기에는 정리되지 않고 뒤엉킨 생각들이 너무 많았다.

나는 갑판을 지나 실내로 들어서서 격벽 문을 닫자마자 후텁지근한 통로에서 방한복을 벗기 시작했다. 당장 편안한 침대에 눕고 싶었지만, 에폰틱 해조류에 관한 지루한 논문 한 편과 씨름할 정도의 정신은 남아 있었다. 그 순간 빙하 아래에 서식하는 이 단세포 생물체에게는 파머호가 덜덜거리는 쐐기꼴 쇳덩이나 정체 모를 침입자 이상도 이하도 아니었을 것이다.

나는 산책에 동행해준 친구들에게 고맙다고, 안녕히 주무시라고 인사했다.

힘의 열네 가지 양상

1

저 앞쪽 와디• 굽이에서 느닷없이 고함이 들린다. 캄바족 세 남자가 가던 길을 되돌아 카모야와 나를 향해 돌진해온다. "이쿠우와, 이쿠우와!"라고 외치고 있다. 왼편 기슭에 냇둑을 가로질러 난 통행로가 있어 다들 그리로 허둥지둥 올라간다. 다섯이서 둑 마루에 서서 뱀의 접근을 지켜본다. 약 3미터 길이의 번들거리는 날씬한 물줄기가 아래편 물길로 민첩하게 움직이더니 무릎 높이 덤불 사이로 스르르 사라진다. 저 몸 안에 족히 열 사람은 죽일 수 있는 신경독과 혈액독이 들어 있다. 와디 하류로

• 건조기후 지역에서 우천 시 간헐적으로 흐르는 마른 하천.

뱀이 자취를 감춘 뒤에 우리는 다시 마른 개울 바닥에 내려와 측방침식으로 모습이 드러난 화석 찾기를 계속한다. 그 맘바의 안중에 우리는 없었던가 보다.

2

친구 윌과 나는 우리가 탄 선박의 3층 갑판에 나와 서 있다. 폭풍우가 바다를 휘저어 배의 전후좌우로 12미터 높이의 풍랑이 뒤엉켜 있다. 바람이 풍속 55노트 이상을 고수하며 물마루의 포말을 부서뜨리고 선체 상갑판을 으르렁대며 관통한다. 파도 벽이 120미터 길이의 선체 선수를 파묻으며 바닷물이 선교 유리창을 강타하고 닻줄 구멍마다 분수처럼 물을 뿜어낸다. 우리는 선루 뒤쪽 승강구로 이어진 난간을 꽉 붙들고 서로에게 들리도록 고함을 지른다. 선미가 위로 들리면서 받침대가 해수면을 내리치더니 뒤이어 선수가 또 다른 파도의 물머리 위까지 솟구쳐 선수 쪽 배 용골을 물 밖으로 드러내고 다시 선미가 물속에 처박히는 사이, 선체의 진동이 내 허벅지로 고스란히 전해진다. 검은눈썹앨버트로스 한 무리가 좌현 상공에서 우리 배와 나란히 날고 있다. 예닐곱 마리 정도다. 새들이 우리 배와 같은 속도를 유지하면서 머리는 고정한 채 눈만 획 돌려 우리를 담는 순간을 우리도 포착한다. 1.2미터 길이의 날개가 흉포한 바람의 변덕에 맞춰 미세 조정을 한다. 날갯짓조차 드물다.

3

칼라마주•에서 두 남자가 22구경 총기로 주유소 종업원을 살해하고 금전등록기를 턴 뒤 1956년형 핑크앤드화이트 크라이슬러 승용차를 몰고 달아났다. 목격자에 따르면 둘 중 한 남자는 "멕시코인"처럼 보였다고 한다. 내가 1956년형 핑크앤드화이트 크라이슬러 승용차를 몰고 랜싱••에서 남쪽으로 약 30킬로미터 떨어진 27번 국도를 달리고 있을 때 백미러로 우리 뒤를 빠르게 쫓는 주 경찰관이 보인다. 경찰관이 우리 옆에 차를 붙이고 뻣뻣한 검지로 나를 겨냥하며 날카롭게 손짓한다. 당장 차를 세우라고. 내 차가 미처 정지하기도 전에 순찰차 두 대가 더 도착하고, 나는 세 방향에서 어깨를 붙들리며 포위된다. 대학 기숙사 룸메이트와 나는 팔다리를 벌린 자세로 차 보닛에 눌린 채 찍소리도 하지 못하고 호통을 듣는다. 경찰관들이 승용차 트렁크에서 22구경 소총을 발견한다. 우리는 수갑이 채워져 각각 따로 차에 실린다. 내가 실린 순찰차 운전자는 차를 출발시키기 전에 좌석 아래에서 산탄총을 꺼내더니 총구를 내 아랫배 쪽에 댄 채 방아쇠를 자기 무릎에 두고 나에게 움직이지 말라고 경고한다. 랜싱 경찰서에서 우리의 지문 채취와 사진 촬영이 이뤄진다. 그들은 우리 둘을 각각 다른 방에 넣고 심문한다.

• 미시간주 서남부에 위치한 도시.
•• 미시간주의 남부에 위치한 주도.

노터데임대학교 학생이라는 우리의 말을 믿지 않는다. 공격적인 심문에 혼이 쏙 빠진다. 전화 통화는 허용되지 않는다. 나는 서명란이 비어 있는 세 쪽짜리 진술서와 함께 빈방에 혼자 남겨진다. 내 등 뒤로 방충망 없는 1층 창문이 내내 열려 있다. 얼마 뒤 수사관 하나가 들어와 동정심 많은 친구인 양 말한다. 그냥 문서에 서명하면 상황이 훨씬 괜찮아질 것이라고. 서명하지 않으면 더 나빠질 것이라고. 내 허리띠, 신발 끈, 주머니칼은 그들이 가져가고 없다. 총기 탄도 검사 결과가 나온다. 일치하지 않음. 인디애나주 경찰이 노터데임대학교 기숙사 방을 수색했다. 발견된 증거 없음. 이제 가도 좋단다. 여기 온 지 아홉 시간 만이다. 승용차 좌석은 뽑혀 있고, 차내 시트는 길게 찢겼고, 짐은 널려 있다. 뒤집힌 내용물이 가방과 함께 트렁크에 내동댕이쳐져 있다.

우리는 남부 온타리오를 향하던 길이었다. 학교에 돌아가서 우리가 체포된 경위를 설명할 수도 있었을 것이다. 우리는 그러는 대신 그냥 가던 길을 가기로 한다.

4

나는 부엌에서 샌드위치를 만들고 있다. 집 뒷문 유리에서 새가 날개를 푸드덕거리는 소리가 들린다. 필사적인 소리. 굴뚝새다. 나는 새를 조심히 유리창으로 몰아 간 다음 두 손으로 감싸 들고 새가 들어온 열린 문으로 나간다. 손바닥 안에서 새가 얼마나 잠자코 있는지 새의 발톱이 내 살갗에 남긴 미세한 점을 찾으려면 집중해서 봐야 한다. 집에서 제법 떨어진 거리, 새가 굳이 집 방향으로 향하더라도 운신할 공간이 넉넉한 위치에서 두 손을 펼친다. 새는 움직이지 않는다. 나도 움직이지 않는다. 눈을 깜박하고 나니 새는 10미터쯤 가 있고, 우뚝 솟은 나무 아래 지피식물들 사이로 사라진다. 다행이다. 나는 뒷문을 닫고 샌드위치로 돌아간다. 하마터면 호기심에 새를 죽였을지도 모른다. 내 손가락으로 종잇장 같은 그 머리를 포도알처럼 으스러뜨렸을지도 모른다는 생각이 음울하게 머리를 스친다.

5

나는 침낭 옆에 놓인 작은 공책을 집어들고, '울부짖다' '비명을 지르다' 같은 말에 더해 내가 알고 있는 몇 개 되지 않는 소리 표현을 적어본다. '캬오옹거리다' '캑 소리치다' '낑낑대다'까지는 적지만 '으르렁'은 쓰지 않는다. 바람이 곡소리를 낸다. 텐트를 빠르게 두들기는 바람의 강도가 "탁탁탁"보다 거세진다. 끼익 소리가 한 옥타브 높아져 오보에의 최고 음에 닿는다. 바람의 흡착에 텐트가 축 늘어지는가 싶더니 이내 서서히 부풀어 텐트 벽면이 터질 듯 팽팽해진다. 알루미늄 텐트 폴이 휘어져 덜덜 떨린다. 사냥꾼 같은 바람이 안으로 들어오고 싶어 안

간힘을 쓴다.

우리는 남극에서 260킬로미터 떨어진 곳에 있다. 바깥 기온은 영하 21.5도, 체감온도는 영하 40도, 오늘로 나흘째 이 날씨다. 우리는 책을 읽고 식사를 준비하고 피노클 카드 게임을 한다. 깃발 표식이 달린 로프에 의지해 변소에 다녀온다. 우리가 텐트 스커트를 30센티미터 눈 아래 파묻어 단단히 고정한 이유가 이 활강바람 때문이다. 난로 연료를 채우러 굳이 텐트 밖으로 나가는 이유 역시 이 바람 때문이다. 난로에 불을 붙이려 성냥을 그을 때 텐트 내부에 흘린 소량의 연료에도 불이 붙을 위험이 있다. 불꽃이 이 활강바람에 텐트 벽면으로 튀기라도 하면, 하나밖에 없는 우리 대피소가 사라지는 건 순식간이리라. 우리 귀가 아픈 이유도 바람 때문이다. 바람은 극지 평원의 유일한 포식자다. 한숨도 자지 않고 수일을 버틴다.

6

하루 일과를 시작하러 작업실로 향하는 길, 나무들 사이로 덩치 큰 루즈벨트엘크• 암컷 한 마리와 그 뒤에 줄지어 서 있는 여섯 마리가 보인다. 말뚝처럼 꿈쩍도 하지 않는다. 나는 멈춰서서 응시한다. 두세 마리가 더 나타난다. 지금까지 도합 열둘

• 크기가 큰 와피티사슴 중에서도 가장 몸체가 큰 종.

이다. 선두에 선 암컷의 눈이 내내 나에게 붙박여 있다. 다른 열한 마리가량—암컷 넷, 1년생 서넛, 새끼 셋—은 이 암컷의 지시를 기다린다. 암컷이 고개를 한껏 옆으로 기울여 나를 살필 때, 그 커다란 왼쪽 눈 흰자위가 보인다. 암컷은 나를 억류하면서 제 뒤에 망설이며 서 있는 나머지를 통솔하고 있다. 슬리퍼 밑창으로 목재칩 깔린 오솔길의 푹신한 감촉이 느껴지고, 저 암컷의 머리 위에서 근뎅거리는 삼나무 가지 끄트머리가 보인다. 우리가 서로를 맞닥뜨린 이 숲의 빈터가 암컷의 탐문으로 가득 채워진다. 너는 누구냐, 라는 질문보다 훨씬 큰 물음인 것 같다. 일이 이렇게 되었는데 너는 어찌할 작정이냐는 물음에 더 근접하다. 새끼 한 마리가 젖을 빨려는 듯 어미의 옆구리를 파고든다. 선두의 암컷은 희미한 소리도 놓치지 않으려 전력을 다하는 자의 자세로 계속 서 있다. 이윽고 암컷이 움직이고 나머지도 나무 사이로 스르르 연기처럼 뒤따른다.

7

자정을 훨씬 넘긴 시각, 나는 비바람이 몰아치는 센트럴파크 남쪽에 도착해 택시에서 내린다. 트렁크에서 짐 가방을 꺼내는 그새 몸이 흠뻑 젖는다. 택시 기사는 성가시다며 도와주지 않았다. 물이 뚝뚝 떨어지는 가방을 들고 대리석 바닥의 호텔 안으로 들어서서 잠시 주위를 두리번거린다. 로비 프런트 직원이 말을 건다. "손님, 지금 차림은 클럽 로비에 입장하기에 적합한 복장이 아닙니다."

나는 그렇지 못함을 인정하고, 그러나 폭풍우에 맞는 차림이라고 반박하며 사정을 봐주기를 기대한다. 예약했습니다, 내가 말한다. 그가 확인하는 동안 나는 지난 몇 시간의 일을 되새겨 본다. 비행기 연착, 뉴욕 라과디아공항에 아무렇게나 쌓여 있던 연착 수하물, 퉁명스러운 택시 기사.

"예약 내역이 없습니다, 손님. 회원이십니까?"

나는 회원이 아니고 내 아버지가 평생회원이며 아버지가 나를 위해 오늘부터 2주일간 예약해두었다고 말한다. 직원이 기록을 들여다본다.

"내일부터네요."

나는 예약 당시 아버지가 날짜를 혼동한 모양이라고 설명한다. 흠뻑 젖은 옷가지와 무거운 가방을 가리켜 보이면서.

"내일 저녁에 뵙기를 기다리고 있겠습니다, 손님."

나는 당직 매니저와의 면담을 요청한다. 시각이 늦었고 날씨가 이러니 사정을 봐달라고 매니저에게 양해를 구한다. 매니저는 내 예약이 오늘 밤이 아니라 내일부터라고 말한다. 나는 내가 가진 가장 강력한 카드를 쓰기로 결심한다. 창립 멤버이신 내 조부께서 지금 이 클럽이 세워진 땅의 예전 소유주였으며 처음 구매할 당시 지불한 값 그대로 이 땅을 클럽에 파셨다고 그에게 이야기한다. 브롱크스 억양이 있는 매니저가 말한다. "그딴 건 저에게 안 통합니다, 손님."

나는 뉴욕애슬레틱클럽의 차양 아래에서 20분간 택시를 기다렸지만 운이 따라주지 않아 그 임시 대피소에서 나와 비의 융단폭격을 맞는다. 어느 배우의 대사로 단 한 번 들은 후로 어디서도 들은 기억이 없는 표현이다.

8

가이드가 11동 건물 지하실의 막힌 공간을 보여준다. 바닥 높이에 기어서 드나들어야 하는 개구멍 같은 출입구가 뚫린 일종의 콘크리트 벽장이다. 매일 노역을 마치고 여섯 명씩 이 구멍으로 기어들어가야 했다고, 여섯은 몸을 누이기에는 너무 많고 밤새 서로에게 편히 기대기에는 너무 적은 인원이었다고 가이드는 말한다. 위층에서 본 것은 진열대 유리에 채워진 주인 잃은 3000켤레의 단색 신발 더미, 그리고 그 옆에 있는 사람 머리털 다발들이다. 어둑어둑한 가스실에 눈이 적응했을 즈음, 서성이지 말고 오른쪽을 따라 이동해달라는 가이드의 당부를 따르다가 나는 회반죽 벽에 팬 손톱 자국을 본다. 베를린 홀로코스트 박물관에 가면 문서 열람실에 나란히 전시되어 있는, 업체명이 찍힌 문서들을 자세히 검토할 것이다. 그 일련의 문서들에 신형 대류식 소각로의 설계안이 묘사되어 있다. 주검을 장작처럼 배열하면 철제 벨트컨베이어에 실려오는 다른 주검들을 태울 연료로 활용 가능하며, 이 공정을 연속 가동해 상업 연료를 대체하면 비용 절감이 가능하다는 설명과 함께.

9

나는 서울을 향해 비행 중인 보잉 747-400기 조종석에 앉아 부조종사의 얇디얇은 〈제페센 항공 매뉴얼〉 책장을 넘기며 이곳 DMZ 초근접 지역 착륙 시도 시 유념해야 할 긴 경고 사항을 읽고 있다. 잠재적 위험 요소들을 짧고 투박하게 언급한 경고문들이다. 터미널 게이트에 항공기 도킹이 완료되자 자동화기를 장착한 일군의 남한 군인들이 항공기의 취약 지점—수하물 칸, 승객 비상 출구, 바퀴집—으로 집결한다. 그들은 항공기에 접근한 연료 트럭과 두 대의 음식 공급 차량에 대한 검문을 실시한다.

나는 승무원들과 승객들이 내린 뒤에도 조종석에 남는다. 다른 승무원 팀과 함께 타이베이까지 비행할 예정이다.

새 부조종사가 승무원들 중 일착으로 탑승한다. 그가 내 서류를 살펴 이상 없음을 확인한다. 우리는 전에 다른 비행 때 만난 적이 있다. 나는 비행 전 이착륙 장치—타이어, 브레이크 유압관, 보조익과 플랩의 정렬 상태—에 대한 그의 사전 점검에 따라 나선다. 항공사 직원 신분증이 없는 처지라 하나를 급조했다. 내 재킷 주머니에 꽂혀 있는 건 보잉사 로고가 찍힌 투명 신분증 케이스다. 내 사진이 부착된 운전 면허증이 들어 있다. 부조종사는 이 임시방편에 고개를 끄덕이고 엄지를 세워준다. 그를 따라 기체 점검을 다니는데 남한 군인 하나가 "그런데 당신 누구요…?" 하는 표정으로 나를 쳐다보며 다가온다. 군인은 총의 개머리판과 총열에 손을 얹는 동작으로 나를 탐문할 권한이 있음을 강조한다. 부조종사가 끼어드는 것과 동시에 내가 신분증 케이스를 손으로 가리켜 보인다. 군인이 운전 면허증의 사진과 내 얼굴을 대조해가며 꼼꼼히 검사한다. 보잉사의 로고는 그에게도 친숙하다. 그가 엄지를 치켜든다.

10

유픽족은 그들을 아니예가크라고 부른다. 불한당 바다코끼리라는 뜻으로, 거의 대부분 육식을 하는 수컷이다. 녀석은 부빙에 누워 있다가 당신과 눈이 마주치면 당신의 보트로 직진해 뛰어내린다. 당신이 신속하게 그 자리를 떠나지 않거나 유빙이 밀집해 있어 도망치지 못하고 있으면, 녀석이 물에서 솟아올라 보트 뱃전에 제 엄니를 건다. 도망가려면 반드시 녀석의 엄니를 들어 올려 녀석을 밀쳐내야 한다. 녀석을 죽이기라도 하면, 뱃전에 갑자기 그 몸의 하중이 실려 보트가 뒤집힐 것이다.

우리는 베링해 북쪽 세인트로렌스섬의 두 마을 중 하나인 갬벨에서 서북서쪽으로 약 65킬로미터 떨어진 러시아 해역에서 생계형 사냥을 하는 중이다. 나는 아니예가크가 있는지 유빙을 훑어보고 있다. 이렇게 큰 동물을 사냥하는 광경을 직접 보는 건 처음이다. 사냥꾼들로서는 갬벨에서의 삶을 자신들이 아는 방식으로 이어가기 위해 사냥이 불가피하고 나도 그 점을 알고 있다. 그러나 그 큰 30-06 스프링필드 탄환의 발포음, 숨이 끊어진 생명체, 엄청난 방혈, 얼음 위에서 동물을 해체하는 과정—이런 것에는 아무래도 완전히 익숙해지기 어렵다. 이건 내 문화가 아니다.

나는 손님이다. 나는 그들의 기대에 부응해 해체 작업에 일손을 보탠다.

11

애머릴로 시립공항에서 덴버행 비행기에 탑승하기 위해 수속을 하고 있다. 최근 강화된 미국교통보안청 규정에 따라 보안검색이 실시된다. 검색관 한 명이 잉크병을 문제 삼는다.

"잉크입니다. 만년필용이요." 내가 말한다. "100밀리리터 미만이에요."

검색관이 미간을 찌푸리며 손짓으로 동료를 부른다.

젊은 남자가 느릿느릿 거들먹거리는 걸음걸이로 다가온다. "잉크라는데." 검색관이 남자에게 말한다. 이 두 번째 남자는 자신의 제복과 태도가 발산하는 권위를 한껏 의식하는 모양새다. 두 사람 다 이 불신의 상황이 재미나다는 얼굴이다. 나중에

온 남자가 지나칠 정도로 내게 바짝 다가서며 볼펜을 내밀어 보인다. 앞으로는 여행 때 이런 걸 들고 다녀요, 저런 건 항공기 여행에 맞지 않으니까.

"불만 없죠?" 그가 말한다. 조롱이다.

나는 대꾸하지 않는다. 남자가 다시, 더 크게, 더 가까이 와서 말을 반복한다. 뺨에 남자의 침이 느껴진다. 나는 철제 검색대와 그치 사이에 끼인 형국이다.

"이제 그만 가시지? 뭐 좀 더 도와드릴까?" 이건 야유다. 남자는 아주 바짝 다가와 있지만 실제로 내 몸을 건드리진 않는다. 나는 휴대용 수하물을 집어 들고 남자를 향해 돌아서서 앞을 비켜주기를 기다리는데, 남자가 늦장을 부린다. 지나쳐 걸어가는 나에게 남자가 말한다. "여행 잘 하십쇼."

12

아주 오래전 알래스카산맥 남쪽 넬치나분지에서 있었던 일이다. 나는 밥 스티븐슨을 도와 늑대들을 마취시킨 뒤 무선 송신기를 부착하는 작업을 하고 있다. 마음 한편으로는 이 일을 하는 것이 불편하지만, 늑대의 움직임과 활동 영역에 관한 데이터 없이는 알래스카주의 늑대 사냥 활동을 줄일 실효성 있는 법적 판결을 얻어내기가 불가능할 것이다. 현행법은 사냥꾼의 특권을 옹호하고 있다.

우리는 헬리콥터에서 마취 총으로 늑대를 맞히고 착륙해서 늑대의 건강 상태를 점검한 다음 목에 송신기를 부착한다. 한 무리에서 두세 마리를 맞힐 경우 진정제를 맞고 쓰러진 늑대들을 전부 찾아 한곳으로 실어다놓고 검사를 실시한다. 우리는 늑대들 코가 눈에 파묻히지 않도록, 그리고 우리가 사용하는 약물 때문에 확장된 늑대 동공이 햇빛을 정면으로 받지 않도록 머리 위치를 잡아놓는다. 그런다고 무슨 차이가 있다든가 늑대들이 이해할 수나 있겠는가마는, 아무튼 나는 늑대들에게 사과한다. 우리가 하는 일이 어떤 것인지도 짤막하게 설명한다. 그날 아침 마취가 덜 된 늑대 한 마리가 내 친구를 물어 오른쪽 팔뚝 절반 길이의 깊은 상처와 혈종이 생겼다. 안타까워하는 나에게 친구가 말한다. "자네가 그 녀석이라면, 자네도 똑같이 하지 않았겠나?"

우리는 무리 중 두 마리를 이미 데려다놓은 장소로 남은 한 마리를 옮기는 중이다. 늑대는 의식을 잃고 내 허벅지에 널브러져 있다. 그런데 그때 늑대가 고개를 든다. 고개를 돌려 나를 보더니 입을 벌리고 한껏 이빨을 드러낸다. 나는 주저 없이 녀석을 옆으로 밀쳐 헬리콥터 밖으로 내던진다. 녀석이 15미터 아래 깊은 눈밭에 떨어진다. 친구가 폭소를 터뜨린다. 우리는 되돌아가 녀석을 찾는다. 이번에는 막대 끝에 주사기를 달아 소량의 진정제를 추가한다. 확실한 상처가 없는지도 살핀다. 다음 날 우리는 녀석의 무선 송신기에 스캐너 주파수를 맞춰 녀석을 찾아낸다. 녀석은 다른 두 마리와 같이 깊이 쌓인 눈을 헤치며 우리한테서 점점 멀어지고 있다.

13

조금 전 이스트 77번가에 있는 아파트에 여자 친구를 내려주고 남쪽으로 차를 꺾어 파크 애비뉴로 접어들었다. 아버지의 신형 크라이슬러 임페리얼을 몰고 있다. 시각은 새벽 2시. 거리에는 차량이 거의 없고, 이 구간에서는 속도 제한에 별로 신경 쓰지 않고 초록 신호등 한 번에 열 블록을 달릴 수 있다는 걸 알고 있다. 그랜드센트럴역 우회 도로로 막 진입하려는 순간, 뒤편으로 번쩍이는 빨간 불빛이 보인다. 나는 차를 세운다.

경찰관이 운전 면허증과 자동차 등록증을 요구한다. 나는 내 차가 아니라 아버지 차라고 말하면서 한편으로는 아버지 명의로 된 자동차 등록증의 주소와 내 운전 면허증 주소가 동일한 '이스트 35번가 105번지'임을 언급한다. 게다가 아버지와 나는 성이 같다. 경찰관이 나에게 어디에 다녀오는 길인지 묻는다. 뭘 하고 왔는지 묻는다. 파크 애비뉴의 제한속도가 얼마인지 아느냐고 묻는다.

"40이요." 내가 말한다.

"맞아요. 그리고 댁은 65를 밟고 있었죠."

나는 '그럼 별수 없네요'라는 뜻의 제스처를 한다.

경찰관이 내 면허증과 등록증을 들고 자기 차로 돌아간다. 나는 위반 행위를 하고도 태평한 스스로에게 놀란다. 여태껏 위반 딱지를 받은 적이 없다. 어떤 여파나 결과가 닥칠지 상상이 되기 시작하자 나는 차에서 내린다. 선처를 호소해보려고 양손을 번쩍 들고서 경찰관과 그의 파트너에게 다가간다. 나는 운동하다 입은 부상으로 다리를 약간 절뚝이고 노터데임대학 축구 클럽 점퍼를 입고 있다. 경찰관이 다리를 왜 절뚝이는지 묻는다. 내가 입은 부상에 대해 설명한다. 경찰관이 노터데임대학 파이팅아이리시팀의 올 가을 전적을 궁금해한다. 나는 우리가 2승 3패이지만 상승세이고, 최상위 팀인 세인트루이스대학 빌리켄스팀을 거의 꺾을 뻔했다고 말한다. 경찰관은 이번 일요일 뉴욕닉스와 디트로이트 피스톤스의 경기를 보러 매디슨스퀘어가든에 갈 것인지 묻는다. 나는 추수감사절 방학에 온 거라 경기 관람은 못 한다고 말한다. 다시 학교로 돌아가야 한다.

"이번에는 눈감아줄게요. 하지만 과속 운전은 진짜 주의해야 돼요. 안 그랬다가는, 다음번에 이런 골목길에서 술 취한 사람이 튀어나오는 날에는 그런 무릎 부상 정도로 그치지 않을 겁니다. 알았어요?"

이튿날 아침 나는 과속으로 걸린 일을 아버지에게 이야기한다. 아버지가 어깨를 으쓱하며 말한다. "전형적인 아일랜드계 경찰이구나."•

• 미국에서 아일랜드계 경찰은 원칙을 고수하면서도 공정함을 잃지 않는 스테레오타입으로 자주 그려진다.

14

넬치나분지에서 늑대 목에 송신기를 부착했던 때로부터 수 년 뒤, 나는 그때와 같은 친구, 밥 스티븐슨과 함께 유콘강 상류에 있다. 해빙 직후의 늦은 봄이다. 부빙이 강가 절벽을 깎아 밀어내고, 범람한 강물에 굵직한 가문비나무들이 뿌리째 뽑혔다. 어느 오후 강가 숲에서 자연적으로 강둑이 무너진 지점을 발견한 우리는 카누를 타고 물길을 따라가 숲속 빈터를 둘러보기로 한다. 강가에 밀려 온 가문비나무 뿌리에 카누를 매어두고 기슭을 올라가니 숲속 빈터 가장자리다. 맑고 햇볕이 강하게 내리쬐는 날이다. 대기의 야생화 향내가 코끝에 닿고 호박벌이 왱왱대는 소리가 들린다. 잠시 뒤 불현듯 자리를 피해야 한다는 느낌이 동시에 우리를 엄습한다. 카누를 매어둔 자리로 돌아오는데 죽은 수컷 카리부 한 마리가 보인다. 죽은 지 얼마 되지 않았다. 목이 부러지고 머리가 힘없이 어깨뼈 뒤로 꺾여 있다. 오른쪽 옆구리가 찢겨 벌어진 자리 위로 햇빛을 받은 피가 번들거린다. 달음질까지는 아니지만, 카누로 향하는 우리의 걸음이 빨라진다. 기슭에서 카누를 힘껏 밀어 띄우느라 몸이 젖는다.

공포시대의 사랑

이 세계는 그저 작은 곳, 해 뜨기 전 하늘의 붉은 점일 뿐이야. 그러니 서로의 손을 꼭 붙들고 있자. 우짖는 소리가 들려올 때 아무도 넘어지지 않게.

1860년, 에밀리 디킨슨이 사촌들에게 보낸 편지에서

상황이 나빠지기 몇 해 전, 나는 오스트레일리아 노던준주의 윌로라라는 선주민 정착촌에 가보았다. 마른 수로인 랜더강의 동쪽 제방에 되는대로 자리 잡은 작은 마을이었다. 소수의 복원생물학 연구팀을 따라 이 지역에 들어온 지 며칠이 지났다. 연구팀의 목표는 근방에 붉은허리토끼왈라비, 지역어로 말라라는 작은 유대목 동물을 다시 들여오는 것이었다. 일대에서 말라가 사라진 것은 수십 년 전 백인 이주민들이 애완용으로 키우다 유기한 야생 집고양이들 때문이었다. 윌로라에 도착하던 날, 친구인 인류학자 페트로넬라 바존모렐로부터 왈피리 사람들을 소개받았다. 페트라는 몇 년째 윌로라 일대를 연구해왔는데, 생물학 연구팀이 나를 떨구고 갈 즈음 마침 작업을 마친 페트라의 도움으로 그가 지내던 정착촌 안의 게스트하우스에 입주할 수 있었다. 페트라는 그 길로 앨리스스프링스의 집으로 돌아갔고 나는 혼자 남았다.

떠나기 전에 페트라는 내가 접근하거나 관심을 보여서는 안 될 인근 지역의 여러 장소들을 짚어주었다. 내 눈에는 대부분 무해해 보이는 지점들—바위, 나무, 얕은 모래언덕—이었으나 왈피리족 정체성의 근간을 이루는 드림타임• 서사의 중요한 구성 요소들이었다. 이 장소들 다수는 랜더강 가까이에 위치해 있었다.

나는 숙소 주인들에게 내가 가려는 방향을 가리키며 그 방향을 따라 사막으로 몇 킬로미터 걸어 들어갔다가 대략 같은 경로로 되돌아 나와도 괜찮을지 물어보았다. 그러자 남자 주인이 약간 다른 방향을 짚으며 짧게 답했다. "이쪽이 나을걸요."

그날 오후 나는 마을에서 북서쪽 방향으로 걷기 시작했다. 멀리 지평선에 걸린 언덕 지대까지 사방으로 완만한 스피니펙스 초원이 펼쳐져 있었다. 평원을 뒤덮은 단색의 흐름을 끊어뜨리

• 오스트레일리아 토착 신화의 개념으로, 인간과 동식물이 생겨나기 전 정령들이 창조된 신성한 시대를 일컫는다.

는 것은 이따금 보이는 나무 한 그루, 작은 잡목림 정도였다.

대대로 왈피리족의 터전이었던 이곳은 나에게 완전히 낯선 세계였다. 그렇다고 길을 잃을까 불안하지는 않았다. 내게 익숙한 문화의 시선으로는 달리 부각될 것이 없는 땅이라 해도, 몇 킬로미터 거리에 있는 정착촌과 강둑을 따라 유칼립투스 숲이 높이 뻗어 있는 랜더강은 여전히 두드러져 보였다.

정오에 출발했으니 자칫 서쪽으로 너무 멀리 갔다가는 (곧 찾아올 6월의 달 없는 밤에) 꼼짝없이 어둠에 붙들려 동틀 때까지 기다려야 할 수도 있었다.(부지중에 야트막하고 너른 저지대로 잘못 들어설 수도 있고, 거기서는 사방의 지평선이 다 똑같이 보일 것이다.) 그렇지만 길을 잃을 가능성은 크지 않았다. 남쪽으로 더 황량하고 매몰차고 광활한 타나미사막과 맞닿은, 이곳처럼 인구가 희박한 땅에서는 별빛만으로도 충분히 길잡이가 되어줄 터였다.

그날 걷기의 목표는—내가 속한 문화에서는 황무지라 여길 땅의 촉각, 후각, 시각, 청각적 세부 사항과—친밀해지는 것이었다. 나는 이 단순한 지각 기술로 낯선 풍경과의 대화를 시작한 지 오래다. 당신은 누구인가, 라고 나는 묻는다. 당신 이름을 무어라 부를까? 내가 앉아도 될까? 이제 그만 가야 할까? 낯선 것에 다가가는 이 방식의 유용함을 나는 수십 년간 꾸준히 확인해왔다. 서로 신뢰를 쌓고 취약한 나를 장소에 열어놓고, 그러고서 상호 간의 교류를, 어쩌면 친밀감까지도 희망해보는 것이다. 낯선 사람과의 조우에서도 그를 더 잘 알고 싶다면 같은 방식으로 접근해볼 수 있다. 사람은 저마다 이 스피니펙스 초원 같은 미지의 세계로 들어가는 각자의 길을 찾는다고 나는 생각한다. 새로운 것 앞에서는 모두가 어수룩하다. 그러나 외톨이로 살 작정이 아니라면 새로운 장소—혹은 새로운 사람—와 조우할 때 내가 실제로 마주친 것이 무엇인지 혹은 누구인지 확실히 알고 있다는 생각에서 벗어나야 한다. 풍경이든 사람이든, 그것의 진실과 정신에 관해 말하고자 한다면, 내 것이 아닌 현실과 최소한 휴전이라도 맺어야 한다.

오래전부터 나는 자연 세계를 본보기 삼아 우리 시대의 굵직한 정치적 질문들—극심한 편견, 세계적 기후변화, 부패와 탐욕, 타자에 대한 공포—을 제시할 때 이해가 더 명확해진다고 생각해왔다. 인간적 딜레마를 해결할 실마리를 비인간계에서 찾는 것을 어설프다고 여기는 이들도 있다. 내가 속한 문화권에서는 은유라는 가장 오래된 지혜의 도구에도 자주 경계나 심지어 의심의 눈초리를 보낸다. 그러나 은유의 폐기는 경직된 근본주의를 촉진할 뿐이다. 대부분의 사물이 일방적 의미만을 띠는 상상력 없는 삶의 대척점이 은유적 삶—다시 말해 추상적 문제를 여러 층위에서 동시에 사고하고, 상징과 알레고리적 의미에 감각을 기울이며, 뉘앙스의 쓸모를 이해하는 삶—이라고 나는 생각한다. 왈피리족 같은 전통 선주민에게는 은유적 삶을 선호하는 태도가 기본으로 깔려 있다. 가령 산업사회 대표자들과 전통 사회 대표자들 간의 협상을 들어보면, 항상 후자의 발표는 해석에 더 열려 있는 (자구적 해석에 갇히지 않으려는) 반면 전자의 발표는 주로 논리와 "으리으리한" 자료에 의존한다. 물론 내게만 그렇게 들리는 것일 수도 있다.

전통적 관점에서 이런 대화의 목표는 어떤 결론에 도달하기를 잠시 미루고 그 대신 아무도 예측하지 못했던 뜻밖의 문이 열릴 때까지 여러 갈래로 접근해보자는 것이다. 한편 내가 속한 문화에서는—과도한 비판은 삼가겠다—그런 대화에 정중하게 임하되 반드시 우리 기준의 "현실"에 맞는 결과가 나와야 한다는 입장을 내보인다.

내 말의 요지는 이것이다. 오스트레일리아 중북부의 어느 겨울 오후 익명인 지형으로 걸어 들어간 시간은 나에게 자연주의자로서 자기 향상을 하기 위한 연습이었다기보다 나 자신에게 익숙한 범주와 위계를 털어내려는 노력이었다. 털어내지 않으면 자칫 그 장소에 대한 내 사고와 인상이 그것들에 좌우되었을 테니까 말이다.

나는 이 장소를 사랑할 가능성에 나 자신을 최대한 활짝 열어두고 싶었다. 그러나 그 목표에 다가가려면 먼저 상대를 알아야 했다. 다른 유형의 사귐이 보통 그렇듯, 모르면서 갑자기 하는 사랑은 헌신과 의무가 아닌 짧은 로맨스로 흐르기 쉽다.

전날 저녁, 윌로라 주변으로 사막 탐사에 나서기 전 1983년에 출간된 윌리엄 존 피슬리의 『마지막 유목민』이라는 책을 완독했다. 저자가 1977년 겨울 백인 남성 네 명과 떠났던 웨스턴 오스트레일리아주의 깁슨사막 여행을 회고한 책이다. 이들은 무존이라는 이름의 현지 선주민과 함께 초원 지대에 마지막으로 남아 있다는 두 명의 만딜자라 사람을 찾아 나섰다. 무존은 당시 깁슨사막 서쪽 윌루나 정착촌에 사는 만딜자라족 원로로서 일행이 찾는 두 인물—사냥꾼 와리 키앙고와 부인 야퉁카 키앙고—을 수십 년 전부터 알고 있었다. 이 부부는 1970년대에 가뭄이 길게 이어지면서 마지막 남은 만딜자라 사람들이 윌루나로 떠나게 됐을 때 함께 "들어가기"를 거부했다. 무존은 이렇게 가혹한 환경에서도 전통적인 생활 방식을 지속하려는 그들의 노력을 존경했지만, 그들 나이에—와리가 예순아홉, 야퉁카가 예순하나였다—젊은 사람의 도움 없이 아웃백 지역에서 잘 생활하는 것은 무리일 것이라고 염려했다.

일행은 수백 제곱킬로미터에 이르는 발자국이 남지 않는 마른 들과 간간이 나타나는 척박한 모래언덕 지대를 가로지르며 이 부부를 찾아다닌 끝에, 드디어 웅가리나리라는 곳에서 딩고•들과 같이 있는 두 사람을 발견했다.(딩고들은 두 사람의 사냥을 거들고 추운 밤에는 그들 옆에 모여 온기를 나눠주었다.) 두 사람은 날마다 얕은 웅덩이에서 손으로 두어 번 떠낸 흙탕물과 가까운 콴동나무 숲에서 따온 열매 조금으로 연명하고 있었다. 와리는 부상으로 몸져누워 있었고, 두 사람 다 몹시 쇠약해져 있었다.

이후 이 부부를 윌루나로 데려오겠다는 구조대의 고집을 둘러싸고 윌루나 마을에서 갑론을박이 벌어졌고, 논쟁은 다시 각

• 오스트레일리아산 들개.

지로 퍼져나갔다. 구조대는 부부가 응가리나리에서 죽게 놔둘 수 없다고 주장했고, 부부는 윌루나의 "문명화된" 생활을 하기보다 그곳에 남기를 더 원하는 듯했다.

물론 나는 당사자가 아니니 판단을 얹을 수 없겠지만, 이건 익히 보아온 이야기다. 오스트레일리아 초원 지대의 전통적 생활양식과 "문명화된" 생활양식이 접촉한 세월 내내 숱하게 벌어진 일이다. 책을 읽은 많은 이들이 그랬듯 나 역시 책을 덮고 며칠 동안 이들의 운명에 대해 곰곰이 생각했다.(두 사람은 음식, 물, 의료에 대한 접근성이 높은 윌루나로 몸을 옮겼지만 이듬해 세상을 떠났다.) 물론 이것은 불의에 관한 이야기이며 또한 모두가 공감할 비극적인 이야기다. 그러나 내 뇌리에 진정 깊이 박힌 것은 이 서사를 관통하는 사랑 이야기였다. 이 이야기에는 식민 통치의 오래된 해악과 무관심에 관한 서사에 뒤지지 않은 나름의 심오함이 있었다.

와리와 야퉁카는 만딜자라족 중 같은 반족半族에서 태어났기 때문에 부족의 관습상 부부가 될 수 없었다. 이 관습을 거역하고 결혼을 강행한 두 사람은 부족사회에서 공식적으로 추방당했고, 그때부터 그들의 삶은 훨씬 힘겨워졌다. 부족사회로 돌아가려면 신체적 처벌을 각오해야 했다. 그래서 그들은 둘만의 삶을 택했다. 수년 뒤 부족사회가 그들을 용서했음을 알게 되었을 때도, 그리고 식민주의의 침범으로 만딜자라 문화가 한층 느슨해지고 있음을 알았을 때도, 심지어 끔찍한 대가뭄기가 오면서 "사막 부족들"이 거의 다 윌루나 같은 백인 정착촌으로 들어간 것을 알았을 때도, 두 사람은 친밀한 땅에 남아 둘만의 결합을 유지하기로 했다.

와리와 야퉁카는 평생 서로를 보살피고, 드림타임 설화가 가르쳐준 처방과 금기를 실천하며 부족의 땅에 의무를 다하고 땅을 보살폈다. 그러니 대대로 부족민들이 물을 얻던 장소가 가물어 말라버린 것을 알았을 것이고, 때에 맞춰 사냥하던 동물들이 그 땅에서 떠났다는 것을 알았을 것이다. 그래도 그들은 자연스러운 끝이 올 때까지 굴복하기를 거부했다. 웅가리나리에 계속 있었다면 두 사람이 마지막 순간에 무슨 생각을 했을까에 대한 이런저런 가설 중 하나를 편드는 일은 오만하고도 위험하다. 다만 한 가지 분명한 것은 그들의 결연한—만딜자라 땅과 서로에 대한—신의였다. 두 사람의 경우 죽음은 비극이 아니라 필연이었고 짊어지기보다 수용할 일이었다. 그렇기에 이 장소에서 맞는 죽음이 윌루나에서 사는 삶보다 더 낫다 여겼으리라.

물론 그 판단은 내 몫이 아니다.

그날 주인이 짚어준 방향을 따라 사막으로 걸어 들어가며 나는 내가 모르는 그 장소의 광활함에 온전히 파묻혀보기로 했다. 배낭 안에는 '부시 터커bush tucker', 즉 선주민들이 먹는 사막 식물과 작은 동물을 식별하고 먹는 방법을 설명한 책, 믿을 만한 조류 책, 유대목 동물과 독뱀에 관한 몇 가지 메모 등이 들어 있었다. 발걸음의 경로, 무수한 방향 변경, 언제 멈추고 어디에 앉을지는 장소에 몸을 묻고 싶은—장소가 나를 압도하게 하고 싶은—내 욕구에 위임했다.

그러나 와리와 야퉁카의 이야기, 혹은 내가 읽은 그 이야기의 활자화된 버전이 시종일관 뇌리를 떠나지 않았다.

늦은 오후쯤, 몇 시간째 걷던 사막 풍경보다 더 텅 빈 수십 헥타르의 땅이 눈앞에 나타났다. 풀 한 포기 없는 나지에 검은 화산석 파편이 섞인 굵은 모래뿐이었다. 나는 버려진 묘지를 걷듯 조심히 걸었다. 사위에서 정적이 일었고, 생명의 완전한 부재가 가슴을 무겁게 눌렀다. 아무리 걸어도 동물 발자국 하나, 바람에 날린 멀가나무 이파리 하나, 비를 기다리며 휴면 중인 씨앗 하나 보이지 않았다. 적막의 이미지들이 머리를 스쳤다. 카불 거리에 깔려 있던 폭격의 잔해가. 캐나다 누나부트 지역 컴벌랜드사운드의 작은 섬이, 바람에 말갈기처럼 출렁이던 황갈색 거머리말 들판에 누워 있던 수십 개의 큼직한 고래 뼈가. 19세기 고래잡이 기지의 유적지가. 비르케나우의 버려진 수용동 안, 한 칸에 네 명씩 수용하도록 천장까지 3단으로 짜 넣은 빈 침상, 밤마다 어둠 속에 기진한 몸으로 누워 더 이상 연장을 들지 못한다는 이유로 수레에 실려 가 소각로 불속에 던져질 날을 기다려야 했을 사람들이.

이 이미지들이 머리에 밀려들어 걷지 못하고 서서 주먹만 한 돌멩이를 발로 툭툭 치고 있을 때 문득 이런 생각이 들었다. 인간의 삶에 가해지는 고통은 대부분 사랑에 실패한 데서 기인하지 않는가 하는 생각이.

1979년 여름, 나는 알래스카 브룩스산맥 중부의 누나미우트 마을로 친구인 밥 스티븐슨을 만나러 갔다. 누나미우트족 110명이 모여 사는 정착촌에 밥의 움막이 있었다. 마을에 도착한 처음 며칠은 그 지역에 서식하는 동물들에 대한 이야기를 내리 들었다. 울버린과 흰올빼미, 붉은여우와 카리부 이야기를. 누나미우트 사람들은 우리만큼 이 동물들의 생태에 관심이 열렬했다. 2, 3일은 아낙투북강 상류에서 늑대의 활동이 보이는 굴을 찾아다녔다. 그리고 다시 서쪽으로 몇백 킬로미터 떨어진 유투콕강 배수로로 날아갔다. 우리는 유투콕 강가의 임시 여름 캠프에서 며칠 머물렀다. 밥을 비롯한 현장 생물학자들은 여름철이면 그곳에서 툰드라회색곰, 카리부, 늑대, 흰매, 울버린 등등의 동물들을 관찰했다. 밥과 나는 다시 남쪽으로 헬리콥터를 몰아 유투콕강 먼 상류가 있는 들롱산맥 일링노락능선으로 갔다.

우리는 거기서 일주일간 야영하며 강 건너 늑대 굴을 관찰했다. 성체 다섯, 새끼 다섯이 있었다.

무엇을 사랑하느냐는 질문을 받을 때마다 나는 그해 여름 그 장소에서 맺은 관계 전체를 떠올린다. 북위 68도에서 하루 스물네 시간 내리쬐던 햇볕. 적운이 뜬 청명한 하늘, 가벼운 미풍. 우리 스스로 정한 일 외에는 비워둔 스케줄. 거의 온종일 눈앞에 나타나주는 큰 짐승들. 수목한계선 한참 북쪽인 이곳에서는 40배율 탐지 망원경으로 투명한 대기를 막힘없이 통과해 3, 4킬로미터 거리에 있는 동물의 행동까지 훤히 볼 수 있었다. 야생동물(혹은, 나중에 떠오른 호칭인데, 아직까지 인간의 간섭으로 방해받지 않았다는 의미에서 자유로운 동물들)의 다양하고도 예측을 불허하는 행동에 관해 대화하는 일이 밥과 나의 일상이었다. 우리는 몇 해 전 유콘강 상류로, 세인트로렌스섬으로, 베링해 북쪽으로 함께 갔던 다른 답사들을 추억했다.

우리 캠프의 분위기는 느긋하고 평온했다. 우리는 살아 있음에, 커져가는 우정에, 이렇게 좋은 날 자유로운 동물을 관찰할 기회에, 우리의 단순한 일상에 깃든 시간의 무한함에 마음이 들떴다. 나는 우리의 강도 높은 불침번 근무가 즐거웠다. 우리가 매일 지켜보는 광경이 우리한테는—아마 누구한테든—그야말로 황홀한 장관이었다. 늑대와 카리부의 추격전, 늑대 굴에 침입하려던 회색곰을 혼자서 물리치던 어린 늑대, 서른 마리 카리부 떼가 저녁 해를 등에 업고 유투콕강 얕은 물을 질주할 때 공기 중에 부서져 반짝이던 수천 개의 영롱한 방울들, 텐트에서 10미터 채 못 되는 거리에 웅크려 앉아 20분 동안 우리를 뚫어져라 바라보던 북극여우 한 마리.

베이스캠프로 돌아오면 다른 연구자들과 즐거이 밥을 먹고 각자가 그날그날 관찰한 동물들의 흥미로운 행동들과 사건들을 이야기하느라 시간 가는 줄 몰랐다. 어느 날 오후에는 누군가가 근처 사주砂柱에서 파낸 매머드 엄니를 들고 돌아왔다. 어쩐지 우리는 더 이상 이곳에 오기 전 출발한 그 세기에 살고 있지 않은 듯한 느낌이 들었다.

우리 모두가 불가사의한 특권의 한복판에 머무른 나날이었다.

사랑에 실패했다는 증거는 우리 주위 어디에나 있다. 지금 시대에 사랑의 의미를 숙고하는 자는 컴컴한 암초와 절망의 벽에 부딪힌다. 참해—해양 산성화, 기업의 부정행위, 정부의 부패,

끝없는 전쟁—속에서 어떻게든 살아내려면, 어떤 것이 유의미한 삶인지 새롭게 상상하지 않으면 안 된다. 그러지 않는다면 다 괜찮아질 거라는 근거 없는 희망으로 꾸역꾸역 버티게 될 뿐이다. 황홀과 박애에 대해 더 깊은 대화를 시작해야 하고, 다른 인간을 사랑하는 더 큰 포용력을 탐색해나가야 한다. 낡은 생각—민족국가 유지라는 참담한 악행, 타인에 대한 배려는 유약한 짓이고 베풂은 아둔한 행동이라는 생명 유린적 생각—으로는 기대할 미래가 없다.

권력을 쥐는 것보다 사랑을 하는 것이 더 중요하다. 멸종과 인종 청소와 해수면 상승의 시대에 순응하기보다 윌슨의 생명 사랑을 일상의 대화로 가져오는 것이 더 중요하다. 잃어버린 것에 대한 절망 속에서 죽기보다 앞에 놓인 가능성을 위해 사는 것이 더 중요하다.

무지한 자만이 곤충과 철새와 원양 어류가 우리 곁을 떠나더라도 우리는 도구를 사용할 줄 알기 때문에 살아남을 거라고 상상할 수 있다. 미혹된 자만이 불길이 지구를 태우는 것, 우리가 아는 유일한 천국을 삼켜버리는 것을 보면서 의로운 자에게 천국이 기다리고 있다고 주장할 수 있다.

윌로라 서쪽 평원을 걷던 그날 나는 이 세계가 사랑의 실패로 만들어졌음을 각성했다. 그러나 이 각성에 불을 붙인 것은 와리와 야퉁카의 사랑 이야기였고, 더 거슬러 올라가면 수년 전 브룩스산맥에서 친구들과 여름을 보내며 사랑한다는 것이 무슨 의미인지 경험함으로써 얻은 앎이기도 했다. 그 경험이 내 작가 생활의 중심 과제로 나를 안내했다. 우리에게 주어진 것을 알고 사랑하는 것, 타인에게도 똑같이 촉구하는 것.

이 무시무시한 순간, 시리아 북쪽에는 몇몇 깃발 아래 기갑 차량이 서 있고, 팔레스타인 거리에서는 시민들이 맞아 죽어가고, 캘리포니아 포도밭에는 화마가 덮치고, 개발할 공간을 만들기 위해 숲을 쓰러뜨리고, 학자금 대출의 폭리에 젊은이들 등골이 부서지고, 나이아가라 폭포수와 그린란드에서 녹아내린 물이 다 같이 바다로 흘러드는 이 순간에도 여전히 가능할까? 운집하는 어둠을 정면으로 응시하고, 지구라는 대상을 향해 그리고 우리 자신을 포함한 지구의 모든 생명체를 향해 어색해하지 않고, 열렬하게, 사랑한다고 말하는 일이? 이 불타는 세계를 두려움 없이 부둥켜안을 수 있을까?

남반구 항해

나는 해안에서 멀리 떨어진 큰 바다가 늘 두려웠다. 남극 항해를 준비하면서도 이 두려움이 어두운 골목 안 불안한 개처럼 웅크리고 있었다. 사우스조지아, 엘리펀트섬, 그 밖에 어니스트 섀클턴이 사활을 걸고 떠났던 여정의 자취에 발을 딛고, 르메르 해협의 천상의 장관이나 디셉션섬의 천연 온천을—지금은 남극 여행자들에게 이미 잘 알려진 행선지이지만—보고 싶은 마음이 굴뚝같았지만, "드레이크해협"을 건너는 건 겁이 났다.

남극대륙과 남아메리카대륙을 가르는 드레이크해협은 혼곶에서 동쪽으로 수백 킬로미터 뻗어나가 스코샤해와 만난다. 이 외해 해역은 지구상에서 가장 위험한 항행 구간 중 하나다.(지나가는 선박이 드물지만, 일본에서부터 막히지 않고 불어와 바람의 취송 거리가 어마어마한 알래스카만이나 오스트레일리아와 남극 사이 "성난 50도 구간" 역시 위험한 해역이다.)

우리가 탄 120미터 길이의 독일산 크루즈 선박인 한제아틱호는 잘 꾸민 객실과 미용실, 전망 휴게실과 바 라운지, 자쿠지-사우나-헬스클럽이라는 완벽한 3박자까지 승객의 편의에 맞게 설계돼 있다. 레스토랑은 5성급 식사를 안정적으로 제공하고, 우리가 경험할 날씨보다 온화한 기온이라면 옥외 수영장에서 일광욕과 칵테일도 즐길 수 있다. 하지만 한제아틱호는 탐험 크루즈에 더 특화된 선박이다. 승객 정원이 적고(180명), 전망대 데크에 의자 대신 검은색 조디악—해변 랜딩과 얕은 수심 크루즈를 위해 만들어진 선외 모터 장착 고무보트—이 포개져 있다. 또한 다른 크루즈 선박이라면 셔플보드 시합이나 춤과 공연으로 보냈을 시간에 지역 문화사, 서식 동물과 (한정적인) 식물군, 빙하와 포경 산업 등에 관한 선상 강의가 열린다. 선체의 내빙 구조, 선수 추진기, 쌍 프로펠러 등 부빙과 좁은 해협을 통과하는 데 유리한 요소들이 더욱 탐험에 제격인 인상을 준다. 큰 물결이 일 때 선체의 횡요를 잡아줄 접이식 안전기도 설치되어 있다.

3주간의 남극 여행 중 첫째 날, 포클랜드제도를 벗어나 드레이크해협에 들어선 지 하루 만에 한제아틱호는 보퍼트 풍력 등급 11단계의 왕바람—엄밀히 말해 "심한 폭풍"—속으로 진입한다. 우리 배는 사우스조지아 해안을 향해 동남동으로 항행 중이고, 폭풍은 서남서에서 불어와 배의 우현을 강타하고 있다. 언뜻 보기에 육중한 파도가 극도로 산란해 보이는데, 자세히 관찰하면 동북동으로 멀어지는 물결 패턴, 말려 올라가 부서지는 물보라, 뾰족뾰족 솟은 흰 물결, 거친 하강기류로 인한 갑작스러운 해수면 폭발을 확인할 수 있다.

한제아틱호 선교에서 계기반 모서리를 붙들고 서 있는 나도 당직 항해사만큼 분명하게 계기 수치를 읽을 수 있다. 풍속은 대략 40노트를 유지하다 60노트까지 치솟고, 횡요도橫搖度는 15도에 근접한다. 항행 속도는 6, 7노트다. 12미터 아래 바다에서부터 솟구쳐 부서지는 파도에 정면 창 닦개가 주기적으로 파묻힌다. 창유리가 닦이는 빈도가 잦아 선수 쪽 풍랑이 눈앞에서 또렷하다 흐릿하길 되풀이한다.

악천후용 복장을 갖춰 입은 나는 선교에서 물러나 통로를 돌아 (안전한) 바람 그늘 쪽 비상문으로 나간다. 사방에서 바람이 일시에 단속적으로 휙휙 잽을 날린다. 옥외 철제 층계를 타고 선교 갑판에서 전망대 갑판으로, 다시 상갑판의—지금은 제 기능을 못하는—테라스까지 올라간다. 장갑 낀 손으로 난간을 움켜잡고 바람을 피해 웅크린 채 지표면 위의 이 정확한 한 점, 남위 53도 03분 17초 서경 49도 19분 86초의 좌표에서 대양을 헤아리려 해본다.

풍랑이 (밑에서 항해사에게 듣기로) 10미터 이상 일고 있으니, 배의 흘수선으로부터 3층 높이에서 서 있으면 파도가 밀려올 때 그 파봉을 정면으로 마주보게 된다. 그러나 실제로 파도는 7미터, 11미터, 9미터, 12미터, 이런 식으로 들쭉날쭉하게 네댓 개가 한 묶음으로 다가온다. 내가 이 자리를 벗어나자마자

15미터 높이의 파도가 배의 우현에 충돌해 아래층 갑판을 쓸고 지나간다.

난간을 잡고 서 있자니, 마치 모종의 동물을 관찰하는 기분이 든다. 여기서 멀리 떨어진, 가령 칸쿤이나 몰디브 해변에서는 지금 이것과 같은 대양이 볕 쬐는 고양이마냥—이따금 꼬리 끝만 들썩이면서—늘어져 있을지 모른다. 또 다른 어딘가에서는 여기보다 더 사나운 기세일 것이고. 남쪽 여름의 길어진 해거름 녘 갑판 탐조등의 백열광 아래서 나는 지금 한눈에 도저히 담기지 않는 형체의 표면을 목격하고 있다. 대양이 산처럼 솟아 봉우리가 되었다 골짜기로 무너지고, 왔던 방향으로 다시 뒷걸음하다 거센 바람에 불룩 부풀어 (도형 문양이 겹겹이 찍힌 조각보 같은 표피를 보이며) 한 마리 파충류처럼 배의 옆구리를 타고 올라온다.

선체가 파도의 골로 처박히면서 선수가 파도 바닥에 파묻히는 바람에 아래 갑판과 전면 갑판에 난 6센티미터 크기의 닻줄 구멍으로 바닷물이 간헐천마냥 뿜어 나온다. 이 물기둥이 간간이 선교에까지 고스란히 뻗치다가 바람을 만나면 대리석 기둥이 폭발하듯 폭발한다. 그 아래 서 있으면 비가 내리는 것인지 바람이 살포하는 물보라에 뒤덮인 것인지 분간하기 어렵다. 파도가 그렇듯, 바람도 대체로 한 방향(서남서)에서 한 덩어리로 밀어치는 것 같지만 그 안에서 긴 된바람과 짧은 돌풍들이 뒤엉키며 공기를 터뜨려 불규칙한 공백을 메우고 있다. 머리 위쪽에 솟아 있는 안테나 장치와 탐조등 버팀줄 사이로 질주하는 바람의 고성이 마치 어느 피해자의 강약을 오가는 불안증처럼 오르락내리락한다. 레이더 마스트의 회전팔을 지나쳐 흰 구형의 해상용 위성통신 안테나를 휘감아돌 때는 또 전혀 다른 고음을 토해낸다.

배의 좌현 선미가 파도 골을 들이받고 붕 치솟는 바람에 머리가 핑그르르 돈다. 뒤이은 파도 골에 배가 다시 곤두박질했다 올라올 때는 골반 속 장기들이 납작 눌리는 느낌이다. 또 다른 파도의 가파른 사면에서 배가 모로 구르고, 나는 갑작스러운 반동의 충격을 흡수하려고 엉덩이를 난간에 꼭 기대어 버틴다. 양발을 더 단단히 갑판 동판에 붙이느라 발가락이 장화를 파고든다.

내가 왜 여기에 나와 있는지 나도 모르겠다. 예상한 것만큼 겁에 질리지 않았다는 생각조차 들지 않는다. 날뛰는 폭풍의 기세는 지금껏 자연에서 경험한 어떤 광경이나 사건 못지않게 황홀하고 매혹적이다. 내 안의 무언가가 그것과의 연결을 갈구하고 있다. 나는 이 폭풍의 앎을 내 세포에 담아두었다가, 다음번에 열대의 태양 아래 펼쳐진 모래사장에 드러누워 맨 어깨에 살랑대는 공기를 느끼면서 부드럽게 철썩이는 바닷소리를 들을 때 이 기억을 불러내고 싶다.

거의 한 시간째 한제아틱호가 튀어 오르고 나가떨어지고 요동을 쳐가며 스코샤해를 통과하는 모습을 지켜보고 있다. 뒤쪽에서 선미가 한 번에 12미터씩 비스듬히 들려 올라간다. 수평선 밑으로 떨어졌다 다시 완전히 위로 올라오면 그 윤곽이 수면 가까운 하늘을 뒤덮는다. 애처로운 자이로스코프처럼 배는 세 축으로 빙글빙글 돌고, 바람과 바다의 요동에 배의 항적은 생기는 즉시 갈가리 찢긴다. 뜨거운 배기구가 뿜어낸 흰 증기 플래카드는 펄럭하는 순간 흩어져 사라진다. 배가 지척의 폭풍을 통과하며 가속과 급감속을 번갈아 할 때마다 내 몸의 균형도 흔들렸다 회복되기를 반복한다.

나는 이 형언하기 힘든 날씨에 촉각을 곤두세우고 있다. 대부분의 승객들은 뱃멀미나 공포심에 선실로 돌아갔다. 왜 그 무리에 끼지 않았는지 나도 모른다. 나중에, 흥미를 잃어서가 아니라 기력이 떨어져—자기 수용 능력의 감소로 더 이상 날카로운 주의력을 유지하기 어려워—마침내 나도 밑으로 내려온다. 차갑게 젖은 몸으로 바람 그늘 쪽의 3층 갑판에서 내려와 바다의 격동을 한번 바라본 다음 고요한 무풍 지대인 선내로 들어간다. 통로 앞쪽에 위스키 잔을 높이 치켜든 한 남자가 보인다. 남자는 내 반대쪽으로 내리막을 내려가다가 한제아틱호의 선수가 올라감과 동시에 오르막이 된 통로에서 버둥거린다. 마치 술잔에 묶인 천장 스트랩에 매달린 듯 술잔 밑에서 그의 몸이 흔뎅거린다.

어둑한 선실에 들어서니 나의 어린 동행이 잠들어 있다. 내 소곤거림을 듣자 잠깐 뒤척였지만 자기는 괜찮다고 나를 안심시킨 뒤 다시 잠에 빠져든다. 절대 멀미에 시달리지 않겠다는 의지로 두 손 두 발을 매트리스에 단단히 붙이고 잔다. 이 아이에게는 바다가 처음이다.

나는 욕실로 들어가 물기가 마르도록 악천후용 옷을 욕조에 걸어두고 나머지 옷을 벗는다. 잠옷으로 갈아입고 탁자에 앉아 메모를 해보려는데 연필을 종이에 대고 있기가 힘들다. 이따금 파도의 귀퉁이가 방에 하나뿐인 큰 유리창을 쓸고 지나간다. 내가 왜 멀미를 하지 않는지, 나중에 침대에서 떨어지지 않으려고 발을 힘껏 오므려 매트리스 모서리를 붙들고 누워서도 왜 두렵지 않은지, 영문을 모르겠다. 내가 아는 건 그저 이런 풍랑에서는 배의 위신이 철도 위의 기관차에 필적한다는 것이다.

조금 있으면 일부 승객들이 폭풍우에 완전히 초주검이 되었다는 이야기가 들려올 것이다. 애초 홍보한 여행 일정에 차질을 빚는다며 날씨를 타박하는 승객들도 있을 테고.(마치 예상 외의 지연으로 폐장 시간에 맞추기 어려워 코스를 건너뛰어야 하는 골프 카트에 타고 있는 것처럼.) 어쨌든 다음 날 아침에는 대부분의 승객들이 두통과 소화불량과 싸워가며 검은눈썹앨버트로스 여섯 마리를, 무려 1.2미터 길이의 날개를 펴고 배의 측면으로 급강하해 9미터 파도의 물머리와 골을 따라 활공하는 새들의 타고난 의연함을 사진에 담느라 여념이 없을 것이다.

나는 침상에 누워 선박의 객실 배치도를 머릿속에 그려본다. 우리 객실이 선체 중앙부에 위치해 있어 상하 동요가 심하지 않다는 사실에 안도한다. 이 배에서 맡은 나의 공식 임무는 몇 차례의 선상 강연을 하는 것이다. 하지만 다른 동행들처럼 나도 아직 가보지 못한 남극 일대 경험에 대한 기대가 크다. 역시 강연을 맡은 사진작가 갤런 로얼 부부와도 친교를 다지고 싶다. 그러나 지금 나의 최우선 관심사는 내 동행인 어맨다의 무탈한 여행이다. 아내의 네 딸 중 맏이인 어맨다는 이제 스물두 살이다. 어맨다에게는 이 모든 것—남극, 크루즈 선박의 편의 시설, 갤런의 사진 워크숍—이 어린아이가 난생처음 맞는 눈처럼 새로운 경험이다.

어맨다와 나는 두 번째 그룹에 속해 앨버트로스섬에 상륙한다. 가이드의 안내에 따라 진흙투성이 고원을 오르고, 거기서 스무 명의 다른 승객들과 함께 반달 대형으로 서서 알을 품고 있는 세 마리의 나그네앨버트로스를 조용히 관찰한다. 이 새들은 이곳을 포함해 사우스조지아 북서쪽 해안의 아일스만 해역 인근 섬들에 매해 둥지를 튼다. 30미터 아래 곶이의 좁은 자갈 해변에서 새끼 물개들이 지르는 소리가 미풍에 실려 올라온다. 남쪽으로 낮게 드리운 구름 밑으로는 사우스조지아 본섬이 보이는데, 빙하에 감싸인 높은 산비탈이 청록색 바다를 만나 뭉툭한 빙벽처럼 끊어져 있다.

스무 명 중 카메라를 소지하지 않은 사람은 가이드를 맡은 박물학자 둘과 나뿐이다. 내 귀에는 끊임없는 셔터 소리가 태고의 공기를 방해한다. 그 소음이 아니라면, 새끼들의 울음, 해안가 해초밭 위를 나는 갈매기의 끼루룩 소리, 갈색 종달새들이 터석풀 사이를 총총거리며 저희끼리 부르는 신호, 큰 풀마갈매기들이 사진가들 머리 위를 스치듯 날 때 깃털을 통과하는 공기의 울림, 그리고 이 모든 걸 압도하는, 고원의 어린 물개들과 어른 물개들이 쉴 새 없이 울고 짖고 재잘대고 웅얼대고 가스를 내뿜고 경적 울리듯 트림해대는 소리들만 들려올 것이다.

앨버트로스 세 마리는 각자 터석풀 위에 작은 카페 탁자만 한 둥지를 틀고 알을 하나씩 품고 있다. 새들은 터석풀 다발들이 스무 뭉치 남짓 흩어져 있는 습지에 둥지를 나란히 틀어놓고 앉아서, 15센티미터 길이의 퉁퉁한 담황색 부리로 남서풍이 부는 쪽을 가리키고 있다. 나그네앨버트로스는 무게가 가장 많이 나가지는 않으나 몸집이 가장 큰 조류 중 하나이고 날개를 펼치면 크기가 거의 3.5미터에 이른다.(크기로는 로열앨버트로스와 비슷하고, 무게는 안데스콘도르가 더 나간다.) 바다에서 하늘을 배경으로 볼 때는 크기가 제대로 가늠되지 않지만, 둥지에 가만히 앉아 있을 때 가까이 가서 보면 19세기 뱃사람들이 (주로 흰색인) 이 새를 "바다곶양cape sheep"이라 칭한 이유가 단번에 이해된다.

나를 비롯해 많은 이들에게 이 새들 앞에 서 있는 시간은 창조의 자취와 조우하는, 성배聖杯를 마주하는 경험이다. 우리를 사로잡는 것은 이 피조물의 엄청난 크기나 멀고 먼 방랑 생활이나 서식지의 지리적 고립성만이 아니라, 우리 존재에 대한 그들의 분명한 무관심이다. 우리를 지나쳐 우리 너머를 응시하는 그들은 너무도 태연자약해 보이고, 그에 비하면 그들 앞에서 렌즈를 만지작대고 삼각대와 씨름하는 우리는 원시적으로 보인다.

다른 사람들과 같이 새를 관찰하자니 조금 낭패감이 든다. 선택할 수 있다면, 이런 식으로 스무 명씩 묶여 앞 팀이 비키자마자 급하게, 또 우리가 비키기를 기다리는 다음 팀 눈치를 보며 고작 15분간 새를 보는 일은 하고 싶지 않다. 하지만 크루즈 일정은 이렇게 돌아가기 마련이고, 15분 동안이나마 나는 행복하다. 나는 웡웡 물개 울음과 펄럭이는 바람 소리의 풍경 외에 다른 건 전부 내 집중 범위 밖으로 밀어낼 수 있다. 그 보호막 안에서 앨버트로스를 자세히 뜯어본다. 바람과 같은 방향을 향한 머리, 교대로 알을 품는 행동, 깃다듬이하는 몸짓, 보금자리가 절벽 위에 있다는 사실, 이 큰 날짐승들이 거기서 몸을 툭 던지면 곧바로 비행이 가능하다는 것을 메모한다.

그래도 할당된 시간 동안 이 장면 안에 담긴 걸 다 끄집어내기는 역부족이다. 이곳의 기온은 어떤가? 일웅일자로 사는 이 새들의 짝은 지금 어디에 있나? 알의 크기는 어느 정도인가? 이 새들이 우리가 내는 소리를 과연 구분할 수 있나? 가이드를 맡은 박물학자 중 한 사람은 1960년 심해잠수정 트리에스테호가 마리아나 해구 해저에 최초로 도달할 당시 잠수정 조종을 맡았던 돈 월시다. 돈이 나에게 슬며시 신호를 준다. 남으세요. 다음 팀과 같이 복귀하세요. 나는 다시 공책을 펼친다.

우리는 사우스조지아에서 남서쪽으로 이동해 사우스오크니와 (엘리펀트섬을 포함한) 사우스셰틀랜드제도를 밟고, 남극반도를 따라 사적지 몇 곳을 방문한 다음 다시 드레이크해협을 건너 혼곶으로 항해한 뒤, 아르헨티나 티에라델푸에고주의 우수아이아에 상륙할 계획이다. 나는 이전의 남극 여행에서 맥머도만 해빙 다이빙, 남극 횡단 산지와 남극 근방 극지 고원에서의 세 차례에 걸친 야영, 맥머도드라이밸리 과학 기지에서의 장기 체류 같은 특별한 경험을 두루 했다. 1992년 4월에는 너새니얼 B. 파머호에 승선하는 엄청난 행운을 누렸는데, 그 항해는 1915년 섀클턴의 인듀어런스호가 격파된 이래 동절기 웨델 총빙에 배가 진입한 첫 사례였다.

이런 배경 덕분에 선상 강연도 하고 승객들과 소통도 하게 된 것인데, 그때 앨버트로스섬에서 가이드 윌시가 내게 예외를 허용한 데에도 이런 현장 경험이 거들었을 것이다. 카메라 장비를 챙겨 다른 승객들과 출발하는 어맨다를 바라보자니 내가 누리는 특권이 강하게 의식된다. 겸연쩍은 내 눈짓에 어맨다가 충분히 만족한다는 표정으로 답한다.

해변의 코끼리물범들이 경고의 의미로 갑자기 달려들 때 어맨다가 반응하는 모습을 볼 때나 고래새, 슴새, 바다제비, 갈매기 등 수없이 많은 해양 조류들, 펭귄 서식지에서 들려오는 불협화음, 조수 빙하의 깎아지른 빙벽을 수용하려 노력하는 그 아이를 지켜볼 때마다 나는 좀 독특한 기쁨을 느낀다. 그건 지금 터석풀 사이에 앉아 나그네앨버트로스를 지켜보며 드는 느낌과 비슷한, 가슴이 넓어지는 기분이다.

나는 (대학에서 사진과 환경학을 전공하고 있는) 딸아이가 여행 동안 사진 촬영 기회를 갖도록 신경 쓰는 한편으로, 남극 운석과 빙핵 시추를 주제로 재미있는 강연을 할 수 있도록 준비

중이다. 로버트 쿠시먼 머피의 두 권짜리 고전 『남아메리카의 해양 조류』에서 관련 항목도 찾아 읽고 있다.(우리가 본 앨버트로스들의 짝들은 브라질 연안에서 고기잡이 중이며, 앨버트로스 알의 평균 크기는 평균 443세제곱센티미터, 약 450밀리리터다.) 동시에 다섯 명의 다른 강사들 발표에도 참석하려 하고, 시간을 잡아먹는 한제아틱호의 유혹거리들을 (무엇보다 사우나와 자쿠지를) 최대한 멀리하고 우리가 수천 킬로미터를 마다 않고 보러 온 이 물리적 세계와 주기적으로 접촉하려고 힘쓰고 있다.

물론 갤런 부부나 우리 세대의 훌륭한 극지 탐험가이자 새로 친구가 된 윌 스테거와 어울리는 시간도 가지고 싶다.

그러다 결국은, 어떻게 하면 매일의 탐사 일정에서 앨버트로스나 펭귄과 뭍에서 머무는 시간을 길게 확보할 수 있을까 하는 생각을 뒷전으로 밀어둔다. 그 대신 세심하게 주의를 기울이되 거리를 두면서 어맨다를 보살핀다. 강연 준비에 집중하고—사우나의 저녁 단골이 되고 싶은 속마음은 제법 오래 눌러놓는다. 다만 나는 거의 매일같이 동트기 전에 일어나, 사교의 의무가 끼어드는 조식 시간이 오기 전에 혼자 갑판에 나간다. 빛이 서서히 수면 위로 올라와 광막한 바다에 퍼져가는 동안, 망원경으로 맨해튼만 한 판상 빙산을 찾아보거나 허공으로 점프하는 혹등고래, 물수제비를 뜨며 지나가는 젠투펭귄, 왕펭귄, 턱끈펭귄 무리를 바라본다.

이번 여행을 하면서 나는 이제 서구 문화권의 많은 사람들에게는 산만한 삶, 대립하는 욕망 사이에 꿰인 삶이 일상이 됐다는 생각이 자주 든다. 해양 조류 연구에 헌신한 머피처럼 단 하나의 과제에 매진하는 삶은 다수가 보기에 지루할 뿐 아니라 강박적인 삶으로 폄하되기까지 한다. 나그네앨버트로스의 긴 방랑 생활의 형이상학적 의미는 고사하고 그 개체군 구성원 간의 정교한 차이에 누가 관심을 가질까? 예측이 불가능한 시간, 평범한 세계가 뒤집어질 수도 있는 그 시간은 마당에 등장한 까마귀처럼 불안을 야기한다. 사람들은 다음 할 일이 뭔지 알고 싶어 한다. 한 가지를 너무 오래 하지 않아야, 많은 것을 할 기회가 주어져야 승객들이 편안하다. 이 가정이 우리 크루즈 여행의 기본 전제다. 우리 사이에는 완벽한 정찬 요리, 늘 새것 같은 침구, 최신 유행 상점을 갖춘 이 배가 곧 현실 세계라는 암묵적 이해가 깔려 있다. 우리가 지나는 풍경, 그 속에 존재하는 엄청나게 다양한 야생동물들, 계획과 다른 날씨, 섀클턴과 오토 노르덴셸드의 유령, 연기를 뿜는 화산 같은 것은 매혹적이지만 현대성의 리듬과 경계 바깥에서 벌어지는 불가사의한 일이다.

남극은 몇 시간쯤—영화와 룸서비스로 일주일을 보내기로 작정한 승객들의 경우라면 심지어 며칠씩—신경을 끊어도 무방한 대상으로 여겨지기도 한다. 에이해브 선장이 밀항시킨 페달라 무리•처럼 여정이 한참 진행된 이후에야 나타난 승객들도 있다. 이들은 배 바깥에 무엇이 있는지에 관심이 없는 것 같다. 그저 작은 기념품점이 있는 포트록로이나 그들이 실제로 밟아

• 『모비딕』의 등장인물들.

본 남극대륙의 유일한 장소인 니코항, 그 밖에 바람이나 눈비가 없는 날 기착지 한두 곳에 상륙하는 일정 때만 모습을 드러냈다.

크루즈 선박에 오른 누군가의 행동을 재단한다든지 여행 상품에서 제시해준 일과나 한제아틱호의 귀족적 분위기의 숨은 의도를 추정하는 건 섣부를 수도 있다. 다만 나는 마르코폴로 레스토랑에서의 호사스러운 저녁 정찬 때마다 긴 유리창 바깥의 저녁 바다와 빙하가 덮인 육지로 시선을 돌리며 이곳을 처음 탐험한 선원들이 매일 겪었을 궁핍, 절망, 죽음을 떠올린다. 내가 우아한 음식을 먹어치우면서 냉담해질 수 있다는 게 섬뜩하다.

밤에는 가끔 방풍 바지와 점퍼를 입고 컴컴한 갑판 의자에 앉아서 아직 익숙지 않은 남반구의 별자리와 바다를 바라보았다. 그럴 때면 지난 몇 주간 겪은, 살에 감각이 사라지는 혹독한 추위가 떠오르곤 했다. 추위는 어차피 지구 양 끝단의 여행에서 치러야 하는 대가로 받아들였다. 하나 크루즈 선박에는 완전히 동화되지 못했다. 나는 속으로 이 배를 한제아틱 행성이라고 생각하기 시작했다. 환경의 단호한 자기주장에 대항하는 배의 안락함이 초현실적인 재미를 주기보다 불길한 예감처럼 불안을 자아냈다.

아마도 내가 폭풍을 겁내지 않은 건 한제아틱호의 권위가 심각하게 손상되는 일이 없어 보였기 때문이다. 배의 위상이 이 일대를 평정한 앨버트로스의 우월함에 나름 크게 뒤지지 않는 것 같았고, 그래서 안전감에 순순히 몸을 맡겼던 것이다. 이것이 순진한 생각임을 누구보다 잘 아는 사람은 선장이었다. 선체는 조향 오차 한 번으로도 급횡요를 일으킬 수도 있었고 드레이크해협을 지날 때라면 사탕 막대기처럼 물에 말려들어갈 수도 있었다. 나는 이 거대한 배와 배가 제공하는 안락한 숙소와 보호에 항상 감사해하면서도, 배의 영향권 너머에 놓인 것들과 더 자주, 더 깊게, 더 길게 관계 맺을 기회가 오기를 갈망했다.

사우스조지아섬 북중앙 해안가의 버려진 노르웨이 포경 기지, 그리트비켄 공동묘지에 어니스트 헨리 섀클턴의 묘비가 있었다. 멀리서도 눈에 띄는 것이 일종의 돛 같기도 했다. 날이 화창하고 제법 온화한 어느 오후, 우리는 묘비에 둘러서서 샴페인을 홀짝이며 기념사진을 찍었다.

일행들을 보내고 나는 반 시간 더 그곳에 머물렀다.

근년 들어 이 "대장"은 크게 인정받고 있다. 섀클턴의 인품, 대원들에 대한 헌신, 우직한 용기와 과단성은 어떤 말로도 과장하기 어렵다. 그에 비하면 로버트 스콧은 에드워드 7세 시대의 빛바랜 영웅이다. 섀클턴은 스콧처럼 노블리스 오블리제를 표방하지도 않았고, 어떤 포상도 자신이나 타인의 목숨을 걸 값어치는 없다고 여겼다. 1909년 1월 9일 남극점까지 180킬로미터를 남겨두고 그는 탐험 중단을 결정했다. 죽은 사자보다 산 당나귀가 낫다고 읊조리면서. 그는 영리한 신중함, 자신만만, 평등주의, 조급증, 카리스마가 있는 사람이었고 장단점을 합쳐보면 침울하고 태만했던 스콧보다는 더 건강한 성향이었다.

섀클턴은 1922년 1월 5일—47세 때—생애 네 번째로 떠난 남극 탐험 초반부에 그리트비켄에서 심장마비로 사망했다. 2미터 높이 화강암으로 세운 섀클턴의 비석 옆에서 포즈를 취하는 승객들을 바라보다가 문득 우리 중 진짜 그와 나란히 설 수 있는 인물은 한 사람—극지 탐험가 스테거—뿐이라는 생각이 들었다. 야박한 생각이었고, 내 말을 듣자마자 스테거는 바로 일축해버렸다. 그는 잠시 우리와 섞여 나직이 몇 마디를 나누고 안절부절못하다 연기처럼 사라졌다. 몇 분 새에 저 멀리 구불구불한 비탈을 넘어가고 있었다.

이런 연상에 불쾌감이 드는 이들도 있겠지만, 그리트비켄은 죽음의 수용소다. 고래기름 착유 공장과 저장 탱크 시설이 바람에 찢기고 불에 그을린 채 방치되어 연갈색, 암갈색, 검갈색, 갖가지 적갈색으로 녹슬어 있다. 유리 조각, 깨진 벽돌, 망가진 나사, 구부러진 못, 엉킨 철사와 전선줄 들이 땅바닥에 널려 있다. 전성기에는 이 기지에서 가공한 고래의 수가 연간 수백 마리에 달했고, 인근 바다를 싹쓸이하다시피 무자비하게 포획해대는 바람에 아직도 고래 개체 수가 그때의 착취로부터 회복되지 못했다. 기지에 마을 기반 시설—외곽 도로, 주민을 위한 공공건물, 경작지—이 전무했던 터라 현재 옛 시설들은 컴벌랜드 이스트베이의 킹에드워드만 해변에 마치 좌초되고 버려진 난파선처럼 유령이 출몰할 듯한 모습으로 남아 있다. 근처 공장 건물들과 공동묘지 사이에 있는 수력발전 시설은 1982년 포클랜드 전쟁 당시 특공대 자동화기의 표적이 되어 구멍이 숭숭 뚫리고 내부는 망가진 채 버려져 있다. 거기서 몇백 미터 떨어진 자리에는 흘수선까지 불에 탄 루이즈호의 사체가 있다. 1869년 메인주에서 건조된 이 미국산 원양 항해선은 얼마 전까지만 해도 가장 잘 보존된 뉴잉글랜드 범선 중 하나였다. 군대 사격 훈련 도중 빗나간 예광탄 한 발에 불타버렸지만.

물론 그리트비켄의 재앙에만 주목하는 것은 편협한 일이다. 이 적막한 기지의 북측에는 잘 개조하고 관리한 건물들이 몇 채 있고, 그중에는 교회와 박물관도 있다. 두 곳 모두 총알 구멍투성이의 황폐한 공장 건물이 상징하는 인간의 폭력과 강탈을 돌아보기에 알맞은 장소들이다. 그리트비켄을 떠날 때 나는 생각했다. 해마다 크루즈 선박에서 내리는 수많은 승객들의 의식 고양을 위해 이 기념비적 장소를 보존하느라 수고하는 관리인 네 사람의 업무야말로 가장 용감하고도 고독한 일이 아닌가 하고.

사우스조지아섬 근해를 지나면서 우리는 골드항에 상륙해 2000마리 이상의 새들이 앉아 있는, 왕펭귄 군락지인 400미터 가량의 둥근 해변을 따라 느긋하게 걸었고, 고틀항에서는 풍속 80노트의 바람이 폭포수를 둘로 갈라 윗부분을 다시 절벽 면으로 던져 올리는 광경을 지켜보았으며, 지금은 버려져 폐허가 된 스트롬니스 포경 기지에서도 하선했다. 스트롬니스의 북중앙 해변은 섀클턴이 1916년 5월 20일 대장정 끝에 도달한 곳이다.(섀클턴과 다섯 명의 대원들은 4월 24일 6미터 길이 보트를 타고 서쪽으로 1200킬로미터 떨어진 황량한 자갈 해변에서 출발해 격랑을 뚫고 사우스조지아섬 남서쪽 해안가에 위치한 킹하콘만에 상륙했다. 대원 두 명과 섀클턴은 거기서부터 두꺼운 빙하로 덮인 산악 지대를 건너—기력은 소진되고 장비도 없었던 상태를 고려하면 대단한 위업이었다—비틀거리며 스트롬니스 운영 사무소에 들어섰다.)

어맨다, 나, 다른 우리 일행은 이 대장정의 마지막 구간에서 섀클턴의 발자취를 되짚어보고 싶어 했다. 우리는 기지에서부터 융빙수 유역을 따라 약 1.5킬로미터를 걸어 올라가 섀클턴의 최종 걸림돌이었던 폭포에 닿았다. 스물네 명의 일행이 폭포 밑에서부터 위쪽 편평한 지점까지 수십 미터를 기어 올라갔다. 그 위치에서 바라보니 포르투나빙하까지 1킬로미터가량인 마지막 경로와 거기서 동쪽으로 뻗은 스트롬니스만 앞바다의 반짝이는 수면, 뒤편의 눈 덮인 봉우리와 청백색 빙하가 한눈에 들어왔다. 5월의 그날 그 세 사람에게 저 포경 기지가 얼마나 구세주 같았을지 가히 짐작할 수 있었다.

제법 따스한 오후였다. 어맨다와 나는 외투를 벗고 툰드라에 드러누워 산야초 줄기를 입에 물고 질겅이며 섀클턴이며 스콧 같은 인물들에 대해 이야기했다.

사우스조지아섬에서 출발한 이튿날, 우리는 사우스오크니제도 라우리섬에 위치한 아르헨티나 오르카다스 연구 기지에 도착했다. 남극대륙의 많은 역사적 장소들이 그렇듯 이곳에도 익사자들, 실종자들, 부빙과 함께 떠내려갔거나 이 무심한 땅에서 폭풍에 휩쓸린 사람들, 관조차 없는 이들을 기리는 흰 십자가가 서 있다. 그날 우리 일행을 다시 크루즈 선으로 실어다줄 조디악을 기다리며 바위 해변에 서 있을 때, 나는 죽음에 관한 상념에 휩싸였다. 비단 오르카다스 공동묘지에서 본 열 개의 작은 십자가들 때문만은 아니었다.(가장 최근 것에는 1998년 3월 31일 소형 보트를 타고 나간 세 사람을 기리는 추모문이 적혀 있었다. "이 빙원이 영원토록 이들을 기억하리라.") 해안가에 즐비한 레오파드물범에게 난자당한 턱끈펭귄들의 사체 때문이기도 했다. 걸으며 헤아려보니 모두 일흔여덟 구였다. 펭귄들의 흑백 몸통으로 만조선이 표시되어 있었다. 그런 죽음이 없다면 생명도 있을 수 없다. 이것이 우리가 강연에서 하는 말이다.

레오파드물범은 아직 보지 못했다.

밤사이 스코샤해 남쪽 둘레를 건넌 배가 다음 날 아침 엘리펀트섬 북쪽 해안에 다다랐다. 동쪽 끄트머리에서 발렌타인곶이 언뜻 보였다. 섀클턴과 스물일곱 명의 대원들이 빙하와 (짧게) 바다에서 지낸 지 16개월 만에 보트 세 척에 나눠 타고 상륙한 곳이다. 배는 25킬로미터를 더 올라가 와일드곶에서 멈췄고, 섀클턴 탐험대는 1916년 4월 17일 여기에 장기 캠프를 세웠다.

2미터에서 2.5미터의 큰 너울이 출렁이고 있었지만, 우리 탐험대 리더 크리스틴 램프는 선장과 상의 끝에 조디악을 띄우기로 결정했다. 상륙은 불가능하더라도 곶 양쪽 측면으로 조심히 접근하면 해안과 15미터 떨어진 거리에서 곶을 관찰하는 것은 가능할 것이다.

다른 승객들처럼 나도 이곳에 관해서는 책으로 익히 접했다. 프랭크 와일드의 지휘하에 스물한 명의 대원들이 섀클턴이 사우스조지아섬까지의 항해에 성공했는지 못 했는지 알 수 없는 상태로 그가 돌아오기를 128일간 기다린 장소였다. 그러나 나는 이곳의 노출 강도에 대해서는 사전 지식이 없었다. 책을 통해 이들이 128일간 겪었을 습한 추위와 격랑과 거센 바람을 상상하기는 어렵지 않다. 내가 전혀 가늠하지 못한 건 그들이 얼마나 사방이 막힌 곳에 고립되어 있었는가 하는 것이었다. 양측으로 바다에 맞닿은 좁은 곶이 깎아지른 절벽에서 돌출되어 있는데, 우리가 보러 간 날은 절벽 꼭대기도 구름에 파묻혀 있었다. 곶은 불과 10미터 남짓 이어지다 거대한 기반암에 막혀 있다. 동쪽으로는 깎아지른 절벽의 단면이 계속되다 바다로 수직하강한다. 서쪽으로는 단면이 휘어져 짧은 제방을 이루다가 조수 빙하 돌출부에서 끝난다. 곶 위가 아니고는 사람 한 명 서 있을 자리가 없고 서너 걸음 넓이의 평평한 땅이 고작이다. 악취를 정확히 묘사한 글을 읽은 기억은 떠오르지도 않는다. 이 곶은 계절에 따라 턱끈펭귄과 젠투펭귄 군락에 점령당한다. 구아노•의 악취가 얼마나 지독하고 매캐한지 코에 닿는 순간 우리 눈에 눈물이 맺혔다.

와일드와 대원들은 보트 두 척과 얼마 안 되는 캔버스 돛천으로 대피소를 지었다. 구아노 위에서 자고, 물개와 펭귄의 지방

• 바닷새의 분변이 응고, 퇴적된 것

을 태워 온기를 얻고, 바닷물에 끓인 해초로 배를 채우고, 캠프까지 범람하는 폭풍해일에 적응하고, 서로에게 웃음을 주려고 부단히 애썼다.

1916년 8월 30일, 마침내 섀클턴이 서북쪽으로 1100여 킬로미터 떨어진 마젤란해협의 푼타아레나스에서부터 항해해온 150톤 규모의 칠레 등대 보급선 옐초호를 타고 그들을 데리러 왔다. 포기를 모르는 섀클턴과 꺾이지 않는 와일드가 있었기에 탐험대는 이 모든 고난 중에도 단 한 명의 대원도 잃지 않았다.

여행은 매일매일 우리에게 이제껏 보지 못한 무언가를 소개한다. 스노섬에서는 어맨다와 내가 그간 보았던 다섯 종의 펭귄에 아델리펭귄과 황제펭귄이 추가된다. 남방코끼리물범과 남극물개 유의 리스트에는 빙하와 연관된 세 종인 웨델바다표범, 레오파드바다표범, 게잡이물범이 덧붙는다. 칼데라호의 범람으로 형성된 디셉션섬에서 외해로 좁게 뚫린 (그래서 "눈속임하는") 웨일러스만의 검은 모래밭에 지열 웅덩이를 정강이 깊이로 급히 파고 일행들이 "몸을 담글" 때 어맨다와 나는 슬그머니 빠져나온다. 그 대신 둘이서 폐허화된 옛 노르웨이 포경 기지와 더 근래에 생긴 영국 과학 기지 터로 사진 촬영 겸 답사 겸 하이킹을 나선다. 유인 기지였던 이곳은 1967년과 1970년의 화산 폭발로 근무 대원들이 철수한 뒤 잔해만 남았다.

그로부터 스물네 시간 뒤, 호천 적운이 뜬 차갑고 청명한 날씨에 한제아틱호는 가벼운 빙하를 헤치고 스플릿윈드섬을 돌아르메르해협이라 불리는 11킬로미터 길이의 긴 회랑의 동북쪽 끝단에 들어선다. 해협 양옆을 거대한 산이 벽처럼 둘러치고 있다. 북서로는 부스섬이 가파르고 험준하게 솟아 있고, 남동으로는 남극반도의 일부인 그레이엄랜드의 멀찍한 봉우리와 현수빙하•가 가로막는다. 이 지형의 돋을새김이 다른 모든 것을 왜소하게 만들고 우리 일행 누구도 경험한 적 없을 만큼 강렬해 우리는 이곳과 비견할 만한 다른 풍경이 어디인지 의견의 일치를 보지 못한다. 놀랍도록 환하고 엄청나게 고요하다. 그나마 근접한 정의를 내린다면, 해발 6000미터 이상의 히말라야 산지와 닮은, 아무도 밟지 않고 누구도 들이지 않는 고립무원의 땅이라고 할까. 물론 우리는 해상에 있지만, 마치 비행선을 타고 히말라야 측벽 60미터 앞을 지나는 느낌이다.

갑판에 선 사람들은—대부분 바람의 냉기조차 의식하지 못할 만큼 도취되어—경이로움에 할 말을 잃고 연거푸 서로를 돌아본다. 서구인의 시선으로 볼 때 이것은 인간이 경험할 수 있는 가장 강렬한 숭고함의 표상이라고 단언하는 표정이다.

그날 저녁 우리의 여정은 게를라흐해협의 작은 만, 니코항에서 또 하나의 중대한 순간을 맞는다. 우리는 평소처럼 조디악 소함대—로알아문센호, 알렉산더훔볼트호, 찰스다윈호, 비투스베링호—로 뭍에 오른다. 사진 찍는 이들이 가이드들의 허락하에 눈 위에서 쉬고 있는 웨델바다표범 세 마리와 가벼운 호기심을

• 산허리 절벽에 매달린 빙하.

비치는 소규모 젠투펭귄 군락에 조금씩 다가간다. 다른 이들은 엉성하게 보존되어 있는 임시 대피소를 둘러보거나 수심이 얕은 곳에 걸려 해체되어가는 빙산 덩어리를 지켜본다.

근처 빙하에서 떨어져 나온 얼음 조각들이 수면 위에서 탁탁 소리를 낸다. 비교적 더 따뜻한 바다의 융빙 효과로 인해 얼음 안에서 공기가 부글대기 때문이다. 동쪽에서 우레 같은 굉음이 두서없이 터져 나오면서 드빌빙하의 얼음 조각들이 깨져 안드보르만으로 떨어진다. 마침 게잡이물범 무리가 헤엄쳐 지나며 우리를 쳐다본다.(게잡이물범은 지구에서 가장 개체수가 많은 대형 야생 포유류 중 하나로 대략 1500만 마리에 달한다. 접근하기 힘든 빙설 환경이 펼쳐지는 어두운 겨울이면 해빙을 옮겨 다니며 살기 때문에—게를 먹고 살진 않는다—장기간 연구하기가 대단히 어려운 동물이다. 게잡이물범의 생활 방식에 대해서는 단편적으로만 알려져 있다.)

극지 태양이 이 광경 위로 긴 사선을 드리우며 저물어가고, 우리 여행도 거의 끝나가고 있다. 나는 아직 윌 스테그너나 박물학 전문 가이드 데이비드 플레처와 대화를 더 나누고 싶다. 플레처는 남극대륙, 특히 남극의 역사에 해박한 열정적인 이야기꾼이기도 하다. 영국 남극 조사대의 기지 관리자를 거쳐 현장 운영 책임자가 되기 전인 1970년대에 개 썰매로 남극대륙을 길게 여행한 전력이 있고, 지금도 그린란드에 자신의 썰매 개들을 보유하고 있다. 그는 관심 있는 주제를 깊이 숙고하고 역사적 자료를 충분히 참조해 숙련된 기술로 열정을 펼쳐낸다. 저녁 식탁에서 오가는 대화로도 알 수 있듯이 그는 자신을 추어올리지 않지만 그의 이야기에는 직접 겪은 일화들이 빼곡하다. 그날 저녁 니코항에서 그가 이런 말을 해준다. 극지방에 대한 애정이 자신의 동력이지만 동시에 이 풍경들을 사람들에게 기억될 장소로 만들고 싶은 욕심도 누를 수 없다고.

이야기는 개 썰매 탐험이 주는 흥분으로 흘러간다. 나는 내가 겪은 썰매 개들을 향한 애정을 데이비드를 향한 애정이나 안드보르만의 저녁놀을 향한 애정, 그리고 어맨다를 향한 애정과 따로 떼어놓고 생각할 수가 없다. 어맨다는 눈밭과 바닷물 사이에 드러난 좁은 해변 끄트머리 굵은 모래 위에 손가락으로 자기만의 메시지를 쓰고 있다.

다음 날 저녁 우리 배는 약 800킬로미터를 직진해 드레이크 해협을 건너 혼곶으로 향한다. 둘째 날 이른 아침 자욱한 안개 속에 도착한다. 레이더망에는 오르노스섬이—이 섬 남단의 바위 곶들이 혼곶을 이루고 있다—틀림없이 잡히는데, 안개 때문에 육안으로는 전혀 보이지 않는다. 마침내 우현 전방 550미터쯤에 절벽 기슭 바위 위로 하얗게 부서지는 큰 파도가 보인다.

한제아틱호는 혼곶을 지나쳐 나아가다 다시 동쪽으로 전진해, 엄밀히 말하면 태평양에서 대서양으로 넘어간다. 선장이 카보데오르노스의 동쪽 곶 바람 그늘 쪽에 닻을 내린다. 우리는 부슬비를 맞으며 상륙해 날림으로 지은 130여 개의 나무 계단을 딛고 올라간다. 바람 부는 꼭대기 고원에 칠레 군인이 부인과 아들과 개 두 마리와 같이 등대 근처에 꾸려진 소박한 기상 감시소를 지키고 있다.(군인이 그곳에 있는 것은 우연한 상황이 아니다. 칠레인들은 경계를 서지 않으면 아르헨티나인들이 곶을 탈취하려 들 것이라는 의심을 거두지 않는다. 말비나스—포클랜드섬—전쟁 당시 칠레 측은 고원 일부 지대에 지뢰를 묻었다.)

판자가 깔린 좁은 보행로가 군인 가족의 숙소로 이어져 있고, 거기서 기념품을 판매하고 있다. 진흙 길을 계속 따라가면 난방이 안 되는 작은 예배당과 등대가 나온다. 이 건물들이 모인 곳에서 약간 떨어진 위치에 고원을 가로지르는 두 번째 보행로가 깔려 있다. 야생초로 뒤덮인 푸에고섬의 굴곡진 황무지, 이날 아침 그 위로 내려앉은 겹겹의 안개, 둘레를 에워싼 깎아지른 절벽이 어쩐지 그 순간 지극히 애달프다. 보행로는 혼곶 기념비까지 이어져 있다. 기념비는 이 일대 바다에 수장된 수천의 선원들을 기리는 뜻에서 1992년에 세워진 알루미늄 조각상이다. 높이는 약 4.5미터이고 가로로 긴 초석 위에 견고한 이등변삼각형 두 개를 지탱하는 수직 받침대가 나란히 교차하고 있다. 조각가가 각각의 삼각형 세로변을 구불구불한 선으로 깎아내 두 삼각형 사이에 수직 경사로 선회하는 앨버트로스의 윤곽이 만들어진다.

기념비 진입로에 세운 대리석에는 시인 사라 비알의 시 한 편이 새겨져 있다. 시인은 앨버트로스의 목소리로 이렇게 들려준다. 뱃사람들은 이 성난 파도 속에서 정말 죽은 것이 아니고, 그들은 오늘도 내 날개를 타고 이 남극 바람의 마지막 틈새에서 영원으로 비상하고 있다고.

나는 점퍼 후드를 내리고 안에 쓴 모자를 벗는다. 이곳의 비와 바람 속에서 기도를 올리지 않을 수 없다. 기념비는 부패한 인간과 관대한 인간을 평등하게 추모한다. 죽음의 불가피성과 인간 영혼의 존엄함을 기리는 것이며, 칠레인들의 신앙에서 죽음을 거둬들일 힘은 오직 하느님에게 있다. 추모는 인정사정없는 바람과 파도를 초월해 망자들을 생과 영원히 이어주려는 염원이다.

이 악천후에 서 있는 기념비의 애절함에, 그리고 내가 오랫동안 대양의 폭풍을 그토록 본능적으로 두려워한 이유를 알 것 같은 마음에, 나는 한동안 벤치에 앉아 생각이 가라앉기를 기다린다. 안개가 걷히고 잠시나마 기념비 바로 뒤로 혼곶의 모습이 보인다.

1914년 파나마운하가 완공된 이후 전보다 훨씬 적은 수의 배들이 이 곶을 돌아가는 항로에 도전한다. 크루즈 선박, 초대형 유조선, 해양 조사선, 경주용 요트와 유람 요트가. 그 배들의 갑판에서도 지금 이곳에서처럼 멀리 남쪽으로 남극대륙의 두려운 신비를 조망할 수 있을 것이다. 아무도 소유하지 않은 대지, 오스트레일리아보다 더 큰 대륙, 이 행성의 더딘 생물학보다 물리학과 화학 법칙의 설명이 더 많이 적용되는 땅. 해안가에 생명이 북적이고 있지만, 이전 세기와 전전 세기 포경업과 물개 어업으로 대대적인 파괴를 이미 겪은 땅. 1991년 당사국들은 향후 50년간 남극대륙과 주변의 광상 탐사 중단에 동의하는 남극조약을 체결했다. 그러나 비서명 국가, 불한당 국가, (짐작건대) 당사국들까지 이 풍부한 어장에서 계속 위반 행위를 자행하고 있고, 그것을 제재할 집행 권한을 가진 기구는 전무한 실정이다.

현대식 선박으로 어느 바다든 헤쳐 나갈 수 있다는 발상은 괴이한 생각이다. 그건 인간 경제가 자연 경제, 다시 말해 생태계라는 말로 느슨하게 묶이는 태양광·영양분·무기질·물·생물의 변화를 정복해 제 목적을 달성할 수 있다는 믿음만큼 괴이하다. 그럼에도 이곳에는 대담성과 과감성을 기리는 저 기념비가 세워져 있다. 우리가 섀클턴에게서 가장 존경하는 덕목이 바로 그런 대담한 도전이다. 범속함이든 신성함이든 어떤 외양으로든 성배를 향한 서구 전통 특유의 초인적인 분투 말이다.

벤치에 앉아 더 깊은 의미를 찾고 싶은 갈증, 핵무장에 대한 인류의 자만심과 무지와 탐욕과 방심에 대한 우려에 잠겨 있을 때, 문득 들판에서 무릎을 꿇고 있는 어맨다가 보인다. 휘도는 안개 속에서 노란 미나리아재비를, 이곳이 서반구 최남단 끄트머리임을 나타내는 성장이 멈춘 나무들과 왜소한 덤불과 사초로 뒤덮인 암녹색 하늘에 떠 있는 미세한 별의 초상을 프레임에 담으려고 삼각대를 조정하고 있다.

어쩌면 저 아이가 있어서, 그동안 줄곧 나는 두렵지 않았나 보다.

냉철하게 바라본 우리 연약한 행성

남극대륙에 저녁이 왔을까? 하늘에는 그렇게 말해줄 만한 것이 전혀 없었다. 석양이 깔리지도, 별이 뜨지도 않았다. 현지 시간은 부에노스아이레스를 기준으로 하면 아침 7시가 조금 지났을 것이고, 우리가 따르는 뉴질랜드 시간으로는 밤 10시가 조금 넘었다. 어느 쪽으로 읽든(우리는 매일 무선으로 우리 소식을 기다리는 사람들의 시간대를 기준으로 삼았다), 자오선이 응집되는 이 지점은 일몰 엇비슷한 사건조차 일어나지 않기에 시간을 결정하는 문제는 막연한 예감과 궁금증의 영역이었다.

기온은 영하 30도였다. 나는 눈을 감고 태양과 마주 섰다. 가벼운 바람에 뺨이 아려왔지만 저녁 기도에 방해되지는 않았다. 우리 일행은 이미 한기에 적응이 되었고, 나는 하루의 끝에 태양과 단절하는 이 순간이 기다려졌다.

우리 캠프는 남극 내륙 깊숙한 고도 2830미터의 극지 고원에 위치해 있어, 사방으로 탁 트인 무인 지대와 바다의 전망이 펼쳐졌다. 하늘의 허리께는 옅은 청금석 빛깔을 띠었고, 태양은 수평선에서 고도 19도를 일정하게 유지하며 순환했다. 하늘의 어깨 위쪽으로 권층운의 마지막 꼬리 몇 가닥이 어지러이 걸려 있고, 태양 아래로는 호박벌집 모양의 빽빽한 구름이 달처럼 하얀 빛의 파장을 은은히 퍼뜨리고 있었다.

잠자리에 들기 전 그런 고요한 시간이면 나는 바람에 갈라진 눈밭의 표층과 기우뚱하게 걸린 설빙 조각을 바라보았고, 수평선으로 눈길을 돌리다가 이곳에서는 시간만큼이나 척도도 종잡기 어렵다는 걸 새삼 실감하곤 했다. 희미한 색조의 차이만 있을 뿐, 다마스크 문양의 평원과 구분되는 짙은 돌 하나, 미묘한 형태의 변화 하나 보이지 않았다. 나는 이 위치를 정확히—남위 89도 42분, 혼곶에서 남으로 약 3800킬로미터, 케이프타운과 시드니에서 남으로 약 6270킬로미터—상상할 수 있었지만, 이곳을 하나의 장소로 상상할 수는 없었다. 마치 밤중에 배 밖으로 떨어져 물에 잠겨 있는 기분이었다.

우리가 매일 당면한 싸움은 추위, 그리고 기온을 더 끌어내리는 바람을 상대로 하는 것이었다.(동절기에는 이곳이 화성 표면보다 더 추워져 영하 84도 밑으로 내려가기도 한다. 여름에는 영하 33도, 영하 35도, 영하 34도 정도로 비교적 온화했다.) 그런데 저녁이면 소나기처럼 퍼붓는 태양빛 아래에서도 또 다른 어두운 암류가 모습을 드러냈다. 일과 후의 피로를 뚫고 들어오거나 빛의 회복 효과를 지워버릴 만큼 강력하진 않았지만 어느 저녁 나는 나를 괴롭히는 것의 실체를 똑똑히 보았다. 태양 아래 산란하는 빛의 양 가장자리로 하늘이 쑥 깊어지고 나팔꽃 주둥이처럼 둘레가 활짝 벌어져 있었다. 티끌 한 점 없이 청결한 공기를 투과해 그곳을 노려보고 있으니, 그 너머에 놓인 것이 더 많은 눈이나 혹은 더 먼 우주의 경계가 아니라 공간조차 없는, 철저히 텅 빈 공허가 아닐까 싶어졌다. 하늘과 설원이 맞닿은 선, 빛에 눌려 흔들리는 가느다란 은빛 줄, 그것의 생생함에서 창조의 가장자리가 보이는 것 같았다. 마치 순수한 빛과 지형이 빚어낸 우연으로 신성神性의 한 측면과—눈부신 하나의 표정, 흘긋 일별하는 시선과—눈이 마주치기라도 한 것 같았다.

어쩌면 나는 막연한 감사와 확신의 감정을 얻고 돌아설 수도 있었을 것이다. 이곳에 아무런 생물의 움직임이 없다는 모순의 각성이 아니었더라면. 수평선 위로 드리운 그윽한 백열의 빛과 물질의 어렴풋한 형상 어디에도 창조가 생명 활동과 관련 있다는 묵시는 없다.

날씨가 좋을 때 우리는 대지가 잘 견뎌준다고 무심결에 단정해버린다. 그러나 밤이 오지 않는 무관심한 대지는 경고였다. 이곳에서는 생명의 나무가 자라지 않았다.

남극대륙이 최근 글라스노스트•처럼—중대한 국제적 재편의

• 구 소련 당시 정보 공개와 언론 통제 완화를 내세운 '개방' 정책.

일단으로—수면 위로 부상했다. 과학자들은 인간 활동이 지구의 운명에 미친 영향—예컨대 오존층 파괴, 온실효과라 칭하는 대기 온난화—의 정도를 측정하는 동시에 은하계 탐사 차원에서 빅뱅 중 튕겨나간 빛을 찾기 위해 남극으로 찾아오고 있다. 아직은 실험과 연구가 비교적 소규모로 이루어지고 있지만, 저 유명한 아폴로 17호의 사진에 함축된 전 지구라는 비전이 이 대륙에서 구체화되고 있다.

극지 고원에서 우리가 수행할 현장 조사는 간단했다. 그러니까 과학적이고 단순하고 물리적이었다. 일단 우리 캠프에서 역풍 방향으로 수십 미터쯤 떨어진 곳에 깊이 6미터, 길이 2미터, 폭 1.2미터 크기의 눈구덩이를 파고, 긴 측벽에 층계 형태로 디딤단을 만들었다. 이 디딤단(작업을 진행하며 구멍에서 눈을 파내 이 위로 올려보냈다) 맞은편은 가로 2미터 세로 1.2미터의 벽인데, 이 수직면에서 1300개 이상의 화학 분석용 눈 샘플을 꼼꼼히 채취했다.

지구 대기화학의 최신 분야인 눈얼음 화학 연구는 복합적인 환경문제 규명 면에서 전례 없이 막강한 잠재력을 지닌 분야다. 내리는 눈에는 낙하하며 통과한 대기의 화학 성분 기록이 비교적 안정적인 상태로, 당연히 높은 정확도로 보존되어 있다. 과학자들은 눈구덩이와 빙하 및 빙원 심부에서 시추한 빙하 코어를 분석해 이를 바탕으로 지구 대기층의 화학적 역사—기후와 환경 변화의 기록—를 종합할 수 있다.

빙하 코어—현재 이것의 채집 분석을 주도하는 미국 측 연구

팀은 뉴햄프셔대학교의 빙하 조사 그룹이고 나는 이 팀의 극지 고원 조사에 동행한 참이다—에는 다양하고도 심원한 역사적 기록이 보존되어 있다. 빙하 자체만도 바람에 날려온 꽃가루와 핵융합반응 시험으로 인해 발생한 낙진 입자를 함유하고 있다. 게다가 빙하에 대한 화학적 분석은 지구 기온·강수량·대기 혼탁도의 변화, 대기의 화학 성분 변화(예컨대 이산화탄소, 메탄, 아산화질소, 유황산과 질산, 납, 베릴륨, 나트륨의 증가와 감소), 지구 화산 활동, 해양 얼음과 대륙 얼음의 변화 규모 등에 관한 정보를 제공한다. (극지 고원의 보스토크 기지에서 채집한 소련 빙하 코어의 경우처럼) 16만 년 전까지 거슬러 올라가는 기록도 있고, 어떤 경우에는 특정 연도의 계절을 집어내는 정도의 정확한 정보가 밝혀지기도 한다.

분석 기법이 정교하게 개선될수록 빙하 코어 데이터의 신뢰도와 유용성이 높아진다.(특정 기법의 유효성이나 결과의 판독을 둘러싼 논쟁이 있는 건 여느 분석 과학 분야와 마찬가지다.) 이런 정보의 개발에 가장 열렬한 관심을 가진 이들은 지구 대기 속 온실가스 농도 증가를 우려하고 오존 감소의 원인과 결과에 당혹감을 느끼는 사람들이다.(엄밀히 무슨 일이 벌어지고 있는지, 어느 데이터가 정확한지에 대해서는 갑론을박이 있지만, 인간 활동이 대기의 화학구조에 심각하고 틀림없이 유해한 영향을 끼쳤다는 것은 과학적으로 합의된 사실이다.)

우리가 이 극지 고원 조사에서 구체적으로 얻고자 한 것은 오존 감소에 대한 이해를 향상시키는 것이었다. 빙하조사그룹GRG

대표이자 현지 조사 대장인 마흔두 살의 폴 마예프스키는—미국의 가장 야심 찬 빙하 코어 연구인 중앙 그린란드에서의 3000미터 시추 프로젝트도 그가 이끌고 있다—1984년 남극대륙 도미니언산맥에서 채집한 빙하 코어에서 기이한 사실을 발견했다. 상층부에서 비교적 높은 수준의 질산염과 염화이온이 검출된 것이다. 이런 변동 패턴이 어딘지 익숙했는데… 남극대륙 상공 대기층의 오존 변동 패턴과 최소한 표면적으로는 일치하는 것으로 보였다. 그는 혹시 눈에 보존된 이 패턴이 성층권 오존 감소의 대리 기록이 아닐까 의문을 품었다.

만약 우연의 일치 이상의 상관관계가 입증된다면, 요컨대 완벽한 일치가 성립한다면, 수 세기에 걸친 오존 기록이 하루아침에 확보되는 것이다. 그렇게만 된다면 과학자들로서는 최근의 오존 변동이 언제 시작됐는지, 그리고 비슷한 사건이 과거에도 발생했는지 하는, 또 하나의 중요한 사안을 밝혀낼 수 있을 것이다. 혹시 과거에도 발생한 것으로 밝혀진다면, 성층권 오존 감소의 현재적 원인을 단지 인간 활동의 결과로만 간주하기 어려워진다.(현재로서는 그렇다는—다시 말해 오존층 구멍의 주된 원인은 염화불화탄소, 즉 냉매, 에어로졸 추진제, 청정제로 널리 사용되는 제조품이 촉발시킨 화학적 변화라는—것이 과학계의 지배적인 의견이다. 1987년 56개국의 비준으로 체결된 몬트리올 의정서에서는 1999년까지 염화불화탄소를 50퍼센트 감축할 것을 요구한다. 개인적으로 마예프스키는 자신의 연구가 이 결의의 과학적 기반을 약화할까 걱정하고 있다.)

믿을 만한 대리 기록인가 하는 물음에 대한 답, 혹은 답을 얻는 첫걸음이 우리 눈구덩이의 눈 샘플 수집에 달려 있었다. 도미니언 코어 데이터는 남극의 오존 기록과 잘 맞아떨어지긴 했지만, 도미니언산맥 자체가 남극에서 400킬로미터 북쪽, 동경 170도에 위치해 있다. 남극 내륙의 최장 연속 오존 기록은 정확한 극점에서 측정한 것이므로, 확실한 해법은 근처 눈구덩이에서 화학 기록을 추출해 그 오존 기록과 대조해보는 것이다.

마예프스키는 남극기지에서 역풍 방향으로 약 32킬로미터 떨어진 지점을 선택했다. 미세한—남극기지의 디젤 발전기에서 발생하는 일산화탄소나 항공기 배기가스 같은—오염까지도 방지하기 위해서였다. 우리 위치가 잘 발견될 수 있도록, 그리고 혹시라도 걸어서 돌아와야 할 상황에 대비해 우리는 이동 경로가 표시되는 수송용 궤도 차량을 타고 나갔다. 초단파 라디오로 남극기지와 연락한 뒤 우리를 태워다준 두 사람에게 작별을 고했다. 마예프스키의 제자인 뉴햄프셔대학교의 젊은 캐나다 출신 대학원생 캐머론 웨이크와 역시 뉴햄프셔대학교에서 온 생화학자 마이크 모리슨, 이 두 사람이 식사 준비 장소로 지정된 텐트 하나를 사용했다. 다른 쪽, 노란색 피라미드형 스콧 텐트는 나와 마예프스키와 우리 라디오가 함께 썼다. 변소용 구덩이를 파고 강풍에 안전하게 버티도록 장비를 고정하고 저녁을 먹고 나니 취침 시간이었다.

이튿날은 작업이 고됐다. 추위와 20노트로 몰아치는 바람과 씨름해야 했다. 고도의 영향도 있었다.(극지는 대기가 희박한 탓에 우리 현장의 실질적인 기압 고도는 3350미터 언저리였다.) 그래도 즐거웠다. 우리 넷은 손발이 잘 맞았다. 오전에는 눈 블록 톱질, 삽과 부삽으로 구덩이 파고 눈 쌓기, 오후에는 옷 위에 백색 무균 작업복과 모자를 덧입고 항균 마스크와 장갑까지 완비한 다음 분석 샘플링 작업을 하는 규칙적인 리듬을 따랐다.(무거운 플라스틱 용기에 조심히 포장한 우리의 1300개 샘플은 이후 비행기로 남극 해안까지, 선박으로 캘리포니아의 와이니미항구까지 수송된 뒤, 거기서 냉장 트럭으로 뉴햄프셔대학교로 옮겨져 1990년 봄쯤이면 분석 결과가 도출될 예정이었다.) 우리의 대화는 짧으면서 재치 있었다. 우리는 낮 동안 구름 속에 퍼진 진줏빛 광륜光輪이며 환일幻日 같은 눈부신 광학 현상에 경탄했다.

내 기억에 이 정도로 마음이 통하거나 편안함을 느낀 캠프는 다시없었다. 현장 조사팀으로서 거의 극한에 가까운 노출 상황이었지만, 우리에게는 적합한 장비와 연료이 있었다. 함께 어울리는 것도 즐거웠고, 작업의 효율과 진척 상황도 만족스러웠다. 그러나 우리의 행복감을 더욱 강렬하게 만든 원인은 따로 있었다. 그건 우리가 처한 고립의 강도였다. 소소하지만 만족스럽게 수행할 일이 있다는 것, 세상에 유익해 보이는 명확한 임무라는 것, 그 희고 광활한 무대에서 무엇으로부터도 방해받지 않는다는 것이 우리 넷에게 건강한 영향력을 발휘했다. 마치 자메이카에 간 북극곰처럼 완전히 동떨어진 장소에 와 있는 듯한, 묘하게 추방당한 느낌이 이 만족감으로 상쇄되었다.

극지 고원 캠프로 출발하기에 전에 우리는 이틀간 남극기지에서 고도에 적응할 시간을 가졌고, 덕분에 나는 기지를 순회하고 현재 진행형인 실험에 관해 질문할 기회를 얻었다. 아문센-스콧 남극점 기지는 지름 50미터, 높이 약 17미터의 은색 지오데식 돔형 본관에 여러 부속 건물이 딸린 형태다.* 알루미늄 돔 안에는 초대형 냉장실과 상주 직원들의 숙소 겸 업무 공간으로 쓰이는 2층짜리 조립식 건물 세 채가 설치돼 있다. 글리콜 순환 파이프로 난방을 하고, 수세식 화장실과 샤워실과 작은 사우나도 갖춰져 있다. 1975년에 세워진 이래 내린 땅 날림 눈이 쌓여 현재는 돔의 절반 높이까지 눈에 파묻혀 있지만, 돔과 연결된 27미터 길이의 철제 아치형 통행로를 지나면 기지의 유도로와 4킬로미터 길이의 활주로로 곧장 이어진 스노 램프가 나온다. 두 개의 철제 아치형 구조물이 돔 입구 아치와 직각을 이루며 활주로와 거의 평행하게 약 120미터 길이로 뻗어 있다. 돔 입구를 기준으로 왼쪽 구조물에는 먼저 의료 시설이 있고, 더 안쪽으로 22만 5000갤런의 디젤연료가 담긴 고무주머니들이 보관되어 있다. 오른쪽 구조물에는 기지에 전기를 공급하는 발전소, 작은 체육관, 목공 용품점, 차량 정비소 등이 있다. 철제 아치 지붕 통행로로 돔 바깥쪽에 연결된 4층짜리 '스카이랩'은 잠

* 더 현대식 설비를 갖춘 새 기지가 2003년에 완공되어 현재는 이 초기의 돔형 건물을 사용하지 않는다.

수함처럼 비좁은 부속 건물이지만 그럼에도 기지 전체에서 가장 고요하고 가장 채광이 좋은 장소다. 돔의 맞은편에는 기상관측 기구를 쏘아 올리는 갠트리 모양의 높은 구조물이 서 있다.

돔의 바람받이 측, 과학 사분원으로 불리는 구역에는 미국해양대기청에서 운영하는 공기 청정 시설이 있다. 차량 두 대가 들어가는 크기의 필로티 건물로, 대기화학 모니터링을 목적으로 서반구에 설치한 네 곳 중 하나다. 그 근처에 설치된 목재 승강로를 타고 내려가면 기지의 지진계가 놓여 있는 지진 관측 갱도가 나온다. 이곳에 있는 다양한 과학 기구들 중 하나는 지면에서 띄워 산발적으로 배치해놓은 나무 상자들인데, 토끼장 생김새의 이 상자들은 감마선 망원경 수신 장치다.

돔에서 몇백 미터 떨어진 외부 구역에 가보면 담수용 눈을 저장한 벙커가 있다. 돔의 바람 그늘 측면으로 건축 마당, 야적장, 목재와 캔버스로 지은 반영구적 용도의 반원형 막사 여러 채가 펼쳐져 있다. 제임스웨이라 불리는 이 막사들은 여름이면 최대 예순 명의 숙소와 작업 공간이 된다.

지리적 남극점의 위치는 돔 출입구에서 약 180미터, 고리 모양의 유도로와 활주로가 만나 생긴 땅 안쪽이다. 눈 위로 90센티미터가량 튀어나온, 구리 캡을 씌운 금속 막대로 표시돼 있다. 극지 빙원은 1년에 약 10미터씩 전진하기 때문에 (남극기지는 약 2830미터 고도의 빙하 "상류"에 위치한다) 매년 1월 미국지질연구소 측에서 막대 위치를 재조정한다. 여기서 기지 쪽으로 45미터쯤 더 이동한 자리에는 남극조약 원년 가맹국

12개국의 국기가 반원 대열로 꽂혀 있고, 그 앞에 반들반들한 구형의 크롬 조형물이 얹힌 짧은 적백 줄무늬 기둥이 기념물로 세워져 있다. 남반구의 여름 동안 기상 조건이 허락할 때는 미국국립과학재단의 LC-130 화물 수송기가 정기적으로 남극에 착륙한다. 그럴 때면 미 해군 소속 젊은 승무원들이 앞다퉈 내려 기념 기둥 앞에서 사진 촬영을 한 뒤 돔 안의 구멍가게 같은 매점으로 달려가 기념 티셔츠와 장식 배지를 구입한다. 비행기는—이들이 수송하는 물품 중에 저 티셔츠도 있다—엔진을 멈추지 않고 있다가 물품을 내리자마자 곧바로 출발한다. 매점의 기념품 사업 규모는 연간 6만 달러 수준이다.

남극점 기념 기둥 바로 옆에는 손으로 칠한 나무 이정표들이 어지러이 늘어서 있다. 아이다호부터 뉴저지에 이르기까지 각지 연구팀들이 계절 현지조사를 왔던 것을 기념해 세운 것이다. 기둥 높이 깔끔한 나무 화살표들을 붙인 한 사다리에는 팻말마다 뉴질랜드 열일곱 개 도시까지의 각 거리가 적혀 있다. 시골 버스 정류장 표지판이 달린 기둥도 있다. 기둥 위에 고정된 태양열 난방 유리 상자 안에는 (화씨) 120도라고 표시된 온도계가 들어 있다. 그 밖에 희한한 물건으로는 일리노이주 캘루멧파크의 웨스트스루프 스트리트 표지판과 분홍 플라밍고 두 마리가 눈에 띈다.

남극기지에서 바람 그늘 방향으로 1.6킬로미터 내려가면, 우주 마이크로파 배경 복사 프로젝트들에 할당된 제임스웨이 세 채가 모여 있고, 그중 하나에 프린스턴대학교의 오렌지-검은색 깃발이 펄럭이고 있다. 8킬로미터 떨어진 동경 90도 위치에는 목재 가로대 위로 작은 태양열 연구 시설이 서 있는데, 극지의 평평한 지형 덕에 시야에 또렷이 잡힌다.

11월 말에 시작되는 남반구의 여름철이면 많게는 한 번에 여든 명의 인원이 남극기지에서 근무한다. 겨울이 시작되는 2월 중순부터는 기온이 곤두박질치고 거주 인원도 열여덟에서 스무 명으로 줄어든다. 이후 8개월 동안 매일의 라디오 통신, 그리고 6월 중순에 한 차례 있는 대표적인 여름철 피크닉 음식(이를테면 수박 같은 것)과 필수 보급품과 우편물의 항공기 투하를 제외하면, 철저히 외부 세계와 차단된 생활이 계속된다.

이렇듯 단조롭고 소박한 환경에서 고층대기물리학, 기상학, 천체물리학, 지구물리학, 대기화학 분야의 소규모 과학 프로그램이 연중 쉬지 않고 가동된다. 이런 작업을 하기에 이토록 제격인 장소는 아마 지구상에 없을 것이다. 우주선線 활동이 지구 양극에 집중돼 있고, 태양 지구 간 상호작용—이를테면 극광 표시—역시 이곳에 집중되어 있다. 남극기지는 그 자체가 세계에서 가장 높고 건조하고 추운 건조 고원에(남극의 강설량은 제로에 가깝다) 위치해 있어 별과 태양을 관측하기에 이상적인 장소다. 또 남극 상공의 대기는 다른 어느 곳보다도 '스카이노이즈'•와 수증기가 적고, 남극기지는 지구 자전축의 끝에 위치해 있어서, 태양과 천체 곳곳을 수개월 동안 연속 관찰하는 것

• 천체 전파 에너지로 생기는 잡음.

이 가능하다. 어느 과학자의 말마따나, "아시아와 북아메리카에 있는 다른 기지에서는 지진 활동과 배경 소음이 분리되지 않지만, 이곳에서는 사실상 지진 활동의 음량을 키워놓고 들을 수 있다."

남극의 기기와 프로그램이 하는 작업은 우주에서 가장 궁벽한 구석을 탐색하는 일이다. 창조의 유물 같은 빛을 추적하고, 태양 내부의 지진 활동을 감시하고, 들릴 듯 말 듯한 이 행성의 심원한 웅얼거림에 귀를 기울이고, 극궤도 인공위성의 위치를 추적한다. 연중 그토록 긴 기간 동안 접근이 어렵지만 않았어도 남극의 연구 규모는 훨씬 더 커졌을 것이다.

남극기지를 보러 온 방문객들은 이곳에서 이루어지는 탐구들이 전체 행성의 관점에서 우주까지 아우른다는 사실에 깜짝 놀란다. 실제로 남극에서 실시된 대부분의 연구는 국지적 연구이기보다 세계적이거나 전 지구적 차원의 연구들이다. 세계적 협업으로 대규모 지구과학 프로젝트와 우주탐사가 진행되고, 지구 기후에 대한 관심이 높아지는 시대에 남극대륙의 본령이 발휘되고 있다.(남극대륙이라고 하면 많은 이들이 얼어붙은 대양에 에워싸인, 눈과 빙하에 뒤덮인 텍사스 크기의 섬을 상상하는 것 같다. 사실 남극은 오스트레일리아의 두 배 크기에 육박하는 대륙이다. 동남극 빙하만으로도 미국 크기에 맞먹는다. 남극대륙은 이 행성의 방열판이다. 지구 자전축 끝이라는 위치와 크기 덕에—북극에는 이에 견줄 만한 땅덩어리가 없다—이 대륙에서 지구의 대양과 대기의 순환을 추진하는 힘이 나온다.)

온실가스 배출과 오존층 감소로 인해 남극 연구를 향한 대중적 관심이 높아지고, 인류의 운명에 대한 초국적 사고가 다소 갑작스럽게 형성되었다.(메탄과 이산화탄소 같은 온실가스는 지구 대기층에 열을 가둬 세계 기후 패턴에 엄청난 변동을 초래할 수 있다. 자외선 복사는 인간의 암을 유발하고, 특히 해양수의 상층부에 서식하는 특정 식물과 작은 동물 종에게 치명적 위협을 가한다. 이 자외선 복사로부터 생물학적 유기체를 보호하는 것이 오존층이다.) 이런 분야에서 이루어지는 남극 연구에 대해 관심이 급속도로 고조된 한 가지 이유는 이것이다. 지구 기후에서 이 대륙이 중심적인 역할을 하고 있고 이곳의 물리적 환경이 오염되지 않았기에, 세계 기후의 악영향이 이곳에서 가장 먼저 발현할 가능성이 높기 때문이다. 요컨대 남극대륙은 기후변화의 조기 경고 기지인 동시에 빙하 코어에 담긴 정보를 보유한, 지구 대기층의 아카이브다.

환경 및 기후 기록의 축적, 그리고 지구 연구 프로그램에서 남극대륙이 수행하는 중추적 역할에 대한 근년의 인식 변화는 국제지구관측년에 대비해 1956년 남극에서 과학 조사가 집중적으로 이루어진 결과다. 이때의 합의가 1959년에 남극조약의 초안으로 공식화되었다.(이 조약의 체결로 군축 협상, 상호 간 현장 검증, 해저와 우주 공간의 국제적 관리를 위한 법적 제도 마련의 선례가 확립됐다. 요즘은 남극대륙을 방문할 때 누구도 여권을 제시할 필요가 없다. 군사훈련, 무기 배치, 핵폐기물 처리는 모두에게 금지된 사항이다. 조약 가맹국은 서로의 과학 조사에 관한 사찰에 응하게 되어 있다.)

해마다 우주론과 기후에 관한, 펭귄과 물범의 생태에 관한, 빙하의 이동에 관한 질문을 들고 25개국 과학자들 수백 명이 남극대륙으로 모여든다. 일개 국가의 정치가 개입하지 않는 이 모더니즘적인 풍경에서는 진기하게도 이런 질문들이 각광받는다.

남극에서 방향감을 잡으려는 방문객은 고르디아스의 매듭 같은 난제에 직면한다. 극점에는 단 한 방향—북쪽—만이 존재한다. 동과 서는 무의미하다. 북풍은 극점을 지나면서 남풍으로 바뀐다. 북반구에서 온 사람은 태양이 좌에서 우가 아니라 우에서 좌로 움직인다는 사실에 당황한다. "해는 밤에 서쪽으로 진다"라는 식의 현지 시간 개념이 여기서는 그야말로 미스터리나 다름없다. 사람들은 우세풍이나 극지 빙하의 흐름을 기준으로 자기 위치를 말하기 시작한다.(남극기지에서 우리는 어디에서 작업할 것인지 물어오는 사람들에게 조리실에서 흰 종이 냅킨을 가져다—지도입니다, 라며—내밀게 되었다.) 특이성이 부재하는, 광활한 동일성만이 있는 풍경에 대응하는 방편으로 사람들은 깃발을 세워 자신의 이동 경로와 캠프를 표시한다. 180센티미터 높이의 대나무 장대 끝에서 펄럭대는, 가로 45센티미터 세로 30센티미터의 색색 나일론 깃발이 남극대륙 도처에서 보이는 과학 조사대의 표식이다.

애초에 극지라는 무상한 관념이 닻을 내린 건 오늘날에 하는 것과 같은 과학적 실천 차원에서보다 모험과 갈채에 대한 욕망, 미지의 지리에 정착해 공간을 길들이려는 갈망에서 비롯했다. 1911년 12월 14일, 로알 아문센과 대원 네 명과 그린란드 개 열여섯 마리가 처음으로 이 아무 특징도 없는 장소에 도착했다. 탐험대는 자신들이 도달한 지점에 관해 논란의 여지가 없도록 거의 나흘간 이 일대에서 방위를 세 번씩 측정해 남극점을 정확히 못 박았다.(로버트 팰컨 스콧이 남긴 첫 표식은 1912년 1월 16일 남극점에서 25킬로미터 떨어진 위치에 여분 썰매 날에 묶어놓은 검은색 장식 깃발이었고, 이로써 둘의 경쟁에서 승자는 아문센이 됐다. 후에 양쪽 탐험대에서 제시한 측정값을 검토한 한 항해 전문가는 이렇게 결론지었다. 육분의와 경위의經緯儀 등 비교적 조야한 측정 도구를 사용한 점, 그리고 극지라는 이례적인 환경의 측정 난도를 감안할 때 양측 모두 대단히 훌륭한 결과를 낸 것이라고. 아마도 아문센의 대원 헬메르 한센과 올라브 비올란은 남극점에서 약 180미터 이내까지 접근했을 것이고, 스콧 탐험대는 마지막에 작지만 결정적인 실수를 저질러 엄밀히 따지면 남극점에서 800미터 가량 멀어졌을 것이다.)

아문센과 스콧은 매우 목표 지향적인 인물들이었고, 복잡한 성격으로 악평이 나 있었다. 어느 전기 작가에 따르면, 아문센은 타의 추종을 불허하는 전문 기술과 탁월한 업적에도 불구하고 "오만하고 냉담하고 논쟁적인" 성격으로 인해 그에 상응하는 존경을 받지 못했다. 같은 전기 작가의 말을 빌리자면, "불안정하고" "우유부단하고" "둔감한" 성격의 스콧은 비극적인 실패, 그것도 어느 정도 본인의 무능으로 초래된 실패에도 불구하고 과도할 정도의 칭송을 받았다. 남극을 떠날 때 아문센은 일지에 "그러면 이제 작별이다, 극지여. 우리가 다시 만날 일은 없을 듯하다"라고 썼다. 스콧은 "어이구야! 여기는 끔찍한 곳이다"라고 남겼다. 두 사람 다 자신이 찾아온 곳에는 관심이 없고 오로지 수치 계산과 업적에만 신경 쓴 것 같다.

어슐러 르 귄이 1982년 발표한 단편소설 「정복하지 않은 사람들」은 1909년 12월 22일 최초로 남극에 도달한 페루인 여성 두 명과 칠레인 여성 한 명의 이야기다. 이들의 여정은 스콧이나 아문센의 탐험만큼 고되지만 그들보다 덜 거창하고, 그렇게 영웅적인 자의식에 매여 있지도 명예를 좇지도 않는다. 탐험에 오른 전부 아홉 명의 여성은 저마다 가부장적인 가정에서 도망치기 위해 눈속임을 해야 했기에 자신들의 여정을 비밀에 부치기로 한다. 남자들이 이 발견에 그토록 목을 매는데 그들한테서 그런 쾌감을 빼앗는 건 야박하다고 의견을 모으기도 한다. 더구나 수년이 흐른 지금에 와서 비밀이 새나간다면 아문센이 "지독히도 당황해하고 실망할 것"이라고 한 등장인물은 말한다.

마지막 진술에는 가시가 있다. 아문센은 여성의 동행을 결코 환영하지 않았고, 아주 최근까지도 남극대륙은 남성의 배타적 영역이었다.(2차 대전 이후 해군의 남성 중심 전통이 남극대륙에 고착되었고, 스콧과 리처드 버드• 같은 인물들도 이 전통의 일원이었다. 미국인 여성들이 1969년까지도 남극대륙에 발 딛지 못한 데에는 미 해군의 강경함이 크게 작용했다.)

1912년 1월 18일 스콧이 떠난 뒤로 1929년 11월 29일 버드의 탐험대원들이 남극 상공을 통과해 비행한 것 외에는 아무도 남극점을 다시 방문하지 않았다. 그러다 1956년 10월 31일, 미 해군 소장이 DC-3형기로 남극점에 착륙해 미국 조사 프로그램의 착수를 정식으로 알렸다. 1988년 1월 21일, 처음으로 1인당 3만 4900달러의 티켓값을 지불한 관광객들이 민간 항공기를 타고 도착했다. 1989년 1월 17일에는 최초로 스키 육로 여행을 감행하려는 관광객들이 도착했고, 이들이 이 여행에 지불한 경비는 1인당 8만 달러였다.

처음 남극기지에 도착했을 때, 다른 사람들도 대개 그럴 텐데, 나는 약간 겸연쩍었다. 해안가에 위치한 미국의 맥머도 기지에서부터 따뜻한 화물 수송기로 세 시간이 걸린 내 비행은 아문센과 스콧의 투쟁에 감히 비할 바가 못 되었다. 그런 내가 이곳에 와서, 이 무섭도록 아름다운 외딴 땅에 서는 특권을 누리고 있었다. 나는 줄곧 아문센의 검은 깃발에 내재된 영국인들을 향한 모욕이 상당히 거슬렸고, 그것이 상징하는 식민주의적 상상과 민족주의의 잔인한 조야함이 특히 이 장소와 어울리지 않는다는 생각에 마음이 불편했다. 그래서 하늘에 띄울 연을

• 미국 해군 장교 출신 극지 탐험가.

미리 챙겨갔다. 영하 36도 날씨에 6노트의 바람을 맞으며 한 시간 동안 각국 국기들 위로, 묘하게 정확히 지리적 남극점에 혼자 서 있는 미국 국기 위로, 그리고 드넓은 극지 평원 위로 연을 날렸다. 일종의 상징적인 제스처로 시작한 일이었다. 하지만 손에서 연줄이 흔들릴 때, 뭔가 다른 실감이 들기 시작했다. 연이 곤두박질치다가 솟구칠 때, 공기의 흐름을 아슬아슬하게 타다가 바람이 불어오는 쪽으로 머리를 틀 때, 나는 바람의 몸부림을, 그 우아한 도약을 느낄 수 있었다. 바람은 이곳에 사는 유일한 동물이다.

우리의 작고 단출한 캠프에서 보면 남극기지는 새하얀 대양에 떠 있는 모선母船 같기도 하고 우주정거장 같기도 했다. 이 추위와 고요, 비생물적인 정적, 침범할 수 없을 만큼 공허한 하늘, 더없이 무심하고 완강한 설원, 야생 건포도마냥 점점이 흩뿌려져 있는 운석 조각들, 이보다 더 우주의 문턱에 가까이 놓인 환경을 나는 알지 못한다.

태양 아래 서서 저녁을 맞던 순간이면 나는 스콧을, 그의 실추된 명예를 생각했다. 가슴 깊이 불행했던 아문센을 생각했다. 그들의 업적에 담긴 기묘한 허무를 생각했고, 남극 도달을 두고 "거기에 갔다는 것 말고는 별달리 할 말이 없는 곳"이라는 실망에 가까운 버드의 진술을 생각했다. 지금 이곳에서 이루어지는 일은 다르다. 그렇게 의식적인 자만심에 차 있지 않다. 나는 남극기지에서 만난 과학자들을 떠올렸다. 내가 졸졸 따라다니며 지진계와 감마선과 전파망원경에 관해 질문을 던졌던 그들을 생각했다.

이 과학자들의 연구도 어느 정도는 자존심이나 야심이 부추긴 것일 수도 있고 인생의 슬픈 상처나 불안정에 대한 보상일 수도 있다. 그렇다 해도 내가 보기에 이들의 연구는 근본적인 의미에서 겸허했다. 어찌 보면 그들은 단지 지성의 좌표를 밝히기 위해, 시간과 공간이라는 끈질긴 질문을 다시 제기하기 위해 애쓰고 있는 것이다. 이런 질문은 어느 한 개인의 상상이나 비전보다 훨씬 더 크다. 그들은 우리가 우주의 어디에 놓여 있는가를 묻고 있다. 지구의 자기권, 태양풍에 끌리는 이 거대한 에너지 망토의 성질은 무엇일까? 태양의 심박은 과연 농부에게 작물을 심지 말고 어부에게 배를 띄우지 말라고 일러줄 만큼 주기성을 가질까? 동남극의 곤드와나* 기암에는 인도반도가 해안에서 떨어져 나간 자취가 여전히 낮은 지진 진동음으로 남아 있을까? 눈과 얼음 조각으로 과연 이 행성의 건강에 대해 알아낼 수 있을까? 우주를 가르는 이 행성의 여정에서 우리의 현재는 혹은 우리의 과거는 그저 잠깐 지나가는 격동의 시기일 뿐이라고 유추할 수 있을까?

우리 작업장의 백색 평원에서 나는 추방된 자의 심정이 차올라 저녁이면 습관적으로 그 평원에, 그곳에 흐르는 사건에 나를

* 현재의 남반구 땅 전체를 포함했다고 여겨지는 과거의 가상적인 초대륙.

묶어두려고 노력했다. 역사적 서사를 상기하고 그 대지를 생각했다. 이 땅의 표층은 한없이 복잡하다. 태양빛의 무늬와 미세한 음영과 눈부신 빛은 한없이 매력적이다. 사스트루기라 불리는 단단하게 응결된 눈밭의 물결무늬는 우세 풍향을 드러내 보인다. 실제로 평원 자체는 평평하지 않다. 구릉이 있고, 눈에 보이는 것보다 굴곡진 땅이다. 멀리 보이는 산등성이의 흰 절벽까지는 거리가 3킬로미터 같기도 하고 8킬로미터 같기도 하고, 높이가 9미터 같기도 하고 30미터 같기도 하다. 내 눈은 이 공간의 차원과 연신 씨름한다. 눈이 발밑에서 주기적으로 무너져 내리며 방파제를 두들기는 파도 같은 진동음을 낸다. 나는 이런 기호들로 내가 이곳에 있었음을 기억하고 싶다.

텐트로 돌아오는 길에 바람을 안고 우리가 파놓은 눈구덩이 쪽을 흘긋 바라본다. 우리의 욕망은 지극히 단순했다. 어떤 의미로 그것은 예술이 내세우는 목표와 겹쳐졌다. 유의미한 것—이 경우 화학—을 명확히 보이게 만들기, 우리가 아는 것을 이해될 수 있게 만들기. 스콧과 아문센처럼 우리는 인류 공동체를 대표해 공포의 공간과 역사의 복잡한 맥락 안에서 우리 위치를 발견하려고 노력하고 있었다. 각자가 어떤 결함을 지녔든, 결국 우리 다수는 우리가 가진 재능으로 선하거나 독창적이거나 어떤 식으로든 소박한 기여를 하고 싶은 것이 아닐까. 각자의 시간으로 뭔가 당당하고 가치 있는 일을 했다고 기억되고 싶은 것이 아닐까.

남극이라는 머나먼 땅은 사색하는 정신으로 하여금 인류에 대한 애정을, 인류의 운명에 대한 애석함을 쉽게 키우도록 해준다. 폭력과 악행, 이중성과 과대망상의 능력을 곱씹지 않을 수 있게 해준다. 남극에 대한 문헌에서 내가 아는 가장 통절한 말은 로버트 팰컨 스콧이 일기에 마지막으로 남긴 말이다. “부디 우리 사람들our people을 굽어 살피소서.” 에번스와 오츠는 오는 도중 이미 사망했고 워스와 윌슨은 숨이 끊어져 텐트 안에 나란히 누워 있는 상황에서, 자신의 목숨이 다했음을 인지한 그 순간, 그가 말하는 “우리”가 누구인지는 잘 모르겠다. 어쩌면 그저 가족을 뜻하는 말이었을지도 모른다. 어쩌면 무수한 사람들의 뇌리에 떠도는 더 큰 책임의 윤곽이 그에게도 설핏 보였는지 모른다.

나는 보통 10시쯤 잠자리에 들었다. 우리는 바람이 진정되기를, 그래서 우리가 작업을 순조롭게 마칠 수 있기를 바라며 취침 시간을 준수했다. 나는 한 발을 텐트에 들이면서 눈으로 하늘을 훑곤 했다. 마치 그 광활한 곳 어디엔가 한 무리의 새가 담겨 있기라도 하듯.

로케이션

1981년 어느 봄날 오후, 알래스카 페어뱅크스에서 버드 페이라는 해양 포유동물학자와 만나 점심을 먹었다. 그는 태평양에 서식하는 바다코끼리의 생명 활동과 생태에 관한 국내 굴지의 전문가였다. 알래스카어류및야생동물관리국ADF&G의 현장 생물학자로서 주로 알래스카 북극과 아북극 해안 일대를 두루 답사해왔다. 조만간 베링해의 야생에서 바다코끼리를 관찰할 예정이었던 나는 이 연구자와 이야기를 나눠보고 싶었다. 내가 묻고 싶은 한 가지는—아마 이 이야기로 서두를 열었을 텐데—현재 베링해협에 서식하는 바다코끼리 개체군의 규모에 관한 것이었다. 25만 마리에서 급속도로 숫자가 증가하고 있는데, 전문가가 보기에 우려할 만한 상황인지?

그날 저녁 나는 낮의 대화를 돌아보았다. 내 뇌리에서 가장 확연해진 것은 페이로부터 들은 바다코끼리에 관한 온갖 정보들—그는 이 동물이 내보이는 잘 알려지지 않은 세세한 행동들, 이 동물의 성질에 관한 전문가다운 추론 등을 친절하게 공유해주었다—이 아니었다. 수일 내로 세인트로렌스섬에 가봐야겠다는 최근의 결심을 그와의 대화로 재차 다짐한 것이었다. 처음에 상상한 것보다 더 많은 일이 나를 기다리고 있으리라는 예감이 들었다. 세인트로렌스섬에서의 경험이 틀림없이 더 큰 무언가로 이어질 것만 같았다. 이를테면—페이의 설명에 따르면—그곳에는 내가 한 번도 보지 못한 종류의 바다코끼리가 살고 있었다. 범고래와 같은 육식성 포유류였다. 이 종은 다른 바다코끼리들과 따로 떨어져 혼자 베링해협 지역에서 살고 있었다. 저보다 몸집이 작은 다른 해양 포유동물들, 주로 고리무늬물범과 점박이물범을 먹잇감으로 삼았다. 북극곰이나 이빨고래 몇 종을 제외하고 물범을 사냥하는 다른 포유동물은 떠오르지 않았다. 물론 인간은 예외겠지만. 북태평양 일대에 사는 토착 부족인 유픽족은 이 동물을 '아니예가크'라고 부른다고 페이가 말했다. 베링해협 주변의 바다코끼리 개체수가 30만에 근접하게 되면 평소 보기 힘든 이 아니예가크가 더 자주 출몰할 거라고도 말했다.

페이가 내 식사 요청에 응한 데에는 그의 동료인 밥 스티븐슨이 2, 3일 내로 친구들을 만나러 세인트로렌스섬으로 날아갈 계획이라는 소식도 한몫했을 것이다. 내가 이 여행에 동행한다는 것, 그리고 우리가 유픽족 사냥꾼들의 바다코끼리 사냥을 따라가려고 한다는 이야기도 들었을 것이다.

식사가 나오기 전에, 심지어 본격적인 대화가 오가기도 전에, 페이는 밥과 나에게 부탁할 것이 있다고 말했다. 얼마 전 섬에 둘뿐인 마을, 사붕가 마을과 갬벨 마을에서 유픽족이 아니예가크 세 마리를 잡았다는 소식을 들었다고 했다. 그는 사냥꾼들이 이 동물의 사체를 자세히 조사했는지, 이 동물에 관해 어떻게 생각하는지 궁금해했다. 그리고 가능하다면 이 동물의 머리뼈나 엄니 한 쌍을 구해줄 수 있겠느냐고 물었다.

나는 어떤 정보와 자료든 기꺼이 구해보겠노라고 대답했다.

그날 오후 페이와 마주 앉아 이야기하며 나는 바다코끼리에 관한 내 지식이 부족하다는 것을 절감했다. 그동안 온갖 책을 찾아 읽었지만 이 동물의 행동과 생태에 관해 아는 것이 정말 별로 없었다. 게다가 밥과 나의 행선지에 관해서도 아는 것이 거의 없었다. 그곳에 사는 유픽족, 내가 교육받은 세상을 보는 방식과 전혀 다르게 세상을 상상하는 이 사람들에 관한 무지는 말할 것도 없었다.

나는 페이가 언급하게 될 그곳의 지리적 특성을 숙지하는 데 도움이 될까 해서 식당에 지형도 두 장을 들고 갔었다. 바다코끼리 행동에 관한 연구 보고서도 몇 부 지참했다. 이 자료에서 읽은 것을 바탕으로 질문지도 작성해두었다. 나는 그와 대화하면서 가닥이 잡혀가기를 기대하고 있었다. 정해진 방향으로 생각을 몰아가고 싶진 않았다. 바다코끼리의 삶에 대해, 그리고 밥이 오랜 친분을 쌓아온 유픽족 사냥꾼들과의 만남에 대해, 내가 장차 쓰게 될 이야기의 큰 줄기랄지 골조 같은 것을 찾고 싶었다.

바다코끼리를 비롯한 베링해협의 전반적인 해양 환경에 대해 논하다가, 수년간 고민해온 복잡다단하고도 정치적인 사안에 대해 그의 견해를 묻기도 했다. 알래스카 도시에 사는 백인들이 '알래스카 촌'에 사는 사람들의 삶을 야만적이라며 멸시하는 상황에 관한 고민이었다. 1년 전 다른 이야기를 조사하다가 베링해 해안 도시 놈Nome에서 해저 생태 연구팀의 다이브 텐더* 로 자원한 적이 있다. 이 팀은 바다코끼리들이 실제로 바닥에서(다시 말해 '해저'에서) 먹이를 찾는 과정을 기록하고 있었는데, 엄니를 사용해 바닥을 파헤치지는 않을 거라고—당시 대개의 안내서들에 쓰인 바와는 다르게—믿고 있었다. 그때 나는 놈이나 알래스카 다른 '촌' 지역의 생계형 삶을 다소간 접해보았다. 이 기회에 페이 같은 사람은 알래스카 촌의 생계형 사냥을 어떻게 평가하는지 듣고 싶었다.

알래스카를 여행할 때 나는 한 장소와 다른 장소가 어떻게 다른가를 자주 생각한다. 한 번도 가보지 못한 장소에 도착했을

* 다이빙 준비부터 실행 전반을 돕고, 물 위에서 다이버들의 상태를 관리하는 사람.

때 사방으로 뻗어 있는 이 땅덩어리 가운데 실제로 나는 어디에 서 있는 것일까? 숙고해볼 질문이라고 줄곧 생각해왔고, 페이와 만나기 몇 개월 전부터는 북아메리카 북서쪽 귀퉁이 땅을 놓고 그 생각이 깊어지고 있었다. 몇 년 새 알래스카에서 여러 야생 생물학자들, 몇몇 탐조인들과 교분을 많이 쌓았고, 알래스카 사정에도 제법 밝아졌다고 생각했다. 하지만 대략적인 그림을 파악하느라 애썼을 뿐 다종다양한 이곳 지리에 관한 이해 수준은 여전히 관광객보다 조금 나은 정도인 것 같다. 알래스카는 광대할뿐더러—독일, 스페인, 프랑스를 합친 면적보다 넓다—생태적으로 복잡한 땅이다. 밥과 함께 세인트로렌스섬이라는 내게는 생소한 장소에 도착했을 때, 그동안 가본 알래스카 서부의 여타 지역들과 비교해 내가 어디쯤에 와 있다고 상상하게 될까? 그리고 이 물음이 더 중요할 텐데, 이미 경험해본 알래스카 곳곳의 생물학적 문화적 정치적 생태계 중에 과연 내가 정말로 안다고 주장할 수 있는 곳은 어디일까? 유콘 저지대, 브룩스산맥, 남동부 돌출 지역 연안 수역 같은 알래스카 촌에는 엄청나게 많은 야생동물이 살고 있다. 대부분 넓게 산재해 있는 소규모의 인간 거주지들을 야생동물들이 완전히 포위한 형태다.

인간이 거주한 지 1만 5000년이 지났지만 알래스카 땅 대부분은 여전히 식민지 시대 이전은 말할 것도 없고 인류 발생 이전의 땅처럼, 인간성이 없는 풍경처럼 느껴진다.

나는 평소 글을 쓸 때 초기 자료 조사 단계에서 특정 장소에 대한 감각을 키우려고 노력한다. 사람들이 주로 사는 곳과 멀리 떨어져 있거나 외진 장소들이 대부분이고, 일단 어디에 머물지—가령 어느 정착촌에서 머물지, 어느 분수계에서 야영을 할지, 케이프타운에서 나미브사막으로 이어지는 여정 중 어느 길 위에서 지낼지—결정하고 나서는 해당 지역에 관한—역사, 야생동물과 그 생태, 고고학적 인류학적 사실, 지역 정치 등등의—정보 수집에 착수하는데, 순식간에 걷잡을 수 없이 많은 정보가 쏟아지기도 한다.

이번 계획—밥과 밥의 유픽족 지인들과 함께 (물론 그들이 동의해야겠지만) 베링해협에서 바다코끼리를 상세히 관찰하기—을 세우면서는 바다에 근거지를 두고 살아가는 사붕가와 갬벨 지역 주민들의 삶에 관해서도 조사하고 싶었다. 그들이 작은 보트를 타고 해상으로 나가 1.15톤 무게의 바다코끼리 시체를 처리하는 과정도 지켜보고 싶었다. 현장에서 날씨를 예측하는 그들의 원리도 배우고 싶었다. 그리고 가능하다면 (비선주민들이 여전히 잘 알지 못하는) 아니예가크의 생명 활동과 생태에 관해 유픽족 사람들과 토론의 장을 열어보고 싶었다. 이런 작업은 잘해낼 자신이 있었고 정확하고 충실한 이야기를 작성할 수 있겠다고 생각했다. 다른 건 몰라도 숙제는 아주 성실하게 하기 때문이다. 영화계 용어로, 나는 '로케이션'에 뛰어들 각오가 돼 있었다. 그때는 그것이 더 큰 진정성으로 통하는 관문이라고 믿었다.

나는 세인트로렌스섬에 머무는 동안 그 장소에 대한 정통한 이해에 도달하게 되기를 간절히 바랐다.

그날 점심 식사 접시를 물린 뒤 섬과 베링해협과 인근 러시아 연안이 표시된 지형도를 탁자에 펼쳐놓는데 조만간 베링해에서 보게 될 것들의 심층적 맥락을 처음 한 겹 펼치는 기분이 들었다. 이전에 알래스카를 주제로 글을 쓸 때 그랬듯이 일단 이렇게 지도와 나침반에 의지해 지리를 탐색하다 보면 해당 장소의 복잡한 얽힘을 풀어나갈 수 있겠다는 자신감이 얼마쯤 생기지만, 이 자신감은 작업의 다음 단계에서 꺾이기 마련이었다. 지금 페이와 나누는 대화가 그런 단계였다. 쓰려던 이야기의 구조가 진화하는 과정에서 새롭고도 때로는 불가해한 차원이 드러나곤 했다. 이를테면 선주민 부족의 생계형 사냥의 적절성을 겨냥한 인종차별주의적 정치라든지, 지금 이 사안의 경우 유픽족이 현금 기반 경제체제에 적응하느라 분투하면서 감내해야 하는 사회적 변화의 강도 같은 문제 앞에서는 이해력이 흐려지는 느낌이 들었다. 작가가 글감을 구성하고 통합한다면서 이렇게 혼란에 빠지기 직전까지 간다는 이야기에 누군가는 실소를 할 수도 있다. 하지만 나에게는 그런 불안이야말로 언제나 작업이 제대로 되어간다는 신호였다. 그저 내 한계를 인정하고 조사를 계속해나가면, 쇳가루가 자석에 붙듯이 이질적인 조각들이 알아서 정리되고 합쳐지는 걸 종종 목격한다. 거기서 나도 자신감을 되찾아 인터뷰와 현장 조사에 힘을 쏟고, 다시금 내 능력 밖의 일을 하고 있다는 자명한 실감을 애써 무시하게 된다.

나는 어떤 장소의 고유한 특수성을 간파하고 감당하려고 애쓰면서 이렇듯 불확실한—물리적 지리와 문화적 지리가 교차하는—환경에 이끌린다. 언젠가는 내가 한 번도 가보지 못한 풍경을 걸으며 나의 무능함을 절감하는 날이 올 것이다. 그때는 포기하는 수밖에 없을 것이다. 그런 날이 오는 걸—적어도 당분간은—늦추려고 나는 항상 해당 지역에 식견이 다방면으로 풍부한 사람들과 같이 여행하려고 노력한다. 그들이라면 우리가 있는 곳이 정확히 어디인지—우리가 어떤 지형을 지나고 있는지, 지혜롭게 따라야 할 지역의 관습은 무엇인지, 보유한 식량과 물의 양은 목적지까지 데려다주기에 부족하지는 않은지—언제든 나에게 말해줄 테니까.

밥과 나는 페어뱅크스에서 노턴사운드 해안의 놈까지 서쪽으로 날아간 다음 거기서 주 2회 비행하는 프로펠러기로 베링해를 건너 사붕가에 도착했다. 다음 날부터 사나흘에 걸쳐 아니예가크와의 만남을 주제로 대여섯 명의 사냥꾼을 인터뷰하고, 페이에게 줄 엄니 한 쌍을 구입하고 아직 엄니가 달린 아니예가크 머리뼈를 조심조심 사진에 담았다.(아니예가크의 엄니는 특색이 있다. 산 채로 잡아먹은 물개들의 발톱 자국이 바다코끼리 엄니에 고스란히 찍혀 있다.) 우리는 30대 유픽족 남자 조지 눙우크가 가족과 사는 집에 묵게 됐다.(조지는 수년 전 밥이 세인트로렌스섬에서 북극여우에 관한 현장 조사를 했을 때 알게 된 사람이다. 그들의 조사 기지가 사붕가에 있었다.)

조지의 가족과 어울려 밥을 먹다 보니 숙소가 집처럼 편안해졌고, 조지 부부와 세 아이들과도 관계가 돈독해졌다. 저녁을 먹고 나면 조지와 밥은 수다를 이어갔고 나는 리놀륨 장판을 깐 바닥에 앉아 막내와 놀아주곤 했다. 그러면서 연중 다른 계절에 바다코끼리가 보이는 행동이라든지, 밥이 전에 만났던 마을 사람들의 안부라든지, 다른 사냥 환경에서 어떤 탄약이 효과적인지 등등 두 사람이 나누는 대화를 옆에서 얻어듣곤 했다.

하루는 막내가 자러 간 뒤 나도 대화에 끼었다. 나는 조지에게 사냥꾼들이 자기가 잡은 동물들의 죽음을 심리적으로 어떻게 감당하느냐고 물었다.(조지는 "잡았다"는 말 대신 "나에게 주어졌다"는 표현을 사용했다. 조지를 비롯한 사붕가의 사냥꾼들은 자신과 가족을 부양하기 위해 동물을 잡는 생계형 사냥꾼들이다. 그들은 '스포츠 사냥꾼'이나 '트로피 사냥꾼'과 달랐고, 그런 식으로 동물의 목숨을 취하는 태도를 내심 얕잡아보았다.) 어느 순간 조지는 유픽족 젊은이가 보통 어떤 과정을 거쳐 사냥꾼으로 성숙해가는지, 야생동물과의 치명적인 조우가 띠는 성격과 사냥에 수반되는 윤리적 책임을 이해하는 과정을 자신의 경험에 비춰 설명하고 있었다. 조지는 나에게 이것을 더 명확히 이해시키려고 미국의 심리학자 에이브러햄 매슬로의 글을 아느냐고 물었다. 나는 모른다고 답하고, 조지가 매슬로의 자아실현 이론을 자기식대로 설명해주기를 기대했다.(조지는 알래스카의 앵커리지대학교를 졸업한 뒤 사붕가로 돌아왔고 지금은 마을 지도자의 일원으로 활동하고 있었다.) 나는 일견 부조화스러운 이 독특한 상황에 주목했다. 아북극의 구석진 마을에 사는 이중 언어 구사자이자 해박한 생계형 사냥꾼이 내가 속한 문화의 유명 학문을 이용해서 어떻게 유픽족 젊은이가 사냥 기술을 익히는지, 어떻게 자신이 도발한 동물과의 치명적인 조우에 스스로 윤리적 책임이 있음을 자각하게 되는지 나에게 설명해 주려는 것이다.

아마 그날 밤 우리가 나눈 다문화적 대화를 어느 하나의 지형도 안에 좌표로 표시하긴 어려울 것이다. 하지만 나는 내가 어디에 있는지 더 잘 이해하게 되었다.

사붕가에서 며칠을 지낸 뒤 밥과 나는 좀 더 규모가 큰 갬벨 마을로 옮겨갔다. 비행기에서 만난 사람이 우리가 묵을 곳으로 버논 슬우코의 집을 추천했다. 유픽족 사람들은 바다코끼리 사냥철인 5월이면 백인들의 섬 방문을 적극적으로 만류하고, 필요하다면 물리적으로 차단하기까지 한다.(밥과 내가 그곳에서 신세질 수 있었던 건 순전히 두 마을 주민들이 밥을 좋게 기억하고 있었고 밥이 나를 보증해준 덕분이었다.) 예전에는 백인들이 마이애미처럼 먼 곳에서부터 놈을 거쳐 세인트루이스섬까지 찾아와서 야생동물을 잡아 식용하는 유픽족에게 비난을 퍼부었다. 미개한 풍습이며 신이 당신들을 경멸한다고 말이다.

이번 세인트로렌스 방문에서 가장 즐거웠던 경험 중 하나는 야생동물의 생명 활동에 대해 매일같이 이어지는 대화를 오다가다 얻어들은 것이다. 해안 절벽을 따라 둥지를 틀고 서식하는 각종 바닷새들에 관한 이야기(유픽족은 새의 알을 모아다 식량으로 썼다), 얼음낚시로 겨울철 둑중개와 작은 대구류를 잡은 이야기, 그들이 열성적으로 공부하고 사냥하는 북극고래, 밍크고래, 귀신고래 등 고래목 동물의 생태에 관한 이야기, 이따금 가죽을 얻기 위해 덫을 놓는 북극여우에 관한 이야기, 태양년을 기준으로 각기 다른 시기에 섬에서 발견되는 141종의 조류들을 포함해 그 밖에 그들이 규칙적으로 조우하는 동물종의 사회생활에 관한 이야기. 그들의 지식은 백과사전을 방불케 했고 묘사는 정묘했다. 야생동물과의 조우를 술회할 때는 동물 개개의 삶을 근원적으로 불가사의하게 인식하는 그들의 태도가 특히 두드러져 언뜻 고도의 분석이나 논리적 사고방식을 중시하는 이들이라면 저항감이나 거부감이 들 법도 했다. 그들과 함께하는 매일은 관찰자로서 나의 미흡함을 상기시켰다. 반면에 내가 한참 무지한 질문을 해도 그들은 내 질문에 시종일관 정중하고 열의 있게 응답해주었다.

갬벨에 도착한 다음 날, 우리가 신세지게 된 집의 주인이 마을 촌장인 멀린 카누카를 만나러 갈 시간이라고 알려주었다. 촌장 집으로 가는 길에 밥은 이번 방문이 중요하다고, 카누카 촌장이 생계형 사냥에 대해 우리 의견을 물어볼 거라고 강조했다. 우리가 어떻게 대답하느냐에 따라 다음 비행기로 섬을 떠나라는 말이나 머물러도 좋다는 말—물론 이 말이 우리 존재가 환영받는다는 의미는 아니다—을 듣게 될 거라고 했다.

카누카 촌장과의 면담은 그의 집 식탁에서 이뤄졌다. 포마이

카를 칠한 상판 위에 각종 양념병들, 실탄이 든 통, 빈 탄산음료 캔, 작은 공구들, 어린아이 장난감 등이 가득했다. 격식을 차린 면담은 아니었지만 자주 침묵이 끼어들었다. 긴장이 감돌았다. 카누카 촌장의 태도는 공격적이라기보다 신중했는데, 그는 단도직입적으로 우리에게 (땅이 2.5센티미터 이상 녹지 않고 밭에서 채소를 기르기에는 여러모로 기후가 혹독한 곳에서) 식용 목적으로 바다코끼리를 죽이는 것에 대해 어떻게 생각하느냐고 물었다. 내가 섬에 온 이유를 설명할 차례가 됐을 때, 나는 수년간 알래스카 선주민 마을들을 다니며 배운 생계형 사냥에 대해 이야기했다. 그리고 생계형 사냥을 존중하고 지지하지만 나 자신은 사냥꾼이 아니라고 말했다. 내가 자진해서 작가라는 말을 꺼내자 무표정하던 카누카 촌장의 두 눈에 불길이 화락 일었다. 내가 쓰려던 이야기가 눈앞에서 폭삭 주저앉는 느낌이 들었다. 카누카 촌장은 한참 동안 내 눈을 노려보았지만, 내 말을 가로막지는 않았다. 나는 백인이자 외부인으로서 생계형 사냥에 대해 가치 있는 의견을 내놓을 입장이 아니라고 설명하려고 애썼다. 나는 그에게 세인트로렌스섬에 배우러 왔다고 말했다. 사냥꾼들과 다른 사람들의 말을 귀담아들으러 왔다고 했다. 다시 한참 침묵이 흐른 뒤 촌장이 왼손을 들어 하찮은 것을 치우듯 툭 밀쳐내는 손짓을 했다.

그가 우리에게 와줘서 고맙다고 인사했고, 우리도 작별 인사를 건넸다.

그 이후의 장면은 지금도 기억에 생생하다. 밥과 내가 어깨동무를 하고 서로의 우정과 신뢰를 확인하며 어두운 눈밭을 보드득보드득 밟아 버논의 집으로 돌아가던 길이. 우리는 벽지 선주민의 삶과 오랜 친분을 맺어온 한 사람이었고 아직 견습생으로서 다양한 인간 삶의 방식을 이해하려고 노력하는 한 사람이었다. 그날 저녁 인종차별주의나 식민주의에 물들지 않은 사고방식으로 스스로를 표현하는 데 성공한 두 백인 남성이 걷고 있었다. 우리는 수일 내로 사냥꾼들과 같이 바다에 나갈 수 있느냐고 카누카 촌장에게 물어보지 않았다. 그러나 우리를 진정으로 신뢰하고 환영한다면 초대할 거라고 밥이 말했다. 혹은 기회가 생겼다가 아무도 모르게 사라져버릴는지도 모를 일이었다. 그렇게 되면 메모와 사진과 페이가 연구할 아니예가크 엄니를 들고 페어뱅크스로 돌아가야 할 것이다. 그만하라는 말을 듣기 전까지 우리는 마음 편히 인터뷰와 사교를 계속해가며 누구의 식사 초대에든 응하기로 했다.

유픽 사람들의 이야기에서 아니예가크는 거의 매번 젊은 수컷으로 묘사된다. 사냥꾼들이 말해주기로, 움직이는 총빙의 얼음 조각에 올라가 휴식을 취할 때 아니예가크는 눈에 띄게 혼자 누워 있다. 사람이 보여도 서둘러 물로 뛰어들지 않고, 고개를 들고 경계를 유지한다. 당신이 탄 보트가 너무 바짝 지나가면 아니예가크가 당신을 노려볼 것이고, 관찰을 하려고 배의 속도를 늦추거나 가까이에서 어슬렁거리면 얼음에서 뛰어내려 당신에게 곧장 헤엄쳐올 것이라고 사냥꾼들은 설명한다. 배 밑으로 잠수해 들어가 몸을 빙그르 돌려 보트 바닥에 엄니를 박아넣거나, 수면 위로 떠올라 뱃전에 엄니를 고리처럼 걸어 배를 뒤집어버리려 할 것이라고.

사붕가에서 만난 한 노인에게 자칫 보트에서 떨어지기라도 하면 범고래에게 공격당할까 무섭지 않으냐고 물은 적이 있다. 전혀, 라고 노인은 말했다. 오르카는 사람을 공격하지 않소.(그런데 오르카라고도 불리는 이 범고래들은 가끔 혼자 있는 바다코끼리에게 떼로 덤벼들어 바다코끼리를 때려죽인 다음 사체를 먹지 않고 그냥 가버린다.) 노인은 자신이 무서워하는 바다 동물은—아니예가크 말고는—북극곰뿐이라고 했다. 노인이 설명해주기로, 유픽족 사냥꾼들은 아니예가크를 잡을 때마다 위장을 열어 녀석이 그동안 먹은 것들을 확인한다. 대개 지방층이 아직 붙어 있는 물개 가죽이 가늘게 찢긴 형태로 들어 있다. 아니예가크는 물개를 잡아서 앞 물갈퀴로 엄니에 가까이 가져다 놓고 물개를 옥수숫대처럼 회전시켜가며 녀석의 살 조각을 흡입한다고 노인은 설명했다.

갬벨에 있는 동안 밥과 나는 약 450명의 주민 가운데 대여섯 명의 사냥꾼과 대화를 나눴다. 엄니를 두어 개 더 구했고, 다른 것들은 사진에 담았다. 세계에는 아니예가크처럼 우리가 잘 모르고 예상치 못한 불안한 것들로 가득 차 있겠구나, 이렇게 생각한 일이 기억난다. 이 바다코끼리 종에 대해 내 지식이 쌓일수록 지식은 서서히 경고로 바뀌었다. 당신이 여행하는 장소를 깊이 이해하는 일은 언제나 쉽지 않은 도전이다. 하지만 당신이 정확히 어디에 있는지 안다고 확신할수록 당신이 위험에 처할 가능성은 커진다. 바로 당신이 잘 알지 못하는 것 때문에.

페어뱅크스로 돌아가기로 한 날이 2, 3일 앞으로 다가왔다. 밥과 나는 버논의 식탁에서 아침을 먹으며 삼중 유리창 너머로 총빙이 해안에 고정된 빙하 가장자리를 지나 떠내려가는 광경을 바라보고 있었다. 더 가까이, 검은 현무암 자갈 해변에는 약 5미터 길이 알루미늄 보트 열두 척이 선미 보에 55마력 엔진만 기우뚱 얹고 아무것도 싣지 않은 채로 세워져 있었다. 버논이 턱수염바다물범 가죽으로 밑창을 댄 끈 풀린 가죽 부츠를 신고 조용히 부엌을 가로질렀다. 어깨에는 고성능 소총을 걸치고 팔로는 장비를 헐겁게 안고 있었다.

"보트 타러 가겠소?" 그의 물음은 이런 의미였다. "우리랑 바다코끼리 사냥하러 가겠소?"

우리는 황급히 채비를 갖췄다.

유픽 사냥꾼들은 주로 북과 서로 방향을 잡고 오후가 깊도록 바다코끼리를 찾아다녔다. 찾은 수백 마리 중에 몇 마리를 잡았을 즈음 러시아 연안의 마르코프만 위로 높이 솟은 절벽에 다다랐다. 러시아—당시는 소련—가 지근거리라는 사실에 슬쩍 긴장한 나와 달리 일행들은 느긋해 보였다. 이쪽 해안에 친척들이 많이 살고 있어서 그들의 사고로는 이곳도 자기가 사는 "나라"의 연장이나 다름없었다. 국제 날짜변경선을 배로 오락가락하며 서쪽의 내일로 넘어갔다가 다시 러시아의 어제인 동으로 넘어오면서도 유픽 사람들은 표준 시간대에 아무 관심이 없었다. 그들이 생각하는 우리가 실재하는 곳과 내가 상상하는 우리가 있는 곳은 명백히 달랐다. 그들은 수십 세대 전이나 지금이나 같은 바다에서 사냥하고 있을 뿐이었다. 우리의 위치가 어디든 그들의 날짜는 달라지지 않았다.

유픽 사람들과 바다코끼리를 관찰하고 사냥했던 그 봄날 오후로부터 몇 해 전쯤, 나는 샌디에이고에 있는 미 해군 해양시스템센터에서 해양과학자들과 대형 수륙양용기를 타고 매일 놈까지 왕복했다. 이들은 총빙을 헤치고 북상해 보퍼트해로 진입하는, 북극고래의 봄철 이동 경로를 추적하고 있었다. 어느 아침 소련 미그전투기 두 대가 각각 우리 비행기 좌측과 우측에 따라붙었다. 저쪽 조종사들은 속도를 낮추고 랜딩 기어를 내리고 플랩을 최대한 펼쳐 우리 비행기와 속도를 맞추려 했다. 우측 조종사가 우리에게 가운뎃손가락을 쳐들어 보이더니 우리를 앞질러 살짝 선회하다 불과 우리 비행기의 100미터 앞에서 수평비행을 하며 세찬 난기류를 만들어냈다. 비행기가 걷잡을 수 없이 요동치며 기우뚱댔다. 우리 조종사는 항로를 이탈하지 않으려고 10여 미터쯤 고도를 낮췄다 다시 급상승했다. 한참 만에 흥미를 잃은 소련 조종사들이 요란한 소음을 내며 사라지자 다시 고요가 찾아왔다.

1970년대 말에는 소련 상선들이 정기적으로 놈에 정박했다. 승조원들은 나눠 마실 보드카와 호밀빵을 들고 뭍에 오르곤 했다. 부둣가 술집에서 술을 마시고 동네 주민들과 포켓볼을 치고 누구하고나 농을 주고받았다. 1980년 로널드 레이건이 백악관에 입성하면서 이따금 있던 이런 관광이 하루아침에 중단됐다. 6400여 킬로미터 떨어진 곳에 사는 신임 대통령이 앞으로 그런 식의 방문을 금지한다고 선포한 탓이다. 유픽 사람들은 어리둥절해했다. 어떻게 설명해도 러시아 선원들이 갑자기 사라져버린 연유를 납득하지 못하는 것 같았다. 우리는 더 이상 우리가 있다고 생각하는 장소에 있지 않았다. 이제 우리는 다른 곳에 와 있었다.

갬벨을 떠나기 전, 한 사냥꾼에게 마을에 출몰하는 특이한 생김의 개들에 대해 물었다. 러시아요, 그가 말했다. 러시아에서 넘어온 개들이었다. 겨울이면 개들이 바다 얼음 위로 걸어 나와 세인트로렌스섬으로 직행한다고 그는 설명했다. 개들이 있는 러시아 쪽 해안에서는 약 180미터 높이의 세부오쿡산이 바라다 보이고, 그 산기슭에 갬벨 마을이 서 있다. 이따금 유픽 사냥꾼들이 바다 얼음에 실려 온 개들을 발견하고 구조해 갬벨로 데려오기도 한다고 했다. 아마 갬벨 개들 중에도 마찬가지로 빙하를 건너 러시아 마을까지 다다른 녀석들이 있을 것이다. 남쪽으로 베링해와 아나디리만까지 떠내려가 영영 육지를 못 보게 된 녀석들도 있을 것이고.

어느 날인가 사붕가에서 해안에 붙은 빙하를 밟고 멀리까지 걸어 나가보았다. 거기서 개 서른 마리의 사체를 발견했다. 몇

몇의 목에는 견인용으로 쓰는 노란색 폴리프로필렌 밧줄이 감겨 있었다. 매해 봄, 사슬에 묶이지 않은 떠돌이 개를 총으로 쏘는 "개의 날dog day"에 죽은 개들이었다. 얼음이 녹으면 죽은 개들은 바다 밑바닥으로 떨어질 것이다. 마을 쓰레기가 담긴 수백 개의 검은 비닐봉지들과 함께.

세인트로렌스섬에서 보낸 그 일주일로부터 10년 뒤, 수천 킬로미터 떨어진 지구 곳곳의 장소들, 막상 가보기 전에는 잘 모르던 구석구석을 돌아다니고 난 다음 남부 캘리포니아 모하비 사막 동부에서 글을 쓸 때였다. 분지 산맥 지형의 좁은 계곡을 하이킹하다 멀찍이 한 남자를 발견했다. 남자가 멘 밝은 초록색 가방의 넓은 가방 끈이 남자의 가슴을 대각선으로 가르고 있었다. 망원경을 통해 종잇장 몇 장을 쥐고 있는 남자의 왼손이 보였다.

공기가 청명한 겨울 아침이었다. 온화하고 건조했다. 바람 한 점 불지 않았다. 마냥 고적했을 계곡에 그로 인해 약간의 색채와 생기가 감돌았다. 갑자기 남자가 걸음을 멈추고 허리를 수그려 땅바닥에 있는 뭔가를 살폈다. 그의 황갈색 셔츠에 달린 견장이 눈에 들어왔다. BLM, 미국 내무부 산하 토지관리국 표식이었다.

나는 몇백 미터쯤 떨어진 살짝 융기된 사막 지반 뒤에 몸을 반쯤 숨기고 있었다. 남자의 차량은 보이지 않았지만, 나처럼 굴곡진 지대 어디쯤 세웠겠거니 했다. 남자는 웅크려 앉아 뭔가를 돌망치로 가볍게 두들겨 구멍을 내보며 조사하고 있었다.

나는 남자에게 내가 분명하게 보이도록 융기된 지반 위에 올라서서 손을 쳐들었다. 이내 남자가 나를 발견했다. 남자가 천천히 몸을 일으켰다. 나는 한 번 더 손을 흔든 뒤 그가 있는 쪽으로 걸었다. 내가 가까이 가자 남자도 예의 있게 내 쪽으로 몇 걸음을 뗐다. 나의 침입을 거부하지 않겠다는 정중한 표현인 듯했다. 우리는 몇 미터쯤 거리를 두고 말을 나눴다. 남자의 손에 들린 종이가 위성 영상 정보라는 걸 분명히 알아볼 수 있었다. 나는 이 우연한 마주침에 놀랐다고 말하고—반경 수 킬로미터 내에 사람은 우리 둘뿐이었을 것이다—내 소개를 했다. 〈내셔널 지오그래픽〉에 모하비사막 동부에 관한 기사를 싣기 위해 조사 중인 작가라고. 내 질문에 그는 자기가 하는 일을 '지면 진위 파악'이라고 설명하며 위성사진 한 장을 내밀었다. 사진에는 우리 두 사람을 에워싸고 있는 넓은 산쑥 분지의 일부가 찍혀 있었다. 그는 자신이 가진 위성사진 가운데 '지형적 이상'—이해되지 않는 지리적 특징—이 나타나 있거나 선명하지 않게 보이는 것이 몇 장 있다고 말했다. 선명도가 떨어지는 것은 인공위성이 그 위를 지나는 순간 드리운 그림자 때문이기도 하다고 그가 설명했다.

남자에게 지질학자라는 말을 듣고서야 내가 처음에 그의 작업 규모를 두고 했던 상상이 잘못되었음을 깨달았다. 그가 진위 파악 중인 지면의 단위는 제곱미터가 아니라 제곱킬로미터였다. 나는 그가 위성사진을 두고 미세한 보정을 하고 있다고 생각했는데, 이것은 그가 하는 일의 일부에 지나지 않았다. 이 일대 지표면에 대해 더 상세한 지질학적 조사를 하는 것이 자신이 하는 업무라고 그가 설명했다. 지금은 주로 광맥이 있을 거라고 확실히 짐작되는 곳을 찾고 있었다.

지면 진위 파악이라는 말은 처음 들어보았지만, 물체와 그 물체의 해석된 이미지를 대조한다는 발상에 나는 곧바로 매료되었다. 렌즈에 잡히는 것들을 무차별적으로 기록하며 지나가는 인공위성이라고 해서 관측한 것을 전부 명확히 보여주지는 못했다. 해석의 여지가 있는 크고 작은 문제들이 수십 가지에 달했다. 조사관은 이 사막 분지에서 자신에게 주어진 1차적 임무가 위성 이미지들을 '확대하는 일'이라고 설명했다. 실제 그의 눈앞에 보이는 것과 이 이미지들을 대조한 뒤 관련성이 있다고 판단되면 메모를 첨부하는 식이었다.

나는 그가 일하는 동안 따라다녀도 되는지 물었다.

그가 보여준 종이에 찍힌 이미지가 특정 구간을 개괄한 대축적도였다면, 내 발치에 보이는 것은 더 범위가 제한된 소축척 이미지라고 할 수 있었다. 내가 서 있는 바로 이 장소에 관한 가장 믿을 만한 진실은 어디에 있는 것일까? 우리는 대부분 위성 카메라가 특정한 위치, 가령 지금 같은 경우 모하비사막 동부의 작고 길쭉한 분지에 대해 정확한 이미지를 제공한다고 생각한다. 다른 한편으로는, 실제로 그런 이미지에 어떤 결정적 정보가 누락되어 있다는 것도 알고 있다. 이건 3차원이 아닌 2차원의 이미지다. 적외선, 자외선, 음향, 후각적 데이터를 제시하지 않으며, 생물학적 활동 정보는 빈약하다. 위성사진은 태양이 지구를 밝히는 시간대의 한 순간을 임의로 포착한 것일 뿐이다. 더 풍부하고 더 완벽하고 더 확실한 이미지를 생성하려면, 기술의 한계를 감안할 때 이 조사관이 각오한 것보다 훨씬 더 많은 '지면 진위 파악'이 필요할 것이다. 16세기 스페인 탐험대가 이곳에 남긴 기록은 어디에 있으며, 그보다 1만 5000여 년 전 아메리카 선주민의 기록은 또 어디에 있는가? 태부족인 정보를 가지고 어떻게 자신이 있는 곳을 정말로 안다고 말할 수 있을까?

그날 아침 모하비사막에서 남자와 나는 서로의 눈을 응시하며 유달리 굳게 악수를 나누고 헤어졌다. 내 짐작이지만, 아마 그와 나는 정치적 견해가 달랐을 것이다. 또한 인문 예술의 은유와 암시에 물들어 있는 나와 다르게 그는 경험과학의 논리에 능숙하도록 훈련받았을 것이다. 그를 고용한 이들은 이번 조사 작업으로 광산업체들의 관심 지역 위치가 확보되기를 기대할 것이고, 그러면 BLM 관할구역 내 일부 토지를 해당 업체에게 임대하려 할 것이다. 그렇다면 내 관심은 어디로 향해 있었을까? 해가 다르게 급변하는 이곳 사막의 기후, 내가 발견한 증거로 보아 이 분지에서 야생 당나귀를 사냥하고 다니는 게 분명한 퓨마들, 빗물로 한 번씩 우묵한 저지대를 범람시키는 간헐 하천, 살펴보려고 집어 들었다가 다시 내려놓은 수백 년 된 질그릇 파편, 그 밖에 여전히 미개발 상태인 이곳의 지리적 요소들, 아마도 이 분지의 채굴권 대여로 발생할 경제적 이득의 전망보다는 〈내셔널 지오그래픽〉 독자들의 관심에 더 부합할 그런 사안들이었다.

내가 세인트로렌스섬 주민이 아니었듯 그날 마주친 그 조사관도 이 장소의 주민이 아니었다. 물론 평생토록 한 장소에서 주의를 기울여가며 살았다 한들, 그걸로 개인의 정체성을 확정할 수는 있을지 몰라도 자기가 있는 곳이 어디인지를 정확하게 진술하기에는 여전히 부족하다. 하지만 다가올 시절에는 자기가 있는 곳을 정확히 아는 것보다 어디에 있든 이곳이 안전한가를 아는 것이 더 중요해지리라 생각한다.

유픽족 사냥꾼들과 배를 타고 베링해 북부로 바다코끼리를 찾아 나섰던 그 무렵 나는 젊었다. 그때 이후로 차츰 깨닫게 된 것이 있다. 세계에 대한 나의 앎에 의존하는 것이, 특히 집에서 멀리 떠나 있을 때는 굉장히 위험할 수 있다는 것이다. 그런 상황에 처할 때마다 주어진 조건에서 무엇이 현실적이거나 현명하거나 윤리적인 결정인지 나 자신의 판단을 유보하는 게 좋다는 점도 알게 되었다. 선주민들 전원은 아니어도 그들 일부가 보유한 지식의 보고에서 보았던, 19세기 고래잡이 보트의 중심선 기둥이 떠오른다. 이 기둥은 거친 풍랑이 일 때나 작살에 꽂힌 고래가 필사적으로 몸부림을 치며 극도의 압박을 가할 때 배의 구조적 안정성을 지키는 장치다.

위협이 드리운 세계에는 이 안전장치가 필요하다.

세계 여행자로 살다가 지금은 소위 선진국 문화에 안착해 지내면서 나는 고향에서 쫓겨난 사람들, 빈곤과 기근과 조갈과 종파 간 전쟁과 20세기의 산업 식민지화와 약탈자들과 지배계급의 무시 등으로 파괴와 소외를 겪은 사람들, 혹은 단지 너무 많은 타인들이 그들의 언어와 외양과 신앙을 혐오한다는 이유로 쫓겨난 사람들을 자주 생각한다. 국제사면위원회에 따르면 오늘날 수천만에 달하는 사람들이 난민으로, 자기 터전에서 추방된 자로 살아가고 있다. 일부는 기억에 의지해 여전히 고향에 대한 강한 의식을 간직한다. 그러나 일부는 시간이 흐를수록 길 잃은 막막함이 깊어진다. 임시 거처에 몸을 숨기고 탈출할 길을 고심하는 가족들이 동서남북 어디에나 있다.

폭풍이 다가올 때는 익숙한 문화적 공간과 지리적 위치에 단단히 정박해 있는 것이 최우선 과제라고 굳게 믿는 사람들이 많다. 그래야 각자에게 필요한 우정의 안전망과 깊은 자아 인식이 주어진다고, 삶에 중요한 목적성이 있다는 의식 또한 강해질 거라고 믿는다. 사회적 혼란과 격변의 시기일수록 내가 서 있는 곳이 어디인지 정확히 아는 것이 긴요해 보인다.

그렇지만 변화는 여러 각도에서 빠르게 일어나고 있다. 우리 대부분은 우리가 있는 곳을 정확히 알지 못한 채 하루를 시작한다. 한때 우리는 모든 중대한 질문에 어떻게 응답해야 하는지 안다고 확신했다. 한때 우리는 불안한 시대에 균형을 잃지 않는 법을 다음 세대에 전수해줄 수 있으리라 짐작했다. 우리 앞을 가로막고 있는 것들—기후변화, 새로운 팬데믹, 그 밖의 권위주의 정치권력—을 견뎌내고 살아남으려면 우리는 상상력을 더 확장해야 한다. 우리는 서로를 신뢰해야 한다. 왜냐하면 지금 상황은 안전하다고 생각한 모든 장소가 녹아 하나의 물이 되어버린 것과 마찬가지이기 때문이다. 우리는 만드는 법을 잊어버린 보트를 찾아 헤매고 있다.

두 번 다시는!

토요일

크라쿠프행 비행기의 출발이 지연되어 파리 공항에 40분째 발이 묶여 있지만, 별로 곤란하진 않다. 크라쿠프에서 나를 기다리는 사람은 아무도 없다. 지난 닷새를 파리에서 동료들과 함께 보냈으니 거기서는 조용히 혼자 다닐 작정이다.

폴란드 일정을 아무와도 상의하지 않은 이유는 내가 뭘 하려는지 나도 잘 몰라서다. 이번에도 지극히 단순한 생각으로 어딘가로 향하고 있다. 나를 작가로 살게 만들고 결국 나를 항복시키는 욕망이 시키는 대로 직감 하나에 의지한다. 이번 방문의 목적은 아우슈비츠를 보겠다는 것 하나다.

지난해 내내 나는 내 나라의 학살지를 찾아다녔다. 인종차별주의자들과 온갖 진보의 사도들에게 북미 선주민들이 살해된 장소들, 정부의 직접적 관여나 공모하에 집단 학살이 자행된 곳들이었다. 아우슈비츠행으로 뭔가가 명확해지기를, 그런 죽음의 정치가 어떻게 일어날 수 있는지 일말의 어렴풋한 단서라도 찾게 되기를 바라고 있다. 아우슈비츠에서 일어난 일은 널리 알려져 공개적으로 규탄받았다. 그러나 미국의 학살 역사는 유감스럽게도 아직 정치적 망각 지대에 붙들려 있다.

크라쿠프에서 나의 첫 행선지는 차르토리스키미술관이다. 피터 매티슨이 강권한 레오나르도 다빈치의 명화 〈담비를 안고 있는 여자〉를 보려는 건 아니다. 렘브란트의 〈선한 사마리아인이 있는 풍경〉을 보기 위해서다. 얼마 전 「루가 복음서」 10장 30절부터 36절까지의 이야기, 누가 저의 이웃입니까? 라는 질문에 예수가 답으로 제시한 비유를 다시 읽기도 했다. 렘브란트의 그림에서 강도들에게 옷을 강탈당하고 두들겨 맞은 뒤 길가에 내버려진 사람을 외면한 것은 단지 사제와 레위인만이 아니며, 근처에는 사냥 나온 귀족과 그의 시종도 있다. 사마리아인이 남자를 보살피는 모습을 두 어린아이가 놀라서 쳐다본다. 그 밖에는 다들 저 너머 햇볕이 내리쬐는 아름다운 풍경에 더 긴급한 볼일이 있다고 작가는 말하고 있는 듯하다. 그 풍경이 그림의 주조를 이루고 있다.

잠자리에 들기 전, 임레 케르테스의 『운명』 마지막 몇 장을 읽는다. 소설 속에서 폴란드 소와강 남쪽 오시비엥침•의 악명

• 아우슈비츠의 폴란드 지명. 아우슈비츠는 독일식 지명이다.

높은 아우슈비츠 강제수용소에 끌려간 서술자가 그 연유를 납득하고자 사투를 벌인다.

일요일

보통 세 시간 반 동안 진행되는 아우슈비츠 투어 도중 몇 번이나 그룹에서 이탈하고야 만다. 나는 내 빗장을 열겠다고 작심하고 이곳을 찾아왔다. 그러지 않으려 의식적으로 노력해왔음에도 인간이 겪는 작금의—소말리아, 아이티, 시리아의—역경에 익숙해져버린 듯하다. 아우슈비츠 부지에 기억된 패악은 인간의 이해가, 프리모 레비의, 엘리 비젤의, 케르테스의, 타데우시 보로프스키의 이해가 닿지 못한 영역이다. 수용동 내부의 전시물 앞을 지나가는데 돌연 휘발유에 빠져 허우적대듯 공포가 엄습한다. 박물관 측은 14세 미만 아동이 시설에 입장하지 않도록 권고하고 있는데, 어린아이들이 사방에 보인다. 가이드의 인솔 아래 정숙을 지키고 휴대전화 사용과 플래시 사진 촬영, 패스트푸드 섭취, 노출이 심한 옷차림을 삼가달라는 요청도 있었다. 전부 묵살당한다. 그러나 어쩌면 죽임당한 이들에 대한 이런 무심함이 아니고서는 많은 사람들에게 감정적으로 감당하기 힘든 전시일지도 모른다. 역사에 대한 부인은 자기방어의 한 형태다.

나는 남은 일정을 혼자 보내야겠다고 가이드에게 말하고 투어에서 중도 하차한다. 크라쿠프로 돌아갈 때는 다른 교통편을 이용할 것이다. 미끄러져 지나는 투어 팀들 사이에서 1번 화장장의 토프 소각로•를 살펴본다. '죽음의 블록'이라는 11번 수용동 지하실의 전시물을 똑바로 눈에 담으려고 다시 시도한다. 수용동들을 가르는 어둑한 격자 모양 흙길을 걷는다. 그러는 새 몇 시간이 지난다. 이 구역은 폴 포트와 피노체트와 모부투와 아파르트헤이트의 입안자들을 집요하게 환기시킨다. 유혈 사태의 이미지들이 뇌리에 되살아나고, '해법'이라는 그들의 감언이설이 귓전을 울린다. 당신들의 불만을 해소할 해법을 우리가 주겠노라라고 정치인들은 말한다. 우리의 행동을 막지만 말라. 자기 생각에 해야 하는 그 일이 옳다면 저지하는 법이 틀린 것이고 고문도 정당하다고, 재선에 성공한 내 나라의 대통령은 믿는 것 같다. 감히 "자유세계의 지도자"에게 관타나모와 아부그라이브 교도소의 존재와 이 지속적 참상의 잇단 증거를 들이대며 추궁한다고 국제사면위원회를 비웃는다.

크라쿠프에 돌아와 마르카 거리에 있는 파리나 레스토랑에서 혼자 저녁을 먹으며 기록한다. 내가 오늘 본 것—감금실, 가스실 회벽의 손톱자국—은 이해가 불가능한 것들이다. 그저 황망한 채로 견디면서 나는 거기에 속하지 않는다고 믿으며 벗어난다. 지금도 앞으로도 영영 아니라고.

월요일

잠에서 깬 것도 잠시, 다시 아우슈비츠에 가야 한다는 것을

• 독일 토프운트죄네사에서 제작한 소각로.

깨닫는다. 정신의 빗장을 열었을 뿐 마음의 빗장에는 가 닿지 못했다. 어제 내 생각은 온통 역사적 맥락과 증언과 저항의 문학에, 반유대주의에 대한 폴란드 현 정부의 황당한 용인에, 타지의 독재자들이 시민의 자유를 폐기하는 동안 그토록 자주—미국의 무역에 유리해 보이면 언제든—외면하는 내 나라의 음흉함에 쏠려 있었다. 살상과 참담한 비애의 광경 속을 걷고 있었지만, 전부 내 머릿속에서 벌어지는 일이었다. 읽고 있던 소설—필립 카푸토의 『신념과 행동』, 주제 사라마구의 『눈먼 자들의 도시』—여백에 나는 자기기만, 불의, 결백이라고 써놓았다. 독선과 무지로 일관하는 내 나라 대통령의 아집, 자기가 타인에게 옳고 그름을 훈계할 위치라는 미숙하고 유해한 그의 착각을 속으로 되씹고 있었다.

그러나 이런 건 어디까지나 지성의 작용이다.

오늘 크라쿠프에서 오시비엥침까지 65킬로미터를 차로 달리는 동안, 눈앞에 보이는 광경들, 목가적 전원과 소소한 농경지의 색채와 질감, 사람과 말의 움직임, 나란히 노동하는 노부부의 모습은 내 집중을 방해하기보다 나를 더욱 몰입시킨다. 수세기째 한 장소에서 찬찬히 먹을거리를 길러내는 이런 존엄한 일상의 증거가 권태와 절망이라는 나의 실존적 방만함을 누그러뜨린다.

오늘 나는 어제 감당하지 못한 전시물을 대면하고 그 심연으로 들어가보려 한다. 13번 블록 안에 있는 나치 친위대에게 희생된 로마니들의 추모비 앞에서, 화강암에 어린 푸른빛의 절제

된 침묵의 웅변을 들으며 결국 무너져 흐느낀다. 박물관 건물들 가운데 방문자가 가장 적은 공간이다. 20분째 나 혼자다.

화요일

새벽에 크라쿠프를 떠나 뮌헨으로 간다. 시카고행 비행기로 환승, 다시 세 번째 비행기로 샌프란시스코에 도착, 거기서 오리건의 집까지 네 번째 비행기에 탑승한다. 프리모 레비의 말이 줄곧 뇌리에 울려 퍼진다. 아우슈비츠 강제수용소의(아우슈비츠 제1수용소와 주변 40개가량의 수감 시설, 비르케나우 수용소와 모노비츠 수용소—레비가 있었던 곳—까지를 포함한다) 소름 끼치는 참혹함을 드러내는 그 말, '불모의 신비감'. 망각에 내재된 유인물질. 아우슈비츠 제1수용소 부지에는 이후 자작나무, 떡갈나무, 백양나무, 미루나무가 심겼고 그 나무들이 자라 울창한 우듬지를 이루고 있다. 어제 그곳에 있는 동안 대기에는 새들—노랑할미새, 제비, 참새, 뻘까마귀, 뻐꾸기—의 노래와 지저귐이 가득했다. 꽃대를 올린 클로버가 빼곡한 네모반듯한 잔디밭 위로 벌들이 윙윙 떼 지어 날았다. 전날 카르파티아산맥의 강한 뇌우가 훑고 지나간 진공의 자리를 산들바람이 메우고 있었다. 수용소 유적지는 무해해 보였다. 일견 쾌적해 보이기까지 했다. 인격의 말살, 가학적 충동 이면의 권태, 도착적인 굴욕을 노리는 간수들의 음탕한 욕구, 기계적인 살인 공정—어제 이런 것들은 그다지 눈에 띄지 않았다. 그러나 공항에서 스쳐간 사람들, 함께 탑승한 사람들 사이에서 이런 불꽃이 깜박인다는 걸 안다. 만약 도처의 우리가 정치적 부인과 순진한 무지 속에서 계속 살아간다면, 우리 아이들은 우리를 저주할 것이다. 정부 관료들이 우리에게 선의 승리를 이끌 계획이 있다면서 정작이 계획의 면면을 알리지 않는다면, 우리는 우리가 승낙하는 순간 살상으로 치달을 기로에 이미 서 있는 것이다.

수요일

짐을 풀고 우편물을 읽으며 하루를 보낸다. 오후에는 집 주위의 시골 숲길을 오래 걷는다. 아우슈비츠 수용소와 비르케나우 수용소에서 목격한 인간의 비탄과 당혹감과 불신의 광경에 마음이 괴롭다. 왜 박물관의 어느 게시판에서도 다음 순서로는 스탈린과 시베리아 수용소가 등장할 거라고 알려주지 않는 것일까. 왜 마르코스, 스트로에스네르, 찰스 테일러, 밀로셰비치•의 부상에 대해서 말하지 않는 것일까. 나는 1980년대 부에노스아이레스에서 '실종자들의 어머니들'이 외치던 "두 번 다시는!"이라는 구호를 떠올린다. 그 똑같은 외침이 이후 칠레에서, 그리고 다시 니카라과에서 울린 일을 떠올린다.

목요일

파리에 있는 동안 일드프랑스 서쪽 끝에 자리한 '추방된 순교

• 마르코스는 전 필리핀 대통령, 스트로에스네르는 전 파라과이 대통령, 찰스 테일러는 전 라이베리아 대통령, 밀로셰비치는 전 유고슬라비아 대통령이다. 모두 독재자다.

자들을 위한 추모비'에 다녀왔다. 오늘 생각을 정리하다가 그때 적어둔 메모가 기억났다. 저항의 필요—메모에 써둔 대로라면 저항의 당위다. 오늘날 우리가 저항해야 하는 것들의 범위를—당장 사방에 포진한 거대 광고부터, 그것이 약속하는 부와 아름다움과 안락함과 젊음과 권력과 오웰식의 솔깃한 출구 없는 세계를—생각하면 말문이 막힌다. 어찌나 막막한지, 여기에 저항한다는 발상 자체가 터무니없고 천진난만해 보인다. 1944년 8월 나치 친위대가 단 하루 동안 비르케나우에서 2만 4000명의 유대인, 동성애자, 로마니, 레지스탕스를 살해했을 때, 베를린 시민들은 죽음의 수용소가 존재한다는 주장을 근거 없고 발칙하고 비애국적인 발상으로 치부했던가?

금요일

오늘 아침 한 미국 기자에게 전화를 걸었다. 그는 팔레스타인 사람들과 이스라엘 사람들이 서로 지분을 주장하는 그 지역을 주기적으로 왕래하고 있다. 중동 지역 정의 실현이라는 고르디아스의 매듭에 관해서라면 내가 아는 누구보다 통찰이 깊은 사람이다. 내게는 그의 박식하고 윤리적인 언어가 간절하다. 나는 그에게 아우슈비츠를 보고 오니 스스로의 무감함과 결단력의 부족이 두려워진다고 말한다. 그리고 묻는다. 남아프리카공화국의 진실화해위원회가 했던 것처럼 미국 정부가 공화국 건립의 기본 토대였던 인종 학살과 노예제에 진지하게 응답하는 것이 가능하다고 생각하는지? 아니면 이제는 독자적인 시민 행동이 일어나야 하는지? 이런 사안의 규명을 통제하는 정부의 전횡에 시민들이 저항해야 할 때인지?

마음가짐: 문턱

스쿠버다이빙 훈련을 정식으로 받기 시작하면서 나는 미국 다이버들의 사망 사고를 조사한 보고서들을 탐독했다. 〈다이빙 사고·부상·치사율에 관한 보고서〉는 노스캐롤라이나 듀크대학교의 고압 산소실 운영 의료진이 설립한 DAN•의 연간 간행물이다. 이 책자 안에는 그해 미국에서 발생한 치명적인 다이빙 사고 사례가 거의 빠짐없이 망라되어 있고, 위험성이 큰 다이빙 사고를 방지하기 위한 전문 기술과 의료 정보가 실려 있다. 스트레스 상황에서 일어난 작은 실수 하나가 사망으로 귀결되는 사례가 상당히 많았다.

• 다이버경보네트워크Divers Alert Network의 줄임말로, 다이버 안전에 관한 의료 정보를 제공하는 24시간 핫라인이다.

남극에서의 첫 번째 다이빙을 준비하던 내 머릿속에 이런 사고 사례들이 메아리치고 있었던 것도 무리는 아니었다. 당시 나는 여섯 명의 해저 생태 연구자들과 한 팀을 이루었다. 이미 잘 아는 사이였고 앞서 다른 현장에서 동반 다이빙한 경험도 있었다. 이번에는 맥머도만 해저 조사차 빙하 밑으로 몇 차례 잠수할 계획이었다. 다이버들은 단단한 얼음 밑에서 하는 작업을 '오버헤드 여건' 다이빙이라고 표현한다. 문제가 발생하면 수직으로 상승하기 전에 먼저 일정 거리를 수평으로 헤엄쳐 이동해야 한다는 뜻이다.(주로 동굴 다이빙이나 침몰선의 선체 탐사 환경이 여기에 해당한다.) 두껍고 단단한 지붕을 이고 작업해야 할뿐더러 수온이 엄청나게 낮아—영하 2도 이하로, 혹은 담수의 어는점보다 3.5도 밑으로 내려간다—기술적인 어려움이 생긴다. 이를테면 인간이 내뱉는 입김의 수분은 담수 성분이다. 차가운 해수 환경에서는 날숨 때 나온 수증기가 응결될 것이고, 이로 인해 다이버 산소 전달 시스템의 공기 조정 밸브가 완전히 잠기지 않을 수 있다.

논리적으로 따져보면, 나는 이런 상황에서도 충분히 안심할 만한 입장이었다. 마침내 마스터 스쿠버다이버 자격증도 취득했고, 우수한 장비도 갖추고 있었다. 맥머도만에서 다이빙했던 사람들의—우리 팀의 몇 명을 포함해서—잠수 기록도 조사해 두었다. 철저히 준비했고, 팀원들의 성격과 습관도 파악하고 있었다. 그럼에도 180센티미터 깊이의 좁은 해빙 구멍을 통과해 장비들이 최대한의 압력을 견뎌줘야 하는, 더구나 출구가 하나뿐인 혹한의 세계로 들어간다는 건 호락호락한 일이 아니었다.

내가 어떻게 이런 일을 해냈는지 나도 설명하기 어렵다. 나를 움직인 힘은 그저 저 아래 눈부시게 아름다운 세계에 다양한 생명체가 살고 있다는 사실이었다.(다이빙 텐더로 참여했던 3년 전에 이미 이 사실을 간접적으로 확인했다. 내가 알기로 11월 플랑크톤 대번식이 일어나기 전의 남극 바닷물은 지구상에서 차원이 다른 투명도를 자랑했다. 우리 팀이 조사하는 해저 면적 1제곱미터당 우리가 마주칠 생물체의 숫자는 10만에서 15만 마리로 추산되었다.) 그리고 하나 더, 글을 쓰려면 이런 조사 작업에 적극 참여해야 한다는 것도 알고 있었다.

과학 탐사를 하면서 나 자신의 두려움을 대면해야 했던 건 이번이 처음이 아니었다. 이런 작업에서 나의 가장 고질적인 불안 중 하나는 거센 파도에서의 해상 항해를 피해갈 수 없다는 점이다. 야생동물 실태조사를 위해 경비행기에 오를 때마다 요구되는 아슬아슬한 조종술, 끊임없는 방향 전환, 고도 변화로 인해 십중팔구 멀미가 일어나리라는 것도 잘 안다. 언젠가 케냐 북부에서 초기 인류의 화석 증거를 찾아다닌 적이 있다. 한낮의 열기가 어느 순간 나를 쓰러뜨릴 거라는 걸 알면서도—어지럼증에 양손으로 무릎을 짚고 땀을 뚝뚝 흘리면서도—매일 현장에 나갔다. 이런 상황에서 발동하는 건 용기가 아니라 아마 일에 대한 헌신일 것이다. 믿을 만한 글을 쓰려면 반드시 해야 한다고 생각하는 일들이 있다. 문제는 내가 두려우냐 아니냐가 아니다. 헌신하기를 원하느냐 아니냐일 뿐. 일단 하기로 마음먹었으면 출발선을 넘은 것이다. 그때부터 내 생각은 자연 세계가—격랑이 몰아치는 바다든 남극의 해저든 컴컴하고 외딴 숲이든—얼마나 믿을 수 없도록 아름답고 복잡하고 오묘하며 숭고한가로 빠르게 돌아선다.

이런 상황에서의 헌신은 실제로 자아보다 더 큰 무언가를 향해 있다고 나는 믿는다. 친구들을 향한 당신의 사랑과 당신을 향한 친구들의 사랑을 상기할 때, 철저하고 정밀하게 기록해야 한다는 작가적 사명감이 꿈틀댈 때, 호기심을 마음껏 발산할 기회가 있음에 감사할 때, 그럴 때 빙하의 좁은 구멍으로 뛰어들 마음가짐이 생긴다. 매일은 어렵겠지만 어쩌다 한 번씩은 할 수 있다. 나의 내면에 들어가 남들 모르게 나의 공포와 대면하고 말할 수 있다. "그래, 나도 안다. 그래도 부탁이니 함께 가자. 네가 도망치고 싶은 그것보다 더 큰 것을 지금부터 보게 될 테니까."

마음가짐을 제대로 세우고 행동하는 것은 공포를 수용하지 않는 것과는 다르다. 이것은 사랑을 길러나가는 법에 관한 이야기다.

강

가까운 숲

간밤에 곰이 왔다. 분명 환한 달빛을 받으며 나무들을 헤치고 집 주변 개간지까지 내려왔을 것이다. 직접 보지는 못했다. 곰이 장비를 보관해두는 헛간 벽 나무판자를 성냥개비마냥 툭툭 부러뜨리며 헛간을 해체하는 소리도 듣지 못했다. 녀석은 무슨 냄새를 찾는 중이었고, 수색의 와중에 내 물건들을 헤집어놓은 것이 처음도 아니었다.

새벽에 그 난장판을 보고 나는 연장을 가져와 보수를 시작했고, 일하면서 내내 곰이 어디에서 어째서 내려왔는지 궁금해했다. 내가 사는 곳은 오리건주 캐스케이드산맥 서쪽 기슭의 야생 전원이다. 다른 주, 가령 메인이나 플로리다에 비해 백인의 역사가 깊지 않은 지역이다. 일리노이나 미시시피의 시골 지역보다도 정착민이 희박하고 정착 시기도 늦은 편이다. 늑대와 회색

곰은 사라졌지만 사슴이나 엘크를 뒤쫓는 흑곰과 퓨마가 집 옆을 조용히 지나다니고, 내 다리만 한 치누크연어가 산란하는 모래사장이 내 거실에서 내다보인다.

이곳에서 오래 살았고 아직 반경 몇 킬로미터 내에서 깊은 숲을 찾아 들어갈 수는 있지만, 갈수록 힘들어지고 있다. 곰이 깊은 숲에서 왔을 것 같지는 않다. 삼림 가장자리에 사는 우리 다수처럼 이 곰도 가까운 숲에 사는 녀석이다.

깊은 숲이 관념에 지나지 않는다고 말하는 해체론자들이 있다. 나는 이들을 데리고 이 행성 곳곳을, 고래와 바다표범이 가득한 남극의 웨델해, 지도에 제대로 담기지 않은 오스트레일리아의 타나미사막, 유콘강 북부의 북방림을 순회해보고 싶다. 이 장소들이 주는 놀라움은 야생동물도 아니고 장관을 이루는 웅장한 경관도 아니다. 눈을 부릅뜨고 보아도 인공적 요소 하나 없는 공간도 아니다. 그보다는 그 광막함에 스며 있는 정적이다. 팽팽한 정적이 공간을 가득 채운다. 머리 위를 지나는 기러기의 날갯짓, 인간의 외침 같은 음량의 증가는 정적을 구체화할 따름이다.

곰은 그런 곳에서 내려온 게 아니다. 골짜기를 올라 산길로 진입하는 트럭 소리가 녀석의 낮잠 터에까지 들릴 터다. 덴버로 비행하는 여객기 소음이 들릴 터다. 벌목 작업이 한창인 집재기의 호각 소리가 들릴 터다. 곰이 사는 공간과 녀석의 침묵을 가르는 소음의 결합은 아귀가 잘 맞지 않는다. 곰은 가까운 숲에서 낮잠을 잔다. 만약 간밤에 녀석이 내 집에서 60미터를 더 내려가 도로에 들어섰더라면, 주위를 망각하고 그 자리에서 강에 비친 달빛을 바라보고 서 있었더라면, 바닥재를 가득 싣고 미니애폴리스로 향하던 트럭에 치여 죽었을지도 모른다.

가끔 나는 깊은 숲속에 들어가본 경험이 내 인생에 주어진 각별한 특권이었다는 생각이 든다. 거기서 도저히 살지는 못했을 것이다. 정신없이 빠져들게 만드는 책이 너무나 많다. 나로서는 가까운 숲에 살면서 깊은 숲으로 다시 들어갈 기회가 있을 때 놓치지 않고 찾아가는 것이 최선이다. 곰에게도 마찬가지가 아닐까 싶다. 물론 곰은 책 읽기 때문이야 아니겠지만. 인근 과수원의 사과나 다른 이웃의 벌집 꿀 때문일 수도 있다. 내 두엄 때문일 수도 있고.

곰과 나는 적이 아니다. 나는 곰의 난폭한 탐문이 귀찮지 않다. 나는 헛간을 보수하고, 오후에는 50미터 높이 미송나무 사이로 비추는 빗금무늬 햇살 아래 앉아 필립 러빈의 시집 『자비』를 읽는다. 시가 너무 좋아 크게 소리 내 읽는다.(혹시 근처에 있다면 아마 곰에게도 들릴 것이다.) 시에 담긴 연민과 지성과 기개로 미루어 상상컨대 러빈은 곰의 딜레마를 이해하는 시인이리라. 시인을 위해 점심을 차리고 시인과 이 숲에서 함께 접시를 무릎에 얹고 앉아 대화할 수 있다면 좋으련만.

이따금 밤중에 숲에 서 있으면 겁이 난다. 곰이 나를 공격할 거라고 생각하진 않지만, 서로와의 거리가 좁혀진 이런 가까운 숲에서는 상황이 그렇게 간단치만은 않다. 혹시 곰이 또 헛간 문을 열면, 이웃의 충고대로 곰에게 총을 쏴야 할까? 혹시 곰이 배를 곯고 철조망 울타리에 한쪽 눈이 찢겼거나 올가미에 걸려 발 하나가 부러진 상태라 사슴보다 나를 잡기가 더 수월한 상황이면, 곰이 나를 단번에 때려눕힐까? 내가 집 밖에 나다니지 말아야 할까? 책이 있고 전화기가 있고 오디오에서 브람스 협주곡이 흘러나오는 집 안이 더 안전하다고 생각해야 할까? 집 안에서 내가 읽는 잡지에는 곰이 그저 관념에 불과한 장소에서 나온다고, 음의 고조는 숲이 아니라 브람스의 음악 안에서 더 명료히 식별된다고, 공간에 대한 이해는 미스 반데어로에•의 건축물에서 더 잘 얻어진다고 말하는 글들이 실려 있다.

글쎄, 나는 잘 모르겠다. 곰을 잡고 헛간을 보호하는 방법은 곰에게 화살을 쏘거나 가까운 숲에 곰을 잡을 함정을 놓는 것일 테다. 곰을 붙잡을 유일한 방법은 곰을 우리에 가두고 그 깊은 숲의 시공간을 곰에게서 빼앗는 것일 테다. 그런 개념 자체를 제거해버리라고. 그러면 안전할 것이라고. 이런 종류의 안전을 나는 신뢰하지 않는다. 이것은 선주민 부족을 엔코미엔다••로 이주시킬 때 스페인 정복자들이 생각했던 안전과 비슷하게 들린다.

오늘 밤 내가 잠자리에 들 때, 곰은 숲속 어디에선가 고개를 들고 밤바람을 맞을 것이다. 혹시 녀석이 내 꿈에 나오면 어째야 하려나?

• 독일 태생의 미국인 건축가.
•• 스페인령 아메리카에서 선주민과 토지를 묶어 식민지 영주에게 소유권을 위임하던 제도를 말하고, 여기서는 그렇게 위탁한 토지를 뜻한다.

강의 가르침

어느 해이든 그 해의 9월 17일이 되면 정오로부터 스물네 시간 이내에 스프링치누크연어가 산란을 하러 내 집 앞 모래사장에 당도한다. 암컷이 모래에 알을 낳고 수컷이 수정시키고 나면 성어들은 숨을 거둔다. 오리건 서부 매켄지강 중류에서 48년째 이 광경을 지켜봐왔다. 나는 매해 그들이 가져오는 확신을 기다린다. 추상적으로 보나 구체적으로 보나 세계 전역의 상황이 좋지 않을지라도, 이 물고기들의 움직임은 멈추지 않으리라는 확신이다. 17일 저녁까지 연어가 오지 않으면, 숲을 헤치고 걸어가 어둠 속에 서서 그들 소리가 들리는지 귀를 기울인다. 이 강이 내는 소리를 거의 다 아는 내게 연어들이 떼 지어 꼬리지느러미로 수면을 부딪는 소리는 어느 것과도 견줄 수 없다. 그 소리가 들리면, 앞으로 최소 3년간 이 연어 종이 무탈하리라는 확신이 든다. 혹시 그 소리가 들리지 않으면, 나는 밤새도록 뒤척이다 날이 밝자마자 강에 나가본다.

연어는 언제나 온다. 나를 몇 시간 이상 기다리게 만든 적이 없다.

지조, 일관성, 힘, 고결함에 관해 내가 아는 것의 큰 부분을 나는 이 강에서 배웠다. 그것과 반대되는 것들—불능, 무기력, 감금—을 배운 것은 매켄지강의 지류인 블루강의 댐을 건널 때, 그리고 또 다른 지류인 사우스포크강의 쿠거댐에 서 있을 때다. 이 댐들 꼭대기에서 저수지를 응시할 때 보이는 건 인공호의 침묵이다. 거기엔 자유가 부재한다.

여기서 처음 한두 해를 살았을 때만 해도 매켄지강을 안다고 말할 수는 없었다. 어느 날 강 이쪽에서 저쪽까지 헤엄쳐 건너려다 경솔하게 물살의 세기를 잘못 판단하는 바람에 익사 직전까지 갔던 경험을 해봐야 했다. 흑곰 한 마리가 물을 가르며 연어의 산란 구역으로 들어가 성어들을 통째 씹어 먹는 광경을 지켜봐야 했다. 등산용 지팡이로 몸을 가누며 자갈 깔린 강바닥 위로 미끌미끌 한 걸음씩 신중하게 발을 옮기면서, 손에 쥔 지팡이를 활시위처럼 진동시키고 내 허벅지를 강타하던 강물 속을, 상류에서 또 하류에서, 낮이고 밤이고 걷는 습관을 몸에 익혀봐야 했다. 폭풍우가 몰아쳐 거센 빗발이 물의 골을 채우고 물마루를 내리칠 때 강의 수면이 어떻게 변하는지 눈에 담아둬야 했다. 단지 현상을 숙지하는 것으로는 부족했다. 나는 비버가 오리나무를 쓰러뜨려 여울의 와류에 빠뜨리는 법, 왜가리가 얕은 물에서 부리로 찌르듯 물고기를 잡는 법, 수달이 컷스로트 송어를 낚아채는 법을 공부해야 했다. 부화한 곤충들을 급습하는 보라색 녹색 제비를, 폭포수로 자유낙하하는 물까마귀를 이해해야 했다. 해 질 녘 강에서 헤엄치는 엘크를 관찰해야 했다. 그럼에도 여전히 나는 강을 안다고 말할 수가 없다.

내가 매켄지강에 꾸준히 관심을 보이자 강이 나에게 마음을 열었다. 나는 사람에게 하듯 강에게 감정을 느끼기 시작했다. 여느 동물처럼 강에게도 미묘한 감정과 기분이 있음을 알게 되었다. 강이 신기한 방식으로 나의 일부가 되었음을 깨달았다. 멀리 여행 중일 때 나는 가까운 친구를 그리워하듯 강을 그리워했다.

나에게 처음으로 강한 느낌을 심어준 강은 잭슨홀을 휘감고 도는 스네이크강의 한 구간이었다. 1965년 여름 한철 나는 와이오밍에서 목장 말을 돌보고 테톤황야로 관광객을 실어 날랐다. 일이 없는 오후면 물살의 진동을 느끼고 싶어 래프팅 가이드를 자원했다. 그때 이후로 아이다호 새먼강의 지류인 미들포크강, 그랜드캐니언을 가로지르는 콜로라도강, 알래스카 유콘강 상류, 유타의 그린강에서 래프팅할 기회를 가진 덕에 더 만만찮은 급류를 경험할 수 있었다. 집에서 멀리 떨어진 강들도 가보았다. 이를테면 왁자한 요동이 수 킬로미터나 이어지는 페루의 우루밤바강은 내가 가본 강 중에 아마 제일 거칠었던 것 같다. 오닉스강처럼 아주 멀리 있는 강도 가보았다. 강 붙박이로 사는 사람들한테 오닉스라는 이름을 말하면 하나같이 이맛살을 찌푸리곤 한다.

남극에서 가장 긴 강인 오닉스강은 남방의 여름철 단 몇 개월간 라이트밸리의 라이트로어빙하에서 영구 결빙 호수인 반다호로 흘러든다. 반다 호숫가에 있는 뉴질랜드 반다 기지에 일주일 머무를 때는 강의 북쪽 제방까지 3, 4킬로미터씩 하이킹을 했는데, 하이킹하는 내내 카약이 있으면 좋겠다는 생각이 간절했다. 오닉스강은 강폭이 9미터 남짓, 수심이 30센티미터 정도이고 흐름도 완만하다. 하지만 오닉스강을 약간만 겪어보면 "야생의 강"이라는 말의 폭넓은 의미를 이해할 수 있다. 이 호칭은 우루밤바강처럼 사실상 보트로 횡단할 수 없는 강에서부터 오닉스강처럼 원시적이되 온순한 강까지를 두루 포괄한다.

이들과는 또 다른 독특한 야생의 강에 사로잡힌 적도 있다. 보트로 건널 수 있는 강, 사실상 미지로 남아 있다가 인기 있는 여행지가 되기까지를 지켜보았던 강이다. 1979년 북방의 여름, 밥 스티븐슨과 나는 알래스카 서부 브룩스산맥 북쪽 비탈의 유툭강이 보이는 위치에서 야영을 하고 있었다. 거기서 보낸 일주일 동안 우리를 태워준 비행기 조종사 외에는 사람 그림자는커녕 인공적인 세계의 흔적 그 어떤 것도 전혀 보이지 않았다. 우리가 도착하기 직전 툰드라회색곰 한 마리가 텐트에서 20미터쯤 거리에 뚫린 땅다람쥐 굴을 파헤쳐놓은 흔적은 있었다. 우리는 날마다 사냥하는 늑대들을 관찰했다. 흰매, 흰멧새, 해변종다리,

제 둥지에 앉은 매코믹갈매기 들을 보았다. 어느 날 밤, 우리 눈 앞에서 서른 마리 남짓한 카리부 떼가 엄청난 물보라를 일으키며 강을 달려 건넜고, 심야의 태양이 비추는 역광에 다이아몬드가 알알이 부서졌다.

지난해 밥이 사망했을 때, 우리는 페어뱅크스에서 추도식을 열었다. 거기서 만난 어느 은퇴한 생물학자로부터 요즘은 관광업체의 보트가 정기적으로 사람들을 태우고 유톡강을 오간다는 소식을 들었다. 유톡강은 분명 야생의 강이다. 그렇기에 유톡강에서 잊지 못할 경험을 한 모험가들이 이후에 강을 보호하는 활동가로 변신하는 경우도 왕왕 있다. 하지만 내 식으로 사고하자면, 그 강은 40년 전 우리가 야영할 당시만큼 야생적이지는 않다. 그때는 시야 아득히 펼쳐진 지역 전체가 동물들의 영토였다.

여행에서 돌아와 이곳 매켄지강 강둑에 설 때마다 나는 늘 다시 온전한 사람으로 돌아왔다고 느낀다. 봄에 강기슭에 피어나는 첫 꽃송이들—연령초꽃, 노랑제비꽃, 보라색 야생 히아신스, 사슴머리난초—을 볼 때 내 안에서도 비슷한 변화를 의식한다. 이 강이 없으면 내가 모자라다는 걸 알 만큼 여기서 오래 살았다. 매켄지강의 저조기와 고조기, 강의 겨울 색조, 흰줄박이오리들, 통나무 더미들과 대기 플랑크톤(여름철 강의 산들바람을 타고 "허공을 둥실 날아가는" 수만 마리의 거미들), 나는 이들과 친숙하다. 강물에 부딪는 물수리 소리를 들으면서, 시속

100킬로미터의 속도로 수면 위를 날아 내 옆을 스쳐가는 평범한 비오리들을 바라보면서, 나를 에워싼 검은 미루나무 이파리들에 달려드는 바람의 요동을 들으면서, 나는 다시 온전해진다.

야생의 강과 보내는 아찔한 깨우침의 순간에 대해 나보다 더 격렬하고 감격적인 이야기를 들려줄 사람들이 많을 줄 안다. 그렇더라도 이 각별한 존재가 우리에게 내미는 그 엄청나게 다양한 표현을 사랑하는 마음은 모두가 공유한다고 믿을 수밖에 없다. 지금이든 예전 만남의 감흥을 기억에서 소환하는 것이든 다르지 않다. 게다가 이 여섯 번째 대멸종의 시기에 우리 모두는 강과 운명을 같이한다. 인류 역사에서 마침내 강의 보호를 고민하는 것이 얼마나 늦은 일인지도 우리는 잘 안다.

이제 겨우 시작했을 뿐이다. 미 의회에서 1968년 야생하천경관법을 통과시킨 지 올해로 50년이 지났다. 이 법안에서 개발사업으로부터 보호하도록 지정한 여덟 개 하천은 아이다호의 미들포크 클리어워터강, 미주리의 일레븐포인트강, 캘리포니아의 미들포크페더강 등이다. 이후 스물일곱 개 하천이 보호 시스템에 순차적으로 추가되었고, 1988년에 오리건주는 매켄지강을 포함 마흔 개 하천을 추가해 일괄적으로 하천 법안을 통과시켰다. 개개의 하천마다 "야생" "경관" "휴양" 구간을 지정하고 각 구간마다 더욱 엄격한 수준으로 관리하도록 지정한 법안이다. 현재 미국 내 40개 주 208개의 야생 경관 하천이 등록되어 있으며, 보호구역은 총 2만 500킬로미터에 이른다. 이것은 사실 미국 전역 하천 길이의 1퍼센트의 절반에도 턱없이 모자라는 보잘것없는 수치다. 하지만 이 행성의 혈액인 강의 본성에 대한 우리의 이해는 해마다 깊어지고 있다. 우리 지역의 '매켄지리버트러스트'처럼 점점 더 많은 토지 신탁이 도입되면서 보호와 관리를 대행하는 사례도 늘어가는 추세다.

오랜 세월을 지나며 나는 매켄지강에 관해 분명한 것도 미묘한 것도 많이 알게 되었다. 사실상 유진시市 전체의 식수 공급원인 이 수로에 대해 말하자면, 연방 정부와 주 정부는 서로 협력해 냇송어를 보호하고 사우스포크 지류 상류까지 스프링치누크 연어가 다시 회귀할 수 있도록 힘쓰고 있다. 미묘한 사실을 말하자면, 강의 하안 지대에서 내가 발견한 흑요석 도구를 언급할 수 있겠다. 이것은 아주 일찍부터 이 일대에 사람들이 생존했음을 말해주는 증거인데, 일부는 역사에 기록된 칼라푸야족과 모랄라족의 거주보다 시기적으로 더 앞선다. 이들은 여름에 풍성한 장과류—블랙베리, 새먼베리, 허클베리, 엘더베리, 오소베리, 팀블베리 등—를 채집하기 위해 매켄지강 상류로 이동했던 부족들이다.(지금도 이 장과류 열매들은 인근 주민들이 우선적으로 채집할 수 있도록 보호하고 있다.)

오늘날 매켄지강에 사는 우리 대부분의 목표는 단지 분수선마다 각기 다른 겹겹의 필수 규정을 적용해 강을 범법자들로부터 물리적으로 보호하는 것만이 아니라 강과 연계된 공동체 전체를 보호하고 활성화하는 것이다. 이 강은 인간이 오기 전부터 이곳에 살아왔고 여전히 우리 모두에게 접근과 접촉을 허용해주는 야생의 생명으로, 우리 아이들에게도 이 경험을 제공해줄 것이다. 우리의 목표는 강과 관련된 모든 이가 이 점을 이해하도록 돕는 것이다. 물론 지금 우리는 정치와 사회와 환경의 격변이 일어나고 위협이 가중되는 시대에 살고 있다. 그러나 마음만 먹으면, 당신은 강처럼 살아 숨 쉬는 존재를 선택해서 이들 편에 설 수 있다. 이들 옆에서 당신 자신의 앞날과 다른 생명체의 미래를 담보할 수 있다. 머리 위로 먹구름이 짙게 드리우는 시대에 사랑하는 사람들과 함께하기에 알맞은 자리가 아닌가.

2018년 9월 17일이 오면, 나는 강에 내려가 기다릴 것이다. 얕은 여울에 서서 그 수면을 대견해하며 연어의 꼬리지느러미가 햇살에 반짝이기를 가만히 기다릴 것이다. 저녁 공기에 실린 그들의 내음을 맡을 것이고, 수컷이 암컷에게 붙어 평소와 다르게 서로 어깨를 맞대는 광경을 지켜볼 것이다. 그때 내가 집중하는 생각은 오직 하나일 것이다. 만약 이 일이 지속되도록 돕지 않으면, 나에게 주어질 나날도 얼마 남지 않으리라는 생각.

강

코트와 데이브를 생각하며

강바닥은 아로요, 캐니언•, 마른 수로 같은 지층의 한 상태로서 고지에서 저지로 유수流水를 운반한다. 강 자체는 실개천, 개울, 시내를 포괄하는 하천의 한 범주이지만, 이런 것들과 구별되는 넓은 폭과 길이를 가진다. 미시시피강은 길이가 3765킬로미터이고, 미시시피강 어귀에서 미주리강 상류까지의 거리는 7853킬로미터에 달한다. 컬럼비아강은 어귀의 너비가 6.5킬로미터를 웃돈다. 하천 중에서도 강이 으뜸임을 보여주는 또 다른 척도는 포크, 브랜치, 루트, 프롱 등으로 불리는 물줄기의 지류

• 아로요는 좁은 협곡, 캐니언은 깊은 협곡을 뜻한다.

들이 훨씬 많다는 점이다. 예컨대 켄터키의 켄터키강의 코울터 브랜치, 텍사스 리틀레드강의 노스프롱과 사우스프롱, 몬태나 주디스강의 로스포크, 미네소타 레이니호의 래트루트처럼.

강의 흐름은 끈덕지다. 홍수기에는 유수의 수위가 높고 갈수기에는 수위가 낮지만, 간헐천이나 아로요 바닥처럼 물이 마르지는 않는다.(리오그란데강이나 콜로라도강처럼 관개용 펌프로 주기적으로 완전히 건조시키는 경우가 아니라면.)

강의 유량은 역류하는 와류나 여울로 쏟아지는 세찬 급류, 혹은 범람원의 충적층으로 유유히 퍼져나가는 완류처럼 외관상으로는 가늠하기 어려울 수 있다. 일반적으로 강은 개울보다 확실히 흐름에 중단이 없고, 그 길을 따라 풍경에 생기를 강도 높게 더하며, 강폭이 크고 수심이 깊은 중류에서 훨씬 더 위풍당당한 성질을 띤다. 폭포에서, 수직낙하하는 물줄기에서, 급물살이 만들어낸 공동空洞 안에서 강이 내는 저음의 울림을 들을 수 있지만, 더 좁고 얕은 물줄기의 우아한 출렁임과 졸졸대는 속삭임으로도 강은 말한다.

이런 것들은 모두 강의 크기나 생기, 규모, 항구성, 힘과 연관이 있고, 소지류와 지류, 본류라는 강의 외형적 친족 관계로 생기는 특성일 뿐이다. 강에는 이것들 외에도 강물 속이 제집인 생명들—송어, 날도래애벌레, 큰철갑상어(태고의 물고기라 불리는 어종), 민물담치, 황어, 연어 치어 등—혹은 비오리나 왜가리처럼 강에서 고기를 낚는 생명들, 흰줄박이오리와 청동오리처럼 밤이면 조용한 수면을 찾아와 잠드는 생명들, 가재처럼 강바닥을 기어다니는 생명들, 비버와 물까마귀처럼 강둑에 사는 생명들, 도롱뇽처럼 먹이를 찾아 잔잔한 물가를 서성이는 생명들, 수달처럼 강에 의탁해 살아가는 생명들이 있다.

강은 잠들지 않기에 어떻게 어둠이 강의 흐름을 막지 못하는지, 강의 수면에 어른거리는 햇빛이 인간의 눈을 어떻게 혹사하는지, 그 고온의 빛을 자세히 들여다볼 수 없어 눈이 결국 어떻게 외면하지 않을 수 없는지도 이야기할 수 있다. 강에서는 한밤중 바닥에서 난데없이 달가닥달가닥 자갈의 움직임이 들리고, 빗줄기가 수면을 두들겨대는 소리가 들리며, 내리는 눈을 조용히 수용하는 묵묵함이 들린다.

졸졸 흐르는 상류의 개울 줄기, 삼각주 너머로 풀려나갈 때 내쉬는 소멸의 한숨, 더 큰 강의 수계로 낙하할 때의 격한 치솟음과 동요도 들린다. 강에는 하안 절벽과 모래사장과 연어의 산란 터와 포켓워터•와 섬과 웅덩이도 있다.

요컨대 강은 그 자체로 하나의 동물이다. 제 안에 다른 동물들을 담고 있으면서 또 다른 동물들, 기슭에 와서 목을 축이는 퓨마와 물수리 같은 또 다른 동물들의 생존을 돕는다. 요컨대 강은 인간보다 오래 살았고 댐과 오염과 수로의 건설을 견뎌내고 어떻게든 계속 흘러간다. 요컨대 인간이 아무리 초당 리터 단위로 유량을 측정하고 정밀하게 유역이 표시된 지형도를 만

• 물살이 센 지점 중 바위나 고목 뒤쪽으로 물의 흐름이 약해지는 지점. 작은 물고기나 벌레가 많아 포식어들이 자주 찾아든다.

들고 수생생물과 조류와 육상 생물 목록을 작성한다 한들, 우리는 강을 안다고 말할 수 없다.

거주한다는 것

1965년 봄, 나는 인디애나 사우스밴드에서 함께 노터데임대학교에 다니던 친구를 차에 태우고 뉴멕시코 산타페로 향했다. 거기서 더 북으로 올라가 와이오밍 잭슨홀의 관광용 목장에서 여름 한철 말 돌보는 일을 할 계획이었다.

산타페, 나는 그곳의 분위기가 마음에 들었다. 그곳을 내 종착지로 삼아야 한다는 느낌이 들었다. 행동에 옮기진 않았지만, 지금도 가끔씩 내가 있어야 할 곳이 거기라는 생각이 든다. 나는 노터데임에서 석사 과정을 마친 뒤 대학원에서 문예창작을 공부하러 오리건주의 유진으로 옮겨갔다. 작가로 발돋움하려면 예술 석사 학위가 필요하리라고 생각했다.

막상 다녀본 대학원 프로그램은 내가 찾던 것이 아니었다. 나는 대학원을 그만두고 글쓰기로 밥벌이를 해보기로 했다. 직전에 한 잡지사로부터 유진의 넉 달 치 집세를 충당할 만큼의 원고료도 받았겠다, 젊기에 가능한 생각이었겠지만 아내와 둘이니 그럭저럭 괜찮을 거라고 믿었다. 아내는 얼마 전 도서관학으로 석사 학위를 받고 지역 이동 도서관 차량 운행자로 취업한 참이었다. 현실적으로 무리는 없어 보였는데, 우리 둘 다 유진이라는 도시에 매혹되지 않은 게 문제였다. 어느 날 밤 나는 산타페로 이사하면 어떻겠느냐고 아내에게 물었다. 아내가 강한 관심을 비쳤다. 나는 오랜 친구에게 전화해 그쪽에서 집과 일자리를 구할 수 있을지 문의했다.

우리의 마음이 거의 이사로 굳어졌을 무렵 문예창작 프로그램에서 만난 지인이 내가 유진을 떠나고 싶어하는 걸 알고 65킬로미터가량 떨어진 물살 빠른 매켄지강 유역의 셋집이 나왔다고 알려주었다. 월세 80달러에 정화조와 우물이 딸려 있었다. 강에 바로 인접해 있고 세탁기와 건조기도 갖춰져 있다고 했다.

직접 가서 봐야 할 것 같았다.

우리의 의도는 과연 시내에서 65킬로미터 떨어진 곳에서 우리가 생활할 수 있을지 확인해보는 것이었다. 정원을 가꾸고, 겨울을 대비해 여섯 코드•의 장작을 직접 자르고 패며 살 수 있을까. 우리는 1970년 6월에 이사했고 그곳이 점점 좋아졌다. 나는 이후 다시는 진지하게 이사를 고려하지 않았다.

• 나무 장작을 세는 단위. 1.2×1.2×2.4미터 부피로 쌓은 장작.

샌드라와 나는 1996년 별거에 들어간 뒤 이혼했다. 2007년에 내가 재혼하면서 아내 데브라가 포틀랜드 주립대학교의 일을 그만두고 이 집으로 들어왔다. 우리는 포틀랜드에 있는 아파트도 조금 넓혀 옮기고 우리가 '핀록하우스'라고 부르던 강가의 이 집도 유지하는 방안을 의논했다. 포틀랜드에 거주지를 두려던 계획은 얼마 안 가 철회했다. 나는 핀록에 박혀 있는 몸이었다. 핀록에서 지낼 때 아내에게 아쉬운 건 친한 친구들과의 근접성, 포틀랜드의 풍요로운 문화생활이었다. 포틀랜드에서 지낼 때 나에게 아쉬운 건 짙은 어둠, 깊은 적막, 큰 강의 존재, 가끔 집 옆으로 지나가는 흑곰이나 보브캣이나 엘크 무리였다.

핀록에서 보낸 200번의 계절 안에는 많은 비(연간 약 200센티미터의 강우량), 겨울철 눈보라, 매서운 된바람, 근방에 도사리는 산불, 고수위기에 소소하게 지장을 초래하는 홍수, 그리고 상당 기간 동안의 주기적인 정전이 포함되어 있었다.

단 1, 2년 만에 이 사건들을 거의 전부 겪는 사람도 없지는 않을 것이다. 여기서 50년을 살았으니 내가 처음 이사 와서 보았던 야생동물 개체들—사슴, 왜가리, 수달, 물수리, 비버, 밍크, 코요테 들—은 이미 죽었으려니 싶다. 손님용 별채로 이어지는 통로에 여우 똥이 보이거나 장작단 아래 이끼 낀 구멍에 꼭꼭 숨은 굴뚝새 둥지를 발견하거나 내 작업실 창문에 붉은목벌새가 나타날 때면 내가 그들보다 이곳에 더 오래 살았구나 하는 나름의 자각이 생긴다. 9월에 집 앞 강에서 산란하는 연어가 보일 때 나는 맨 처음까지 쉰 번의 계절을 역산할 수 있다. 퓨마에게 잡아먹힌 새끼 엘크의 사체를 우연히 맞닥뜨릴 때, 그런 일이 늘 있을 것 같아도 내게는 일생일대의 경험일 수 있음을 나는 안다.

현장 조사와 글쓰기를 하며 80개국 가까이를 여행했는데, 세상에서 가장 가고 싶은 곳이 어디인가 하는 질문을 받을 때마다 내 대답은 늘 동일하다. 여기. 이곳이 내가 나 외의 바깥 세계와 가장 길게 대화하는 곳이다. 이곳이 내가 그 세계의 깊이를 시험하고 여전히 나 자신의 무지를 발견하는 곳이다. 이곳은 나에게 친숙한 숲이자 무한히 새로운 숲이다.

1964년 크리스마스 때 옛 핀록 다리가 홍수에 쓸려 내려갔다. 구조대원들이 가로 25센티에 세로 40센티 각재 몇 개를 지금은 내 집 부지가 된 빈터로 끌어올려놓았다. 지금은 무성한 잡목림—철쭉, 구골나무매자, 줄고사리, 어린 인디언플럼나무, 삼나무와 솔송나무 성목, 월귤나무 덤불, 수영, 팀블베리 덤불, 층층나무, 캘리포니아 개암나무—에 가려져 보이지 않는다. 혹시 궁금한 사람이 있다면, 내가 위치를 잘 알고 있으니 염려 마시라.

흰발생쥐와 붉은다람쥐와 회색큰다람쥐와 도가머리딱따구리보다 오라가 크지만 그들보다 유능하거나 그들을 능가하지 않되 이곳에서 가장 거대한 동물은 바로 강이다. 내 집 앞은 강의 너비가 105미터에 이른다. 늦여름마다 가장 흐름이 강해지는 깊은 수심의 연결선인 유심선의 깊이는 1.2미터를 넘지 않는다. 고산지대에서 녹은 눈이 동쪽으로 흐르는 이른 봄에는 수심이 3미터까지 깊어지고 강기슭의 유속이 빨라져서 가까이 걸음을 디디면 마치 벼랑 끝에 다가가듯 등골이 오싹해진다.

물살이 그렇게까지 위협적이지 않은 시기가 오면 나는 튼튼한 장대를 짚고 보름달이 뜬 밤 강바닥을 걷는다. 잠수복을 입고 산소 탱크를 메고 바위 뒤로 와류가 생성된 여울 바닥에 자리를 잡고서 비오리, 원앙, 청둥오리, 흰줄박이오리 들이 다리를 늘어뜨린 채 둥실둥실 떠가는 모습을 지켜본다. 오리들은 다리를 첨벙이지 않고 방향만 잡으면서 흐름을 타고 내려간다. 나는 편광 렌즈 선글라스를 끼고 몇 시간씩 강변 수풀에 앉아 수면 위에서 벌어지는 송어의 곤충 사냥을 구경하기도 하고, 망원경으로 오리들이 제 몸을 물에 띄워주는 깃털을 세심히 다듬는 모습을 지켜보기도 한다.

이곳에 사는 생물들의 목록을 기록하진 않는다. 사실 해가 지날수록 예전에 알던 것들, 가령 솔송나무 솔방울과 삼나무 솔방울의 모양이 어떻게 다른지, 꽃 피우기 전의 복주머니난초와 사슴머리난초의 생김이 어떻게 다른지 하는 것들을 일부 잊어버렸다. 나는 내 손바닥보다 작은 굴뚝새의 노랫소리가 6초간 지속되는 것, 갈참나무 한 그루가 눈에 띌 때 걸음을 멈추고 숲을 자세히 살펴보면 예닐곱 그루가 더 보인다는 것을 기억한다. 여름철 테라스에 앉아 책을 펼치면 얼마 지나지 않아 한 번도 못본 곤충 한 마리가 책장 위를 가로지르리라는 것을 안다.

이곳에 사는 나에게는 이곳의 자연사나 지역에 관한 복잡하고 풍부한 지식, 혹은 수십 년간 축적한 날씨의 경험이 그리 중요치 않다. 내게 중요한 건 수년간 나무를 베느라 얻은 손바닥과 정강이의 흉터이고, 이 흉터는 다른 어디도 아닌 이곳이 네가 속한 자리라는 표식이다. 이곳은 너의 역사이고 네가 선택한 곳이며 너를 선택한 곳이다. 네가 이해할 수 없어도 여전히 믿는 것들에 대한 너의 헌신과 신의가 이곳에 기록되어 있다. 이곳은 네가 숲을 걷다 그 어느 자리를 뜻밖에 발견해 드러누워도 거북하거나 낯설지 않는 곳이다. 동물에게 잡아먹힌다면 너에게서는 이곳의 맛이 날 것이다.

이곳은 네가 밤중에 테라스에 서서 양손을 주머니에 찌른 채 별을 바라보는 곳이고, 네가 무방비로 선 자리가 왜 다른 곳이 아니고 하필 여기인지 설명하지 않아도 되는 곳이다. 이곳은 너를 안다. 너는 이곳에 알맞다. 비록 한 해 두 해 지날수록 네가 이곳의 책임자가 아니고 너에게 결정권이 없음을 여러모로 확인받더라도, 이곳은 너를 환영한다. 너는 어느 구체적인 장소, 주어진 순간의 한 양상이며 그 이상의 무엇이 될 필요가 없다.

이곳에서 나이 들어갈수록 참여에 임하는 나의 태도는 점점 소극적으로 변해가는 것 같다. 나는 더 이상 밤중에 야행성 포식자에게 습격당한 새의 까악 소리를 듣고 잠에서 깰 때 숲에서 풍기는 야생의 내음을 맡으려고 창문을 열어놓은 채로 잠들지 않는다. 대부분의 날들에 강에 내려가 기도를 하지만, 뻣뻣해진 관절이 매일의 숲 산책을 허용하지 않아 빠뜨리는 날이 잦다. 그러나 이곳 풍광에 대한 내 앎의 정묘함이 줄어들더라도 나는 이곳이 편안하다. 무언가의 다리가 두둑 부러지는 소리, 그 다리가 우거진 나뭇가지들을 우두둑우두둑 헤쳐 나가는 소리, 퍽 하며 숲 바닥에 부딪치는 소리가 들리면, 나도 그렇다, 라고 생각한다. 갓 날기 시작한 물수리가 잡은 물고기를 물고 가다 몸부림치는 물고기의 무게에 못 이겨 떨어뜨리고는 허공에서 몸의 중심을 추스르는 모습이 보이면, 나도 그랬었다, 라고 생각한다. 오후 태양을 받은 강의 수면이 빙글빙글 회전하는 금속판처럼 반짝일 때, 나는 그 눈부심에 두 눈을 감고 생각한다. 언젠가 나도 저 한복판으로 들어가 돌아오지 않으리라.

당장은 저녁과 한낮을 바깥에 나와 앉아 보낸다. 나는 미지의 것이 두렵지 않다. 이곳의 많은 동물들이 집에서 몇 발짝 벗어나면 죽음이, 때로는 더 무시무시한 것이 도사린 가운데 살아가지만, 나는 이제 그런 것과 화목하다. 이 앎이 있기에 나는 다른 어디에서도 찾지 못한 각오를 얻는다.

퇴화에 대하여

또 다른 날의 기억이다. 비 오는 오리건 서부, 기온은 6도 미만이다. 나는 남자 둘과 나무를 베고 있다. 여러 해 동안 벌목 작업을 함께해온 이들이다. 일하는 동안 우리는 별로 말이 없다. 무슨 일을 해야 하는지 어떤 순서로 작업을 수행해야 하는지 다들 숙지하고 있다. 한 사람이 트랙터를 몬다. 우리는 트랙터에 장착된 체인 두 줄과 집재기로 3.5미터에서 4.5미터 길이 원목을 숲에서 빈터까지 끌어와 40센티미터 두께로 절단할 것이다. 다른 한 명과 내가 통나무에 잠금 체인을 채우고, 활동 갈고리에 걸린 체인이 부드럽게 움직이도록 조절해두고, 걸림돌을 피해 좌우로 구르는 데 무리가 없도록 나무 둘레에 체인을 감는다.

비가 부슬부슬 내리고 안개가 짙다. 우비 덕에 비에 젖지는 않으나 고무 재질 섬유가 땀의 증발을 막아 땀의 축축함이 느껴진다. 바로 그 땀이 이마에서 흘러내려 살갗이 미끄덩거리고, 그럴 때 바닥에 누워 2톤 무게의 통나무 밑으로 체인을 돌리자니 이따금 안전모가 머리에서 미끄러져 시야를 가로막는다. 나는 잠시 안전모를 벗는다. 체인이 팽팽하게 당겨져 있고 우리 머리 위 나무 우듬지에 부러진 가지들이 대롱거리고 있는—흔히들 '과부 제조기'라 부르는—상황이라 나는 무릎을 꿇은 채로 다시 안전모를 착용하고 일어나 트랙터 운전자에게 수신호를 보낸다. 운전자는 내가 통나무 밑으로 체인 고리를 밀어 넣었다는 것과 다른 동료와 내가 팔을 뻗어 서로의 손가락을 맞대 만든 터널 밖으로 또 다른 체인을 당겨 올리리라는 걸 알고 있다.

잠금 체인이 장착되었다. 동료가 검지를 세운 회전 동작으로 트랙터 운전자에게 체인을 꽉 조이라고 신호한다. 손가락을 천천히 회전해 운전자에게 체인 감는 속도를 늦추라고 알린다. 동료가 움켜쥔 주먹을 높이 쳐들면 모든 동작이 중지된다. 체인은 잘 고정되어 있고, 통나무 앞부분은 안전하게 매달려 있다. 트랙터 운전자에게 통나무를 끌고 가라는 마지막 수신호를 보낸다. 우리가 수백 번이 넘도록 해온 작업이다. 동료와 나는 통나무 꽁무니를 따라간다. 사슬에 묶인 통나무의 움직임을 주시하면서 혹시라도 땅바닥에 걸리거나 트랙터가 꼼짝하지 못하면 나무를 좌우로 굴릴 준비를 하고 있다.

우리는 몇 시간을 계속 일한다. 동틀 무렵 시작해서 잠깐 커피와 샌드위치를 먹으며 휴식 시간을 갖는 것 말고는 오후까지 작업을 중단하지 않는다. 이날 우리는 통나무 예닐곱 그루를 빈터로 나르고, 셋이 동시에 톱 세 개를 가동해 원통형으로 절단한 뒤 충분한 양이 모이면 쪼개기 작업을 시작한다. 언제든 각자 원할 때 휴식을 취할 수 있지만 아무도 우두커니 서 있지 않도록 작업량을 고루 할당한다. 두 사람이 통나무 절단기를 작동해 유압식 쇠쐐기로 원통형 목재를 하나씩 쪼개 흔히 장작이라고 말하는 나무토막을 만드는 동안 나머지 한 사람은 남겨둔 원통형 60개 분량의 통나무를 마저 절단한다. 작업이 막바지를 향해 갈 즈음, 한 사람은 절단목을 트럭 세 대의 트레일러에 나눠 적재하고, 한 사람은 절단기로 쪼개는 작업을 계속하고, 마지막 한 사람은 트레일러에 적재하는 일과 90킬로그램가량의 원통형 목재를 들어 절단기에 얹는 일을 번갈아 돕는다.

나는 내 친구이자 이웃이기도 한 이들과 이런 작업을 1년에 네댓 번씩 하는 것 같다. 그 밖에도 친구와 둘이서 나무를 베거나 서로의 집에서 함께 절단기를 돌릴 때도 있다. 다들 화목 난방을 하고 살기에 지난 50년간 이런 육체노동은 삶의 일부가 되었다. 오랜 세월 나는 글쓰기로 생계를 꾸려왔다. 집필은 실내에서 하는 일이다. 장작을 마련하고 그걸 다시 헛간에 차곡차곡 쌓는—이 글을 쓰고 있는 지금 내 헛간에는 대부분 미송인 약 아홉 코드의 장작이 구비돼 있다—신체 활동은 언제라도 할 준비가 돼 있고 내가 늘 고대하는 일이다.

지금 그날을 회상하는 이유는 더 이상 통나무에 체인을 감아내는 기민함이 내게 없기 때문이다. 톱날이 90센티미터인 큰 체인톱을 작동시키다가 기진맥진해져 이 위험천만한 도구로 사고를 일으킬 부주의한 상태를 피할 만한 지구력이 더는 없기 때문이다.

나는 예전의 내가 아니다.

내 몸이 기대를 저버리기 시작한 것을 처음 알아차린 순간이나, 내 팔과 어깨에 힘이 있고 내 다리에 근력이 있고 큰 나무가 밑동에서 잘못된 방향으로 꺾여 넘어갈 때 자칫 치명적인 그 일격을 재빨리 피할 민첩성이 나에게 있을 거라 더는 넘겨짚지 못하게 된 순간이 언제였는지 기억조차 가물가물하다. 나는 전보다 더 철저히 계획하고 더 신중하게 속도를 조절해야 한다. 나는 전보다 늙었다.

수십 년 전 이웃인 래리와 내가 벌목 작업을 같이 하게 된 데에는 안전에 대한 둘의 의견이 일치하고, 부주의함을 기준으로 협업에서 거르는 이웃이 일치했던 것도 한몫했다. 그이들은 톱이 돌아갈 때 너무 가까이에 서 있었고, (톱 체인이 다리를 파고들기 전에 즉시 멈추도록) 가죽 바지를 덧입는 게 남자답지 못하다고 생각했다. 그이들은 권양기가 고장 나면 몸이 절단날 수 있는데도 별 생각 없이 권양기 케이블 중간에 버티고 서 있었다.

래리는 신중한 사전 숙고 끝에 움직이기를 좋아했다. 무지막지한 완력에 의존하는 방식보다 기계의 이점을 더 선호했다. 처음 래리 옆에서 일을 해보고 그가 실수할까 경계하지 않아도 된다는 걸 알았다. 그 대신 기계의 위험성이 크고 물체에 몸이 으스러지거나 조작 기술로 손이 망가질 위험이 있을 때 그러듯 그의 안전에만 신경을 써도 괜찮았다.

나처럼 래리도 노화에 적응해야 했다. 더 이상 손으로 장작을 패지 않고, 둘이 힘을 합쳐 유압 절단기를 가동하는 게 우리의 적응이었다. 서늘하고 축축한 날 김이 서리는 보안경을 착용하는 일에도 적응이 필요했다. 우리 둘을 도와줄 일손을 하나 더 구하는 것도 적응이었다.

작업의 즐거움, 몸의 기진함이 주는 짜릿함은 일의 속도가 느려진 지금도 여전히 감미롭다. 우리는 예전에 하던 일을 더 이상 못하는 것에 대해 정말로 개의치 않는다. 수술과 관절염과 무릎 고장 이전의 우리 자신들에게 경외감을 느낄 뿐이다. 40년 전에 우리보다 한참 연배가 높은 이들을 보면서 너무 느리다거나 조심성이 지나치다고 답답해하던 당시에는 몰랐던 이해심이 이제는 우리에게 생겼다. 비로소 우리도 그때의 그들을 이해할 만큼 나이가 들었다.

젊은 시절에 나는 오토바이를 탔다. 그러다가 내가 정주를 결심한 곳의 여건을 고려할 때 나한테 그곳을 달릴 정도의 반사신경이 없음을 체감하는 시기가 찾아왔다. 내 집은 시내에서 65킬로미터 떨어져 있고, 도로는 대부분 강의 급류 구간을 끼고 달리는데 가로등 없이 좁고 구불구불한 데다 정차할 공간이 전혀 없을 만큼 숲에 바짝 맞닿은 지점들도 있었다. 오토바이를 타고 달리던 어느 날 밤, 도로 중앙선에 버티고 서서 내 헤드라이트를 노려보는 사슴을 발견하고 습지로 굴러 떨어졌다. 나는 시속 100킬로미터로 달리고 있었다. 그야말로 간발의 차이로 사슴을 비켜 지나갔다. 그날로 오토바이를 치웠다.

일흔 살을 맞아 이제 내가 감수하고 살아야 할 조건들을 목록으로 작성하고 싶어졌다. 근간 오른쪽 무릎관절 내측 반월 파열. 요추 하부 관절염. 돌출된 견봉 뼈를 깎아내는 회전근개 수술. 균형 감각 소실, 그로 인해 울퉁불퉁한 산림 지형 보행 시 모든 걸음에 더욱 신중을 기해야 함. 염좌 부위 회복 더딤. 이전만큼 빠르게 움직이거나 힘을 쓰기 어려움.

일부 기능—근력이나 유연성—의 감소는 운동 프로그램으로 보완이 가능하지만, 나는 이런 프로그램들에 썩 마음이 끌리지 않는다. 차라리 적응하는 법을 익히는 편이 낫다. 더 이상 내가 육체를 가진 유기체로 존재하기 힘들어질 때는 남은 것 안에 안주할 것이다.

기억을 불러낸다. 그날, 전날 베어둔 거대한 전나무의 해체 작업을 하던 우리 셋은 내 트럭에서 잠깐의 커피 휴식을 가졌다. 차량 안에 얼마나 습기를 몰고 들어갔는지 우리가 앉자마자 트럭 유리창에 김이 서렸지만, 어쨌든 우리는 비를 피해 수건으로 얼굴과 머리의 땀과 물기를 닦아냈다. 흠뻑 젖은 장갑은 돌돌 말린 채로 무릎에 벗어놓았다. 우리는 커피를 마시면서 작업에 몇 시간이 더 걸릴지 가늠해보았다. 다른 두 사람에게는 그

때까지 그날의 노동이 대근육—광배근, 대둔근, 대퇴사두근—을 이용한 활동이었을 것이다. 우리는 축축하고 뜨뜻하게 옷을 껴입은 채로 자세를 바꾸고 기지개를 켜면서 우리가 얼마나 강인한지, 우리의 굴근과 신근이 어떻게 수축과 이완을 조절하는지, 우리 몸이 얼마나 유능하고 야무진지 실감했다. 전날 아침 받아본 우편 소식지에 웬들 베리가 애정과 존경을 담아 육체노동의 존엄성을 이야기한 시가 한 편 실려 있었다. 내 동료들은 베리의 글도, 작가인 동시에 농부로 몸을 쓰며 살아온 그의 이력도 몰랐지만, 베리가 무엇을 이야기하고 있는지 깊이 이해했다. 수증기가 피어오르는 트럭에 앉아 우리 셋은 우리의 가치를 자각했다. 그것은 신체로 전해지는 느낌이었고, 어찌 보면 이렇게 몸을 쓰고 도구를 사용하고 묵묵히 협력해서 나름 무시무시하고 거대한 무언가를 냉습한 겨울밤 우리 집 안의 온기로 바꿔놓을 줄 아는 우리는 복이 많은 사람들이었다.

내가 어떤 일을 하든 매일을 살아나가면서 나의 신체 능력에 얼마나 의존하는지는 더 이상 몸에 기댈 수 없게 되면서 비로소 명확해졌다. 나는 학창 시절 운동을 즐기고 몸이 날랬다. 고등학교 농구부에서 선발 포인트가드로 뛰었고, 3학년 때는 시 주최 선수권대회에서 학교를 우승으로 이끌었다. 축구팀에서는 미드필더 주전이었고, 이 종목에서도 3학년 때 시 주최 선수권대회에서 우승했다. 대학에 가서도 2년간은 축구팀 대표 선수로 뛰었고, 그 이후로도 내가 있는 곳에서 경기가 열리면 빠지지 않았다. 나는 민첩성이 좋고 손과 눈의 협응과 균형감이 우수했다. 이렇게 말할 수 있는 건 더 이상 내가 민첩하지도 날쌔지도 못하고 지팡이를 사용해야만 개울을 건널 수 있게 되었기 때문이다. 더 이상 염소처럼 돌과 돌 사이를 껑충껑충 뛰어 건너기 힘든 몸이 되었기 때문이다.

신체 능력이 충분하다고 느끼고 실제로도 그러했던 시절, 몸이 거의 고장날 뻔한 순간들이 많았다. 케냐 북부 투르카나호수 서쪽의 자갈 사막에서 정신이 혼미한 여름 열기 속에 며칠을 일했고, 영하 34도 이상 기온이 오르지 않는 남극대륙의 극지 고원에서 작은 요리용 스토브 외에 아무런 난방장치가 없는 텐트에서 수일을 야영했다. 다이빙 도중 예상치 못한 조류에 휩쓸린 일은 여러 번이고, 배핀섬 북부에서 이누이트 사람들과 마흔 시간 내리 눈을 못 붙이고 사냥하던 중에 역시 수면 부족인 누군가의 실수로 손목에 자상을 입었을 때는 의학의 도움이 미치지 않는 외딴 위치에 있었다. 자동차 사고로 왼손이 부러져봤고, 상완골과 요추골 횡돌기와 오른쪽 정강이뼈에 골절을 입어봤다. 알래스카에서 폭풍을 만나 저체온증 상태에 빠졌을 때는 일행들의 도움이 없었다면 살아남기 힘들었을 것이다. 말라리아에 걸리기도 했고, 얼굴과 팔과 다리에 외상 수술 자국들이 여러 곳이다.

어떻게든 몸은 버텨낸다. 하루 뒤, 일주일 뒤, 아니면 조금 더 걸리더라도, 여느 때처럼 말짱한 상태로 돌아온다. 흉터를 보며 스스로도 경탄한다.

나는 무모하게 덤빈 적이 없었다. 준비와 계획을 철저히 했다. 취재하고 싶은 인물들과 길을 떠날 때도 입증되지 않은 젊은 사람들은 피하고 언제나 노련하고 성숙한 사람들을 일행으로 택했다. 그리고 많이 배웠다. 그럴 수 있었던 부분적인 이유는 우리가 어떤 일을 하든—남극에서 빙하 해저 다이빙을 하든, 미네소타에서 늑대 덫을 놓든, 애리조나에서 퓨마를 추적하든—내 몸이 남들의 집중을 방해하거나 짐이 되지 않고 끝까지 해내리라고 확신할 수 있었기 때문이었다. 그뿐 아니라 내 공책을 채운 것의 원천은 정신 못지않은 신체이기도 했다. 내가 있는 곳에서 감각이 수집한 것들, 풍경의 소리, 암각화가 새겨진 사암의 촉감, 야생 생강 뿌리의 맛, 해 질 녘의 보랏빛, 비 온 뒤 모하비사막 크레오소트관목의 내음. 야외 조사로 보낸 하루 끝에 모두가 지쳐 있을 때, 혼자 캠프 뒤쪽 산등성이에 올라가 사방을 조망하기도 했다. 무거운 배낭을 지고 이동하는 동안 발밑의 자갈과 모래와 경반의 차이를 기억해두고 나중에 떠올리곤 했다. 내 다리가 그 차이를 알아차렸다. 동아프리카에서 공격적인 블랙맘바와 마주친 순간을 회상할 때면 내 몸이—심장과 후두와 항문의 근육이—기억을 되새겼다. 피부가 다시 뻣뻣해졌다.

한번은 베네수엘라의 오리노코강에서 좁은 지류를 따라 희귀 열대조를 관찰하는 여행에 우리 소그룹을 인솔하던 가이드와 말동무가 되었다. 그는 노련한 조류학자였다. 움직임과 새 소리에 반응하는 속도로도 그가 밀림을 잘 알고 자유자재로 밀림을 누빈다는 걸 알 수 있었다. 새 울음소리에 마치 포인터처럼 반응해서, 아무에게도 새가 보이지 않을 때 누구보다도 빨리 새의 위치를 찾아냈다.

우리 둘은 곧 친해졌다. 나는 그의 기술이 존경스러웠고, 그에게 배울 것이 많다는 걸 알았다. 그래서 만약 내가 다시 베네수엘라에 오면 그가 들려준 험난한 여행에 동행할 수 있을지 물어보았다. 베네수엘라의 조류는 잘 알려져 있지 않았고, 나의 새 친구는 그 새들을 알아가려고 노력하는 선두주자였다. 그의 조사 방식은 나침반으로 방위를 잡고 그 방향을 따라 100킬로미터씩 밀림을 이동하면서 새를 찾는 식으로 이뤄졌다. 그는 다른 조류학자 한 명을 데려오기로 했다. 나는 장비 운반을 거들고 식사 준비를 맡기로 했다. 녹음과 메모 기록도 거들기로 했다.

다른 할 일들 사이에 그와 동행할 시간이 나기까지 몇 년이 흘렀고, 서로의 스케줄을 조율하느라 다시 또 두어 해가 걸렸다. 나는 결국 가지 못했다. 60대 초반이 되면서 그간 아무 망설임 없이 해오던 대로 악조건을 버텨내기가 힘들다는 걸 명확히 인식하고 있었다. 이 여행은 3주간 열기와 습도 속에 밀림의 덩굴과 수풀을 쳐내면서 길을 내고, 거머리와 곤충, 큰삼각머리독사, 비, 가시덩굴을 감당해야 했다. 나로 인해 일행들의 속도가 느려질 수도 있고, 신체적 불편감에 내 정신이 산만해져 주변에서 벌어지는 일을 너무 많이 놓칠 수도 있었다.

이 일에 요구되는 육체적인 힘이 나에게 있을 것 같지 않았다. 유연한 태도 역시.

예상했던 것만큼 이 실망감과 화해하기 힘들지는 않았다. 한때 거뜬히 해내던 육체적으로 고된 여행은 이제 더는 못할 것이다. 그 대신 다른 방식의 여행을 하고 다른 종류의 이야기를 쓸 것이다. 나는 적응해갈 것이다. 나이가 들수록 친구들이 가진 이런 적응의 자질에 존경심이 생긴다. 재정 파탄, 이혼, 성폭력, 전쟁, 강도 같은 트라우마를 딛고 적응하는 것만이 아니라, 혹자는 점증적 배신이라 할 만한 육신의 역사, 육신의 쇠퇴에 대한 적응까지 하는 이들에 대해.

8년 전 카라카스에 있는 친구에게 여행에 함께할 수 없다고 편지를 쓰던 그날을 돌아본다. 그때 이후로 갈수록 유예가 늘고 내 역량에 대한 의구심도 커졌다. 내가 지금 해발고도 3399미터의 페루 쿠스코의 고산병을 걱정하고 있어야 할까? 하루 27킬로미터 이상의 가파른 경사 지대 하이킹을 내 무릎이 버틸 거라고 믿어도 될까? 늘 해오던 대로 새로운 장소—이스탄불, 하바나, 우루무치—에 가기 위해 끼니를 거르고 쪽잠을 자다가 그대로 쓰러지는 건 아닐까?

더 이상 집 밖으로 나가 잡풀이 뒤엉킨 들판을 가로질러 울타리를 뛰어넘고 비탈을 기어올라 눈앞에 장관이 펼쳐지고 바람이 얼굴을 쓸고 가는 고원에 설 수 없다면, 그래서 하는 수 없이 예전 기억에 의존해야 한다면, 내 작가 생활은 어찌 될 것인가?

아직 거기까지는 가지 않았다. 어릴 때부터 품어온, 내 발로 가서 보고야 말겠다는 강렬한 욕망이 사라질 일은 아직 없을 것이다. 몸을 추동하는 인간의 정신은 더 적은 것에서 더 많은 걸

얻어낼 방법, 항복하는 대신 한계에 적응할 방법을 전략적으로 사고할 줄 안다. 나는 지금 내 위치가 마음에 든다. 내게는 내가 익숙하지 않은, 내 안의 무엇을 요구하는 새로움이 있다.

나는 평생 장작 패기 같은 집 안팎의 일로 몸을 쓰면서 체력을 잘 관리해온 것 같다. 먹거리에도 신경 썼고 정기 건강검진도 꼬박꼬박 받았고 힘든 신체 활동도 마다하지 않았다. 1600미터 5분 주파하기나 마라톤을 할 수 있느냐보다 내가 더 관심을 가진 것은 우리가 이른바 의지라고 부르는 정신과 신체의 소통이다. 마음의 결의는 어떤 방식으로 인간의 신체를 추동하는 것일까? 어떻게 과거의 기억이 그 일을 다시 되풀이하도록 신체에 압력을 행사하는 것인가? 내가 보기에 나이가 들수록 달라지는 것은 오직 무언가를 해내겠다는 인간의 결심뿐인 것 같다. 시간이 지날수록 각자의 조심성이나 인식의 한계치가 달라지고, 그러면서 곤혹감이나 한탄 없이도 어떤 도전에서든 물러서게 된다.

나는 이제 그런 단계에 이른 듯하다. 파열된 오른쪽 무릎의 반월, 그리고 나를 더 쉬이 피로하게 만드는 현재 치료 요법의 부작용을 관리하며 지내는 요즘, 비록 예전에 비해 양도 속도도 떨어지지만 그럼에도 내가 할 수 있는 것이 무엇인지 알고 있다. 역시 종종 그래왔듯, 1킬로미터 더 걷거나 트레일러에 장작한 코드를 더 싣는 것으로 나는 여전히 스스로를 놀래주기를 즐긴다.

내 나이대—이제 일흔이다—남성들이 대부분 그럴 텐데, 나 역시 전립선암을 발견하는 가장 일반적인 방법으로 혈중 전립선특이항원수치PSA 측정 검사를 6개월에 한 번씩 받아왔다. 흔히 생기는 요로 감염이 통 낫지 않아 치료를 받고 있었는데, PSA 수치가 수년간 꾸준히 유지하던 것의 다섯 배나 높게 나왔다. 담당 내과 의사와 비뇨기과 전문의 두 사람 다 항생제로 인한 오측이라고 생각했다. 불과 6개월 전 검사에서 음성 결과를 받았지만, 비뇨기과 전문의는 재검을 진행하자고 했다. 그가 전립선의 촉진을 시작하더니 곧이어 만져지는 느낌이 좋지 않다며 조직 검사 일정을 잡았다. 마흔여덟 시간 뒤, 그가 내 전립선에서 열두 개의 검체를 채취했다. 다시 며칠 뒤 그가 전화로 열두 개 검체 모두 암일 확률이 50에서 90퍼센트이며 글리슨 점수—2점에서 10점까지 암의 공격성으로 점수를 매기는 체계—는 9점이라고 알려왔다.

이틀 뒤 실시한 골 스캔 결과 암이 골반골에 이미 전이된 것으로 밝혀졌다. 뒤이은 시티촬영은 암이 림프절까지 번져 있음을 확인시켜주었다. 나는 포틀랜드의 나이트암연구소에서 치료를 시작했다. 아내가 수소문해 찾아낸 종양 전문의를 만나자마자 우리 부부는 마음이 편안해졌다. 나는 호르몬요법을 시작함과 동시에 캘리포니아 샌안셀모의 중국인 대체의학 전문가와 식이, 영양, 운동 치료를 병행했다. 이들 세 사람—아내, 전이 전립선암 전공인 종양 전문의, 암 진단을 받은 친구들 여럿

이 도움을 받은 중국인 의사—에게 훌륭한 돌봄을 받게 되어 나는 든든했다. 거기다 허브와 동종 요법에 경험이 있는 아내의 네 딸들도 지원을 보탰다.

전이된 전립선암에는 치료법이 없다. 다만 도움과 세심한 관심으로 병을 관리할 수는 있다. 현재 상태를 보건대, 호르몬요법과 항안드로겐요법을 병행하는 치료의 부작용은 주의 산만과 가끔 이는 짜증 정도다. 그 밖에 전신 열감, 피부 탄력 상실, 근육량 감소, 빈혈 등이 있다. 나는 순진하지도 않고 미련하게 낙관적이지도 않다. 내가 지금 치명적인 질병을 상대하고 있다는 걸 알고 있고, 6개월의 치료 요법 뒤에 더 기력이 쇠약하다고 느낄 가능성도 크다. 하지만 암의 원인이 무엇이건—유전적 요인이든 모든 상업의 기반인 화학물질이든 그저 무작위성이든—나는 나를 암의 피해자라고 생각하지 않는다. 노화와 함께 찾아오는 관절염이나 돌출 뼈의 피해자라고 생각하지 않는 것이나 마찬가지다. 나는 정상적인 과정을 겪는 무수한 사람들 중 하나일 뿐이지 않은가.

암이 생기지 않았더라면 좋았을 것이다. 글리슨 점수가 9점이 아니라 2점이었다면 좋았겠지. 하나 이미 엎질러진 물이다.

물론, 암은 선생이다. 암이 가르쳐준 것을 적어보련다. 암은 공감과 연민을 가르친다. 이 세계에서 실패하는 듯 보이는 모든 것을 포용하는 인내를 가르친다. 나와 남이 엉망으로 만든 내 인생에 대한 아량을 가르친다. 암은 개인의 야심을 깊이 변화시킨다. 공동체 안에서 힘을 찾도록 가르친다. 이 힘은 개개인의 분투에서 발견하는 힘과는 다르다. 암은 인간에게 적응을 가르친다.

몇 해 전 폭풍에 나무가 쓰러져 우리 헛간을 덮쳤다. 내 집과 근방의 별채는 상당수가 30미터를 훌쩍 넘는 큰 나무들의 숲에 둘러싸여 있다. 나는 45년 동안 이 거대한 나무들의 그늘에서 살아왔고, 센바람에 제물 낚싯대처럼 휘청거리는 나무들을 보면서 부디 우리에게 해를 입히지 않기를 기도했다. 그 나무 한 그루가 헛간 위로 쓰러져 뒷벽을 부서뜨렸을 때, 나는 헛간을 다시 지었다. 지금 헛간 안에는 아홉 코드의 장작이 차곡차곡 쌓여 있고, 이틀 뒤에는 친구와 열 번째 코드의 장작 마련에 착수해 헛간에 쌓아둘 것이다. 나는 한쪽 무릎에는 무거운 보호대를, 다른 쪽 무릎에는 가벼운 보호대를 찰 것이다. 체인톱 사고에 대비해 내 다리와 사타구니를 보호하기 위해 가죽 바지를 덧입고, 허리를 지지하는 복대를 단단히 동여맬 것이다. 그러고서 우리는 작업에 착수할 것이다. 겨울 폭풍에 넘어진 큰 나무들을 살펴서, 톱날이 나무껍질 부러진 틈새에 걸리거나 숲 바닥의 돌멩이를 그어 무뎌지지 않도록 절단할 방법을 결정할 것이다. 우리는 가능한 한 에너지를 아끼고 시간을 최대한 활용하는 순서대로 작업을 진행해 너무 빨리 피로해지지 않도록 노력할 것이다. 함께하는 시간을 즐길 것이고, 트럭에 기대 함께 보온병의 커피를 마시며 머리 위로 구름이 미송과 솔송과 삼나무 우듬지 상공을 미끄러지듯 흘러가는 모습을 지켜볼 것이고, 그렇게 몸의 기진함이 주는 신기한 활력과 상호 의존이 주는 즐거움을 느끼고, 이울어가는 몸 안에 아직 남아 있는 생명이라는 선물을 만끽할 것이다.

감사의 말

배리 로페즈는 세상을 떠나기 몇 개월 전부터 자신의 마지막 에세이집인 이 책의 구상에 깊이 관여했습니다. 병증의 위중함 때문에 특히 그의 오랜 에이전트 피터 맷슨과 가장 신뢰하는 편집자 로빈 데서의 격려와 지지에 더욱 크게 의지했지요. 그의 사망 이후 로빈의 랜덤하우스 동료들과 피터의 스털링로드리터리스틱 동료들의 도움으로 그의 문학적 유산을 기념하는 이 아름다운 불후의 모음집이 완성되었습니다. 모두들 고맙습니다.

배리와 수년간 함께 작업해온 편집자들, 칩 블레이크, 스티븐 코리, 시그리드 로징, 크리스토퍼 콕스, 프랭크 스튜어트에게 큰 감사를 전합니다. 여기 실린 글의 상당수가 이들의 손을 거쳐 출간되었지요.

배리가 있다면, 분명 자신의 버팀목이었던 친구들에게 고마움을 전했을 겁니다. 그의 공명판이 되어주고 일용할 영감과 위안을 안긴 친구들, 배리가 지인들과 쌓은 유대 관계가 너무나 방대해서 한 사람씩 일일이 호명하기가 어렵네요. 이것이 누구에게 향하는 말인지, 배리가 얼마나 의지했는지, 본인들은 알아주리라 믿어요. 존 애덤스, 존 프리먼, 앨런과 모니카 마지, 제인 허시필드, 존과 클레어 키블, 데이브 프로스, 코트 콘리, 톰 조이스, 수전 오코너, 릴리언 피트, 리처드 롤런드, 래리 윌콕스에게 특별히 고맙다고 말하고 싶습니다.

예술과 창작에 대한 배리의 헌신이 세상에서 잊히지 않도록 도와줄 토비 주로빅스, 배리를 명예롭게 기억되도록 해준 코디 업튼과 미국예술문학아카데미, 선밸리작가협회, 먼 미래까지 배리와 나의 강변 집을 지켜줄 조 몰과 매켄지리버트러스트의 직원들, 배리의 마지막 시간에 (바다 건너에서) 그에게 시를 읽어준 로버트 맥팔레인에게 크게 감사드립니다.

배리의 유고 관리자인 제임스 워런은 이 모음집의 완성에 막중하게 기여했을 뿐 아니라 힘겨운 마지막 해에 배리의 기운을 북돋아준 사람입니다. 이 프로젝트에 긴 시간과 노력을 기울이고 팩트 체크와 세부사항에 세심하게 신경 써준 줄리 폴러무스와 크리스 존스, 배리가 무척 고마워했을 거예요.

배리는 사랑에 둘러싸여 마지막을 맞았습니다. 우리의 딸들과 손주들과 나의 품에서 눈을 감았지요. 어맨다 메이, 오언, 에지, 스테파니, 메리, 애런, 몰리, 피터, 해리, 에드리스, 너희가 있어 배리는 정말 행복했단다.

돕는 삶을 사는 것이 자신의 진정한 염원이라고 입버릇처럼 말하던 배리에게 말해주고 싶습니다. 당신을 사랑한 우리에게 당신의 삶 자체가 도움이었습니다.

2021년 10월 30일

데브라 과트니

옮긴이 이승민
대학에서 영문학을 전공하고 영화와 문학 학제간 연구로 석사 학위를 받았다. 옮긴 책으로 줌파 라히리의 『나와 타인을 번역한다는 것』, 게일 콜드웰의 『먼길로 돌아갈까』, 로버트 맥키의 『시나리오 어떻게 쓸 것인가』(전 3권), 샘 밀스의 『돌보는 사람들』, 거트루드 지킬의 『지킬의 정원』, 버지니아 울프의 『런던을 걷는 게 좋아, 버지니아 울프는 말했다』 등이 있다.

여기 살아 있는 것들을 위하여

초판 발행	2024년 1월 2일
지은이	배리 로페즈
옮긴이	이승민
펴낸이	김정순
책임 편집	허정은
편집	허영수
디자인	김민영
마케팅	이보민 양혜림 손아영
펴낸곳	(주)북하우스 퍼블리셔스
출판등록	1997년 9월 23일 제406-2003-055호
주소	04043 서울시 마포구 양화로 12길 16-9(서교동 북앤빌딩)
전자우편	editor@bookhouse.co.kr
홈페이지	www.bookhouse.co.kr
전화번호	02-3144-3123
팩스	02-3144-3121
ISBN	979-11-6405-217-2 03840